それからの万次郎

―中浜万次郎の生涯―

吉岡　七郎

文芸社

目次

第一章　万次郎十五歳の決断

〽
あー熊野灘辺を、急げよ鰹、ハーヨイヨイ、土佐の薄遳《うすば》で待ちうける
土佐の臼遳、黒潮かけて、波のしぶきが、花と咲く
沖の鰹と漁師のかかは、釣って、たたいて、味がでる
大漁大漁が、三年続きゃ、かかの衣（湯）巻も緋縮緬
つつじ椿は、野山を照らす、沖の鰹は納屋照らす

「バラ抜き節」という鰹節製造工程のなかで歌われていた作業歌を、万次郎は、毎日子守唄のように聴きながら育っていた。

万次郎が生まれたのは、文政十年（一八二七年）のことである。土佐国幡多郡（現高知県土佐清水市）の中ノ浜という小さな漁村であった。

江戸時代初期、彼の生まれ育った藩南地方は経済的には、かなり窮乏していた。集団で国外逃亡を繰り返す者が多く、深刻な地域であった。

土佐藩は、この深刻な社会問題を解決すべく、海が主要街道であることから、海運機構を整理する

事業を積極的に推し進めた。

先ず、庄屋や水主の保護政策を実施して、各浦々を開発し、漁業の振興に努めた。その結果、土佐漁業の遅れに目を付けた先進的技術をもった紀州漁民たちが、大挙して土佐漁場へ進出してくるという現象が生じた。

それまでの幡多郡の漁民たちは、貧しさに耐えられず、毎年国外逃亡する者が続出していたが、紀州漁民の進出により、鰹節漁が活発化し、逃亡する者もなくなるという結果をもたらした。

元禄七年（一六九四年）には、養老が新しい漁港として開拓され、幡多郡の漁港、伊佐、松尾、大浜、中浜、清水、越、養老が鼻前（足摺岬）七浦と称されるようになった。それら各浦々が、土佐を代表する鰹節漁の本場となり、紀州方面から、頻繁に鰹漁にやって来た人たちも定住するようになった。

万次郎が生まれた中ノ浜には、山城屋という屋号を持つ山崎家が台頭してきて、更に鰹漁を発展させていった。

土佐の鰹節は「土佐節」「春日節」と呼ばれ、その品質の良さは天下に鳴り響くようになっていた。万次郎の家から山城屋までは数分しかかからず、毎日作業歌として歌われている「バラ抜き節」を子守唄のように聴きながら、万次郎は成長していった。

万次郎が少年の頃には、中浜の砂浜一面には鰹節が干されていて、その鰹節が、遠く江戸方面へ送られていることを知って、万次郎の海への思いは、鰹節漁の活発化に伴い、次第次第に深まっていった。

万次郎には、せき、しんという二人の姉と、時蔵という兄と、梅という妹がいた。五人のきょうだいの、万次郎は下から二番目の次男坊である。

兄弟仲はよかったが、万次郎は、自意識の強い、腕白少年でもあった。

荒海にもかかわらず、素潜りで魚を捕ったり、険しい山に入り込んでは、探検と称し、親を心配させることも珍しくはなかった。

母の志をは、そんな万次郎を、決して突き放すことはなく、気骨のある子供だとして、ある時は厳しく、ある時はやさしく見守っていた。

海や山を遊び場として育った万次郎にとって、自然の持つ怖さも優しさも、遊びながら身につけていった。

兄の時蔵は、病弱なこともあって、何事にも慎重で、釣りにしても、貝掘りにしても、万次郎には及ばなかった。

父の悦助は海に行くときは、子供たちを連れて行くこともあったが、何事にも素早く、呑み込みの早い万次郎を連れて行くことが多かった。

万次郎は父から教えられるまでもなく、自ら工夫しながら、父の手伝いをしていた。そんな時万次郎は自然と覚えていた「バラ抜き節」を口ずさんでいた。

「万次郎、その歌いつ覚えた」

「いつって、自然と覚えたがよ。毎日聴いちょったけに」

「そじゃな、毎日、山城屋から聞こえちょったのう」

「毎日聴いちょれば、自然、覚えてしまうがに」

「おまんは、何でも覚えが早いけに、おまんを連れてくることが多いけんど、決して兄やんを粗末にしたら、あかんぜよ」

悦助は時蔵が病弱であることを気にしていた。どんな相手でも年長者を敬う気持ちを大切にすることを、ことあるごとに教えていた。呑み込みの早い万次郎は、父の戒めの真意をしっかりと組み止めていた。

悦助は家族を大切にしていたし、神仏への篤い信仰心を感じることもあった。山へ薪を拾いに行ったときには、ついでに小さな社があれば必ずお参りをした悦助である。そしてそんな場所の謂れについても語った。

「万次郎、ここには昔から人が住んどったんじゃ。異人さんたちも、いっぱい海を渡って来よったんじゃぞ。唐人駄馬なんちゅう名は、そん頃の名残じゃ。昔の人の教えは、守らにゃあいかんぜよ」

そんな話をした後は、足摺岬を見下ろす高台にある金剛福寺まで足を延ばし、こんな山の中にこんな立派なお寺を建てたお坊さん（弘法大師）の話をしてくれたこともあった。

そんな時悦助は決まって、足摺岬のはるか遠くに目を移しながら、この海には鯨のような大きな魚から、鰯のような小さな魚まで、いっぱいいるので、自分たちはこうして生きていけるのだと、生きていることへの感謝を忘れないようにと、いつも諭していた。

感謝する気持ちを忘れなければ、ほれ見てみろ、こんな立派な石灯籠を寄進できるような成功を収めることも出来るんじゃと、金剛福寺の山門の近くにある、山城屋の寄進した石灯籠を、成功した人の象徴のように、崇めながら言った。そんなことを言う時の父親を、万次郎は別の人のように感じることもあった。父の悦助に直接言ったことはなかったが、そんなときの万次郎の頭の中には、沸々と煮えたぎるものがあった。

《自分が大きくなったら、いつかきっと袋屋か、山城屋のような大船主になってみせるけに、とうちゃん、かあちゃん、長生きしてや！》

金剛福寺は四国八十八箇所の三八番目の霊場で、弘法大師（空海）が八二二年に開基したと言われている。大衆の信仰は篤く、鰹節漁が盛んな頃、袋屋、山城屋などの成功者が競って山門近くに石灯籠を寄進している。

寄進者の名前が山門の階段わきの石に刻まれているのを見ると、万次郎は遥か海の彼方に目を向けている父の視線の意味を、自分の行く末のように思うと、自然と心が熱くなるのだった。

「沖のォ　かつおとォ　りょうしのォー　かかァはー　釣ってェー　たたいてェー　味がでェるゥー」

気分が高まると、万次郎の口から、思わず「バラ抜き節」の一節が飛び出してくる。

「フフン、マンよ、おまん、どげん意味か、分かって歌うとるがか?」

「いや、わからん!」

「まあ、わからんで、ええわ!」

「どんな意味なんや?」

「そのうち、分かるようになるけに。おまん、文字を習いたいがか? 道之助さんとこに、時々行きよるがか?」

万次郎は、家の直ぐ近くの高台にある自宅で道場を開き、塾のようなことをしている池道之助の家に、近所の腕白どもと一緒に連れ立って何度か訪れたことがあった。道之助は万次郎より六歳年長で、寺子屋風の道場を構えこの地区では教養もあり、剣術の指南も勤めるような人物で、寺子屋に行けない腕白どもが無料で押しかけていた。中でも熱心な万次郎には、個人的に声をかけて文字を教えることもあった。

「うん、行ったことあるよ。剣術の音が時々するきに、覗いてみたがよ」

「おまんも、やりたいんか? 文字を習いたいんか?」

「うん、習うたこともあるがよ。算術もおもしろいきのう」

「おまん、勉強したいんやな。何にでも興味があるけんのう」

父は漁師ではあったが、よく訪れてくるお遍路さんに施しをしたり、金剛福寺まで、連れていくこともあった。その点では母親の志をも同じであった。

「万次郎、何事も我慢じゃよ。辛抱しておれば、必ずいいことは巡ってくるもんじゃ」

万次郎が不満そうな顔をしていると、気持ちを察した母は、即戒めた。

「いいかマン、我慢、我慢じゃ。我慢することを忘れちゃならんぞよ。我慢しとけば、必ず、我慢しただけのことが、いつか、いいこととなって、必ず返ってくるんじゃ」

言い含めるように、志をは、我慢の効用を説いた。

父が口癖のように言っている感謝の気持ち、母が呪文のように言い含めていた我慢する心は、少年万次郎の心の奥深くに留まっていた。

その感謝と我慢は、父と母の教えの中から身についていったことであるが、後年万次郎が幾多の困難を乗り越えていった要素の中に、これに加えて、足摺の海と山の自然、歴史を伝えるお寺や神社、土佐南学と言われる朱子学の浸透、これらのものが、幾重にも重なって、万次郎少年の内部に、決して諦めない強い心を植え付けていったものと思われる。

この後万次郎は五人の仲間と延縄漁に出て遭難し、アメリカの捕鯨船に救助され、十年間アメリカで教育を受け、激動期の日本へ帰国し、明治維新前後の日本で重要な役割を果たすことになるが、これまでの様々な困難を支え切った礎は、既にこの少年時代に培われていたように思われる。

順序は少しずれてくるが、幼児期から少年期にかけて、近所に住んでいた池道之助に文字を習ったり、遊びや世界情勢などを聞いたりしていて、万次郎は道之助に大変恩義を感じていたらしく、慶応二年（一八六六年）、土佐藩が富国強兵の基礎を築くため、新たに「開成館」を設立した後、そこの教授方をしていた万次郎に、後藤象二郎に伴って船や武器を調達する長崎行きを命じられると、万次郎はその従者として幼年期にお世話になった池道之助を選んでいる。道之助は大変几帳面な人で、今日「池道之助日記」というものが残されており、当時の模様が詳細に記録されている。

万次郎の生涯を、一言で数奇な運命だったと言って簡単に片付けられない多くの問題が残されていることを、彼の足跡を辿ることで現代の我々は知る事が出来る。

幕末の土佐藩といえば、薩摩、長州と並んで明治維新の中心に躍り出るほどの人物を多く輩出した所であるが、足摺岬の近くにある中ノ浜という漁村に生まれ育った万次郎は、そんな時代の流れとは全く無縁な、家の手伝いをしながらも、海に山に自由奔放な生活を送っていた。あるいは激動の時代の流れを肌で感じていたのかもしれないが――。

万次郎にそんな海の恵み、山の幸を、遊び楽しみながら教えてくれた父悦助は、万次郎が九歳になった時、突然病に倒れ、呆気なく逝ってしまった。これにより万次郎の生活も一変する。一家の大黒柱を失ったこの家族の中心の働き手は当然母の志をということになるが、人から借りている畑でささやかな農業で得られる収入は限られており、万次郎は父に代わって、一家の支えとして、これまで以上に働かなければならなくなった。そこで彼は母を少しでも楽させようと、庄屋の今津家に下働きに出るようになる。仕事は他家の米搗き、子守、薪割りなど雑用が多かったが、漁船の炊《かしき》として船に乗ることもあった。この時の今津家での奉公は万次郎にとっては、彼のもっとも鬱屈した時代であったのかもしれない。

　万次郎少年は責任感も強く、家族思いで、仕事には一生懸命に取り組んでいたが、一日中米を搗かされた時は、海や野山に向かっている時との、あまりにも違い過ぎることへの不満が、両親の教えを忠実に守り続けてきた腕白魂を、一気に目覚めさせてしまった。

　何か簡単に米を搗く方法はないものかと思案を巡らして、石臼の中に砂を混ぜて搗くと、簡単に米が搗ける事に思い至った。米は搗けるが、砂混じりではとても食べられないことは、万次郎にも分かっていた。分かってはいたが、米を搗けと命じられたことは果たせたと、敢えて主張し、庄屋にこっぴどく叱られることとなった。それだけではなく、見せしめに、木に縛り付けられ、一日中晒し者にされた。見せしめとはいっても、あまりに可哀そうだということで、通りかかった人が、今津家に頼んで何とか解放されたが、万次郎は悔し涙にむせながら、繰り返し繰り返し心の中で叫んだ。

《今に見ていろ！　俺はきっと鰹釣りの名人になってやる。そしてこの今津家を見返してやる！　山城屋のような、大きな漁師になって、母ちゃんを楽させてやるんだ！》

　こんな時、万次郎の頭の中には、中ノ浜とそう遠くない養老浦の漁師浜田又四郎のことがあった。又四郎は文化十年（一八一四年）の生まれで、身長は六尺、体重は三十貫、足のサイズは十二文と言われるほどの大男であった。万次郎とは七歳しか離れていないのに、一流の船頭になり、鰹釣りの腕前は神業に近いものがあるという噂の漁師だった。

十九歳にして足摺岬七ケ浦から出漁する鰹船のなかで、いつも最高の戦果を上げ、船頭に褒章される大漁旗を独占していた。

土佐湾一帯の鰹釣り船頭の中でも三年連続で優勝し、十二代藩主の山内豊資公から、裃、脇差、朱盃を下賜されるという栄誉に浴している人でもあった。ただ釣り上手というだけでなく又四郎はすぐれた指導者でもあった。船子の面倒をよく見て、後継者にも力を注ぐような人であり、万次郎が心から尊敬している人でもあった。

《俺は、又四郎のような、一流の漁師になるんだ！　そして、いつか必ず見返してやるんだ！　こんなところで、いつまでも米を搗いてばかりいるわけにはいかないんだ！》

そんな思いが万次郎のからだ中に漲った時、彼は再び石臼の中に砂利を入れ米を搗いていた。漁船の炊《かしき》として船に乗り込んでする仕事にはやりがいもあったが、子守、薪割り庭掃除、そんな仕事ばかりしていると、体がうずうずして野山や海岸を駆け廻りたい衝動に駆られることがしばしばだった。中でも、いつ果てるとも分からない米搗きをしていると、叱られると分かっていても、砂利を入れて早く済ませようとする気持ちは抑えられなくなっていた。一度目は小言、二度目は木に縛り付けられての折檻、そして三度目は……。

三度目が発覚した時、さすがの万次郎も覚悟した。庄屋の顔が鬼に見えた。これはひどくやられるな。このまま折檻に耐えるべきか、何もかも投げやって逃げるべきか……。迷った挙句、万次郎の身体は、赤鬼のような顔をして迫ってきた庄屋から、体の方が勝手に逃げる選択をしていた。

母はことあるごとに我慢することを説いた。が、万次郎の身体は、勝手に己を防御する方へと働いていた。先ずは逃げるんだ！

万次郎は海岸へ向かって、一気に駆けだした。

「おーい、あいつを捕まえろ！　万次郎を捕まえろ！　追いかけるんだ！」

今津太平の声が追いかけてきた。下人の数人が声に呼応して万次郎を追った。海岸に干してある鰹節の匂いを苦しいと思いながら、必死に駆けた。でも、海岸の行きつくところは広々とした海だった。万次郎はためらわずに海へ飛び込んだ。海岸線を伝って、時々潜り、追手の目から逃れながら、中ノ浜の小さな社下まで辿り着き、ようやく陸へ上がった。追手はいなかった。ほっと息をつきながら、見ると一人乗りの小舟が係留してあった。万次郎はためらわず小舟に乗り移り、力の限り漕ぎ始めた。ふと気づくと中ノ浜を過ぎ、隣の部落、大浜へ来ていた。さすがの万次郎もへとへとになり、大浜の海岸に小舟を乗り上げ、そのまま意識もないくらいに深く眠り込んでしまった。


何やら人の話し声が聞こえて、万次郎はようやく目が覚めた。目を開けると見知らぬ人の顔が真上から覗いていた。しまった！　見つかったかと慌てて起きようとしたが、疲労と空腹で直ぐには起き上がれなかった。

「五右衛門、どうしたんだ？」

どっしりとした威厳のある声がしたかと思うと、漁師風の逞しい男の顔が五右衛門と言われた男の顔に被さるように万次郎の真上に現れた。

「人、人だよ兄やん、なんちゃ疲れきって、起き上がれんがや」

「舟の中で行き倒れか？」

行き倒れかと言われ、万次郎は気力を振り絞り、ゆっくりと起き上がった。そして見覚えのない顔に空腹を訴えた。

「あにゃん、お腹空いてとるみたいがに」

五右衛門と呼ばれた男が言った。

「そうか、お腹が空いて、倒れとるがか？　まだおにぎりの残りがあったろう？　あれ、食わしちゃれ！」

五右衛門は小舟の隣に乗り上げていた伝馬船から、竹の皮に包まれたおにぎりをもってきて、黙って万次郎に差し出した。

万次郎と筆之丞一家が初めて出会ったのは、万次郎が必死になって逃げてきた大浜の海岸であった。筆之丞と五右衛門は沿岸の流し釣りをして、休憩に大浜に寄ったところだった。

おにぎりを食べ終えた万次郎に事情を聞いた筆之丞は、そういうことかと、愉快そうに笑みを浮かべて言った。

「おまん、なかなか根性あるやないけ」

この一言で、万次郎の緊張した心が緩んだ。

「それで、おまん、これからどうするがか？」

「できれば、おれ、漁師になりたいがよ。無意識のうちに浜田又四郎さんとこ行きたいが思うたけんど、鰹漁でも何でもいいがに、おれ海が好きなんじゃ」

「そうがか、おれたちゃあ漁師だに、おれんとこでよけりゃあ、来ちみるがか？」

この出会いをきっかけに、万次郎は偶然出会った宇佐浦の漁師、筆之丞の所に厄介になることになった。

万次郎が乗ってきた小舟は直ぐに元の場所に筆之丞が返してきてくれ、万次郎は筆之丞の家に先ずは世話になることになった。翌日、筆之丞は万次郎を伴って、母親の志をが心配しているだろうからと、中ノ浜へ送ってくれた。そして、改めて万次郎を預かろうという相談をするために筆之丞は訪れたのだった。

志をは万次郎を見るなり、万次郎に取りすがって泣いた。

「まんよ、万次郎よ、おかんが悪かった！　おまんにばかり頼りきって、おまんは、嫌だったんじゃな！　おまんは、おまんの好きなことをすればええんじゃ！　ほんに、万次郎がお世話になりました。心配で心配で、昨夜は一睡もできんがったじゃ。でも、いい人に巡り合うたもんじゃ。ほんに、迷惑をかけました、まんよ、おかんを、許してくれるがか？　お前にばかり頼り過ぎた。まんは、まんの好きにするんが、一番ええことじゃ！　おまんは、漁師になりたいがか？　だったら、そうすりゃあええがに！」

志をは、万次郎が何か言う前に、一気に畳みかけた。万次郎は意外だった。きっと志をにも怒られるものと思っていた。怒るどころか、志をの方が謝っている。万次郎は母の真意を知って、一気に涙がこみ上げ、おかん、ごめんぜよ、おかん……、おかん……！　としばらく涙にむせた。

志をはまだ涙も乾かない万次郎をすぐに今津太平の家に連れて行った。筆之丞を待たせたまま、とにかく詫びを入れにゃあいかんと言って、有無を言わせず万次郎を詫びさせた。自らも平身低頭、頭を下げ続けた。太平のどんな悪口雑言にも耐えた。母までも見下したような言い方をする太平に万次郎が不満そうな表情をすると、素早く見て取った志をは万次郎を無理にでも謝らせた。こんな強い母を見たのは初めてだった。

かくて万次郎は西浜の筆之丞の家に寄宿し、漁労の手伝いをすることになった。

筆之丞は、機転の利く万次郎の将来性を見込み、ただ母親を安心させるだけではなく、これから大きな力になってくれることを見込んで、きっと立派な漁師になるまで、責任をもって預かりたいと、母親の志をに申し出たのだった。

運命の船出

漁師見習いとして二年ほど経った天保十二年正月五日（一八四一年一月二十七日）、昼の四ツ時（午前十時）、筆之丞を船頭とした船が、宇佐浦の漁港を船出した。

乗組員は船頭の筆之丞（三十七歳）と重助（二十四歳）と五右衛門（十五歳）の三兄弟と、寅右衛門（三兄弟の隣人・二十五歳）と、万次郎（十四歳）の五人だった。

宇佐浦の徳右衛門所有の漁船に、米二斗五升と薪と水を積んで出港した。

それぞれに船での役割は決められていた。筆之丞は船頭なので重要な舵取り、重助は漁労係、寅右衛門と五右衛門は櫓係、初出漁の万次郎は飯炊き・雑用係だった。運命の船出になった万次郎にとっては、これが初めての漁であった。そしてこの日、万次郎は十四歳の誕生日を迎えたばかりだった。

筆之丞は土佐湾流に乗り、海岸線に沿って、与津浦まで船を進め、そこから沖に出て、「与津のどんと」というところで延縄《はえなわ》を仕掛けた。しかしその日は獲物がなく与津浦に戻り、錨を下ろして夜を明かした。

翌日は早朝から縄場沖というところに船を出した。佐賀浦から十四、五里ほどの漁場である。この日も小魚を少しばかり釣っただけで、さほどの釣果もなく、伊ノ岬白浜というところで夜を明かすことにした。

七日の早暁、足摺岬の沖合十四、五里の所で漁を始めた。ここは魚が豊富にいる漁礁であるにもかかわらず、この日もさっぱり釣れなかった。

二十隻ほどの漁船が先を争うように、もっといい漁場へと向かっていた。筆之丞の船は漕ぎ手の五右衛門が年少であったので、船足は遅かった。仕方なしに、他の船団とは離れた漁場で延縄を下ろした。かかったのは、アジ、サバ、小鯛といった小物ばかりであった。

午前十時頃になると、西南西の風が吹き始めた。風だけではなく、次第に黒雲が空を覆い始めていた。

筆之丞は、他の漁船がどんな動きをしているか、常に目を遠くに配りながら、細心の注意をしていた。すると、他の漁船が延縄を上げ、帆を張って陸地に向かい始めているのに気づき、筆之丞も倣って、いったん戻り始めた。が、昼過ぎになると、風も収まり、雲も消え、海上も静かになったので、陸から七、八里の所で、ここなら陸も近いので、何かあっても直ぐに引き返せると判断し、再び延縄にかかった。

「他の漁船は、何処にも見えんがじゃ」

五右衛門が不安げに言った。

「そうじゃな、みな引き上げて行ったがじゃ」

筆之丞の言葉に、一同の者の目に不安が過った。

「少し風も収まったので、ここならと思うたが、ちょっと不安じゃな。小魚ばかりなんで、初漁でもあるしと思うたが、やはり、ここはやめたがよさそうじゃ」

用心したがよいと言い始めた時、北西の方角より、激しい風が吹き始めた。

「こりゃまずいぞ！　急いで、延縄を解かんといかん！　やめて帰るぞ！」

筆之丞が、慌てて四人に指示を出した時には、北西の方角より、激しい風が吹き始めた。

「急げ！　急ぐんじゃ！」


筆之丞の声に呼応して、四人も、必死に動き始めた。

慣れない五右衛門と、初漁の万次郎は、何をしていいか分からず、とにかく船を漕ごうとしたが、網が重くて動かなかった。それを見た筆之丞は、延縄の半分を切り捨てた。

「これでいい。漕げ！　みんなで漕ぐんだ！」

筆之丞の言葉に、みんなで、陸を目指して必死に漕いだ。しかし、風はますます激しくなるばかりで、漕いでも漕いでも、船は風のなすがまま、木の葉のように漂い始めた。

他の漁船はすっかり姿を消し、日は次第に傾きかけていた。万次郎たちの不安と心細さは一層募るばかりだった。

日頃冷静な筆之丞も、さすがに度を失って、言葉も荒々しい命令口調になっていた。

「主櫓の角が外れた！　五右衛門、船梁に穴をあけろ！　あけて、縄をそれに括れ！」

ほぼ絶叫に近かった。櫓を動かす支えがもぎ取られたので、急いで舷《ふなばた》を穿ち、これに櫓を括りつける必要があった。五右衛門は言われたことをしようとするが、揺れが激しく、思うようにいかない。重助と万次郎は必死に、船底に溜まった水を掻き出している。寅右衛門は頼みの綱となった櫓一挺を必死に操っている。

「あっ、折れた！」

寅右衛門の悲痛な叫び声が打ち上げる波に飲み込まれた。あっ！　あっ！　同時にみんなの悲痛な声が重なって、波間に消えた。

筆之丞は逆巻く怒濤の中で必死になって帆桁を立て、帆を張らせ、船を陸地に進めようと試みたがあざ笑うように、一段と風浪は激しくなるばかりであった。最後の櫓の一挺を激浪に流されてしまった時、全員の身体から力がぬけ、船底にへたり込んでしまった。

滝のようなしぶきを浴び、びしょ濡れになった体は凍え、手足の感覚もすっかり失われてしまい、酷寒期の一月の冷えを、一同骨の髄まで感じていた。

船が東南の方へぐんぐん押し流されていることを現実の問題として受け止めた時、ようやく、今差し当たってすべきことに気付き、筆之丞は寒さをしのぐために体を寄せ合ってしばらく我慢しようと震える体を寄せ合ってきた。

船はぐんぐんと東南の方へ押し流されていることは分かったが、どうすることも出来ず、一同はとにかくこの寒さを乗り切ろうと一夜を明かした。

八日の夜明けに陸地を望むとちらほらと人家も見えた。

「ここは室戸岬だ。ここら一帯は捕鯨場だきに、山の上にはきっと《山覧《やまみ》》が鯨を見張っとるはずじゃ。見張りがおれば、俺たちに気付くはずじゃき、きっと助かる。あきらめるんじゃないぞ！」

筆之丞の言葉に励まされ、一同に再び力が漲ってきた。

櫓も櫂もすでに失われていたので、自力で陸に近づくことはできない。大波は間断なく船の中に入ってくるので、一同懸命に淦（あか＝船底の水）を掻い出した。

ふと見ると、もう室戸岬を過ぎ、遥かに紀伊半島の山並みが見えるようになってきた。船は、勝手にどんどんと流されていく。

九日目にはいると、西北の風が吹きはじめた。時化《しけ》は収まる様子は見えず、ますます激しくなるように思われた。

大波に呑まれ、水桶の水も塩水になっている。そんな飲めそうもない水で粥を炊き、釣り溜めていた魚を煮て、飢えを何とかしのいだ。筆之丞は舵をとり、寅右衛門と万次郎は淦《あか》を掻い出して風浪をしのいだ。

十日早朝、北東の風に変わり、雨になる気配が見えた。敷板をはがし、小さく砕いて薪にした。わずかに残った米で粥を作り、残りの魚を煮てまたおかずにした。

しばらくすると雨が降り出し、やがてそれはみぞれに変わった。皆は喉が渇ききっていたので、それを手に受けて、わずかに渇きをいやした。

風は再びもとの西北の風に変わり、船はそのうち西北より東南へ流れる潮流に乗り、飛ぶように走り出した。黒潮に乗ったのである。

十一日。この日は西北の風が吹き、流されるままだった。米は尽き、水も尽き、寒さも寒かったが、それよりみんなの苦しみは飢えだった。

「ああ、あの鳥でも捕まえられたたならなあ」

五右衛門が空を飛ぶ鳥を指さしながら、羨ましそうに言った。

「五右衛門、あれはかもめだ。その向こうに飛んでいる大きな鳥がいるだろう。あれはアホウドリだ。アホウドリがおるっちゅうことは、島は近いぞ！」

諦めるのはまだ早いぞ！　筆之丞の言葉はそのように皆には聞こえた。

翌、十二日も同じ風だったが、まだ陸地は見えていたので、きっと近くに島があるはずだと、まだ望みは捨てていなかった。

十三日。この日も西北の風が吹いた。昼の九ツ時（正午）ごろ、寅右衛門が東南の方向に指を差しながら言った。

「ほら、みんな見てみろ！　あれは島だ！　確かに島だぞ！」

「ああっ、神様あ！」

万次郎は息を吹き返したように、島の方向に手を合わせた。放心状態から覚めた一同は、気を取り戻し、思い思いに、今できることを再びやり始めた。

筆之丞と重助が帆を上げ、島影を目指して船を走らせようとしたが、潮の流れが速くて船はようとして進まなかった。そこで筆之丞は舵を取り、寅右衛門と重助は帆を取り込み、万次郎は櫓を掻い出した。

島影を目前にして、寅右衛門と万次郎は、島に近づけないことにもどかしさを感じて、まだ少し残っている板切れを、櫓の代わりにして漕いでみた。すると、少し動き始めたので、重助も加わり、三人は残りの力を振り絞って懸命に漕いだ。五右衛門も、かじかんで適わぬ手を、辛うじて動かしていた。

日はやがて暮れようとしていた。皆の必死の努力が実り、破損しかけた船を、ようやく島の北側あたりへ近づける事が出来た。けれども風浪が荒く、浜辺に船を近づけることはできなかった。そこで、錨を下ろして船を泊めようとすると、海底に浮石（火山から噴き出した軽石）のようなものがあるのか、錨はかかりにくく、板切れだけで船を進ませるのは大変だった。そこで、折れた櫓を縄で括ってみた。するとまだ何とか使えそうだったので、筆之丞は手作りの櫓を上手に操りながら、島を一周した。ようやく平坦な磯を見つけた。太陽はすっかり落ちて、あたりには夜のとばりが下り始めていた。

「今日はここで泊まるぞ。夜に動くのは危ない。明日だ、夜が明けるのを待つんだ」

その日はそこから二〇〇メートルほど離れた沖に錨を下ろし、船の中で一夜を明かすことにした。

その島が鳥島だった。


動きを止めると、たっぷり浴びた海水の冷たさが、肌にじわじわとめり込んでくるようだった。寒さを防ぐために、みんなは肌を寄せ合っていたが、自分の着ているのは自分の体温でぬくもってはいるが、相手の濡れた衣類の冷たさが徐々に染みてきて、万次郎は、「おれ、着ちょるもん、全部脱いで、絞ってみるけに」と言って裸になった。力いっぱい絞ると、かなりの量の水分がしたたり落ちた。何をするのかと、他の四人は、じっと万次郎を見ていた。万次郎が衣類を絞り始めると、みんな裸になり、一斉に自分の衣類を絞り始めた。

「おい、待て！　絞るのは船の外にしろ！　せっかく淦を掻い出したばかりだ」

筆之丞が慌ててみんなに注意した。万次郎と重助が船底に溜まった水を、何とか掻き出したばかりだった。絞り切って着始めると、再び筆之丞の声が響いた。

「ちょっと待て！　着るな！　今夜はそれを上からかぶって寝るんだ。今夜は冷えるけに、裸の身体を寄せ合ったまま寝るんだ。そしたら、明日は体温で乾いているかもしれんぞ！」

「うひゃあ、気持ち悪いぜよ！」

五右衛門が言った。

「バカ言うな！　死ぬよりはましだろ！」

筆之丞の一喝で、お互い裸の身体を寄せ合った。自分の身体だけでは、それほど感じなかったが、人の肌というものは、意外と温かいものだということを、万次郎は誰よりも強く感じていた。これだったら、何とか一晩過ごせるかもしれない。万次郎にとって、「生きる」ということの意味を、自分なりに考える一夜になった。

「あにやん、女の裸っちゅうもん、こげに温かいもんけ？」

「五右衛門、お前は何を考えちゅうか？」

「おれ、まだ、おなごっちゅもんを、知らんけに、まだ死にとうない」

「そうか……。そうじゃな……おなごっちゅうもんは、こんなもんやない。もっと、温かうていいもんや。だから、死んだらあかんぜよ。みんな、諦めるんじゃないぜよ！」

万次郎は自分の死というものを、これまで考えたことはなかった。生きるということについても同じだった。漂流しているということを知った時、初めて、もしかして自分たちはこのまま死んでしまうのかもしれないと思った。そう思うと、まだ死にたくはないという思いが、疲れを忘れさせた。死ぬということよりも、空腹の方がもっと辛かった。空腹より、水が欲しいと思った。このまま飲まず食わずにいたら、死ぬことになるのかもしれない。そんな不安が、漠然と脳裏にちらつき始めた時、海の男同士の肌の温もりが、明日の命に希望を持たせてくれた。女の肌はもっと温かいと、筆之丞が言った。自分の知らない世界がまだあるということを知った時、万次郎には死ぬもんかという気持ちが、より一層深くなってきた。

寒さの方はお互いの体温で徐々に温もりつつあった。万次郎は、どくどくと脈打つ自分の鼓動を、はっきり意識していた。俺はまだ生きているんだ。五人の息遣いさえ、はっきり聞こえている。これが生きているということなんだろう。人肌のぬくもり。これがこんなに心地よいものだということを、初めて感じた感覚だった。意識の底にある母の温もり、母の乳を飲んで、俺は育ってきたんだ。万次郎はこの時、初めて自分という存在を意識していた。自分とは何だろう？　そんなことを考えたこともなかった。何でそんなことを考えているのか、そんな自分に驚いていた。

「万次郎、眠れんがか？」

筆之丞が、瞑っていた眼を開けて、万次郎にささやいた。

「何やかや、頭の中に浮かびよるで、頭の中がうるそうて眠れんがや」

筆之丞の顔が目の前にある。筆之丞は全員を包みこむように両手を広げている。その腕の一部が万次郎の肩に触れている。筆之丞の体温と、自分の体温が同じだという、当たり前の事実に初めて気づいた者のように、その温かみを、自分のものとして受け止める事が出来た。人は皆同じなんだ。大きさも小ささも年齢も関係なく、同じ生き物なんだ。

自己の死を見つめた時、万次郎の意識の中に、明らかに、これまでとは違う意識が芽生えていることに、ぼんやりとながら感じていた。

「万次郎、悪かったな……。おまんの初めての漁じゃいう時に、こげな目に遭わせてのう」

「何を言うがや。わしゃそげなこと、何も思うとらんけに。むしろ、ここまで面倒見てくれる人に、感謝しとるんじゃ。そげなこと、言わんでくれや」

「そげか、そう言うてくれると、わしも助かるのう。何としても、あの島で、生きて帰ることを考えにゃあいけんのう」

　筆之丞の意外な言葉に、万次郎は戸惑いながらも、偽らない心の内を晒した。

「そうじゃ兄者、兄者は何も悪いことはないぜよ。一人で責任を被らんでもええぜよ！」

　重助も聞いていたらしい。

「おお、重助も聞いちょったか。わしも、こげなことは初めてじゃけに、みんなで頑張らにゃあいけんのう」

「そうじゃよ、筆さん、筆さん一人じゃないけに、俺たちみんなで力を足せば、何とかなるんじゃないけ？」

「おうおう、寅やんも聞いちょったがか。こりゃみんな、やっぱ眠れんがやのう。五右衛門、おまんも起きとるんじゃろ？　何ちゃ言うてみい？」

「俺は、兄やんの言うとおりにするだけじゃ。兄やんが何せ、頼りなんじゃ」

「あたたこうはなったが、こりゃあ眠れんわな。とにかく、夜明けを待つことじゃ。明けたら、何でもええけ、釣るんじゃ。釣って、それを食うて、力を付けにゃあならんぞ。そして、一気に磯へ行くがじゃ。諦めんこっちゃ。まだ、こうして、力、溜めるんじゃ！」

一時、諦めかけたものが、再び蘇るものを感じた。一同の者全員が、同じ気持ちになっていることが、万次郎にも分かった。語らないでも分かるという、この意識とは何だろう。万次郎にとっては、初めて感じる意識だった。

庄屋の太平へは、激しい憤りを覚えた。憤りは自分の行為に勢いをつけた。父や母の教えは、自分の血となり肉となっているように感じることもあった。今感じる意識とは、いったい、何なのか？

これまでとは同じところもあるようだったが、確かに違うような気もしていた。内容が濃いと感じているこの、濃さとはいったい何だろう？

万次郎の意識の中に、これまでとは明らかに違う意識が働いていた。

万次郎は考えた。ここにいる者全ての人が今、同じ気持ちでいることがわかった。それが分かるのである。それって……。考えて、考えて、たどり着いたのは、「生きる」ということだった。生きたい。必ず生きてみせるという強い思いが、みんなの心を一つにしていることが実感された。その思いは、深いところで繋がっているように思えた。母への思い、父への思い、それよりも、もっと深いところで繋がっているように万次郎には思えた。

そこまで考えると、心が穏やかになってきて、ふっと眠りに落ちて行くように感じた。確かに眠ったように思った。ふと気づくと、夜が白み始めていた。

翌十四日（二月五日）、夜が明け始めると、みんなは待っていたように釣りを始めた。とにかくお腹が減って、喉がカラカラだったので、釣れる魚なら何でもよかった。アカバが何匹か釣れたので、小さく切って、釣れた魚を次々と食べた。少しでもお腹に入ると、急に力がついたような気になり、直ぐにでも泳いで行こうかと海の中を覗くと、フカがうようよいるのが分かった。まずい！　これではフカの餌になるばかりだ！　一同の背筋に冷たいものが走った。錨綱を引き上げようとすると、岩場に引っかかっているのか、びくともしなかった。体力も落ちていた。このままではどうにもならない。

「しゃあない、錨綱を切るぞ！　切ったら、みんなで、船板で漕いで、一気に磯へ漕ぎ寄せるんだ！いいか！」

筆之丞がみんなの結束を高めるように言い放ち錨綱を切った。まだかなり波は荒かったが、気力の方がこれ以上は持たないと判断した決断だった。善は急げだ。

錨を切ると船は木の葉のように浮き上がった。慌てて船板で船を磯へ近づけようと漕いだ。そこへ大波が寄せてきた。

荒波に乗った船は、高く浮き上がったかと思うと、急激に下へ叩きつけられた。岩礁の多い場所である。船底の一部が岩礁にたたきつけられ、たちまち、底から水が噴き出してきた。舳先が岩の間に突っ込み、さらにそこへ大波がかぶさってきた。一同を乗せた船は、忽ち水浸しになり、更に岩礁にたたきつけられ、破船してしまった。

鳥島へ上陸

寅右衛門、五右衛門、万次郎の三人は一瞬のうちに荒海の中に投げ出されていた。三人は必死に磯へ向かって抜き手を切った。何度か塩水を呑み込みながら、一つの岩に泳ぎ着いた。着くが早いか、岩に這いつくばったまま、五右衛門は目の前にあった海藻を、手あたり次第口に放り込んだ。

「五右衛門、食うのはええが、選んで食えよ！　はら、壊すぞ！」

寅右衛門も口には入れていたが、少しずつ、若芽とアオサを選んでいた。万次郎は寅右衛門に倣って、少しずつ口に入れた。

筆之丞と重助は、舵を握りしめていたので、海中に投げ出されることはなかったが、転覆した船の下に閉じ込められてしまった。あわや溺れる寸前、再び寄せてきた波に掬い上げられ、波の上に姿を見せた。

「泳げ、重助！　泳ぐんじゃ！」

沈みかけた重助の頭を持ち上げるようにして、筆之丞は叫んだ。

「兄やん、足を、足をやられた！」

重助は、ごぼごぼと海水を吐き出しながら、喘ぎあえぎ言った。

「片足はあるじゃろ！　一方の脚を使え！　あきらめちゃあ、あかんぜよ！」

筆之丞の声に励まされ、重助も力の限り腕を回転させた。波に叩かれながらも、何とか万次郎たちの岩にたどり着いた。五右衛門も寅右衛門も、彼等が岩場にたどり着くまで、海藻を採る手を止めて見守っていた。重助を押しやってから、筆之丞は岩場に這い上がってきた。

「兄やん、こっちに来たがええぞ、ほら、手を貸すからに」

　五右衛門の手を払って、筆之丞は重助の方に手を貸すように促した。

「重助が、脚をやられた！　手を貸しちゃれ！」

「重兄い、脚打ったんか？　折れたんか？」

「どうやら、折れちょるみたいや。何とか手当てをせんといかん」

　苦悶の表情の重助に代わって、筆之丞が言った。五右衛門と万次郎が、重助の肩を両脇から抱えて、岩場を乗り越えた。振り返ると、船は砕けて、見る影もなく、板片が波間に乱れ散っていた。これからの彼らの生活を暗示するように、ばらばらに打ち砕かれた木片が、波間に漂い、岩に打ち上げられていた。


　上陸を果たした五名は、先ずは安堵のため息をつきながら、荒涼とした岩山を見上げた。当然人家や人影はない無人島であることは、一目でわかった。すぐに思ったのは、食料になりそうな植物はあるのかということだった。

　山歩きが得意な万次郎の目にも、茱萸《グミ》や、萱類の雑草の類が、直ぐに目に入ったが、飢えを癒しそうなものは、目に入らなかった。少し無理をすれば、虎杖《イタドリ》は何とかなりそうに思えたが、すぐに飛びつくような草ではなかった。

重助と五右衛門を磯に残したまま、筆之丞、寅右衛門、万次郎の三人は、先ずはこの島の四方を巡り歩いてみることにした。一番は、水が確保できるかどうかである。

島の西南の岩場に、おびただしい数の鳥がいた。

「藤九郎がおる。アホウドリじゃ。それにしてもえらい数じゃ！」

筆之丞が言うまでもなく、万次郎の目にも大きな白い鳥が、岩場を埋め尽くすほどにいるのが目に留まった。

「アホウドリは逃げんので、こいつは簡単に捕まるはずじゃ。これだけおれば、当分食料にはなるぞ」

筆之丞は疲れ切った表情の奥に、一縷の希望の光を見つけたような、弾んだ声で言った。その声に、寅右衛門も万次郎も、「すごい！　凄い数じゃ！」と叫んでいた。


万次郎は唐人駄馬でヒヨドリを捕まえた時のことを思い出していた。手作りの吹き矢で、ものの見事に、仕留めた時の感動がよみがえっていた。

あの時は捕まえる感動があった。今は、目の前に見える大きな鳥たちが、全て食料に見えた。食べ物が確保できるということは、生きていけるということでもある。

万次郎は、日に日に変わりゆく、新しい自分自身を見ていた。

「次は水じゃ。水を何とかして探さんといけんのう」

川の流れのような音にも気を付けていたが、そんな音は何処からも聞こえてはこなかった。湧き水らしい場所も見当たらなかった。が、繁みの間の窪んだ岩に、雨水の溜まった個所が数か所見つかったので、三人はそれぞれに手ですくって飲んだ。底をかき混ぜないように、手にすくって飲むより、直接口から飲む方が早かった。喉の渇きに、綺麗も汚いもなかった。少々の泥や、虫や木の葉など、問題にならなかった。渇きを止めてくれる真水の威力を、万次郎は、魔法の水を飲んでいるような、不思議な感覚で飲んでいた。

「喉の渇きが収まったら、次はお腹だ。アホウドリを二、三羽捕まえてみよう」

筆之丞の指示したように、朽ちた枝を拾って、手ごろな長さに折って、調節した棒切れを構えて、アホウドリに近づき、それぞれに、一羽ずつ仕留めた。

思ったより簡単に仕留める事が出来た。

アホウドリは人を恐れていなかった。人を敵とは思っていないようだった。

ここでも万次郎は考えた。

人を信じる方がいいのか、信じない方がいいのか、と。

即座に答えは出なかったが、万次郎は知恵がつくごとに、考える人間へと変わりつつあった。まだそれほどの自覚はなかったが、これまでの自分ではないことの自覚は、はっきり感じていた。少なくとも、アホウドリにとっては、人を恐れないための不幸が始まっているのである。

気付かれないように、アホウドリの後ろに忍び寄り、棒切れで、いきなりおそいかかりながら、一方で、万次郎はそんなことを思っていた。

　捕まえた一羽のアホウドリの羽根をむしりとり、寅右衛門が、もも肉のところに噛り付いているのを見ていると、万次郎の脳裏に、海で釣りをした時の、ある場面が、突然浮かんできた。

　釣った魚の一部を、波止場に寄ってきた猫たちに、投げ与えた時の場面である。

　猫たちは、喜び勇んで、うー、うーと声を発しながら群がり食っていた。あの時の猫と、今の寅右衛門が、全く重なって見えていた。

「生なんで、少し、脂臭いがよ、食えんことはないがよ」

　羽根をむしり取っている時から、鳥の持つ異臭は感じていたが、万次郎にも空腹は抑えようがなかった。筆之丞が足を引きちぎって渡してくれたのを、万次郎も、猫になったつもりで噛り付いた。

　これは、慣れたら結構いけるかもしれない。これで生きられるかもしれない。

　そう思うと、万次郎の体に熱くこみ上げてくるものがあった。すると、自分の気持ちがコントロールできなくなり、いきなり、ぽろぽろと涙が溢れてきた。

「万次郎、もう大丈夫じゃ。きっと何とかなる」

　筆之丞はいち早く万次郎の変化を見ていた。

　万次郎は希望を捨てたわけではなかった。

　きっと助かる。なんちゃ悪いことをしとらんもんが、どうかなるわけがない。俺は、かあちゃんをまだ幸せにはしとらん。母ちゃんを幸せにせんうちに、死ぬことはないはずじゃ。かあちゃんは、感謝の気持ちさえありゃあ、必ずいいことが来ると教えてくれた。父ちゃんは感謝の気持ちを忘れるなと説いた。

そんなことを思いながら必死に耐えていたら、自然と涙が溢れてきた。筆之丞にやさしい言葉をかけられると、益々万次郎の肩は揺れた。自分の心とは無関係に、涙がとめどなく出てきた。

我慢とはこういうことなんだ。感謝とは筆之丞に感じた、こんな心なんだと思うと、体が自然に反応するのだった。

万次郎ほどではなかったが、寅右衛門の目にも涙が見えた。万次郎に誘発されたように、筆之丞の目にも涙があった。しばらくして平静に戻った筆之丞が力強く言った。

「あとはまず、当座寝泊まりできるところを探すがぞ！」

三人の脚も、こころなしか軽くなったように感じられた。筆之丞の言葉も、再び船頭のもつ力強い言い方になっていた。

重助を五右衛門に任せ、三人は東南の方向へ歩を進めた。暫く滞在するのにふさわしい場所を探すためである。

暫く行くと、天然の洞窟があった。中に入ってみると、入り口は狭かったが、奥の方は立っても歩けるほどの高さがあった。八畳の座敷くらいの広さがあったので、これはいい場所だと、三人は喜び、重助と五右衛門を連れに磯まで戻った。

そこで波に打ち寄せられた船板の数々を、拾えるだけ拾って岩穴へ運んだ。岩穴の下に敷き詰めるのに丁度よい板を並べて置いた。船板とともに打ち上げられていたヤス（水中の魚介を刺して捕らえる漁具）の先で「藤九郎」の皮をはぎ、尖った石で、肉片を切り裂いたものを、重助と五右衛門にも食べさせた。

鳥島第一日目の夜。

前日、船の中で寝た時、お互いの体温に助けられたことは、洞での生活にも生かされた。夜の冷えで、体力を消耗しないように、着物を全部脱ぎ、それを蒲団代わりに上からかぶり、五人抱き合って寝た。着物は乾いていたので、船の中よりは快適に眠る事が出来た。

筆之丞は寝る前に、これからの島での生活についての決意と心構えを、四人に向かって語った。一時期、自分自身が混乱し、十分な統率が出来ていなかったことをまず詫びた。

「みんなを、こげな目に合わせてしもうて、悪かったなあ……。皆をこんな目に遭わせてしもうたんは、船頭である、俺の判断が甘かったがじゃ。みんな、許しちょくれ！……。

でも、まだわしゃあ諦めちゃおらんけに。どがかして、生きて帰ろう思うとる。そんためにはじゃ、水と食べ物を何とかせんならん。この島に流れ着いたがは、一つの運命なのかもしれん。こん島で、いつまで生きちょらるっか、そりゃあ、天の神様に任せるだけじゃあ。アホウドリがいっぱいおるんで、やつらがおる間は、なんとか、生きることはできるがじゃ思う。問題は水じゃ。毎日雨が降りゃあええが、そうもいかん。だから、食べ物も、水も、みんなの共有ということで、制限して使うことにせんといかん思うとる」

筆之丞は一語一語かみしめるように語った。そこには、船頭として蘇った筆之丞がいた。そんな筆之丞を、みんな心待ちにしていた。万次郎も、久しぶりに、心に、火が灯ったように感じていた。


生きる望みは生じたものの、五名の漂流民の日常は、毎日が死と隣り合わせにあったのは言うまでもない。アホウドリの肉を主食とした生活が始まったわけだが、火打石があるわけではなく、多くは生乾きの肉をそのまま口にしなければならなかった。虎やライオンのように鋭利な歯があるわけでもなく、先のとがった石で、細かく切り刻んでからしか、食べられない日常が続くことになった。

みんなは心を合わせて、出来るだけの工夫はした。

鋭利な石で、細かく刻んで、塩水で味をつけ、天日に晒し、石焼きにして食べた。それくらいの調理しかできなかったが、いつも乾燥した肉を食べたわけではない。

まだ脂の臭いがぷんぷんする生肉を、目をつぶって口に入れ、ひたすら噛み続けるということの方が多かった。それでも当初は、一日に一人三羽くらいは食べる事が出来た。

水は岩間からしたたり落ちる水滴を、磯に打ち上げられていた三斗入りの水桶を三つ拾ってきて、それに溜めて使った。

そんな生活をしばらく続けていると、体力がみるみる回復するのが分かった。いや、回復するように思われたが、自然はそうは甘くなかった。岩の水はすぐに涸れてしまうので、貝殻を盃代わりにして、アホウドリを食べた後だけ、一日に一杯と限定して、過ごさなければならなくなった。その水も無くなると、湿った石をなめたり、早朝の露を求めて、木の葉っぱを舐めてみたりして、何とか渇きをいやす日々が続いた。

いよいよ水が無くなってしまった時には、自分の尿を飲むこともあった。その尿にしても、限りがあった。水分を摂らない体からは、少しの尿しか出てこなかったのだ。水への恐怖は日増しに増していった。

それ以上に深刻だったのは、アホウドリが子育てを終えて、四月頃になると、いなくなってしまうことだった。主食のアホウドリが居なくなると、磯に行き、海藻や貝、時には、鯨の肉が流れ着くこともあったが、食えるものは何でも口に入れた。

ぎりぎりの生活の中、五人の体力も日増しに落ちて、体もやせ衰えてきた。重助は寝たきりで、筆之丞は、そんな重助の介抱のみの生活が続いていた。

体を使わなくなった筆之丞の体力も、最年長だっただけに、目に見えて衰えてきた。島に着いた時のような、威厳も消え失せようとしていた。それで、必然、食料を調達するのは、寅右衛門、五右衛門、万次郎の三人ということになっていた。

そんな生活を繰り返しながらも、沖を行く船はないか、近くへ来る船は見当たらないかと、比較的元気な三人は、毎日監視することは忘れなかった。

三月に入ったある日のことだった。万次郎は、十里ほど沖合を航行する大きな船を発見した。夜明けだった。手元にあったぼろ布のようなものを、板切れに括って、必死になって大声で叫んだ。だが、船はそのまま通り過ぎて行った。期待が大きかっただけに、報われなかった反動も大きかった。絶望感がひしひしとこみ上げてきた。

アホウドリの姿がめっきり少なくなった四月のある日、筆之丞は万次郎を連れて、水と食料を探しに出かけた。このままでは気が滅入り、リーダーたるべき自分が気弱になっていては、他の四人の士気にも、影響すると思ったのかもしれない。筆之丞は、自分に気合いを入れるように、一番元気のありそうな万次郎を誘ったのだった。

二人は、今まで行ったことのない険しい道を、敢えて選んで行った。いつも通るところには、水も食料も尽きてしまっていたからだ。

険しい岩をよじ登って頂上に立つと、そこには茫々たる草原が横たわっていた。何か食べられそうなものはないかと、なおも雑草を押し分けて進んでいると、石を積み上げただけの、古い墓らしきものが二基現れた。それは丸くて長い石を二、三尺ほどの高さに積み上げたものだった。碑面には、微かに文字らしきものが見えた。苔むしているので、どこの誰の墓であるのか分からなかったが、自分たちよりもかなり前に、この島に漂流してきた人がいて、その中の二人が亡くなったので、弔ったのだということは分かった。

「墓じゃ。俺たちと同じ漂流民じゃな」

「二人、亡くなったんか……」

筆之丞も万次郎も、言葉はそれ以上出てこなかった。筆之丞が手を合わせ、頭を下げて拝んだので、万次郎もそれに倣った。どのくらい拝んでいたかは分からなかった。

二人とも、涙を抑えることができなかった。万次郎はその涙の正体を探ろうとしたが、明らかに、自分たちの姿と重なって出てきた涙だということは分かった。

「生きるんじゃ！　おれたちゃあ、生きるんじゃ！　食べ物、食うもんを探すこっちゃあ。万次郎、おまんは強いがじゃ。決して諦めんなよ。諦めんかったら、何とかなるぜよ」

思い直したように、筆之丞は万次郎に強い口調で言った。

「わしゃあ、諦めとらんぜよ。筆兄いも、気の弱いことを言わんで、一緒に生きるぜよ！」

万次郎は、何で急に涙が出てきたのか、そのわけを考えていた。

最悪の自分を想像した結果、こみ上げてきたのだと思った。筆之丞も同じだと思った。気持ちが萎えたら、きっとまた同じような涙が出るに違いないと思った。こんな時の涙は、生きのびるためには必要ではないと、強く思った。助かる姿を想像すれば、涙は出ないはずだと思った。

過ぎ去った昔のことを想像するのは大事なことだが、未来を、暗い、絶望感だけが支配していると想像するのは、やめようと思った。予測は、明るい方がいい。明るい方を見ていると、そこに明るい日差しが見えてくるように思えた。

生き方も同じではないか。信じる力は人を励まし、自分をも励ましてくれる。

万次郎は、これまで考えたこともない、考えようともしなかったことを考えている自分自身に気付いていた。

死を見つめていると、今まで考えてもみなかったような世界が、忽然と開けて見えてくるような気がしていた。先々のことを考えると、自分の中に、目に見えない何かの力が湧いてくるように感じていた。

二人は洞窟に戻ると、後の三人の仲間にも、墓を発見したことを伝えた。三人もまた、自分たちが、いずれ餓死するのではないかと、想像したくない想像をして涙ぐんだ。

「おれたちも、いずれ、そうなっちまうんか？　死ぬんか？」

五右衛門は誰に言うともなく言うと、死にとうない！　と叫ぶと、声をあげて泣いた。重助は、南無阿弥陀仏、ナムアミダブツと口の中で唱えている。寅右衛門は一点を見つめたまま、まんじりともしなかった。

筆之丞と万次郎が見たと思われる墓は誰のものか、未だに定かではない。でもこの鳥島には、数々の漂流者が漂流してきたことが、多くの古文書にも記述されている。

鳥島に漂着して三か月余、四月下旬のことだった。アホウドリの数も、この頃になると殆ど見られなくなっていた。

主食になるアホウドリがいなくなれば、当然食料は乏しくなる。それと共に、五人の気力も日増しに乏しくなってきた。

足を骨折している重助は、洞窟に射し込んでくる日光を、辛うじて見ながら、一歩も歩く事が出来ない生活を続けていた。かといって、五右衛門と万次郎を除いた二人も、重助と変わらない生活を余儀なくされていた。若い万次郎と五右衛門が主となって、食料の調達係として出歩く以外、みんなは動こうともしなくなっていた。

この日は、その日の食料にする海藻と、小魚と、貝を、辛うじて調達し二人は戻ってきた。いつものように、ささやかな食事を済ませ、明日は何をしようかと、漠然と考えていた夜、突然、洞窟内が激しく揺れ動いた。頭上から、砂利が雨のように崩れ落ちてきた。

「地震だ！」

五右衛門が叫んだ。他の四人も、口々に地震じゃ、地震じゃと叫びながら、洞から飛び出そうとした。

「待て！　危ない！　上は崖じゃ、外は危ない、しばらくじっとしとけ！」

筆之丞は叫んで、他の四人を制した。上から落ちてくる土を払いのけながら、一同はしばらく様子を窺った。

洞窟の上は切り立った崖になっていたし、下の方には蒼い海が待ち受けていた。洞門近くに落ちてくる石が、激しい音を立てて崖下に落ちていくのが分かった。

いよいよその時が来たかと、一同観念して、お互いに抱き合ったまま、信じている神仏の御名を唱え、恐怖に身を震わせていた。

直下型の火山性群発地震が起きた瞬間だった。飢えて死ぬのではなく、地震で死ぬのかと覚悟を決めた五人だったが、やがて地震は止み、恐怖の一夜は明けた。

全員無事だった。

「おれたちゃあ、生きるようになっちょるのかもしれん」

だれがつぶやいたのか、自分かも知れない、他のだれかだったのかもしれない。皆がそう思い、そうだそうだとつぶやきながら、神仏に祈願するのだった。

地震以後、アホウドリの姿は全く見えなくなり、水の調達もほとんどできなくなった。暗い気持ちで、地震の後片付けをしながら、五人の会話も少なくなっていた。

地震から数日たった夕暮れ時、筆之丞はぼんやりと空を見上げていた。雲の間に三日月が浮いているのを見ながら、今日ははて、何月何日だったかと薄れゆく記憶を確かめながら考えていた。

ここでの漂流生活は何日たったのか、筆之丞の計算では、六月三日頃のはずだった。自信がなかったので寅右衛門に確かめた。

「確か、五月の終わりくらいじゃないのかな」

寅右衛門も曖昧な言い方だった。

いや、そうじゃない、四月の終わりころじゃ、と五人が五人共、皆それぞれに違っていた。同じ日を言う者は、誰一人いなかった。微妙に、日がずれていた。（実際は陰暦の五月上旬のことだった）

三日月を見た日から二日ほど経っていた。早起きの五右衛門は、夜が明けぬうちから洞窟の外に出た。東の空が白みかけ、下を見下ろすと、いつものように、渺々《びょうびょう》たる海が広がっていた。見飽きるほど、毎日眺めている海だった。何か食料でも探しに行くか、と独り言を言いながら、五右衛門が動き始めようとした。あまりにも早くから、五右衛門が外に出たので、心配した寅右衛門と万次郎が後を追いかけて行った。

「五右衛門、一人で動くな！　こんなに早く危ないぞ！」

寅右衛門の声に、驚いたように振り向いた五右衛門は、目の色を変えて二人に言った。

「あの海の向こう、万次郎、あれを見てみろ、船じゃ、船じゃぞ！」

「五右衛門、そりゃあ雲じゃ、雲が揺れとんのじゃ」

寅右衛門が否定するのを打ち消して、五右衛門は再び叫んだ。

「違う！　船じゃ！　船に違いない。万次郎、そうじゃろ、間違いなかろうが！」

五右衛門の指さす方向に、確かに船が見えた。万次郎も、五右衛門に負けないような大声で叫んだ。

「船じゃあ！　ありゃあ船じゃあ！　五右衛門、間違いないぜよ。寅さん、あの方向、あの方向をようく見てつかあさい！」

万次郎は五右衛門に同調し、寅右衛門に感動を伝えた。万次郎の指さす方を、今度は念入りに寅右衛門も確認した。

「五右衛門、でかした、でかしたぞ！　確かに船じゃ！　間違いない、船じゃ！」

寅右衛門も頓狂な声を出して叫んだ。

「俺は、筆之丞さんと重助さんにも教えてくるけ、五右衛門、ずっと見張っとれ！」

寅右衛門は喜び勇んで駆けて行った。

しかし、よく見張っていたつもりだったが、帆船はその沖合三里ほど先を通過してしまった。呼んでも叫んでも、聞こえる距離ではなく、手を振っても、こっちからは見えても、向こうからは、見える可能性のない距離である。筆之丞へ知らせて戻ってきた寅右衛門は、見えなくなった船に力を落とし、その場に頽《くずお》れてしまった。

万次郎は諦めなかった。

帆船が東南の方から近づき、島影に消えたのなら、南西の方へ行っているのかもしれない。とにかく、そちらの方を見に行ってみようと、五右衛門を誘った。寅右衛門同様、力を落としていた五右衛門は、万次郎の誘いに乗らなかった。仕方なく万次郎一人、南西の方へ岩を登ってみた。すると、白帆が二つ見え、その白帆は、さらに近づいているように見えた。

万次郎は必死になって手を振った。

それだけでは見えないかもしれないと思って、下着の襦袢を脱ぎ、大きく振った。すると帆船から二隻の小舟が下され、こちらに漕ぎ出してくる気配が見えた。万次郎の身体は羽が生えたように軽やかになり一気に知らせに駆け下りた。

「おおい、船じゃ、伝馬船が二つ島に近づいてくるぞう！」

五右衛門も寅右衛門も、からくり人形のようにすっくと立ちあがり、万次郎の後を追いかけてきた。筆之丞は、足の骨折で動けない重助につきっきりで、弟を置いて一緒に駆けだすことはしなかった。

万次郎についてきた寅右衛門も五右衛門も、岸壁の下に、島へ近づこうとしている小舟を二艘見つけた。普段でも波の荒い海である。二艘の小舟は容易に着岸できず、周囲をうろうろしているばかりである。そのうち岸壁の上の三人に気づいたようだった。万次郎は、先ほどの襦袢を振って合図した。五右衛門も、股引を脱いで振った。見れば明らかに異人だと分かったが、そんなことはどうでもよかった。その中の一人が、帽子を振っている。言葉はなかったが、明らかにお互いの意思は通じ合った。日本と欧米では、来いと行けの手招きは全く逆である。

万次郎は襦袢で、小舟を岸に着けてくれと訴えた。舟のほうからも、こっちへ来いと言っている様に見えた。万次郎たちの立っている岸壁から、彼らのいる磯まで、およそ五十メートル。万次郎は着ている着物を全て脱ぎ、尻にあてて、滑り落ちるように下に落ちた。ゴツゴツとした岩肌に尻を打ち、さらに尻を擦り剝きながら、一気に下へ雪崩落ちた。あとの二人も万次郎の真似をして雪崩落ちた。舟の上から、ウヲー！　という喚声とも、悲鳴とも聞こえる声が一斉に起きた。彼等が、明らかに自分たちを見ているということが、三人に見えない勇気を与えた。それは無謀な行為だったが、待ちに待ったチャンスを逃すまいという必死さがさせたことだった。

　磯へ降りて、近くから見ると、二艘の小舟には、それぞれ毛色の変わった六人の異人が乗っていた。二艘の中の近くの一艘が、錨を下ろした。そしてしきりに、万次郎たちにここまで泳いで来いと言っているような仕草をしている。三人にとって、初めて見る異人である。そのうちの一人は、体に墨を塗ったように黒かった。みんなかなり大きい。

「何ちゃあ、みんな、かめかめ言うちょるのう。何を嚙め言うがか？」

　五右衛門が怪訝そうに言う。

「俺には、カモンち聞こゆるがや。泳いで来いち、言いよるん違うけ？」

　万次郎が言うと、寅右衛門は万次郎に同調して付け足した。

「来い、ちゅうことだけは分かるんじゃが……、どうするがか、じゃ……」

　明らかにためらっている。異人の大きさに、いささか恐れている。肌の色の違いに、何か圧倒されるものを感じて、五右衛門も寅右衛門もためらっている。

「来い、言うんなら、わしゃあ行ってみるがじゃ！」

　万次郎はそういうが早いか、そのまま海へ飛び込もうとした。すると相手はいっせいに待てと言っている様に見えた。ゼスチャーで、脱いだものを頭に巻きつけて来いと言っているように感じたので、その通りに、着物を頭にくくりつけると、相手は口々に何か、喚声に近い言葉を発している。万次郎には「オーケー、グー」などの声に聞こえたが、それでよしという歓声に思えて、しり込みしている二人を残して、ためらわず飛び込んだ。頭の着物は濡らさないように、抜き手を切って船に向かった。小舟にたどり着くと、異人たちはいっせいに手を差し伸べ、舟に引き上げてくれた。ここまでの動きは、万次郎にとってはひと呼吸の出来事のように感じられた。何かに導かれて動いているように思えた。言葉は発していないのに、全てが理解できた。助けるということと、助かるということは同じかもしれない。そんなことが瞬時に脳裏をよぎった。

小舟に引き上げられた時の手の感触は、裸で抱き合って寝た時の、仲間の温かさと同じだと思った。これで助かったのだと思った瞬間、万次郎の目は涙に溢れ、おいおい、おいおいと泣き崩れた。「オーケー、オーケー」と、大きな手の感触の人たちは、明らかに歓迎してくれていることが分かった。その時の手の温もりが、万次郎には神の手のように感じられ、おもわず、「あー、かみさまあ」と小舟の底板に頭を下げてうずくまった。

万次郎を見ていた五右衛門も寅右衛門も、万次郎に倣い、頭に着物を乗せ、抜き手を切って異人の手で小舟に引き上げられた。五右衛門は万次郎と同じ舟に、寅右衛門はもう一艘の小舟に引き上げられた。そして彼ら二人もまた、同じように小舟の中で泣き崩れた。

しばらくして、小舟が帆船の方へ戻ろうとしたので、万次郎は慌てて、まだ二人島に残っているということを、身振り手振りで必死に訴えた。寅右衛門も五右衛門も、口をパクパク動かしながら、言葉の通じない相手に必死に訴えた。言葉は通じなくても、人の意志や感情は伝わると見えて、仲間はこれだけかと言っている様に万次郎には思われたので、あと二人洞窟に取り残されている。一人は足を痛めて動けなくて、一人はその付き添いをしているということを、身振り手振りで伝えると、通じたのか、黒人と白人の二人が、万次郎が指さす方向へ向かって行った。

驚いたのは筆之丞と重助だった。寅右衛門が、外国船が近くに来ているということだけは知らせに走っていたので、ある程度の予感はあった。

でも、顔に薄墨を塗ったような大男と、二人の、赤毛碧眼の大男が立っていたのである。肝をつぶさんばかりに驚きはしたものの、彼等に抵抗するだけの余力は残されていなかった。彼等は、ずかずかと洞内に入り込んできたかと思うと、筆之丞と重助を抱きかかえようとしたので、何をするかと、一応の抵抗はしたものの、色の白い異人が、万次郎たちに示したような、身振り手振りで、仲間三人はすでに舟にいることを伝えたので、筆之丞は納得し、異国人に従うことにした。

病み疲れて、動けない重助を、黒人の男が軽々と持ち上げ、背負った。筆之丞も白人二人に抱きかかえられ、浜辺まで出てきた。浜辺からは、小舟から投げ与えられたロープを握り、余力を振り絞って小舟まで泳いでいった。

五名全員が救いあげられると、異国の水夫たちは、長いオールを巧みに漕いで、沖に停泊中の本船へと向かって行った。

本船に着いた五人は、生まれて初めて見る異国船の大きさに驚き、ひとまず助かったという思いの中に浸っていた。

万次郎は、一日一日変化していく己が身の上を改めて考えていた。

これまでの自分は、何一つ不自由なく、生きてきた。父の背中に支えられ、母の愛情に抱かれ、絶望と喜びは、紙一重だということも分からずに、生きていたように思えてきた。

こんなことは、十四年間一度だって考えたことはなかった。何度も何度も、死を意識するうちに、過去の生き方が、不意に浮かび上がってきたのだった。

どんな絶望も、望みを捨てないで待ち望んでいれば、きっと報われる日が、このように来るに違いない。諦めないことだ。これからもまだ、こんな苦しいことがあるに違いない。死ぬような苦しみが、待っているかもしれない。でも、あきらめなければ、きっとそのうちに、今日のような喜びに繋がる時が、きっと、やって来るに違いない。

万次郎は心底そう思っていた。今まで考えたこともなかった、自分の死を見つめることによって、これからの人生まで考えられるようになっていたのである。

ホイットフィールド船長との出会い

万次郎ら五名を救助した船は、ジョン・ハウランド号というアメリカの捕鯨船であった。

百四十三日間の、無人島生活に耐え抜いた五人の漂流民の姿は、見るも哀れに見えたのだろう。彼らには、乗り込んですぐに、筒袖の着衣が与えられた。

ぼろ巾を纏ったような身なりの五人を、先ず普段の人間に戻すには、食べることより、衣類からだったのだろう。

でも、差し出された衣類は、五人には、どうも勝手が悪かった。それでも、見よう見まねで着衣した。すると、まず水夫の一人が水を少し与えてくれた。続いてコックが、ほかほかの琉球藷（ジャガイモ）を持ってきてくれた。実にうまそうな匂いだった。

五人はその琉球藷に、一斉に食らいつこうとした。万次郎は両手に握りしめ、交互に、一気に食べるつもりだった。心遣いに感謝しつつ、有難く食べ始めようとしたとき、「オー、ノー！」と、突然大きな声がして、いきなり藷を取り上げられてしまった。

《ああ、無情な！》

今まさに食べる寸前だったので、その反動は大きかった。

まともな食事ができると思った瞬間、駄目だと言われて、取り上げられたのだ。五人全員、あまりのショックに眩暈を感じ、その場にへたり込んでしまった。

ダメ出しをした人、その人が、この船のホイットフィールド船長だった。彼は、藷の代わりに、少しの肉と、一碗の菜汁を食べさせるように指示した。赤毛の堂々とした髭を蓄えた人で、みんなは彼の統率の下に行動していることが、この一事でも理解できた。

船長が琉球藷を取り上げたのには、ちゃんとした配慮があってのことだった。飢えている者が、一度にたくさん食べれば、必ず体に支障が出てくることを配慮しての、立派な指示だった。そのことは、船長の、ゼスチャーを交えた説明で、空腹の五人にも理解できた。

万次郎は豚肉がお菓子のようにおいしく思えて、もっと欲しいとゼスチャーで示したが、それは認められなかった。豚肉と思って食ったものは、おそらくビスケットのような菓子類ではなかったろうか。初めての触感であった。

この時の捕鯨船は、一八三〇年に、ニューベッドフォードで竣工した、三本マストの捕鯨船で、当時としては世界最大級の捕鯨船であった。

捕鯨船ジョン・ハウランド号

異国人からいろいろ親切にされ、ようやく、周囲を見回す余裕が出てきた万次郎は、生まれて初めて乗った、この大きな船に興味を示し始めた。

舟の大きさは三十間くらいだろうかと推測した。幅は六間ぐらいだろうか。

自分の掌を広げて、端から端までを、何度か往復をしながら、大きさを推測していた。

船体には、木材だけではなく、銅が張りめぐらされている。それに、大きな帆柱が三本もある。綱が蜘蛛の巣のように、縦横に張り巡らされている。帆は何枚あるんだ。うーん、数十枚はありそうだ。

船首は何処だ。あそこかな。何か、美しい旗が、海風に翻っている、あれは、おそらくアメリカの国旗なのだろうな。

空腹感が一応収まると、万次郎は、きょろきょろと、あちこちを見回し、立って、うろうろし始めた。そんな万次郎を見て、水夫の一人が、船内を案内してやろうか、というそぶりを見せた。万次郎は、にこりと笑って、直ぐに応じた。他の四人は、一か所に固まったまま、そんな万次郎を、ただ黙って見守っていた。

水夫の一人が、ついてこいと言っている様だったので、万次郎は、四人にも、見学してみようと誘ったが、四人は、しばらくじっとしていたいというので、万次郎だけが、水夫に案内してもらった。

大砲が二門、剣付きの銃が三十挺《ちょう》、穀類も相当数あり、生きている牛や豚が飼われているのには驚いてしまった。

何という船なんだろう。こんな船が実際にあるなど、万次郎は想像することさえ出来なかった。空腹や、疲労も忘れ、万次郎は、何かにとり憑かれたように見て回った。

船底に下りてみると、鯨油の大樽が、六千樽ほども積み入れてあった。船長の居間らしきものも見せてもらったが、日本の仏間のような、華美な雰囲気があった。

ホイットフィールド船長は、このとき三十六歳、筆之丞とほとんど変わらなかったが、二十七人の乗組員を統べる威厳が、体全体から感じられた。

好奇心旺盛な万次郎の行動を、ホイットフィールド船長は注意深く観察していた。

かくて、五人の身は保証された。そのことは安心できた。しかし、これから先どうなるのか、万次郎を除いた四人は、不安でいっぱいだった。

乗組員の親切さに、心は和らいだが、これから先どうなるのか、四人には、不安が抑えられなかった。そんな四人を、最年少の万次郎が励ますような言い方をすることが多くなった。

「この船の船長さんは、なかなかいい人のようじゃのう」

万次郎がそう言うと、まだ、どんな人か分からないと、筆之丞は慎重に対応するように言う。そんな筆之丞に呼応するように、寅右衛門も、万次郎の行動に不安を感じている素振りを見せる。重助は何も言わないが、五右衛門は、奔放な万次郎を、「マンはいいなあ、直ぐに皆と打ち解けて」と、羨ましそうに言う。

しかし、それぞれの過ごし方は違ったが、命さえあれば、いずれ帰国の道も開けてこようと、その夜は、ジョン・ハウランド号の中で、久しぶりに深い眠りについた五人だった。


翌五月十日、五人にはこの日、豚の干し肉のあぶったものと、焼き芋、パンなどが与えられた。万次郎は若いだけに体力の回復も早かった。

万次郎の元気そうな様子を見たホイットフィールド船長は、キャッチャーボートに乗り、あの島の方へ行けというような仕草をした。万次郎はその意図が分からず、元気な万次郎だけ、元の島へ送り返されるのかと誤解して、それは嫌だと泣き叫ぶと、船長は、もっとゆっくり丁寧に、ボディランゲージで伝えてくれた。

船長は島に残してきた衣類を取ってくるようにと言っていたのだった。

そこで、水夫六人と万次郎は、小舟に乗って島へ行き、洞窟の中から残りの品々をとりまとめて戻ってきた。帰船すると、水夫と万次郎に、豚肉の煮たものが供された。万次郎はこの時久々に、火の通ったものを口にする事が出来た。

万次郎は思った。この船に救助されて本当によかった。ひょっとしたら、日本へ連れて行ってくれるかもしれない。火の通った肉を食べていると、再び自分が蘇っていることを実感することができた。

直ぐに帰国できるという夢は、淡い夢であった。その時から十年間、万次郎は身に染みて感じることになる。当時、日本海域には、どんな船も近づけなかった。当時の日本は、江戸末期の慌ただしい時代で、鎖国政策を貫いていたからである。

一八三七年（天保八年）にモリソン号事件という、日本にとっては大変不名誉な事件が起きていた。日本人漂流民（音吉ら七人）を乗せたアメリカ合衆国の商船を日本側砲台が砲撃するという事件があったばかりだったので、たとえ人命救助といえども、日本の海岸へ近づいてはならないという情報が入っていたのである。

鹿児島湾、浦賀湾に現れたアメリカの商船「モリソン号」に対して、薩摩藩及び、浦和奉行の太田資統は異国船打払令に基づき砲撃を行った（江戸湾で砲撃を命ぜられたのは小田原藩と川越藩）。しかしこのモリソン号はマカオで保護されていた日本人漂流民の音吉、庄蔵、寿三郎ら七人が乗っており、モリソン号はこの日本人の漂流民の送還と通商、布教のために来航していたことが一年後に分かり、異国船打払令に対する批判が強まっていた。

モリソン号は非武装であり、当時はイギリス軍艦と勘違いされていた。のちに「慎機論」を著した渡辺崋山、「戊戌夢物語」を著した高野長英らが幕府の外交政策を批判したため逮捕されるという事件（蛮社の獄）が起こる。

モリソン号事件があったばかりの日本近海には、捕鯨船や商船は決して近づかなかった。――理由もなく発砲する国とはいったいどんな国なのだ。話の通じない野蛮国なのか――と、日本近海になると、どの船もそんな噂をするようになっていて、ジョン・ハウランド号も例外ではなく、日本の評判は良くなかった。

その評判の良くない、日本の漁民を救助したのである。

ホイットフィールド船長は、日本へ連れて行くという考えは、この時は全く持っていなかった。四人共に、日本語しか通じなかったし、説明することも出来なかった。

五名の漂流民は、いつかは帰国できるという期待感を持ちながら、鯨を追いかけている、勇壮な船員の姿を、毎日毎日見続けていた。その期間は、ハワイのオアフ島に寄港するまで続いた。その間、四、五か月。この四、五か月という時間が長いのか短いのか、それは個人個人で違いがあった。五人は一応客人扱いであったが、自分たちにできることは必要に応じて手伝いをするように心がけていた。

船乗りと言っても、捕鯨と鰹漁ではあまりにも違いがあり、艦内の掃除程度の手伝いは出来ても、捕鯨に関してはただただ圧倒されて、見守るばかりだった。その中でただ一人、万次郎は積極的に鯨漁に関心を持ち、見よう見まねで、自分にできることを、少しずつ増やしていった。もともと万次郎は漁師になりたかったのである。大きい小さいの違いはあっても、漁には違いなく、万次郎は初めての出漁だったので、筆之丞について漁師としてのイロハを学ぶつもりだったが、それが鰹漁から鯨漁に変わったに過ぎなかったのである。

一八四一年十一月二十日（天保十二年十月八日）、ハワイ―オアフ島のホノルルに入港するまでの、この四、五か月間は、万次郎にとって、貴重な捕鯨漁の学習期間だった。

ほかの四名が、遠慮がちに、片隅に寄り添って過ごしている間に、万次郎は積極的に仲間に加わろうとして、分からないときは、身振り手振りで分かるまで聞いた。

ジョン・ハウランド号は、ホノルルに着くまでに十数頭の鯨を捕獲した。つぶさにそれを観察していた万次郎は、その手順が直ぐに理解できたので、用具の準備など事前に準備しておくこともあった。

そのうち万次郎は、簡単な英語も理解できるようになり、他の四名との連絡係のようになっていた。あいつは、なかなか面白いやつだ。ジョン・ハウランド号の船員たちからも万次郎はかわいがられるようになっていった。

「ヘイ、ジョン！　ジョン万！」

ジョン・ハウランド号の水夫たちは、何にでも興味を持ち、これは何だ？　これはどうするのか？何かすることはないか？　と、いつも笑顔で、積極的に、覚えたての英語で語り掛けてくる万次郎を、ジョン・ハウランド号の「ジョン」と、「万次郎」の万をくっつけて、「ジョン・マン、ジョン・マン」と言って可愛がった。

「万次郎はなかなか機転が利く。呑み込みも早い。何でも教えてやれ」

ホイットフィールド船長は、船員たちにそう言って、特に目にとめるようになっていた。

オアフ島に着くと、船長は手続きのため、五人を知事のマタイオ・ケクアナオアの下へ連れて行った。

知事の住居は海岸に近い砦の中にあった。この砦は、ロシア人の侵略に備えて、一八一六年に造られたもので、大砲がたくさん据えられていた。

知事のケクアナオアは、ホイットフィールド船長から、日本人漂流民の事情を詳しく聞いた。聞き終えると、納得したように笑みを浮かべながら、一行を歓迎してくれた。

このように漂流民を世話するのは、初めてではないようで、船長と知事との間には、かなりの信頼関係があるように五人には感じられた。

事情を聴いた知事は、艦内の自分の住居に近い、小さな草小屋を、当座の宿泊場所として与えてくれた。

草小屋というのは、知事の下役のカウカハワという者の家のことだった。そのカウカハワの家は、屋根を茅や草で葺いた、長さ六間ほどの構えで、そこにカウカハワ夫妻、老母、弟夫婦とその子など、六人家族が住んでいた。五人は、この家の一室を与えられ、そこで寝泊まりをすることになった。洞窟暮らしや、捕鯨船の中での暮らしに比べると、五人にとっては別天地と言えた。

船長は、捕鯨船の食料の調達や、船の傷んだ箇所の修理や、そこでの知り合い仲間との情報連絡などで、しばらく五人の前から遠ざかっていた。

五人が通された部屋の中は、屋根と同じ材料を用いた仕切りがあり、ござを広げた床の上には、羅紗製のじゅうたんが敷いてあった。家と言っても簡単な造りで、決して見栄えのする住まいとは言えなかったが、全く突然に訪れた者に、ここまで提供してくれる親切に、一同、言葉では言い尽くせない感謝でいっぱいだった。日本とは明らかに生活様式は違っていた。でも、生活がそれほど豊かだとは思えないのに、それに、家族がひしめき合っているのに、その一室を明け渡して、使わせてくれる親切さとはいったい何だろう。

万次郎は、漂流以来考える人になっていた。それは万次郎だけではなかった。五人全員が思っていたらしい。万次郎はその素朴な疑問を筆之丞に尋ねてみた。

「フデ船長、ハウランド号の船長さんも、船員さんも、みな俺たちに親切だったし、ここのオアフ島の知事さんも、島の人もみんな、こげに親切にしてくれるがは、なんでじゃろう？　俺たちの国じゃあ考えられんけに……」

万次郎は今津太平家での生活のことを思っていた。

「万、お前もそう思うとったがか、俺もじゃ！」

五右衛門もすぐに相槌を打った。

「おれにも分からんがに。日本人が一番親切じゃ思うとったが、まっこて、それ以上の国もあるっちゅうことかのう」

筆之丞は戸惑いながら、万次郎と同じ思いだったことを明かした。そんな筆之丞に同調するように、寅右衛門も頷いている。さすがに重助は未だに痛みがあるらしく、感情を表に出すことはしない。

夜になると、めいめい蚊帳をつるして、その中で寝た。そこでも万次郎は、考え事をしていた。ここ半年の出来事が、何か繰り返し繰り返し思い出されてくるのである。

「おれたちゃあ、これから、ここで、ずっと暮らすことになるんじゃろか？」

五右衛門が寝物語のように言った。

「ここは決して悪いところではないようじゃが、ずっととなると、考えてしまうのう」

寅右衛門が言う。

「そうじゃなあ、ほんにすまんなあ、こげなことになってしもうて」

筆之丞はよほど責任を感じているらしく、すまんなあが、口癖のように出る。

「万次郎、おまんはどうするがじゃ？」

五右衛門が聞いた。

「実はのう、俺、ホイットフィールド船長から、アメリカへ行ってみらんかと、言われとるんじゃ。

どうしたもんか、俺も、迷うとるんじゃ」

一同に、ええっ！　という驚きの表情が見えた。五人が一人でも欠けたら、ここまで築いたつながりが、ガラガラと崩れてしまいそうで、船長に、みんなと相談しておくようにと言われたときから、一人別行動することに、大きな不安を抱えていた。

けれども、万次郎は、捕鯨船での経験を、もっと深めてみたいという、未知への好奇心を抑えることはできなかった。万次郎の顔にそれは出ていた。

「そうがか……。万次郎がおらんと、ここの人との話が出来んようになるのう」

筆之丞は寂しそうに言う。

「そうじゃ、万、万よ、おまんがおらんと、おれたちゃあ、何も意味が分からんぜよ」

五右衛門は不満そうにいう。

「じゃがのう、これは、俺たちが決めることじゃないぜよ。万次郎、おまんが自分の気持ちに従うがええぜよ。自分の気持ちの通りにするがええぜよ」

筆之丞は万次郎の意志を尊重して言った。

「確かにそうじゃな、万次郎は今津太平さんの所が嫌で、飛び出して来たんじゃったな。その結果の今じゃ。だから、やっぱ、おまんの気持ちで決めるんが一番じゃ」

寅右衛門も、続けて同じように、万次郎の気持ちを尊重するようなことを言った。万次郎の表情をみんな読み取っていた。

「万次郎、自分の道は自分で決めるのが一番じゃ。おまんがおったから、俺たちゃあここまで生きて来られた思うんじゃ。おれたちと一緒に居てもらいたいのは本心じゃが、お前は若い。どこででも生きていけるはずじゃ」

今まで黙っていた重助が、痛む足をかばいながら言った。万次郎は、みんなからこのように、大切に思われていたと思っただけで、またも涙が出てくるのだった。


出港がいよいよ目前に迫ったある日のこと、船長は五人の前に現れて、いよいよ出港が近くなり、別れる時が来たことを告げた。通訳は万次郎だった。

船長は、五人に洋服を一そろい、それに半ドル硬貨（銀貨）を贈った。他の船員らも金を出し合って、外套一着ずつを贈った。そして四人にとって、万次郎が言っていたことが、本当のことであることを知ることになる。

ホイットフィールド船長は、筆之丞に向かって言った。筆之丞が五人の責任者である。その責任者の了解を得てからのことではあるが、と前置きしてから言った。

「万次郎に、アメリカの教育を受けさせたいが、どうだろうか？」

万次郎の通訳も、この程度は直ぐに伝えることが出来るようになっていた。

決して万次郎を粗略に扱うことはない。本国へ連れて行って、教育を受けさせたいというものだった。

万次郎の拙い通訳ではあったが、前もって、万次郎から聞いていたことが、本当であったことを、改めて知った四人の困惑は、隠しようもなかった。

船長の真剣な目が、嘘偽りであるはずはなかった。これまでお世話になっていることもあって、連れて行かないでくれと言うことも出来なかった。やはり万次郎の意志に従うというより、答えようがなかった。

万次郎は、ずっと考え、思い悩んできた結論を、通訳をしながら言う立場にあった。筆之丞への、数年にわたる恩義は、何物にも代えられない。万次郎の気持ちを理解し、母を説得し、二年以上面倒を見てくれた恩義を忘れることはできない。でも、と万次郎は思う。

漁師になりたいというのがそもそもの始まりであった。浜田又四郎のような、いや、それ以上の漁師になることが、ずっと思い続けていたことである。遭難、漂流生活という不慮の出来事はあったとしても、何とか切り抜けてきた今、自分はどんな選択をしたらいいか、あとで後悔しない選択はどうすることか。自問自答を繰り返してきたことを、もう一度反芻しながら、万次郎は、みんなの前で、ホイットフィールド船長に向かって、アメリカへ行ってみたいと、はっきりと言い切ったのだった。

オアフ島の人たちは、親切で感謝することばかりだ。でも、これから、自分がここで漁師として活動することができるのかどうか、それは未知数である。ホイットフィールド船長にこのまま従って行けば、少なくとも捕鯨という、鰹漁とは違うが、まさしく、勇ましい漁師の中の漁師として、修行できることは間違いない。これは自分の一番望んでいた世界に違いない。

そう思った時、万次郎は、筆之丞やその仲間たちから、自分の思い通りにしろと言われていたことを思い出し、自分の一番やりたいことを優先するという結論に達し、はっきりと、アメリカに行きたいと、みんなの前で宣言したのだった。

ホイットフィールド船長の顔に笑みが浮かんだ。船長は決して、万次郎を粗略に扱うことはしないと、繰り返した。

万次郎は、もうその場の通訳は出来なかった。

船長が繰り返し言った「粗略」という言葉の意味を、船長からアメリカについてこないかと言われたとき、どんな意味かを何度も聞き返し、丁寧に教えてもらっていた。そのことを思い出し、みんなに説明することは、不可能だと思っていた。

粗略にしないということは、大事にするということと同じ意味なのだと理解出来た時、そこまで言ってくれる人の、心の深さに感動していた。その言葉を聞いた瞬間、再び万次郎の目からは涙が溢れてきた。

万次郎の心は決まっていた。その決意の言葉を発することは、みんなと別れて暮らすことになるのである。そう思っただけで、その悲しみを抑えることはできなかった。

筆之丞は黙って万次郎の肩に手をやった。そして手を握り、言った。

「頑張れよ、万次郎！　なんちゃあ、負けるんじゃないぜよ！」

そう土佐弁で励ましながら、自らも涙ぐんでいた。

人には誰にでも生きているうちに一度は大きな人生の選択をする時がある。その選択によって、その人の人生は大きく変わる。中浜万次郎の人生の、大きな曲がり角の始まりが、この時の漂流体験であることは多くの人が知っている。

かくて万次郎は未知のアメリカという国で、単身、生き抜く決意をしたのであった。十四歳で初出漁してから一年経っていた。この一年間に、万次郎の七十一年の生涯の生き方が、全て凝縮されていた。そう思えば、それからの万次郎の奇跡的とも思える出来事も、当然の帰結として受け止める事が出来る。

自然児万次郎が、『自然《じねん》』を貫き通す第一歩が、ここにあったのである。

十二月一日、アメリカの捕鯨船ジョン・ハウランド号三七九トンは、捕鯨見習い一名を新しく乗せて、ホノルル港を出帆した。十五歳になったばかりのジョン万次郎の、漁師としての門出の出発だった。

第二章　万次郎のアメリカ生活

ジョン・マンと呼ばれて

無人島の鳥島から救出された万次郎は、ハワイまでの航海の途中で、船員仲間からジョン・マンと呼ばれるようになっていた。同じように救出された仲間の四人は、しり込みして捕鯨船ジョン・ハウランド号の船員と距離を置いていたが、万次郎は捕鯨に強く関心を持ち、積極的に手伝いをし、乗組員たちと打ち解け合っていたので、船員仲間からジョン・マン、ジョン・マンと気楽に呼ばれるようになっていた。ジョン・ハウランド号のジョンと、万次郎の万をとり、親しみを込めてそう呼ばれるようになっていた。ホイットフィールド船長も、なかなかいい名前だと言って、それからジョン・マンが万次郎の通称のようになっていた。万次郎もジョン・マンの呼称を結構気に入っていた。

ホノルルを出港して三か月ほど過ぎた頃だった。万次郎は船長から、二十六文字のアルファベットを書いた紙を渡された。アメリカで暮らすのであれば、文字が書けるようにという船長の思いやりであった。わざわざ万次郎のために、アルファベットを書いてくれたのである。船長の小さな心遣いが嬉しかった。自分に寄せる思いが伝わり、期待を裏切らないように、暇々に任せて覚えるようにしていた。

小さい頃、近くに住んでいた池道之助に、遊びの中で、「いろは」という日本の文字を少しだけ習った記憶はあった。でもまだ、日本語の文字さえ正式に習ったことはなかったのに、英語の文字を、先に覚えることになった。そのことに、万次郎は、何か不思議な予感を覚えていた。ホイットフィールド船長の期待に背かないように、万次郎は必死になってアルファベットを覚えた。これがきっといつか、大きな力になることを信じて。

ハワイを出港したジョン・ハウランド号は、針路を南にとり、航海を続けること三十日余、赤道を越え、ギルバート郡島（大西洋中西部・一九七五年までイギリスの直轄植民地）内の、どこの島かは分からなかったが、野菜、果物類を補給するため、休養を兼ね大小の島々が連なっている一つの島の沖合に錨を下した。すると、おびただしい数のカヌーが近づいてくるのを見て、万次郎は「あれはいったい何だ?」と、近くにいた船員に聞いた。

「マン、驚くことはない。奴らは売りたいんだ。トレードしたいんだ」

「トレード?　トレードって何だ?　ああ、そうか、カヌーに何かいっぱい積んでいるようだから……、そうか、物売りか!　そうだ、何かと交換したいんか!」

船員の身振り手振りの説明に、万次郎は納得した。よく見ると、それぞれに自分の持ち物を、どうだ、いいもんだろう、と叫んでいるように見える。

確かに交易を望んでいる風である。

彼等の肌の色は一様に黒く、ザン切り頭で、刺青をしている者が多い。身に付けているのは男女とも、椰子の葉の腰蓑で陰部を覆っている程度で、ほぼ裸体に近い。

「ここは、裸の島か？」

万次郎は目のやりどころにためらいながら、思わず叫んでしまっていた。

半裸体の人はハワイ島の人たちがそうであったし、驚きはしない。が、この島の人たちの裸は、ハワイの人たちとはまるで違って見えた。

「奴らは、椰子の実と魚だけで生きているんだ。だから、船が着くと、何でもいいから自分たちのものと交換したいから、こうして、あるものを積んでやってくるんだ」

艦内を案内してくれた、二等航海士のエドが教えてくれた。彼は何かと万次郎に教えてくれる。

万次郎にとっては、見るもの聞くもの、全てが新鮮だった。これまで土佐清水で出会った人しか知らなかった万次郎は、日本人にもいろいろな人がいると思っていた。土佐清水には紀州人が船でよくやってきたし、大阪商人という人にも会ったことがあった。武士と商人、農家の人の違いも感じてはいた。が、漂流したことにより、ここ一年の間に、大柄な色の黒い人も見たし、白い人も見た。捕鯨船に救出されて、まだ自分が知らない色々な人たちがいるということを知って、内心驚きながら、知るということへの興味関心が、今まで以上に高まってきていることに、万次郎自身、その意識の変革に驚いていた。

まず一番変わったのは、捕鯨船に助けられて、日本人以外の人種に多く接するようになったことである。

自分を直接助けてくれたのは、体の大きな、黒い肌をしている人だった。言葉も全く分からなかったが、一連の動きの中で、自分たちを助けてくれているということだけは分かった。ボートから黒い大きな手が伸びてきて、必死に泳ぎ着いた万次郎の腕を、むんずと掴んだのである。助かりたい一心で、万次郎も相手の腕をつかんでいた。自分の身体がボートに引き上げられた時に感じた、あの時の、一瞬の解放感は、今でも忘れられない。遠目に見た、黒い肌の大柄な人らしい姿に驚き、その違いに恐怖さえ覚えたことが、今となっては、これまでの人に対する思いが、大きく変革した一瞬だったように万次郎は思い返していた。

ハワイで出会った人たちにも、色々な人がいた。半分裸の人たちの生活には、しばらく逗留していたので慣れてもきたが、今目の前にしている島の人々のように、上も下も裸同然の格好をしている人々を見たのは初めてだった。これまで出会った人々は、話している言葉も違うし、日本人とはかなり性格も違う様に感じていた。が、それらの、自分とは明らかに違う人たちに接しているうちに、何か共通するものもあるような気が、少しずつしていた。

このようにして、日々、万次郎の視界は広まっていった。

この裸の人たちが住んでいる島々は、全部で十五くらいあった。土地は砂地で山は低く、珊瑚礁の上にできた島で、遠くから帆柱のように見えたのは全部椰子の木であることが分かった。その椰子の葉を腰に巻き付けているだけで、あとは何にも身に付けていないのである。彼らがカヌーに積んでいた品物は、帽子、敷物、椰子の実、おもちゃの弓などであった。万次郎も何か一つ買ってみようと、弓を買った。さすがに女の性器まで売り物であるということを知って、いささか戸惑った万次郎だった。

世界は広いぞ！

万次郎の好奇心は、この島によって、いよいよ助長されたようであった。知らないことばかりであり、もっと知りたいという欲求がますます募り始めていた。

鯨の解体作業に驚嘆！　好奇心旺盛な万次郎

太平洋戦争末期、日本兵五千人が玉砕したギルバート諸島に、それより百年近く前に、万次郎は上陸していた。これらエデンの島々の中でも、万次郎は特に穴居人の島を見て、赤道直下の炎天下ではこのような穴の中の生活は理にかなっているのだと、特に関心を寄せていた。

更に南太平洋のど真ん中で、正月を迎えるという経験もした万次郎だった。見るもの聞くもの、全てが初めての経験で、万次郎の知識欲は限りなく満たされていた。中でも、捕鯨船でのドラマチックな鯨捕りのシーンの後の、すさまじいばかりの鯨の解体作業には目を見張るばかりだった。

捕らえられた鯨はまず皮を剝ぐことから始まる。その皮剝ぎだけでも壮観だったが、剝いだ後、脂を取る煮込みの作業がまた目を離せなかった。

先ず鯨の厚い皮に穴があけられ、綱が通される。それをロクロで釣り上げる。ロクロのきしむ音が甲板に響き渡り、血にまみれた鯨の本体が甲板に現れる。長い刃物が、その黒皮に刺さると、肉を切り裂く音が、我が身を切るような不気味な低い音を伴ってザリザリと響く。次には薙刀のような刀で、皮と肉を切り離す。再び、大きなロクロがきしみ始める。すると、刃先で切り裂かれた皮が、甲板に滑り込んでくる。それからロクロで巻き上げられた肉は海へ落とされ、皮は甲板に滑り落ちる。底知れぬ大海原に沈んでいく巨大な肉の塊は不要物として海に返されたのである。

万次郎は土佐清水の漁民の中にも、この鯨の肉を求めて海洋へ出る者がいることを知っている。日本人は鯨の肉を、神の恵みとしてこれまで追い求めていた。が、この捕鯨船では鯨から出る油を求めて捕鯨をしていて、鯨の肉を食べる習慣はないようである。この違いとは何だろう？　またも万次郎は考える。

万次郎は、初めて見たり体験したりすると、これってどういうことだろうと、自然と疑問が生まれてくることが多かった。疑問に思ったことは直ぐに聞きたくなるが、聞く前に、たぶんこうではないかと、自分なりの答えを出して、それでもわからないときは、聞ける相手を探して、聞くようにしていた。

南洋の鯨は子連れの場合が多い。船の周りを離れない子鯨を見るのは万次郎にとっては切なかった。自分の身の上と重ねて見てしまうので、子鯨が自分の姿のように見えてきて、自然と、母の姿と重なって見えてくるのだった。するとすると、自分でも気づかないうちに、涙が頬を伝っていることがあった。そんな万次郎を見て、ホイットフィールド船長は、万次郎の肩を叩き、ファイト、と言って通り過ぎる。すると、船員の何人かはそれを見ていて、船長を真似て、ファイト、と言って通り過ぎていく。その行為は、今は感情に浸っている時ではない、作業に打ち込め、と言っているように思え、我に返って、万次郎は動き出すのだった。

船長や船員のそんな励ましは、万次郎を力づけた。船員の一人として、認めてくれているんだという証のように思えた。

万次郎は、捕鯨船ジョン・ハウランド号の、船員の一人だという自覚が、日増しに強くなっていった。

灼熱の太陽の下で、煮えたぎる大釜は、まさに地獄絵図そのものである。湯煙の中に、角切りにされた脂皮が投げ込まれ、脂を取り出すのである。その脂の中でも、最も貴重な脂となるのが頭皮の部分であった。灯油として取り出される鯨の油だが、脳油の部分は精密機器の潤滑油や化粧品として使用されるので、他の部分とは区別して取り出されるのである。

これら一連の作業を通して得られる知識。休養を兼ね、船の補給を兼ねて立ち寄る寄港地での見知らぬ体験。万次郎にとって、一日一日が学習の場であり、自身の成長の場であった。

文字を知らない万次郎は、これら貴重な体験を、悉く記憶に留めていた。

後日、日本で取り調べられた時、日本語を忘れていた万次郎は、琉球、薩摩、長崎、土佐と、二年近くの間に日本語も徐々に蘇り、時が経つほど応答もうまくなったようである。

日本近海での捕鯨体験

南太平洋での捕鯨に一旦終止符を打ち、舟は針路を西に取った。西とは日本の方角である。次に寄ったところは、ミクロネシア最大の島グアム島であった。海岸には珊瑚礁が広がり、内陸部は密林に覆われていた。天保十三年（一八四二年）二月のことである。

当時はまだ未開の地で、グアム島の周囲は、およそ三十里、山は高く、住んでいる人は日本人に似ており、髪はザン切り頭で、茅葺の家が千軒はあり、瓦葺の大きな家が一軒、スペイン総督府の役所があったと言われている。

ジョン・ハウランド号がグアム島に漂泊したのは、三十日余であった。グアムは、マリアナ諸島の最南端の島で、英米の捕鯨船は、ここを終結地として、日本漁場での抹香鯨の季節に備えるのである。

ジョン・ハウランド号は、ウマタック湾で給水し、アブラ港では、バナナ、椰子の実、オレンジ、レモン、西瓜などの果実、豚、鶏、鴨、七面鳥などの肉類、それと胡椒を買い込んだ。乗組員たちは、交代で上陸し、陸上での休暇をしばし楽しんだ。

万次郎も交代で上陸し、港を歩いている西洋人を見ていると、筆之丞たちと別れたオアフ島を思い出していた。

この島の百姓家の造りも、畑で育っている唐黍《とうきび》、里芋、薩摩芋等どれもハワイと同じで、あの四人は、今頃どうしているだろうかと、別れた四人のことが自然と思い出されていた。初めての島だったのに、ハワイに似ている島だと思っただけで、どこか懐かしささえ感じられたグアム島に一か月ほど滞在した後、船はさらに日本の近海へ向かって出港した。

米国の捕鯨船に救出されて一年足らず、台湾近郊の島を過ぎると、やがて琉球に入る。ここはもう日本である。この大海原の流れは、確実に万次郎の故郷足摺岬に向かっていることが分かった。少しずつ、船乗り仲間が見せてくれる海図も読めるようになり、大体どこらあたりへ向かっているかも、分かるようになっていた。日本近海へ向かっているということは、もしかして、自分は故郷へ帰る事が出来るかもしれないという、一瞬の期待感が過る。いやいや、そんなはずはないと、否定してはみるが、まだ英語もよく理解できないので、確認することもできない。日本近海だと思っただけで、潮の流れまで違う様に万次郎には感じられていた。この流れは、黒潮の流れだ。足摺岬沖に通じている流れだ。

思っただけで万次郎の気持ちはたかぶってきた。

四月二十五日、ジョン・ハウランド号は、小笠原諸島へ向かい、五月二十七日には父島の二見港に入港した。

ここでも、豚、ヤムイモ、玉葱、鴨などを仕入れた。この近海は鮫が多く、座頭鯨をよく見かけた。万次郎にとって、そんな鮫や鯨にさえも、日本の匂いを感じていた。

いよいよ日本漁場での、抹香鯨捕鯨が始まるのである。


六月一日、ジョン・ハウランド号は北に針路を取り、六月五日の午前十時、遠くに見慣れた無人島が見えた。仲間から借りた、小型望遠鏡で確認すると、あの鳥島がはっきりと見えた。あの日、あの時、崖の上から、二艘の伝馬船に気付き、岩場を滑り降りてきた、自分たちの姿が、再び蘇ってきた。あれから早一年という年月が経っていた。死ぬかもしれないという恐怖から蘇らせてくれたのは、このジョン・ハウランド号の威容であった。今は、その船の中で、捕鯨船の一員として、まだ末端の船員ではあったが、仲間として受け入れられ、捕鯨活動に従事しているのだ。何という変化だろう。

望遠鏡を外し、肉眼でも鳥島の岩場が見えるようになると、万次郎はいよいよ冷静ではいられなくなっていた。

土佐清水はもうすぐだから、そこで自分を下ろしてくれないか、そんなことを船長に頼んだら、このホイットフィールド船長なら、そうか、そんなに帰りたいか、それなら送ってやるか、そう言ってくれるかもしれない。

いやいや、日本近海はまだ危険だ。直ぐに発砲してくるから、今はやめておいた方がいい、そう言って我慢するように説き伏せられるかもしれない。それなら恩義ある船長を困らせるようなことを言うべきではない。でも……、でもだ、日本を目の前にしながら、上陸できないって、いったいどういうことなんだ……。

十五歳になった万次郎は複雑に揺れていた。

「ヘイ、ジョン！　アクト！　アクト、ナウ！」

小型望遠鏡を貸してくれたエドが、慌ただしく動き回りながら、万次郎に声をかけていく。鯨が現れたので、追いかけるボートを下ろし始めている。万次郎も我に返ったようにその準備の手伝いを始めた。

今は考えている時ではない。臨戦態勢に入ったら、行動のみである。

一年振りに見る鳥島

今シーズンのジョン・ハウランド号は日本近海のこの無人島を中心にして、東西南北に鯨を追いかけた。

七月八日、二等航海士のエドと一等航海士のウインスローのボートがそれぞれ抹香鯨を一頭ずつ仕留め、舷側にくくりつけた。

慌ただしい作業に一段落つくと、夕食後の団欒の話題は日本近海での捕鯨でもあり、その日本へ帰りたがっているジョン・マンへの同情と、日本国の鎖国政策に対する非難が始まった。具体的な内容は分からなかったが、明らかに皆が日本の鎖国政策を非難していることは分かった。

その政策のおかげで、自分の国を目の前にしながら、母国の土を踏めない万次郎を、みんなは憐れんでくれた。

万次郎は、自分のことを理解してくれる船員仲間の心遣いが嬉しかった。でも一方で、日本のことを、ひどい国だと、野蛮人の国のように罵られるのには、自分が傷つけられているような気持ちになり、単純には喜べなかった。

確かに万次郎は、日本へ帰りたい気持ちは強かった。母親に会いたいと思う気持ちは、抑えられないほど深かった。が、今冷静に考えてみると、自分は鰹漁よりも、捕鯨という、勇壮で、世界的な漁業に従事しているのだという思いの方が強かった。捕鯨漁については、まだ駆け出しで、技術を、完全に自分のものにするまでには、相当の時間が必要であることも分かっていた。だから、望郷の思いは、しばし心の奥底にしまい込んでおこうと思うようになっていた。

日本へ帰るチャンスはまだあるに違いない。

見るもの聞くもの、自分にとっては、新鮮なことばかりで、漂流して飢えに苦しんだことを思えば、今の生活はまるで極楽ではないか。しばらくこの流れのままに従うのが、最上の選択に違いない。

考える万次郎は、今は何を大切にすべきときか、冷静に自分を見つめていた。

ていた。

サモアからアイメオ島へ

日本へ上陸することもなく、さらに鯨を追ってジョン・ハウランド号は東の方角へ、さらに向かっていた。

同年八月ごろ、船はオアフ島に近づいた。ホノルルに入港する予定だと聞いて、万次郎は別れた四人に会えると喜んでいた。が、折から風が激しく吹いて、入港することができなかった。ホノルルを目前にしながら、船は再び遠洋に出て、針路を南西にとり、赤道を越え、さらに南下し、十一月ごろ、サモア諸島の中のアイメオ島という所に到着した。

万次郎には、この間考える時間は十分にあった。日本近海を航行している時は、日本への思いが止めどなくこみ上げてきたが、何が何でも帰りたいという思いは、それほど強くはなかった。母や家族、土佐清水の景色が浮かび、自分が元気でいる事だけは伝えたいとは思ったが、アメリカの生活をしてみたいという、未知への関心の方が強く、船が東の方向へ転換し、日本から遠ざかり始めても、それほどの失望はなかった。

ホノルルへ入港できなかった時も、四人の仲間に再び会えるという喜びはあったが、それが出来なかったのは、風のせいであり、自然に逆らうより、安全な航行を選択した船長の判断に納得できた。

万次郎には自然のこわさが身に染みていた。自然には逆らうべきではない。怒った自然にどんなに逆らったところで、得るものは何もないことを、肌で感じ取った万次郎には、自然への畏敬の念が、幼少期から備わっていたようである。

アイメオ島に漂泊すること三十日余、船は薪水、食料を積み込み、十二月ころ出帆した。さらに東南へ進み、タヒチ島へ寄り、薪水、食料を積み、フィジー諸島、ソロモン諸島のあたりを巡航したのち、天保十四年（一八四三年）三月ごろ再びグアム島に着いた。

当地へ停泊すること三十日余、いよいよジョン・ハウランド号は故国アメリカの捕鯨船の根拠地――マサチューセッツ州のニューベッドフォード港に寄港するための準備を万端整えて、四月下旬出港した。

ゴーギャン・メルビル・万次郎

ここ数か月捕鯨しながら、移動してきた南海伝説の多い島々を、十六歳になった万次郎は、好奇の目を輝かせながら、色々な角度から観察し、その一つ一つを、心の奥深くへしまい込んでいた。

特に印象に残っていたのは、タヒチ島に住んでいる人に出会った時だった。それは、この島の人々に何となく親しみを感じたからだった。

何で親しみを感じたのか、よくよく考えてみると、肌の色が、おおよそ日本人と同じ色に思えたこともあったが、仕草が、日本人に似ていると感じたからだった。

世界中には、色々な人種がいるということを認識し始めていた万次郎には、日本人ではなくても、日本人に近い雰囲気を持った人々には、どういうわけか、親しみを感じていた。

タヒチ島の人々の仕種に、日本的なものを感じたのかも知れなかった。風土が万次郎に親しみを感じさせたのか、万次郎には居心地のいい滞在だった。

居心地のいい風土というものは、万国共通するものがあるのかもしれない。

ほぼ、万次郎が滞在した時期と、それほど違わない時期に、このタヒチに滞在していた人がいた。ゴーギャンとメルビルである。特にメルビルとの滞在時期は、わずか十日しか違っていなかった。

(中浜博氏の「中浜万次郎」から引用してみると次のようになる)

『メルビルはフェアヘーブンから捕鯨船アクシュネット号に乗って、南太平洋の捕鯨に出たが、タヒチ島に寄港した時、仲間と二人で脱走した。山の中に逃れ、さまよったが、人食い人種であるタイピー族に捕まり、オーストラリアの捕鯨船に助けられるが、ここでも、反乱がおこり、タヒチ島のすぐ西隣にあるエミオ島へ渡る。彼自身の行動が小説のようである。そこでナンタケットの捕鯨船チャールズ・アンド・ヘンリー号に救助され、エミオを出港したのが、一八四二年十一月十九日である。万次郎の乗ったジョン・ハウランド号は、メルビルの去った十日後の十一月二十九日に同じエミオ港に入り、わずか十日の差ですれ違っている。』と。

この時の経験が大作「白鯨」を生み出すことになる。同じ時期に、ゴーギャンが愛し、独特の色彩感覚で描いた絵と同様の南太平洋の光景を、万次郎も見つめていたことになる。新しい時代の幕開けにふさわしい序章が、この時からすでに始まっていたようだ。

一八四三年の大彗星

ジョン・ハウランド号はいよいよニューベッドフォード港へ帰港するため針路を南アメリカの南端ケープホーンにとった。一八三九年十月三十日にニューベッドフォードを出て三年半の航海の締めくくりに入った。

船は流氷を押しのけ、氷山を避けながら、切り立った断崖と逆巻く怒濤の難所ケープホーンを無事に通過した。万次郎が見る景色は初めてのものばかりだったが、この氷山には言葉を失った。自然の恐ろしいまでの威容と、光に反射する氷山の美しさには、ただただ圧倒されて見入るばかりだった。

そのケープホーンを過ぎた海域には、今まで見たこともないような怪獣が住んでいるのを見た。

「あれは何という生き物だ？」

万次郎はだれかれ構わずに聞いた。

「またジョンの、何だ、何だが始まったぞ！」

仲間は笑って教えてくれた。

「あれはなあ、ホースと呼ばれる、セイウチだ。こちらのはなあ、シヒルと呼ばれているアザラシだ」

万次郎が、氷山のきわを行ったり来たりしているアザラシの親子を見ていると、みんなは、ジョン、また母親のことを思い出しているのかと、万次郎にも分かる英語でゆっくりと語り掛けてくれる。

さらに北東をさして航行し続けていると、西方の夜空に珍しい星を目撃した。

「ありゃあ、何じゃあ！　ありゃあ星が、なんぞ引きずっとるがじゃ！　見たこともないがじゃ、恐ろしいことじゃ、なんぞ、不吉なことが起こるんじゃないがか？」

月光と見紛うほどの明るい星が夜空に長く尾を引いていた。

「コメット！　コメット！」

甲板に船員たちの声が響きあった。

「カメッっちゅうがか？　あれはカメっちゅう星なんか？」

氷山に度肝を抜かれて、自然への畏敬の念がさらに深まっていた万次郎を試すように、今度は夜になってまで、今まで見たこともない怪しげな星が夜空に現れたのである。万次郎の耳には船員の声がカメッ、カメッと言っているように聞こえた。

万次郎がひとり興奮しているのを見ると、ホイットフィールド船長がわざわざ出てきて、万次郎に丁寧に教えてくれた。

「これはコメットというんだ」

「コメット？　亀というんと違うがか？」

これは、コメット（彗星）といって、ここらあたりでも珍しい星であることを、ゆっくりとした抑揚で、英語のレッスンでもするように教えてくれた。この星は八十年か百年にいっぺん見られるものだということまで教えてくれた。

一生に一度か二度、見られるか見られないかという珍しい彗星の、万次郎は第一発見者であったのかも知れなかった。

毎日毎日が未知との遭遇であり、知らないことを知る喜びに、万次郎の好奇心はますます膨れ上がっていた。

万次郎は、自分が今、歩んでいる道の壮大さに、自身恐れながらも、まだまだ先がありそうな期待感に、いっそう胸は膨らむばかりだった。


万次郎の貴重な捕鯨体験も、いよいよ終わりに近づきつつあった。船員たちの、いつもと違う様子から、徐々にアメリカ本土へ近づきつつあることを感じていた。

あれがアメリカだ！


「おーい、ロードアイランドの沖のブロック島が見えるぞ！」

彗星騒ぎからしばらくたったある時、見張りに立っていた乗組員が大声をあげて、みんなに知らせた。その声を聞いた乗組員が一斉に何処だ、どこだと言いながら甲板へ上がってきた。肉眼でも見えるようになると、一斉に歓声が沸きあがった。

船員たちは、三年六か月ぶりに見る故郷である。出発するときの乗組員は二十七名であったのが、十二名も欠けて、残っている乗組員は十五名であった。辛さに耐えられず、途中で逃亡する者も多い。そんな過酷な捕鯨漁に耐えてきた者にとって、故郷の光景は何物にも代えられなかった。

万次郎にも、はるか遠くに、緑色の丘陵がかすかに見えた。どこからやってきたのか、カモメが飛んできて、鳴きながら、船の周りを旋回するようになった。さらに、一、二時間も経つと、朝もやの中から、スコンティカット・ネックの半島が、うっすらと見えてきた。やがて、船がアクシュネット川を、ゆっくりとさかのぼり始めた時、ホイットフィールド船長は、万次郎を船長室に呼び寄せ、目に入るものを万次郎に説明してくれた。

ハワイを出てから一年と少し経っていたので、船長の話す英語は、ある程度理解できるようになっていた。

「ジョン、ここがアメリカだよ」

「本当に、ここがアメリカなんですね」

「そうだよジョン、アメリカに着いたんだ！」

「この川は、アクシュネット川といってな、ここから、三年半前に捕鯨の旅に出たんだ」

「俺は宇佐浦を出てから、二年と三か月、船長に出会ったおかげで、俺は今、ここにいるんだ。なんちゃあ、不思議じゃのう」

「何と言ったジョン？」

万次郎が心の機微を語るときは、土佐弁がつい出てしまう。

「アイムソーリー。おれ、今、とても不思議な気持ちなんです」

「そうだろうな、マン」

「あそこに島が見える。その上に石の家がある」

万次郎には目に入るもの全てが初めてであった。子供のようにあれは何？　それは、これは？　と何でも聞きたかった。船長は好奇心旺盛な、そんな万次郎に、嫌がりもせず、一つ一つ丁寧に案内してくれた。

「あれはパーマー島だ、マン。石の家は灯台と言ってな、夜は灯を点して、船がぶつからないように知らせているんだ」

川をさらに遡って行くと、おびただしい数の世界各国の船がいた。

「船がいっぱいいるだろう。ここはニューベッドフォードといってな、おそらく全部で二百隻はいるだろう」

「二百隻！」

「そう二百隻だ。私の町はフェアヘイブンと言ってな、そこにも五十隻近くは繋留しているはずだ。フェアヘイブンはこの川の向こう側だ」

万次郎は帆柱の間から、両岸の風景を食い入るように見つめた。ニューベッドフォードの町並みが、手に取るように見える。埠頭に近い建物はレンガ造りで、道路は、石畳のように見える。通りには「火袋」（提灯）の柱のようなものが、ある間隔を保って立っている。

「あれはなマン、街灯と言うんだ。お前も見て知っているだろう。鯨油だよ。鯨の油を灯して、夜でも明るくしているんだ」

万次郎が物珍しそうに見つめている街灯を、船長は説明してくれる。

「ランタン？　ああ、日本の提灯のことか。鯨の油でね……」

万次郎は船長が説明してくれることに、一つ一つ感嘆詞をはさみながら相槌を打った。

高台に沿って木造の民家もたくさん見える。その中でも、ひときわ大きい塔のようなものも見える。その角ばった塔から、時々カーンカーンという美しい音色が聞こえてくる。あれは？　と万次郎が指さすのを追いながら、ホイットフィールド船長は、待っていたように説明する。

「あれはなマン、寺院だよ。教会と言った方がいいかな。日本にはお寺というのがあるだろう。ここでは教会というんだ。マン、お前もアメリカに住むんだから、どこかの教会に所属するといいだろう」

教会というのか。教会って、どんなところだろう？　お坊さんのような人がいるのかな？　土佐清水には、弘法大師さまが建てられた金剛福寺というお寺があったが、よくあそこまで遊びに行ったもんだ。父が亡くなった時は、お坊さんの読経を聞いたが、教会ではまさかお坊さんはいないと思うが……。

目の前を流れていくニューベッドフォードの景色を眺めていると、これまで見てきたいろいろな景色が浮かんでくる。日本とアメリカの違い、どんな風に違うのだろうか。

これまでにも様々な違いがあることに驚き、感心もしたが、これからもまだまだ驚くようなことが、数えきれないほどあるに違いない。不安と言うより、知る喜びの方が大きかった。期待に胸は膨らんでいたが、いよいよホイットフィールド船長が住んでいる町に入るのだと思うと、さすがの万次郎も、緊張のため、体が強張ってくるようだった。

時に一八四三年（天保十四年）五月初旬のことだった。万次郎十六歳、ホノルルを出て一年と四か月、この時から三年余のアメリカ生活が始まるのである。

フェアへイブンでの暮らし始まる

税関で手続きを済ませると、ホイットフィールド船長は、二番街にあるチャップマン・アンド・ボニーという会計事務所に入った。

この事務所の持ち主はジョサイア・S・ボニーという船長の財政面の相談役であり、船長の縁者でもあった。

船長は仕事上の話を済ませると、ボニーに万次郎を紹介した。

ボニーはひげを蓄えてはいたが、大変気さくで、万次郎にも関心を示し、握手を交わしながら、二人を昼食に誘った。

事務所から数分の所に、彼の自宅はあった。そのボニーの私邸まで数分、船長とボニーはずっと話し続けていた。

すでに連絡してあったらしく、家ではボニー夫人と娘のアンが笑顔で迎えてくれた。

一通りの挨拶を済ませると、食卓には、万次郎が見たこともないようなご馳走が運ばれてきた。お手伝いらしい二人の高齢の男女が、手際よくテーブルに並べている。

食卓が整うまでの時間、船長は改めて、万次郎のことを、二人に詳しく話して聞かせた。船長の話を、彼女らは興味深く聞きながら、相槌を打つように、万次郎に微笑んで見せてくれる。

「これからは、近くだから、いつでも遊びにいらっしゃい」

ボニー夫人は、ほほえみを崩さず、万次郎に言った。

「ありがとうございます。嬉しいです」

万次郎は、片言の英語で、喜びの気持ちを伝えた。


アメリカでの初めての食事を、万次郎はやや緊張気味に済ませると、フェアヘイブンの町へ入るために、船長と二人で、「ニューベッドフォード橋」の方へ向かって歩き出した。橋は、埠頭からまっすぐ、フィッシュ島を経て、ポープス島に至り、さらに、対岸のフェアヘイブンまで一直線に伸びていた。

万次郎はアクシュネット川に架かっている、可動橋に大変興味を持った。船が通るたびに、橋が開閉するのである。

たどたどしい英語で、万次郎はこの可動橋の仕組みを尋ねた。ニューベッドフォードからフェアへイブンまで、三十分はかかったので、船長はゆっくりとした足取りで、これもゆっくりとした英語で、万次郎の好奇心を満足させてくれた。

フィッシュ島では、赤錆びた鉄橋に、万次郎の好奇の視線は注がれ、ポープス島では、川辺に植えられている松並木に、関心を寄せた。そんな万次郎の好奇心が、よほど愉快なのか、ホイットフィールド船長は、これもゆったりとした口調で説明してくれるのだった。

そんな船長の姿勢に、万次郎の緊張の糸もほどけ、子供のように質問を繰りかえした。


フェアヘイブンの町に入ると、南北に伸びている真っすぐな一直線の道があった。二人はその道を左折して北へ向かって歩き出した。

「このあたりはポヴァティ・ポイントと呼ばれているところだよ」

船長は家の近くになると、通りの名前を細かく教えてくれた。

「ここがオックスフォード通りと言うんだ。あそこに標識があるだろう。あの文字も覚えないといけないな。ここの曲がりかどの東側が、チェリー通りというんだ。そら、あの標識だよ。あの文字も覚えていた方がいいだろう」

オックスフォード小路と、チェリー通りの交差する所で立ち止まり、船長は言った。

「我が家はこのチェリー通りの東側の角にあるんだ。もうすぐだ」

万次郎は船長の後に従い、いよいよ船長の家の玄関をくぐった。外は草が伸び切って、家はかなり荒れかけていた。玄関を入っても薄暗かった。人は住んでいない所のようだったが、叔母さんに家を預けているという話は聞いていた。荒れた外の様子から部屋の中も荒れているかと思っていたら、中はニューイングランド風の家具や暖炉が備えられており、小綺麗でこぢんまりとしていた。三年半も留守にされていた部屋だとはとても思えない、整頓された部屋だ。外の管理は出来なくても、家の中は叔母さんによって、綺麗に整頓されていたのだろう。

万次郎は興味深く観察しながら、いったいどんなおばさんだろうと、万次郎の好奇心は、研ぎ澄まされていた。すると、頓狂な声を発して、突然船長めがけて突進してくる小太りの婦人の姿が目に入った。気品のありそうな中年の婦人に見えたが、婦人にはまるで万次郎の姿は目に入っていないように見えた。あきらかに聞いていた叔母さんに違いないと思いつつも、万次郎の想像とは、かなり違う婦人だった。お互いに声を発しながら抱擁し合っている二人を見ていると、万次郎はなにかほのぼのとした温かさを感じていた。

同時に二人とも言葉を発しているので、万次郎には殆ど話の内容は聞き取れてはいなかった。でも、雰囲気から、言っていることはほぼ伝わっていた。

三年半という空白の時間を、一気に埋め合った二人の高揚が収まると、ようやく、船長は彼女に、伴ってきた万次郎を紹介した。

「彼は、日本の少年だよアメリア。漁船で漁をしていたんだが、遭難して無人島に流されていたんだ。縁があって連れて来たよ。叔母のアメリアだ」

「ジャパニーズ？　おお、本当？　よく来たわね」

万次郎が深々と頭を下げようとすると、彼女はいきなり万次郎を抱きしめた。万次郎はどう対応していいかためらいながら、彼女のするに任せていた。女の人の香りが、万次郎を包んだ。しばらく忘れかけていた母親の匂いに近かった。

「ジョンは漂流して、無人島で暮らしていたんだが、たまたま発見してね、五人いたんだが、ジョンだけアメリカに連れてきた。なかなか賢くってね、ここでしばらく、一緒に生活してみようと思ってね」

「あら、そう。あなたもジョンも、承知していることね。ジョン、よく来たわね」

「よろしくお願いします」

「あなた、もう話せるようになったの？」

「いえまだ、少しだけです」

「ほんとうに、賢そうね」

船長はアメリアに、長かった捕鯨漁の話を始めた。そして、日本人五人を救出した模様を、詳しく語り始めた。

久しぶりの二人の話は、いつ終わるかもわからないほど続いていた。

いつの間にか、夕日が長く、部屋の中まで差し込んでいた。

「あら、いやだ。もうこんな時間なのね」

アメリアは、暗くなり始めた様子に慌てて、ようやく万次郎の存在に気付いたように、

「あらまあ、もう、こんな時間なのね。お腹空いたでしょう？　今日はご馳走しましょうね。暫く待っててね、ジョン」

そういうが早いか、まだ続きそうな、船長の話を打ち切って、キッチンへ走った。

「どうだい、ジョン。おばさんは、こんな人だ。ところでジョン、もう一人、君に紹介しておかなければならない人がいるんだ」

たばこに火を付けながら、ホイットフィールド船長は、話し始めた。

「実はなあ、ジョン。私は直ぐに、ニューヨークのシビオという町へ、行かなければならないんだ。それで、私が帰ってくるまで、その間、アメリアと二人で、この家で待っていてもらってもいいんだが、私の友人の、エイキンに、君をしばらく預かってもらおうと思っているんだ。エイキンは私の大切な友人でな、直ぐ近くに住んでいるんだ。まだ彼に頼んではいないんだが、私と同じように、安心して、何でも頼める仲だから、不自由はさせないと思う。悪いけどそうしておいてくれないか？」

この話は、万次郎も聞いてはいなかった。急に言われたので、少し驚きはしたが、シビオへ行く理由を聞いて、万次郎も納得した。

ニューヨークへは、抹香脂の取引の用件もあったが、今回の捕鯨漁に出かける二年前に、前妻を失い、新しい奥さんを娶るという目的も含まれていた。シビオで結婚式も済ませて、新しい奥さんを連れて帰ってくることになっているという。それまでは、友人のエイキンの所で辛抱していて欲しいということだった。

船長が新しい奥さんを連れて、この家に帰ってくるという話は、初めて聞く話だったが、ニューヨークで結婚式をして、仕事の取引も済ませてくるとなると、かなりの時間はかかるだろう。そのことは納得できるが、全く見ず知らずの所で、いきなり、知らない人の世話になるという話には、いささかためらいがあった。が、あれこれと考える余裕はなかった。考える習慣が身につき始めていた万次郎だったが、あまりに唐突に事が進み始めると、思考も停止し、なるようになるさと、咄嗟に現実を受け入れる自分の変わり身のはやさに、自身驚きながらも、これが生きるということではないのだろうかと、また新しい自分を見つめるきっかけとはなった。

夕食が済むと、早速船長は、万次郎を連れて、エイキンの家に向かった。エイキンの家は船長宅から、目と鼻の先のオックスフォード小路の十四番地にあった。

「エベン・エイキンはだな、ジョン、昔ジョン・ハウランド号で、一緒に捕鯨漁をした仲間なんだ。今は郵便局員だがな。私とは一番の親友で、何でも、私の言うことは聞いてくれるはずだから、心配しなくてもいいよ、マン。私だと思って接してくれ」

船長も万次郎が不安がっていることを察して、そう言った。

エイキン宅を訪れた船長は、久々の再会の喜びを体中で表し、しばらく万次郎を忘れているのではないかと思う程に、最近のお互いの消息を確かめ合っていた。ようやく話に一区切りがつくと、今度の航海中に、日本人の漂流民を救出したいきさつを、簡単に述べた後、ようやく万次郎を紹介した。

「万次郎です。よろしく」

万次郎はアメリカの流儀を試すように自分の方から先に手を差し伸べて握手を求めた。

「マンジロウ?　ジョンと聞いたが……」

「日本では万次郎でしたが、みんなからはジョン・マンと呼ばれるようになりました」

「おう、ジョン・マンね、それはいい名だ。よろしく」

漁師を思わせるごつごつした手が、万次郎の手を握りしめた。

「実はなエイキン、私は所用でしばらくニューヨークへ行かなければならないんだ」

「わかっているよ。新しい奥さんと式を挙げるんだろう?」

「それでだ、私はジョンが大変気に入ってな、ここ、アメリカで一緒に暮らしてみないかと誘ったんだ。彼もそうしてみたいと納得してね。私と一緒にここまで来たんだ。ジョンはなかなか勇気もあって、人なつっこくて、賢いんだが、ニューヨークまで連れていくことはできないんだ」

「分かったよウイリアム、その間ジョンを預かってほしいんだろう?」

「そうなんだエイキン、ありがとう!　そういうことだジョン。このエイキンを私だと思って、私が戻るまで、エイキンの言う通りにしてくれないか」

「分かりました、船長。新しい奥さんに会えるのを、楽しみに待っています」

万次郎は努めて笑顔で船長に応じた。

このようにして、万次郎はエイキンの家の下宿人となり、アメリカ人の家族と共に暮らすことになった。


万次郎の落ち着き先が決まると、ホイットフィールド船長は、エイキンの家を出た後すぐに、隣家の住人ジェイン・アレンの家を訪れた。責任感の強い船長は、万次郎の教育についても、留守中に面倒を見てくれる人を紹介してくれたのだった。

ジェイン・アレンは、公立小学校の教師である。彼女らは、姉チャリティ・アレンと、妹アミリア・アレンの三姉妹で一緒に住んでいた。

ジェインは学校で教えているだけではなく、帰宅後も自宅の地下室で近所の子供たちに補習授業のようなことをやっていた。最初は近所の人への、ただの挨拶だと思っていたが、エイキンの所から寄り道もしないで、なぜジェイン・アレンの家を真っすぐに訪ねたのか、その真意を知って、万次郎はホイットフィールド船長が、どれほど万次郎のことを真剣に考えてくれているかを知って、ますます船長への敬愛の気持ちは深まった。

船長は彼女に、読み書きの基礎を教えてくれるように頼みに来たのだった。

そんな船長の根回しによって、万次郎は船長が留守の間、近所の学童たちと一緒に勉強を始めることになった。

捕鯨船の中で、アルファベットを学び、少し話せるようになったとはいうものの、基本が全く出来ていなくては、生活に支障があることを懸念しての船長の配慮であった。

万次郎は船長が帰るまでの二週間余、エイキンの家と、ジェインの家とを行き来する、アメリカでの生活が始まったのである。


そんな生活が一週間ほど過ぎると、万次郎の進歩の早さに驚いたジェインは、万次郎を、公立の小学校へ入学させても、十分にやっていけると判断し、万次郎に言った。

「あなた、学校へ行ってみる気はない？　先ず、小学校からだけど、あなただったら、きっと、みんなと一緒に勉強できると思うわよ。ウイリアムには、私の方から言っておくわ。年長さんになるけど、それも面白いと思わない？」

「私はそれで、いいですが、そんなことが出来るのですか？」

「できるわよ。私が手続きするから、大丈夫」

かくして、ジェインの計らいにより、万次郎は「ポイントスクール」、別名「ストーンスクールハウス」（石の学校）への入学手続きをすませ、小学校へ通うことになった。

学校の建物は平屋で、きめの粗い石で作られた、しっかりとした建物だった。船長やエイキンの家からわずか七、八百メートルしかなかったので、十分もかからなかった。

学校への入学が認められると、万次郎は再び英語のアルファベットから学びなおすことになった。その他、ペンマンシップ（習字）・初級英語・算数など、基本的な学習から始めることになった。

万次郎はこれまで、正式に習い事をしたことはなかった。初めての学校で、初めて、習うという習慣のあることを知って、知ることが、どれほど楽しくて、嬉しいことか、日に日に喜びが増幅していった。学ぶことの楽しさ、知ることの悦び、アメリカという所の、底の深さを、十六歳の万次郎は、小学校で一番体の大きな生徒として感じていた。

船長が、文字を最初に教えようとした意図が、ここへきて徐々に理解できるようになっていた。それが分かるようになると、決して、船長を失望させるようなことだけはしたくないという意識が、自然に働くようになり、万次郎の学習への集中力は、他の生徒とは明らかに異なっていた。当然呑み込みも早く、忽ち万次郎は、子供たちの中では、トップの成績を収めるようになっていた。

僅かの期間で、次々と知識を詰め込んでいく万次郎を、常に学校で見守っていたジェイン・アレンは、ニューヨークから帰ってきたホイットフィールド船長に、これまでの歩みを、詳しく報告した。

船長は、自分が見込んだだけのことはあると鼻を高くして喜んだ。

柔軟な環境への適応性は、万次郎の中に、幼児期から備わっていたのかもしれない。四、五歳から十六歳くらいまでの学童の中にあって、万次郎が最年長であったので、呑み込みが早いと言えば当然であるが、とにかく、意欲もあったので、彼の吸収力は群を抜いていた。特に万次郎が強く関心を寄せていた、洋式航海術に関しては、他の仲間に比べ、群を抜いて理解が早かった。

船長がニューヨークから戻ってくるまでは、アレン家の姉妹やエイキン家の世話になりながら、アメリカでの生活を体験し、船長の期待に報いるように学習に打ち込んでいた。

船長が新しい奥さんを伴って、ニューベッドフォードに帰ってきたのは、帰国してから三週間後のことであった。

新しい奥さんの名は、アルバティーナ・キースといい、大変明るく、気さくな人だった。

「あなたがジョンね、ウイリアムから詳しく聞いているわ」

「初めまして、ジョン、ジョン・マンです。アメリカのことは何も分かりませんが、よろしくお願いします」

「こちらこそジョン、楽しく過ごしましょうね。あなた、本当に賢そうね、まだアメリカに来て間がないというのに、こんなに喋れるなんて、ウイリアムも、自分のことのように自慢して言っていたけど、本当に彼の言っていた通りだわ」

「有難うございます。私もアルバティーナ、あなたは船長が選んだ人だから、きっと素敵な人だと思っていましたが、その通りの人でした」

「まあ、ジョンったら、あなた、お世辞まで覚えてしまったのね」

「まああジョン、自己紹介はこのくらいにして、これからの生活について話し合おう」

ホイットフィールド船長は、かねてから計画していた生活のことを説明した。

船長はフェアヘイブンの町から、二十キロ東南の、スコンティカット岬の海岸に近い丘の上に、土地と住まいを買う予定で、既に契約も済ませていた。

そこには、十四エーカーの土地と家とがあり、そこで農場を営もうと思っていた。自分たちと一緒にそこで暮らさないかと、今後の方針を万次郎に尋ねた。随分と前からの計画だったようで、船長の予定の行動であった。

万次郎はホイットフィールド船長のことを、アメリカの父親のような存在だと自然に思うようになっていた。実際の父親と違う所は、どんなことでも、必ず本人の意志を確かめてから、何事も進めるということだった。父の悦助は、万次郎にあれこれ教えることはあったが、万次郎がまだ小さかったということもあり、万次郎の考えを聞いてから行動するということはなかった。その点、船長は意志決定に関しては、必ず本人の気持ちを確認することを忘れなかった。このように意志を尊重するのがアメリカ式というのなら、ずっとここで住んでもいいとは思うが……。

万次郎を瞬間襲った安易な選択を、別の理性が丁寧に打ち消した。いやいや、自分は日本人なのだ。母親の苦労に報いるまでは、何としてでも帰国することを忘れてはならないんだ。いつかきっと帰るということを忘れてはならないんだ、と。

万次郎が一緒の生活を望んでいることを確認したホイットフィールド船長は、早速万次郎を預かってくれたエイキンの家へ行き、自分が留守の間世話になった謝礼としての下宿代を支払い、再びチェリー通りの叔母のいる家を訪れ、今後の生活設計を詳しく伝えた。船長は最善の策を考えていてくれたのである。

新しく購入した半島の農場まで二十キロはあったので、そこで生活するには、ようやく慣れ親しんできた学校を転校する必要があった。でもこの学校では、友達も出来始めた時でもあり、学期途中の転校は好ましくないと思った船長は、これまで通り、叔母のアメリア宅から「石の学校」へ通わせることにした。それで万次郎は週末にスコンティカットへ出かけ、船長宅の仕事を手伝うという生活がしばらく続いた。

万次郎はただ世話になりっぱなしではなく、食費を払うことはなかったが、色々なアルバイトをして、月謝や本代などは万次郎が賄うことにした。アルバイトと言っても、農場の手伝いが主だったが、船長は、ジョンはよく手伝ってくれたといって、仕事をした分の報酬をくれた。その報酬の中から、月謝や本代などを支払うようにしていた。


またある日船長は、ジョン・ハウランド号の鯨油売却の分配金だと言って万次郎に銀貨七十五枚（邦貨約六両分）を渡してくれた。思いもかけぬ大金であった。

「こんなに貰ってもいいんですか？」

万次郎は驚いて船長に確かめた。何かの間違いではないかと思ったのだった。

「これは、ジョン、ハワイからニューベッドフォードまでの捕鯨船で働いてくれた分の報酬だよ。正式な船員だったら、もっと分配金は多かっただろう」

労働は現金に換算される。アメリカに来て学んだことの中でも、日本と大きく違うところだった。

船長の農場の家は木造の平屋で、屋根の中央から煙突が突き出ている、夢のあるたたずまいだった。船長は作男を雇い、牛や豚、鶏などを飼い、麦やジャガイモ、豆、カボチャ、葡萄、各種野菜など、本格的な農業生活を楽しんだ。農業に関しては、土佐清水でも母の手伝いをしていたし、庄屋の今津家でも働いた。が、働いても働いても何の報酬もなかった。ここでは、このアメリカでは、働けばそれが報酬になる。働きさえすれば、金を稼ぐ事が出来る。この事実はさらに万次郎を勇気づけることになった。


やがて小学校は夏休みになった。

万次郎は待ってましたとばかりに、アメリアにお礼を述べ、出迎えの馬車に私物を積み込んで、新しい場所、スコンティカット岬へと向かった。

万次郎は新しいことを始める時は、いつも胸が躍った。期待感がそうさせるのだった。これまでとは違う、また新しい体験ができる喜びに、胸が膨らむのである。

今度はどんな生活が楽しめるのだろう。

知る喜びを知った万次郎は、常に先を先を考える習慣が身につくようになり、環境が変わることへの抵抗はなかった。

船長の農場では、野良仕事が待っていた。いろいろな雑用の手伝いもした。暇があるときは、農場の東の端にある小さな湾で、釣りを楽しむことも出来た。

船長は乗馬も得意で、万次郎に乗り方を教えてくれた。万次郎はどんな仕事も、どんな遊びも、嬉々として悦んでやった。

何もしないでぼんやりしていると、ふいに故郷のことを思い出していることがある。その景色は拭い去ろうとすればするほど、さらに鮮明に脳裏に浮かんでくるので、万次郎はのんびりする時間を、敢えて作らないようにした。何かしている方が、気持ちは楽だった。努めて、故郷のことは考えないようにしていた。乗馬も、野良仕事も、釣りも、積極的に楽しんでやった。その全てを器用にこなした万次郎だった。

万次郎の初恋

夏も終わりに近づくと「石の学校」へまた戻らなければならなくなる。ここから通うには遠くて大変だった。この、スコンティカットの農場での暮らしを、楽しんでいる万次郎を見て、ホイットフィールド船長は、新学期という節目を見計らって、万次郎を転校させることにした。

新しく転校した「スコンティカット岬小学校」は、船長の農場の西の端にある、生徒数三十数名のこぢんまりとした学校だった。船長は万次郎のために、近くの小学校への転校手続きを取った。

夏も過ぎ、十月頃から、翌年の四月頃までは、ここスコンティカットは、寒いうえに雪も積もるので、野良仕事はできない。牛馬各三頭、豚六頭、鶏百羽、かれらに飼料を与えるのがこの時期の仕事なので、それを済ませると、あとは自由だった。それで、学校から帰ると、万次郎には、自由な時間がたくさんできた。暇になると、ふと故郷の景色に自分を失いがちになるので、万次郎は学校から帰ると、さらに、文字、単語をたくさん覚え、読書に励んだ。ある意味、孤独と闘う時間だったのかも知れなかった。

その孤独を埋めるように、万次郎は、小学校のクラスメートのキャサリン・E・テリーという女の子と親しくなり、ホームシックになる心を慰めた。万次郎は望郷の思いを、キャサリンに託し、一篇の詩を贈った。

『ひんやりする晩のこと
君はカゴを一つつりさげた。
起きて、マッチをすってほしい！
ぼくが駆けて行くのを見たまえ、
でもあとを追わないで』

ほのぼのとした、万次郎の初恋であった。

ふと忍び寄る、望郷の思いが、そうさせたのかも知れなかった。万次郎のことは、フェアヘイブンの町でもかなり知れ渡っていた。

万次郎は、日本での腕白時代とは違って、十六歳という、年相応の落ち着きもあり、物腰もやさしく、誰からも好かれる青年へと成長しつつあった。

それに、ユーモアも解する、成績優秀な若者になっていたので、日本から来た東洋人に、周囲の人々は、何の偏見もなく受け入れていたように見えた。が、必ずしもそうとは言えないこともあった。

敬虔なクリスチャンであった船長夫妻は、ある日曜日、いよいよ万次郎にもクリスチャンとしての教会通いをさせようとして、フェアへイブンの町の中心部にあるコングリゲイショナル・チャーチ（組合教会）に礼拝に出かけた。船長は自分が所属している教会に万次郎を入会させ、日曜学校に彼を通わせるつもりだった。ところが教会はあまりいい顔をしなかった。翌日、代表者が船長宅を訪れ、黒人まがいの子供を、白人の子供と一緒に座らせるわけにはいかない、ジョン・マンは黒人席に座るようにと、わざわざ言いに来たのだった。

船長は黙って立ち上がり、玄関のドアを開けて、その男を追い返した。万次郎はこの一部始終をじっと見ていた。

翌週船長は、別の教会を訪ねたが、同じように断られてしまった。ただユニテリアン教会だけは万次郎を快く受け入れてくれた。

当時、北部アメリカは南部に比べて奴隷制度に批判的ではあったが、一般人の中には依然、黒人に対して、人種的偏見を持っている人も多かった。そんな人から見れば、万次郎のような東洋人は、黒人と同じに映ったに違いなかった。成長期の万次郎は、日本人としての自分が、アメリカの人にどう映っているか、真剣に見つめるようになっていた。

バートレット・アカデミーへ通う

ホイットフィールド船長は、万次郎の成長していく過程を、熱い眼差しで観察していた。向学心が旺盛で、学科の中では特に数学が優秀で、もっと高度な教育を受けさせたいと思うようになっていた。そこで船長は、町の級友の一人、ルイス・L・バートレットを訪ね、万次郎の今後の教育について相談した。

バートレットは町では高名な学者で、三十代にして、私立学校「バートレット・アカデミー」を、前年の一八四二年に創設したばかりだった。

この学校は中等程度の教育機関であったが、数学、航海術、測量術など、実学中心の教育を授ける専門学校のようなものだった。ニューベッドフォードは、捕鯨業の中心地で、航海術の専門学校を欲していた。その専門学校を、この地に起こしたばかりだった。学校の生徒には、主として船主や船長の子弟が多く、多少排他的なところもある学校だった。

バートレット校長は、初め万次郎を受け入れることに難色を示したが、級友である船長のたっての頼みとあって、ようやく入学が許可されたのだった。

一八四四年（天保十五年）二月、十七歳となった万次郎は、晴れて「バートレット・アカデミー」の生徒となった。毎日手弁当持参で通学し、総じて出来もよく、学業の進歩も著しかった。

万次郎はこの学校で学ぶことにより、ナサニエル・ボーディッチというアメリカの数学者であり、天文学者でもあった人の名を知り、この学者が著した「新アメリカ実践航海者」という、航海術の指南書とでもいうべき本を、自分の小遣いをためて購入した。この本は船乗りの聖典のようなもので、航海士には必携の書であった。

十七歳から十九歳まで、万次郎は新しい上級学校で学ぶことになった。彼の、学習への意欲は、益々膨らんでいた。周囲から、時に嫌がらせまで受けることもあったが、万次郎は決して、自分を見失うことはなかった。万次郎を取り巻く周囲の者は、そんな万次郎を、次第に認めるようになり、努力を怠らない彼は、この学校でも首席になるほどだった。

望郷・再び海へと心は向かう

ホイットフィールド船長は、スコンティカットの農場で、一年余の新婚生活を送ると、再び捕鯨船に乗ることを考えるようになっていた。ただ一つ、船長には気がかりなことがあった。万次郎のことである。留守宅に、結婚したばかりの妻子と、面倒を見ている万次郎を残して行かなければならないことである。

夏休みに入るのを待って、船長はゆっくりくつろいでいる万次郎を呼んで、自分がまた、捕鯨船に乗るつもりであることを告げた。

「ジョン、私はまたしばらく、捕鯨船に乗り込もうと思っている。しばらく留守をすることになるが、マンよ、君は君の好きなことをした方がよいだろう。学問はよくできるようになったので、それで十分だと思うが、もし将来、捕鯨船に乗り込んで、帰国したいという気持ちがあるのなら、そのための技能を、何か身に付けていた方がいいかもしれない」

万次郎も、ただ、船長の庇護の下に生活していることに、やや心苦しさを感じていた時でもあった。自分だけの力で、何とか、自立する方法はないものだろうか。

そんなことを考えていた時でもあったので、一歩を踏み込む決意を固めて、船長の言葉に従うことにした。

「私もそんなことを考えていました」

「おう、そうか。だったら、いいところがある」

そう言って、船長は、一軒の桶屋を紹介してくれた。

捕鯨船に乗ったら、脂を貯めておく桶は必要である。その桶を作る技術を身に付けていると、船員として厚遇されるようになる。幸いフェアヘイブンには、何軒か桶職人もいるし、自分の知っている職人もいる。捕鯨船に欠かせない、桶作りの技術があれば、捕鯨船に乗る機会も増えるだろうと言って、地元のウィリアム・M・ハシーという桶屋を紹介してくれた。

万次郎の自立心も、日に日に膨らみ始めている時だった。いつまでも船長の好意に甘えてばかりいるわけにはいかない。自分の力で生きていく方法を、そろそろ模索しなければならないのではないか。そんな意識が芽生え始めていた時だったので、紹介された桶屋を、自ら訪ねることにした。

ここまで世話になった船長に報いるには、立派な一人前の人間に成長した姿を、船長に見せる事だろう。そのためには、新しい航海から帰った船長に、こんなことも出来るようになりましたと、言えるようになっていたい。それが船長への、一番のご恩返しになるだろう。そんな思いで万次郎は桶屋の門をたたいた。


万次郎は、船長が新しい航海へ出かけた留守中、いよいよ、自立への道を歩もうと決意し、バートレット・アカデミーに約一年間通って、四月から、十月までの約半年間、ハシーの工場に住み込んで、桶作りを学ぶことにした。

このバートレット・アカデミーに通い始めた頃は、ホイットフィールド家でも、目まぐるしく色々なことが起こった。万次郎はその中にあって、アメリカの、一般家庭の過ごし方を経験することが出来た。ここでの生活は、その後の万次郎の生き方の、大きな指針となった。

この数年間で、身に付けたものは大きかった。中でも、万次郎の生き方の支えになったものは、最も尊敬しているホイットフィールド船長の生き方であった。

ホイットフィールド船長とは

ホイットフィールド船長は、ジョン・ハウランド号で、捕鯨航海に出る二年前に、最愛の妻を亡くしていた。

でも、ジョン・ハウランド号で捕鯨に出る前、フェアヘイブンに住む同郷の女性と、航海から帰ったら結婚する約束をした相手も、新しく生まれていた。ハウランド号での航海は、新しい生活を始めるための、捕鯨航海であった。

その航海の途上で、日本人の漂流民五名を救出したのである。その中の一人の少年に、将来性を感じ、アメリカで生活することを勧め、自分の家に連れてきた。その少年の面倒を見ながら、それまで予定していたことを、何一つ遺漏なく着々とこなしていた。捕鯨船で得た収入の大半をつぎ込んで、新しい生活に入ったのである。

船長は、捕鯨漁とは違った、農業への転身を図った。農場は人を雇って経営していたが、船長にとって、捕鯨漁のような魅力はなかったのかもしれない。

待望の赤ん坊は生まれたが、その赤ん坊に加え、さらに家族が一人増えることになった。というのは、船長の姉が、夫の浮気に我慢できなくなって、船長の家に出戻ってきたのである。聞けば、姉の夫は、密かに女の人といい仲になり、家を出て行ったということだった。ホイットフィールド船長は、さすがに予想もしない現実に、少々自分の人の良さにあきれることもあったのだろう。新しく入ってきた捕鯨漁の話に乗って、かなり込み入ってきた家庭を、奥さんと万次郎に託して、新たに、一八四四年十月、捕鯨航海に出かけることにしたのである。

万次郎は、三年間、ホイットフィールド家で生活する中で、船長の過去から現在までの、おおよその過ごし方を理解するようになっていた。

新しく生まれた赤ん坊の名前は、ウイリアム・ヘンリーと言った。万次郎は「ユアー・ブラザー?」と皆から言われると、「そうだよ、ヘンリーはオレの弟だよ!」と、金髪の産毛を撫でながら言った。そう言いたくなるほど、万次郎はヘンリーをかわいがった。

ホイットフィールド家の一員として、家族として生きていく選択もあった。船長のこともかなり詳しく理解できるようになっていた。船長が、新しい捕鯨航海に出ようとした気持ちも、理解できるようになっていた。だから、船長の留守中に、独り立ちできるように、成長している姿を見せたいと思っていた。そうすることが、万次郎は、船長へのご恩返しになると理解して、船長を見送ったのだった。

船長の留守を預かっている、ある時のことだった。出戻りの船長の姉が、ヘンリー坊やに牛乳を飲ませているのを見て、驚いて聞いた。

「それは何ですか?」

怪訝そうに聞いた万次郎を見て、こともなげに女は言った。

「牛乳だよ。アルバティーナのおっぱいは、小さくってね、あまり出ないんだよ。だから、代わりに牛乳を飲ませてるのさ。あんたの国では、牛乳は飲ませないの？」

牛肉を食べる習慣のない、日本のことしか知らない万次郎にとって、この国で日常茶飯事のことが、全て新しく映るのだった。

母乳が出なくても子供は育てられるんだ。万次郎には新しい発見だった。

ヘンリーは万次郎に懐いていた。万次郎が学校へ出かけようとすると、泣き出して、後追いをするようにまでなっていた。そんなヘンリーが、本当の弟のように思え、一瞬、土佐清水の自分の家族と一緒に過ごしているように錯覚することもあった。

家族に打ち解けている万次郎を見ると、ホイットフィールド船長も、安心したように、農園を万次郎に任せて、再び捕鯨航海に出ることにしたのだろう。

しかし、船長のいなくなった家には、ぽっかりと穴が開いたような、空白の時間が流れているように、万次郎は感じていた。その穴を埋めるように、船長が世話してくれた桶屋にも、年季奉公のような形で住み込んで仕事をした。

ところが、この桶屋の待遇はひどかった。

万次郎は、学問に打ち込んだように、桶職人の技術を身に付けようと、ここでも精一杯の努力をした。しかし、さすがの万次郎も、この桶屋の主人ハシーの下で、ついに体調を崩してしまったのである。

ハシーはとにかくケチだった。食べ物はろくに与えず、要求することは多かった。食べるものと言えば、朝晩に出される、乾いて、固くなったパンであったり、夕食に出される僅かな伝統料理では、万次郎の胃袋を満たすことはなかった。

四月に、桶職人としての修業を始めた。完全に仕事をマスターしてしまうまでは、耐えに耐えていた。が、さすがの万次郎も、とうとう体を壊してしまう程になってしまった。丈夫な体が自慢の万次郎だったが、栄養失調の身体は、どうすることも出来なかった。

十月には、再び船長の留守宅に戻ってきた。壊れた体を癒しに戻ってきたのである。

桶屋は、自立を目指す第一歩のつもりだった。しかし、とうとう、船長夫人や、アメリア叔母さんの、介護を受ける身となってしまったのである。それでも、この療養期間中も、万次郎は、バートレット・アカデミーに通学し、フェアヘイブンに住んでいる測量技師の私宅に、弁当持参で二か月ほど通い、測量学を学んだ。これほどに学ぶことに貪欲だったのは、一刻でも早く帰国したいという思いが、そうさせたのに違いなかった。

一八四六年（弘化三年）二月、船長夫人や、アメリア叔母さんの手厚い介護を受け、健康を取り戻した万次郎は、再び奉公先の桶屋に戻った。桶作りの技術を完全にマスターするまではという気力が、気の進まない桶屋へ、再び向かわせたのだった。しかし桶屋の食事は一向に改善されることはなかった。

ハシーの桶作りの技術には確かなものがあったが、人使いが荒く、食事のまずさにはさすがの万次郎も、ついには音を上げてしまった。ほぼ桶職人として、桶造りをマスターしたということもあって、八月には暇を貰って、船長の家に帰ってきた。

万次郎が修業している間にも、ハシーの家を、何人もの人が辞めていった。そんな劣悪な環境の中でも、万次郎は必死に耐えたのだった。そんな桶屋の、徒弟制度の辛さに耐え抜いたおかげで、後年、再び捕鯨船に乗った時、大樽や小樽の製法をマスターしていた万次郎は、随分と助けられることになったのである。

苦しい時の故郷への思い

万次郎は、どんなに学業や労働に精を出している時でも、故郷、中ノ浜のことを忘れることはなかった。

船長が居なくなった家は、子供と出戻りのお姉さんもいたので、それなりに賑やかではあったが、万次郎にとって、ぽっかりと穴の開いた空虚感を埋めることはできなかった。

その空しさを埋めてくれたのは、中ノ浜の家族や、ホノルルに残してきた仲間たちを思い出す時だった。

万次郎は暇になると、フェアヘイブンの海岸をよく散策した。それだけでは心が癒されなくなると、絵筆をとって風景をスケッチするようになった。万次郎が特に気に入ったのは河口にあるフェニックス砦の廃墟だった。そこの石垣の上に座ると、アクシュネット川に出入りする捕鯨船がよく見えたからでもあった。

その前に広がるバザーズ湾の海は、遥かかなたにある故郷、中ノ浜へも通じているはずだという思いが、万次郎をこの場所へ誘った。

穴の空いた心を埋める海

アメリカに来て三年の歳月が流れていた。打ち沈んだ心は、さらに望郷の念に様変わりして、万次郎に新たな行動力を育んでいた。

一八四六年の春、いつものようにニューベッドフォードへ出かけ、海を眺めるだけではなく、万次郎はジョン・ハウランド号の船主のひとりであるジョン・ハウランド氏に会いに行った。日本近海へ行く捕鯨船の有無を聞くためである。日本近海まで行く捕鯨船がないかと必死になって尋ねた。故郷のことを思い始めると、いても立ってもいられなくなったのである。折悪しくその時にはいい話は聞けなかった。

「残念ながら、日本近海へ行く捕鯨船は、今はないね」

ハウランド氏は万次郎のことをよく知っていた。船長から聞いていたのだろう、彼は、万次郎の気落ちした姿に打たれ、他の会社にも照会してみるから、希望は捨てないでくれ、そう言って万次郎を慰めてくれた。その言葉に勇気づけられ、この時の万次郎は一縷の望みを抱きながら日々を送っていた。

吉報は思いがけないところからやってきた。

三月に入ったある日、万次郎たちを救ってくれたジョン・ハウランド号で銛打ちをしていたアイラ・デイヴィスが、万次郎を訪ねてきた。デイヴィスは、救出した日本人五名に、特に親切にしてくれた一人だった。それで、万次郎も好印象を持っていた船員だった。今度は自分が船長となって、ニューベッドフォードのフランクリン号（二七三トン）に乗るので、船員となって、捕鯨船に乗らないかと、万次郎を誘いに来てくれたのである。

「最近捕鯨漁から帰ったばかりだが、その時に太平洋上で日本の難破船に出会ったよ。よほど俺は日本の難破船に縁があるようだ。どうだいジョン、俺と一緒にフランクリン号に乗ってみないか？」

デイヴィスからそんな話を聞くと、万次郎の故郷への思いは益々膨らんできた。

「君が船長か！　凄いな！　ジョン・ハウランド号では、大変世話になったので、手伝いが出来ればいいが、ただし条件がある。日本近海へ行ったら、私を下ろしてくれないか。それだったら乗ってもいいが」

万次郎から、とっさに出た言葉だった。もしかして、帰国できるかもしれないという期待感が思わず言わせた言葉だった。

「今は何とも言えないが、なるべくそうなるようにしよう」

いきなり故郷が近づいてきた。小躍りする様な話だった。デイヴィスの返事は曖昧だったが、故郷が近くなったら、泳いででも渡れる。そんな考えがすぐに浮かび、万次郎はその気持ちを率直にホイットフィールド夫人に相談した。

万次郎としては、この話を船長夫人にするのには勇気が要った。船長から、留守中、農場や家族のことをよろしく頼むと言われていたので、船長の留守中に航海に出るのはあまりにも無責任に思えたからである。でも、急激に襲ってきた故郷への思いを、抑えることはどうしてもできなかった。万次郎の不安を打ち消すような優しい言葉で夫人は言った。

「主人が居たら、きっと船に乗ることを勧めるでしょう。私たちのことは心配いらないわ。本当に帰れるといいわね」

夫人は、万次郎の気持ちをよく理解してくれていた。万次郎は夫人の思いやりに感謝しながら、また一つ大きな決断をし、実現へ向けて動き出したのだった。

フェアヘイブンとの訣れ

アイラ・デイヴィス船長の捕鯨船、フランクリン号に乗る決意を固めた万次郎は、三年間お世話になった人々へ、一軒一軒丁寧にお別れの挨拶に回った。

学校、近隣の人々、お世話になった人々への挨拶は欠かせなかった。勿論、船長夫人アルバティーナや、船長の叔母さんのアメリアとの最後の抱擁は、他の誰よりも深く、感情が込められていた。それも初めて会った時の挨拶とは違って、自然と相手の温もりを感じ合っている自身の変化を感じながら、特に別れを惜しんだ万次郎だった。

近隣の住人でも、アレン家の三姉妹とは、涙を抑えることが出来なかった。末娘のアレンとは年齢も近かったので、ほのかな恋心を覚えたこともあって、別れを告げた時の、三姉妹の悲しみの表情は、万次郎の心に深く刻みつけられた。

バートレット・アカデミーで、万次郎と無二の親友となったトリップとは、帰国する理由も淡々と、感情を抑えて握手を交わした。

「やあ、ジョブ、私は君にさよならを言わねばならなくなった」

万次郎はトリップの手を握って言った。

「何だ急に、どうしたんだ？　一体どこへ行くというんだ？」

トリップは怪訝な表情を浮かべて聞いた。

「私は家（日本）へ帰るんだ」

万次郎の唐突な言葉に驚きながら、トリップは万次郎に思いとどまるように言った。

「君は良い教育を受けているので、ここで、何か仕事がきっと見つかるはずだと思うよ」

「ここは、自分の国ではないのでね」

万次郎の決意の強さを感じながらも、トリップはなおも迫った。

「国に帰るのは危険かもしれない。君の国では、疑いの目で見られたり、そのような扱いを受けるかもしれないじゃないか」

「もしそうなったら、私は自分の国で死ぬよ」

ここで怯んだら、一生帰れなくなるかもしれない。ここは情に負けてはならない。

万次郎は決意の固さを崩さなかった。

トリップの友情に心打たれながらも、必死に冷静さを保って言った。代わりに、握った手をさらに固く握りしめ、お互いの幸運を祈りつつ、最後の別れを惜しんだ。

一八四六年五月十六日（弘化三年四月二十一日）、十九歳になった万次郎を乗せたフランクリン号は、数隻の引き船に誘導され、アクシュネット川を、ゆったりと河口へ向かって出港した。ホイットフィールド船長に助けられてから、五年の歳月が流れていた。

外海へ出て、白波を立てて東北東の方角へ帆走するフランクリン号のデッキに立ったまま、万次郎はこの五年間の数奇な自分の歩みを振り返っていた。

亀が語る十九歳の旅立ち

すべてはあの時、庄屋の家から逃げ出したことから始まった軌跡だった。でもまだこの数奇な歩みの行く末は見えていない。未だに見えない糸に引きずられるように、自分の意志でその行程を組み立てていることだけは分かる。これからどうなるのかは分からない。分かっているのは、この航海の途上で、祖国日本へ帰り着く機会を狙っているということだけである。ただそれだけの理由でフランクリン号へ乗ったのだろうか？

この海と繋がっているはずの、日本への郷愁が、全ての理性を抑え込んで、急激に自分自身を支配し始めたのは、フェアヘイブンの海を散策する日々が多くなってからだった。

海は何処の海でも、万次郎の諸々の迷いを吸い込んでくれた。ここフェアヘイブンの海でも同じであった。

万次郎には、この三年間で、アメリカという国と、日本との違いも見えるようになってきた。全てが、日本よりアメリカの方が進んでいることも分かってきた。ここアメリカには、日本のような不自由さがない。自分が努力さえすれば、報われることも多い。鎖国政策を貫いている日本の不自由さが、手に取るようにわかってきた。自分さえその気になれば、このアメリカという国で、一生安泰に暮らす見通しも立てられるはずだった。

ホイットフィールド船長は、きっと自分を支えてくれるに違いない。トリップが言うように、わざわざ危険を冒してまで、日本へ帰る必要があるだろうか？　本当にこれで良かったのだろうか？

自問自答している万次郎の目の前に広がる海は、どこまでもどこまでも、限りなく広がっている。確かにこの海は、自分が生まれ育った、中ノ浜の海岸まで繋がっているはずだ。そう思って、きらりと光った海の一角に、目を固定してみると、一匹の海亀の姿が映った。

「おおっ、亀だ！」

万次郎は一人、デッキで大声を上げた。そうだ、あのフェアヘイブンの海岸で亀が産卵する場を探し、海から上がってきたのを見て、自分の気持ちが急激に揺らぎだしたのだ。この光景は、いつかどこかで見たことがある。そんなことを思いながら、亀の行方を追っていると、いつの間にか、そこに父の姿が重なって見えてきたのだった。

「万、見てみろ！　亀だ！　あの亀は産卵に来たのだ。場所を探しているんだ」

場所は足摺岬だった。弘法大師の建立した、金剛福寺前から見下ろす海岸の、岩場の横を横切ろうとする亀を見付けて、父悦助が、少年の万次郎に、亀の産卵場所を教えてくれたことを思い出していた。

「今晩あたり卵を産みに上がってくるに違いないぞ、マン」

その夜、父と亀の産卵を見に行ったことを、このフェアヘイブンの海岸で、亀を見付けて、突然思い出していたのだった。

その父は、亀の産卵を見に行って間もなく死んだ。父の死はあまりに唐突だった。九歳の万次郎にはあまりに唐突過ぎて、現実が飲み込めなかった。ただ心の中に、ぽっかりと穴が開いてしまったような、何とも言えない空虚感が続いていたことを覚えている。

万次郎はそれからというもの、亀を見ると、ぽっかりと心に穴の開いた記憶が蘇ってくるのだった。

思えば、フェアヘイブンの海岸を散歩するようになったのは、ホイットフィールド船長が、新しい捕鯨漁に出かけてからだった。船長不在の家に、心の張りを失った万次郎を癒してくれたのが、フェアヘイブンの海だった。おそらく万次郎は、ホイットフィールド船長と父とを、重ねて見ていたのかもしれない。

船長不在の空虚感と、中ノ浜で父を亡くした時の空虚感が、異国の地で、急激に亀を通して重なって見えてきた。

この時の万次郎の体の中は、故郷のことで満ち溢れていた。これまで抑えていた日本への郷愁が抑えきれなくなって、一時に満ち溢れてきたのだった。亀を通して、父への郷愁が唐突に湧き起こり、土佐清水、中ノ浜の海岸が、母をも喚起させてしまっていた。

《帰りたい！　日本へ帰って、母ちゃんに会いたい！》

冷静に振る舞っていた万次郎だったが、抑えきって生きてきたこれまでの感情が、一気に崩れ去り、帰国する可能性が生じることによって、たちまち行動に移したのだった。

ひたむきに生きている亀を見ると、それが、まるで自分の姿のように見えてきて、何が何でも帰国しようという衝動を抑えられなくなり、デイヴィスの船に乗ったのだった。

「卵から孵った亀はなあ、海へ戻るんだが、同じところに戻ってくるんだ。生まれたところを決して忘れないいんだ」

あの時の父の言葉が生々しく蘇ってきたのである。

フランクリン号の乗組員は、船長デイヴィスを含めて総勢二十八人、最年長のイサカー・H・エイキン（二十七歳）を筆頭に、最年少のジョン・H・スノウ（十五歳）まで、皆生気溢れる二十代ばかりであった。

真のジョン・万次郎の航海がこれから始まろうとしていた。

第三章　ジョン万次郎の捕鯨船大航海時代

フランクリン号出港

望郷の念を抑えられず、デイヴィスの誘いに応じて、万次郎は捕鯨船フランクリン号に乗って、フェアヘイブンの港を出港した。乗組員は総勢二十八名、最年長はイサカー・H・エイキン二十七歳、最年少のジョン・H・スノウ十五歳という、ほとんどが二十代という若いメンバーで、万次郎十九歳の船出であった。

フランクリン号の最初の寄港地は、マサチューセッツ州の州都ボストンである。折から、アメリカはメキシコ戦争の真っ最中で、ここボストンの港は軍艦の出入りが絶えなかった。港から、食料物資や兵員、弾薬が続続とメキシコ湾へ向けて送られていたので、ボストンの町には活気が漲っていた。

万次郎はアメリカと言っても、ニューベッドフォードか、フェアヘイブンしか知らなかったので、ボストンに上陸した時、今まで見たこともないような建物に、驚きの目を見張っていた。

幾筋も折り重なるように突き出た波止場の沿岸には、会社や商店や酒場が立ち並び、そこを歩く人や馬車の音は、絶え間なかった。石畳の上を往来する人の足音は、街中へ入ると、一段と響きあった。

往来に立ち並ぶレンガ造りの建物は、どっしりとした重量感があり、この国の安定した力を、万次郎は感じ取っていた。

万次郎の足は、市の中心部に聳えている大きな塔へ向かっていた。

「あの建物は何というんだ？」

ボストンに近づいた時、船上で万次郎はデイヴィスに聞いた。

「あれか、あれはステートハウス（州会議事堂）だ。あんな建物は見たことがないだろう。行ってみるといい。この街に二三日停泊する予定だから」

デイヴィスに聞いていた建物へ向かって、万次郎はためらいもなく突き進んだ。

万次郎は、高い所には、何故か心惹かれるところがあった。

幼少期に行ったことのある、足摺岬の先端であったり、唐人駄馬の石の上であったり、上から下を見下ろすのが好きだった。

途中のレンガ造りの家の間から、色づいた並木が居並び、町にアクセントをつけていた。ステートハウスの尖塔には、帆船の風見が付いている。

この建物の中間付近に望楼と時計台があって、湾内の船からも見えていたので、近くからそれを確かめてみたかったのだ。

万次郎は、しばらく眺めていると、この塔を記憶に残しておきたくなって、スケッチ帳を出した。

彼には、フェアヘイブンの海岸を散策するようになってから、スケッチする習慣がついていた。これは日本のお城のようなものではないのか。その違いをはっきりと見定めておきたいと思っての行動だった。

万次郎はニューベッドフォード港を離れる時、ひそかな決意をもって旅立った。

きっとこの旅で、自分は故郷へ帰り着くことになるだろう。アメリカは見納めになるかもしれない。となれば、このアメリカを、自分の記憶に留め置かなくてはならない。そんな思いがスケッチという行為を生んだ。

記憶には限りがあり、思い出を再現する手立てとしてスケッチを思いついたのだった。ボストンの建物は、アメリカの文化の象徴のような気がして、記憶の底に留めておく必要を、万次郎は強く感じていたのだった。

「へい、ジョン！　お前にはこんな才能もあったのか？」

万次郎のスケッチを覗き込んだ船員仲間の一人が言った。

「素晴らしい建物だ。日本へ帰った時、みんなに知らせるには、口で言っても分からないから、絵に描いておくんだ」

「それなら、写真に撮っておいたらいい」

「写真？」

「写真って、何だ？　どんなものだ？」

「写すんだよ。そのまま、ありのままを写し撮る機械があるんだ」

「えぇっ！　そんな機械があるのか！　それがあったら教えてくれよ」

「分かった、滅多にないが、あるところを見付けたら教えるよ」

　万次郎の好奇心はさらに一段と高まったようだった。


　マサチューセッツ州の湾に位置するボストンの街は、メキシコ湾に向けて送られる戦時物資の搬送運搬で活気があった。万次郎は当初、何でこんなに賑わっているのか、知る由もなかったが、しばらく人々の会話や、物々しい雰囲気から、戦争によるものだということが分かった。メキシコとの戦争ということも分かってきて、戦争は街を活気づけるものだという発見にも驚いていた。

　このメキシコ戦争は、アメリカの勝利となり、広大なテキサスの土地を、アメリカが自分の国の領土にしたという情報を、万次郎は捕鯨船に乗っている間に知ることになる。

　万次郎は捕鯨船に乗って、各地を航行することが、知らないことを知る情報源だということを、自ずと理解することになり、情報こそが、知識を高めることになるのだということに気付き始めていた。

　後年万次郎は、フランクリン号で、世界の七つの海を巡ったことは、自分のハーバード大学であった、と後に語ったことがある。

　この航海中に、様々な体験を繰り返し、これまで知らなかったことを、新しく知るようになった万次郎は、自身の成長を日々感じるようになっていた。

ボストン港に停泊したのは三日間だった。見るもの聞くもの、世界の最先端の文化に触れているということが、万次郎の知識欲を、さらに助長しながら、フランクリン号は針路を東にとり出帆した。港を出て五日目。鯨の群れに出くわし、二頭を仕留めた。しかし目指すのは抹香鯨であり、太平洋での漁であった。序章としてはまずまずの滑り出しだった。

デイヴィスは出発前に万次郎に言った。

「ジョン、これから我々は、北大西洋から南大西洋を南下して、喜望峰を廻り、南極海に入り、インド洋を経て、南太平洋から北太平洋へ航海するんだ。北極海もかすめて通り、世界の七つの海を全て駆け巡るんだぞ」

「世界の海を全部駆け巡るというわけか！　うーん、俺には想像できないが、すごいことだなあ。その中には、当然日本近海もあるんだよな」

「そうだ、海は広いし、鯨はこの広い海を自由に行き来しているからな」

「そうか、海には境目がないんだよなあ」

この時、万次郎の視界に母の顔がぼんやりと浮かんで消えた。

ボストン港を出た船は広々とした大西洋を二千数百キロ走り、ポルトガル領アゾレス諸島のひとつ、ファイアル島に到着した。この辺り一帯も有名な抹香鯨の漁場である。ここは一四四五年に、ポルトガル人が発見して領有した所であり、すでに、ヨーロッパ大陸から、多くの人が移住していた。この島の気候は程よくて、穀物も十分に育ち、住民の風貌や服装は、アメリカ人の服装と殆ど変わらなかった。

ここで、大西洋で捕獲した鯨二頭の油を陸揚げした。一泊したのち、翌六月十七日には出港した。航路を南にとり、カナリヤ諸島をかすめ、次に鯨の群れている、アフリカ大陸西端のベルデ岬諸島のサンチャゴ島に到着した。

目の前に次々に現れてくる景色、初めて見る大陸や島々、これらを、万次郎は悉く体の隅々に吸収していた。

島々が変われば住んでいる人も変わる。支配している国が変われば住民の姿も変わる。その微妙な変化を、万次郎は自己流に読み解いていく。

読み解けなければ、船員仲間に即尋ねる。尋ねれば、即座に答えが返ってくる。船上は、万次郎にとって、生きた学習の場であった。

日常の変化は、万次郎の好奇心を一層高め、一日一日は飛ぶように過ぎていく。そんな航海は日々刻々と変化していった。

今、目の当たりにしているサンチャゴ島の海岸は、ごつごつした岩石が、そこここに見られ、気候は暑かった。住民の肌は墨を塗ったように黒く、髪は暑い日差しのためか、縮れている人が多い。前の寄港地との違いに、万次郎の素朴な疑問は生まれる。

住んでいる人はそれほど違っていないのに、生活様式は全然違っている。これって、どうしてだろう？

万次郎の素朴な疑問に答えてくれる人もいる。

「それはなあマン、気候の程よい所には、ヨーロッパ人が住み、岩のゴロゴロした所には、不便を忍んで原住民が住んでいるからだよ。ヨーロッパ人は武力・知力があるから、色んなことを原住民に教え、住みよいところに住み、貿易もする。文化が違うからな」

教えてくれるデイヴィスも、親しい船員も、皆同じことを言う。なるほど、と万次郎は納得しながら、何かすっきりしないもやもやする気持ちが抑えられなかった。

説明されたような視点で、目の前の島、サンチャゴ島に住んでいる住人を見てみると、ごろごろした岩のどこに住んでいるのか、決して住みやすい所に住んでいるようには見えなかった。ヨーロッパの文化の入ったところと、そうでない所の、人の生活に違いがあることを、万次郎は寄港地が増えるごとに、はっきりと見えるようになっていた。

万次郎の捕鯨航海の旅は順調だった。

ボストン港を出て、最初の捕鯨はファイアル島付近での二頭の抹香鯨であった。捕獲した鯨は、鯨油に変えて樽詰めし、寄港地でそれを処分していく。

この航海最初の収穫五十五バレルの抹香鯨を陸揚げし、アメリカへの便船に託して、薪や食料を積み込んだ。そこで一泊し、次の目的地へと向かう。

船員の慰労も含めて、寄港地は大切な場所であった。ただ、寄るだけのこともあり、取引をすることもあり、慰労だけの時もあり、興味関心がある場合は、うわさを聞いて立ち寄ることもある。寄港地は様々な情報の収集場所であり、大切な場所でもあった。初めて寄る場合は知らないだけに緊張もする。

船長のデイヴィスは何度も航海の経験があり、殆どの寄港地を知っている。が、初めての寄港地の場合、かなり神経を使っていることが万次郎には伝わってくる。

万次郎が鳥島で救助された時、デイヴィスは何かと面倒を見てくれた。万次郎には特に親切だった。だからデイヴィスの力になりたいと思って、彼が船長となっているフランクリン号に乗り込んだのだ。可能な限りの力を出して協力を惜しまないつもりでいる万次郎には、デイヴィスの緊張していることもよく見えていた。それで、万次郎は努めてデイヴィスに寄り添うように気を配っていた。そんな気持ちでいると、万次郎はデイヴィスと共にこの船を動かしているような気持ちにさえなっていた。

ボストンを出た後、大西洋を一気に二千数百キロ南下し、ファイアル島からサンチャゴ島へ向かう頃には、万次郎のそんな気持ちも通じたようで、デイヴィスも何かと万次郎に相談することもあった。

それほどに、捕鯨船フランクリン号と一体化できている自分に驚きながら、船は更に南下し、やがて赤道を越え、アフリカの最南端喜望峰に達し、そこを廻ってインド洋に入った。

ホイットフィールド船長のジョン・ハウランド号に乗っていた時は、ただただ海の広さと、地球の限りない広さに圧倒され、地名や国名は殆ど忘れていた。

ただ今回の航海はいささか違っていた。前回、一つ一つの寄港地や、島の地名を覚える余裕はなかったが、今回は、寄港地の風土の違い、住んでいる人の服装や性格的な特徴の違いなどを、努めて記憶に留めておこうと意識していた。

この海を、どこまでもどこまでも同一方向へと向かって行けば、また元に戻ってしまうのだということを、バートレット・アカデミーで学んでいた。学校では、地球儀を使って教えてくれた。そのことは、半分はジョン・ハウランド号に救助されたことで理解できていたつもりだったが、まだ、やはり半信半疑だった。今回の航海では、それが実地に証明されるのだ。学んだ測量学の実践を今できているという思いが、これまで以上に知識欲旺盛な万次郎にしていた。

もしかして、今度の航海の途中で帰国するかもしれないという予感が、さらに好奇心に拍車をかけていた。

インド洋に入ったころには、知識と実際が一致していることを実感し、万次郎は今回の捕鯨航海を楽しむ余裕さえ感じ始めていた。

万次郎大亀を捕獲

船がインド洋の南方海域をさらに東へ航行し続け、喜望峰とオーストラリアの中間あたりの無人島付近に達した時だった。海上に何やら浮かぶ黒い物体が見えた。

「カメだ！　大きなカメだ！　あんな亀が海にはいるんだ！」

最年少のスノウが絶叫に近い声を張り上げて叫んだ。スノウは水夫見習いとして初めて捕鯨船に乗ったので、見るもの聞くもの全てが、万次郎が初めてハウランド号に救助された時と同じように、何でも新鮮に見えているに違いなかった。その時、万次郎もスノウと同じ十五歳だった。

この頃になると、毎日塩漬けの肉ばかりを口にしているので、船員のみんなが新鮮な肉に飢えていた。

「オオウミガメだ。あれはうまいぞ。誰か捕まえないか？　俺が料理してやるぜ」

給仕のスミスが言った。

「おーい、ボートを下ろせ！　誰か手伝え！　あの海亀を捕まえるんだ！」

最年長のイサカー・H・エイキンがみんなに指示を出した。急ぎ下ろされたボートに、真っ先にエイキンが飛び乗ったのに続いて、ボートを下ろした四人が次々と飛び移った。その中に万次郎もいた。亀となると、条件反射的に万次郎の身体は動いていた。

新鮮な肉に飢えていた海の男たちの行動は敏捷だった。掛け声をかけながら亀の後を追うと、忽ち追いつき、エイキンは勢いよくオオウミガメ目指して銛を打ち込んだ。万次郎は幼い時に、鯨捕りの漁師の勇ましい話を思い出していた。もっと大きい鯨を追い込んで、銛打ちが銛を打ち込む話を、何度か聞いたことがあった。その時は想像するだけだったが、今目の前にしているオオウミガメは、鯨とは比べようもなかった。が、なぜか万次郎の血が騒いでいた。

カメは甲羅に銛を突き立てたまま泳ぎ続けている。

「何というカメだ！　ボートを引っ張っているぞ！」

誰かが叫んだ。その声を聞くと万次郎の身体は反射的に動いていた。口にナイフをくわえ、海に飛び込むと、抜き手を切ってカメに近づいた。甲羅の上にまたがると、カメの喉元を目指してナイフを突き刺した。見事にとどめを刺したのだった。

身の丈三メートルはあるオオウミガメを仕留めた万次郎の、俊敏な行動と勇気に、仲間からやんやの喝采が上がった。みんながみんな、万次郎を称賛した。

以後、船内での万次郎の存在は、船長のデイヴィスや、最年長のエイキンと同じくらいに尊敬されるようになっていた。

二十歳になった万次郎

大西洋、インド洋と、十か月近く航海してきたフランクリン号の船体は、かなり傷んでいた。オオウミガメを捕獲したりしながら、船は針路を東北にとり、鯨を追い求める航海を続けていたが、インドネシアのチモール島のクパン港に錨を下ろした。

クパン港に着く前、万次郎は洋上で六度目の正月を迎えていた。初めての延縄漁に出かけたのが十四歳だった。その初めての延縄漁に出たまま遭難したのである。

あれから六年、二十歳になった万次郎は、時間の持つ重さを、ひとり噛みしめていた。


クパン港入港は、一八四七年二月のことであった。この島はオランダ領で、皮膚の黒い原住民のほか、オランダ人、中国人、ポルトガル人、インド人などが住んでおり、海岸には二百戸ほどの人家が立ち並んでいた。

洋風の住居に交じって、中国風の住居もあり、中国の建物を見ると、万次郎は思わず日本のことを思い浮かべていた。

この地での停泊は三十日ほどだった。乗組員たちは交代で島に上陸し、この島で思わぬ命の洗濯をすることになった。酒を飲む者、娼婦と遊ぶ者、それぞれの過ごし方は違っていたが、万次郎は酒をあまり好まなかった。

交代で万次郎が上陸しようとすると、仲間の一人がからかうように言った。

「ヘイ、ジョン、安い女を買うなよ！　うつされるぞ！」

欲望を満たすために娼婦と遊ぶ者は多かったが、怖いのは性病であった。

上陸に際して、船員は十分注意するように言い渡されていた。

「ノウ、プロブレム！　ドント、マインド」

万次郎も負けずに冗句で返すほどに仲間とは打ち解けていた。

さらに、このチモール島のクパン港では、近くの島々の色々な話を聞いた。中でも人食い人種の島があるという話には、本当かと訝りながらも、寄ってみようかという、酔狂な船員もいた。

フランクリン号の乗組員には、若い者が多いだけに、好奇心も旺盛であった。誰かが言った冗談が本当になり、ニューギニア、ニューアイルランド、ソロモン諸島がごく最近まで人食い人種の三島と噂されていた島だった。

船は赤道直下、東に向かい、さらにそれより、針路を東にとり、ニューブリテン島東方に位置する、ニューアイルランド島（パプアニューギニアの島）に到着した。

「何となく不気味だな」

二等航海士のオールデンが声を潜めてつぶやいた。

「そういえば、静かだな。普通だったら、船が着いたらすぐに向こうの方から寄ってくるんだが……」

船長のデイヴィスも用心深く、上陸をためらう雰囲気があった。

「待ち構えて直ぐに襲ってくるということもないだろう。薪と食料を調達するだけだから、先ずは交渉してみよう」

エイキンは冷静に状況を見ている。万次郎もいつ襲われてもいいように、心の準備だけはして、住人の観察は怠らなかった。

この島の山々は高く林立していた。海岸へ近づいてくる住民の動きも、これまでに見てきた原住民の動きとは違って見えた。

相手側もこちらを用心しているように見える。皮膚の色が黒く、髪が縮れているのは同じだったが、全身に粘土を塗ったり、刺青をしている者が多く、男女の区別も定かではなかった。狩猟生活が日常のようで、弓矢を持った姿は、確かに不気味ではあった。

住居は柱を四本建てただけで、屋根は椰子の葉で葺き、土間には敷物もせず、じかに寝起きしているように見えた。まさに原始生活そのものである。

実際に原住民と会って身振り手振りで話をすると、思っていたよりは友好的に交渉することが出来た。

この島では昔、難破船が漂流し、迷い込んだ人を襲って殺し、勝利の祝いとして食ったという事実はあったようだ。自分たちが攻められると思い込んで、恐怖心から、襲われる前に襲い、相手を追い出すか、生け捕りにするという習慣が、つい最近まで残っていたようであった。訪れる者は侵略者であって、みんな敵であるという判断が、いつのころからか定着していて、武力で追い出すという習慣が長く続いていた。追い出せば勝利の祝いとして、死者の肉を神に捧げ、生け捕った者の中から、生贄として神に捧げ、捧げた肉を食うという習慣が、つい最近まで続いていた。

そんな話の伝えられている島だった。恐怖の体験ではあったが、話は通じ、比較的友好的に食料も薪も手に入れることが出来た。

そんな特殊な経験をも積み重ねながら、万次郎たちを乗せたフランクリン号は、鯨を追いながら、ソロモン島を一めぐりして、船はいよいよ針路を北へとった。

評判の悪い日本・グアム島で

船は、やがて万次郎には懐かしいグアムのアプラ港に到着した。

グアム島は万次郎にとっては四年半ぶり、三度目の訪問であった。この港には当初から三十日停泊する予定だった。ここはハワイと同じようにたくさんの捕鯨船が停泊し、お互い旅の安全を図るための情報を仕入れるのには、重要な拠点だった。

三十日もあるので、乗組員は交代で上陸し、休養を取ったり、薪水や食糧を補給したり、船の補修をしたり、結構な人の出入りのある島である。それで、色々な情報は入ってきた。

万次郎はデイヴィス船長に連れられて、他の捕鯨船を訪れ、日本の情報を聞いて回ることにした。しかしどこの船でも、日本の評判は悪く、万次郎は肩身の狭い思いをした。万次郎には責任はないはずだったが、この肩身の狭い思いはなぜなのかと、ここでも万次郎は考えざるをえなかった。

自分はやっぱり日本人なのだ。日本という国を、特別に、これまで意識したことはなかった。漂流して日本を離れることによって、逆に意識するようになっていた。帰国したいと思う最大の理由は、母に会いたいということではあったが、慣れ親しんだ故郷の山や海もまた郷愁を誘った。友人知人にも会いたい。会って、もう一度話したい。そんな思いが一時にどっと押し寄せてきた。そんなに帰りたい日本の国を、同時に恥ずかしいと思う気持ちも湧き上がってきた。こんなに心が揺れるのはどうしてだろう?

そんな疑問を抱えたまま、万次郎はニューベッドフォード出身で、捕鯨船エイブラハム・ハウランド号のハーバー船長とも会い、日本本土や琉球の話を聞いた。

ハーバー船長の話では、先ごろ、琉球で飲料水を求めようと、ボートを下ろして海岸に近づけたところ、武装した島民や役人らから威嚇され、二日以内に退去しなければ、船を破壊すると言われたと、さも残念そうに語った。

ハーバー船長は、ホイットフィールド船長とは懇意の仲で、万次郎の話も聞いていたので、万次郎が日本へ帰りたがっていることは承知していた。そんな万次郎のために、もう一度琉球へ戻って、琉球の役人と交渉してみてもいいと言ってくれた。

万次郎は、なぜか、琉球という所は、自分が帰国するには最適の場所ではないかと思っていた。その琉球で、ハーバー船長も、今度のように脅されたのは初めてだったという。

おそらく、特別の事情があったのかもしれないと、そんな危険な目に遭っていながら、万次郎のために、もう一度琉球へ行ってもいいという船長の好意に、万次郎は心を揺さぶられ、デイヴィス船長の顔を窺うと、明らかに表情は違っていた。

彼には、ここで万次郎を手放す気持ちはなかった。

それは危険だと、危険を強調し、万次郎を引き留めることに必死だった。万次郎も、デイヴィスの気持ちをよく理解していたので、ハーバー船長に、無理に連れて行って欲しいとは言わなかった。

万次郎は、琉球がいきなり発砲するとは思えなかった。以前、一度訪れた時、退去するのに二日の猶予をくれたことを、はっきり覚えていた。やさしい対応をしてくれた。

無理はいけない。ここは耐える時だろう。

二十歳にして、万次郎は耐えることの重要さを体に覚え込ませた重要な出来事だった。「日本という国はいったい何という国なんだ！　漂流した者を、わざわざ送り届けてやったのに、いきなり発砲してくるなんて！　日本の政治家というやつは、豚の頭をしているのか！　ふん、そうに違いない、豚の頭をした奴が政治家なのか！」

あしざまに、そんな悪態をつく者もいたが、万次郎はこの時は、ただ耐えるだけだった。

この癒されない気持ちを誰かに伝えたくて、万次郎はホイットフィールド船長に手紙を書くことを思いついた。


フランクリン号は、四月中旬、グアムを出港した後、真北へ進み、小笠原群島の父島の二見港に錨を下ろした。ここは近年まで無人島であったが、父島には、数十人の白人とハワイの原住民の入植者が住んでいた。農作物を作り、家畜を飼い、ウミガメや魚などをとり、時折入港する捕鯨船などに売って生計を立てていた。フランクリン号は父島に十日ほど停泊し、飲料水や食糧を補給して出帆した。

琉球のマンビコシンに上陸

船は真西に針路を取り、台湾の沖を過ぎ、琉球諸島のうちの一つ、マンビコシンという所の沖合に来て停めた。

「ジョン、少し様子を見てみるか？」

デイヴィスが万次郎の気持ちを察して言った。

「うん、是非下りて探ってみたい」

万次郎はデイヴィスに感謝しながら、直ぐにボートを下ろした。六人の水夫と共に、上陸するのにふさわしい場所を探し、波止場らしい場所を見つけて、上陸しようとしていると、すでにそこには、役人風の者が、島民らしき者を数人引き連れて、待っていた。ボートを下ろして、島に近づこうとしている時から、万次郎たちは、島影に島民らしい人の姿を見つけていたので、十分に警戒はしていた。日本近海では、直ぐに発砲されたという話をたくさん聞いていたので、もし発砲されたら、上陸しないで、船に戻ることを約束していた。

恐る恐る上陸してみると、役人風の人が出迎えてくれた。

それで、むしろ安心することが出来た。

役人らしき人は、島民を指図して、砂浜に筵を敷き、そこに座れと言っているようだったので、六人は、思い思いの姿勢でそこに座った。ハーバー船長にそういったように、二日以内に立ち去れと言われるのかと思って役人の表情を窺っていた。

デイヴィス船長は、万次郎に薪と水を補給したいと言ってくれというので、土佐訛りの日本語で伝えたが、さっぱり相手は分からないような素振りを見せた。どうやら、万次郎の日本語が相手には通じていないようだった。同じ日本語でも、土佐弁と琉球語で会話しているので、さっぱり通じないのも無理のないことだった。なんとなくの素振りで、大体のことは理解できたが、肝心のことは通じていなかった。

万次郎は、自分は土佐の国の漁師だったが、漂流して、外国の捕鯨船に救助されて、今ここにいる。土佐へ帰りたいという思いを一気に話したので、部分的に分かったこともあったらしかったが、殆ど伝わってはいなかった。

そのうちに役人らしき人が、農民に豚二頭を引かせてやってきた。そして身振り手振りで、これをやると言っていることは分かった。万次郎が一生懸命に言ったことは、食料になる何かが欲しいと思われたようだった。

仕方がないので、素直にその豚二頭を貰ったお礼として、木綿四反を船から持ってきて彼らに渡すと、緊張した場面が実に和やかな雰囲気に変わった。

「どうだジョン、この島の人たちは、友好的でいい人らしいが、これからどう変わるかもわからないぞ。これくらいで、引き上げたほうがよいのではないか?」

デイヴィスにこれで諦めろといわれているようで、他の人に迷惑をかけることも出来ず、万次郎は、ここ琉球では直ぐには発砲されないことが分かっただけでも、今後の参考にはなったので、今回はデイヴィスの言う通りに従って、船に戻った。

期待が大きかっただけに万次郎の落胆もまた大きかった。何より、自分の日本語が相手に通じなかったということも、大きなショックになっていた。六年間も日本語を使っていないと、忘れてしまっている言葉も多く、しかも、琉球語は全く理解できなかった。

「ジョン、そんなに落ち込むなよ。まだまだチャンスはいくらでもある。この船はまだこれからもたくさんの鯨を獲る予定だ。この近海へも、また来ることもある。もう少し、この船を手伝ってくれよ」

万次郎には、デイヴィスが、自分を大切にしてくれていることはよくわかるし、琉球上陸に、ついてきてくれたのは嬉しかったが、デイヴィスが、自分を本気で手放す気がないことも、よく分かるようになった。

この捕鯨船フランクリン号の航海の途中で、下りて、帰国することを、船員みんなが、喜んで見送ってくれそうには、この時の万次郎には、どうしても思えなくなっていた。

先ず船長自身が、一番そうして欲しくないように見えた。それに、他の船員仲間とは、これまで、気持ちよく接することも出来ていた。そんな仲間を、途中で放り投げて、自分だけ帰国してしまうことは、万次郎にはできなかった。

捕鯨漁という仕事は過酷な仕事で、漁のない時は、いたってのどかではあるが、一旦鯨を追い始めると、解体してしまうまで、一気に終わらせなければならない。まして、続けて漁があるときは、寝ないで作業は続けなければならない。そんな過酷な捕鯨漁に耐えられず、途中で逃げ出す人も多い仕事なのだ。それを、自分の都合だけで、みなさんサヨウナラと、帰国していいものだろうか。

万次郎の心は激しく揺れ始めていた。

今回の捕鯨漁航海の旅は、帰国できるかもしれないという期待感に動かされて、デイヴィスの誘いに乗った。しかし、共に捕鯨航海を続けているうちに、万次郎自身の、当初の思いが、少しずつ変化し始めていた。捕鯨漁の持つ、勇壮で逞しい男の世界に、ジョン・ハウランド号に乗って航海していた時とは違って、かなり魅了されていたのである。

帰国したいという思いと、まだ捕鯨漁を続けていたいという思いが交錯し、どちらも、同じ比重で万次郎の心を揺さぶっていた。

帰国する機会は、捕鯨漁を続けている限り、チャンスはあると思えるようになっていた。それならば、船員仲間と通じ合っている、このフランクリン号のために、今回は働いていた方がいいのではないか。帰国することは、またの機会にして、今度は帰国のための準備期間ということで納得しよう。

万次郎は決断した。彼の頭の切り替えは早かった。

一つ経験したことは一つ学んだことであり、次の過たない計画の、大きな力になっていることは明らかなことだから、それほど力を落とすことはない。

「デイヴィス、有難う。故郷らしき土を踏むことが出来ただけでもうれしかったよ」

「おう、マン、そう言ってくれるか、よかった！」

デイヴィスも、万次郎の気持ちを汲んで喜んだ。万次郎はデイヴィスの手を固く握って、これからの捕鯨活動に力を注ぐことを肝に銘じた。

フランクリン号は、日本近海を離れると、針路を東に転じ、ハワイのオアフ島を目指して突き進んだ。時に、一八四七年十月十七日のことだった。

通じぬ万次郎の日本語・仙台沖

一八四八年が明けた。この年の二月にメキシコ戦争は終わり、メキシコはニューメキシコとカリフォルニアをアメリカが割譲した。

その頃フランクリン号は、台湾琉球沖を過ぎ、日本の東海岸に沿って進んでいた。船が奥州の沖合に達した頃、二十隻ほどの日本漁船を見つけた。

万次郎は咄嗟に母の形見のドンザ（刺子にした防寒着）を着て、日本人らしく頭に鉢巻をしてボートを下ろし、釣り船に近づいて聞いた。

「何処の国の船ぞ？」

「センデ、センデ」という言葉が返ってきた。

センデ？　あっそうか！　仙台だ、きっと仙台のことだ。

万次郎は嬉しくなってさらに聞いた。

「この所より、土佐に帰らるるや？」

かなり使い慣れない日本語で尋ねた。

すると、相手からは「分からず、分からず」という言葉が返ってきた。何が分からないのか、言葉が分からないのか、どうやって、土佐へは行くことが出来るのか、どこがよくわからないのか、一気に聞いたら、余計に分からなかったらしく、手を顔の前で左右に振りながら、分からず分からずを繰り返している。

万次郎は、再び、帰国のチャンスが到来したと、琉球での決意は忘れて、本船に戻り、船長に、自分はここで下りて、彼らと一緒に行きたいが、ここで下りてもいいかと迫った。

しかし万次郎の翻意に、デイヴィスは、はっきりと釘を刺した。

「マンよ、今度は諦めろ！　いずれ帰国する機会は必ず来るさ。俺はお前を頼りにしているんだ。お前が下りたら、みんな、がっかりするぞ！」

そこまで言われると、万次郎の気持ちはもうぶれなかった。

「わかった、デイヴィス。捕鯨に集中するよ！」

「グッド、ベリーグッド！」

デイヴィスは万次郎の手を固く握りしめながら、「グッド」を繰り返した。

万次郎は、次第に遠ざかる日本の船団に手を振って、はっきりと別れを告げた。手を振りながら、必ずこの日本へ帰ってくるぞと、根拠はなかったが、きっと帰国できるという、確信が持てた、仙台での出会いだった。

別れた仲間との再会

一八四七年（弘化四年）九月、フランクリン号はホノルル港に入港した。

上陸した万次郎の頭の中は、昔別れた仲間の、伝蔵（筆之丞）、重助、寅右衛門、五右衛門らのことでいっぱいだった。

彼等はこの島でどんな生活をしているのだろうか。手当たり次第に訪ね廻った。一刻も早く彼らと再会し、その後のことを聞きたかった。

そのうちに、この港に、日本人が一人住んでいるという情報を仕入れ、はやる気持ちを抑えながら、訪ねて行った。

そこにいたのは寅右衛門であった。寅右衛門はこの年、三十一歳になっていた。自分が二十歳だから、当然そのくらいになるのは当たり前であったが、かなり変わっていた。

不意に訪ねて行ったので、寅右衛門は驚きのあまり暫く言葉も出てこなかった。

「ま、ま、万次郎か？」

「イエス、サー、万次郎だがに。寅兄ぃ、寅右衛門兄ぃだか？　みんなは、みんなは元気じゃろか？　ほんに、会いたかったがじゃ！」

「まっこて、万じゃ！　また会えるとはのう！」

ふたりの話は尽きることはなかった。ハワイでの四人のことを、一気にしゃべり始めた寅右衛門の話で、万次郎にはおおよそのことが分かった。中でも一番驚いたのは、重助が昨年（一八四六年）病死したことだった。その話を聞いた時、万次郎はひとしきり泣いた。

「そうなんだ、島へ打ち上げられた時痛めた足が、ずっと悪かったんだ」

寅右衛門も万次郎の涙に誘われるように涙した。船頭の伝蔵と弟の五右衛門は、去年の十一月末、日本近海へ行く船を見付けて、故国日本へ帰ったと聞き、喜びと同時に羨ましいと思う気持ちが一瞬万次郎の心をかすめた。寅右衛門の話は、いつ尽きるともわからないくらいに続いた。

『万次郎をホノルルの埠頭で見送ってから、四人は土地の白人や原住民からいろいろ親切にしてもらったという。暫くはオアフ島の知事の庇護を受け、のんびりと過ごしていたが、そのうちに、原住民と話をつけて小舟に乗せてもらい、ホノルルの沖合に漁に出るようになった。漁は本職なので蘇ったように生き生きとしてきた。長竿での鰹の一本釣りだ。釣った魚は波止場近くの市場で売って何がしかの金を得た。カウカハワの農場で時々野良仕事の手伝いなどもして、ここでの生活にも慣れ、土地の言葉も少しは覚え、何とか用を足すことも出来るようになってきた。ホノルルでの暮らしもやがて一年も経つ頃、四人は知事の許可を得て独立することにした。

寅右衛門は大工の徒弟となり、重助と五右衛門は宣教師のジャッド宅の下男として、水汲みや薪割りなどの仕事を手伝い、伝蔵は「王立学校」の守衛兼用務員となった。

しかし重助は、かつて鳥島で痛めた足の経過がはかばかしくなく、とうとうあしを引きずって歩くようになり、赤痢のような病気に罹り、ジャッドの手厚い看護にもかかわらず、一八四六年の四月、二十八歳で息を引き取り、亡骸はカネオヘにあるパーカー牧師のパレカ教会の墓地に埋葬された。

一方、伝蔵と五右衛門も、いつまでも嘆いてばかりもいられないので、オアフ島の知事が視察に来た時、今いるところは休閑地が多いので、この地を貸してもらえないかと申し出たところ、許可が下りて、そこでサツマイモ、タロイモ、アワ、メロン、キビなどを作るようになった。伝蔵は弟が眠っているカネオヘを離れたくなかったので、墓地から数百メートルの海辺に、掘立小屋を建てそこで寝起きするようになった。

そんな生活が続いていたある日曜日の朝、パーカー牧師のパレカ教会に出かけた五右衛門が、会衆の中に、あのホイットフィールド船長の姿を見かけた。船長はわざわざ、自分が昔救助した日本の漂流民が、今どうしているか気になって、尋ねてやってきた。四年振りに再会した二人は、一別以来の挨拶を交わし、五右衛門のその後の暮らしぶりや、船頭の筆之丞が、ハワイに来てから名前を伝蔵と改めたことを話した。

船長は万次郎と同じく、重助が死亡したことには痛く哀悼の意を表し悲しんでくれた。それから何度もパーカー牧師とともに伝蔵の小屋を訪れ、二人を何とか帰国させようと手配してくれた。

ホイットフィールド船長と再会したことから、ほどなく五右衛門と伝蔵はホノルルへ行き、寅右衛門にも再会したことや、帰国の話があることを告げたが、具体的に話を進める段階で、日本海域へ航行する捕鯨船に乗れるのは、二人ということで、寅右衛門は乗せてもらえなかった。

　伝蔵と五右衛門を乗せたフロリダ二世号は、一八四七年四月二十六日（弘化四年三月）に、ホノルル港を出帆したままだということだった。』


　万次郎は長い寅右衛門の話を、固唾をのんで聞き入っていた。一緒に行けなかった寅右衛門の気持ちを思いやり、一人だけ残って悔しかっただろうと言うと、寅右衛門は意外とさっぱりと、いやあ、それほどでもないという。万次郎は重ねてその真意を聞いた。

「だって、そうだろう、マン。今の日本は、そんなに気安く受け入れてはくれんだろう。危険がいっぱいだ。それに、必ず日本へたどりつけるとも限らんからな」

　寅右衛門はあっけらかんとしていた。現地で、寅右衛門の大工の仕事が順調であることも窺い知ることが出来た。他にも帰りたくない理由がありそうに思えて、暗に万次郎は探りを入れてみると、寅右衛門はあっさりと言い切った。

「俺はここで結婚しているんだ。女房を連れていくことはできんしな」

　そうだったのかと、万次郎は内心安心もし、伝蔵兄弟と寅右衛門とが仲たがいしているのではないかという心配は消えた。

「実はなあ、伝さんは、重助が亡くなってから、随分と気が弱くなってなあ、日本へ帰りたくてしょうがないんだ。おれは、それほどでもないしな」

万次郎は、寅右衛門がほぼ完全にホノルルという土地になじんでいることを実感していた。ものの見方も、現地の人のような割り切り方が出来ていることを感じていた。

さてそれに比べて、自分はどの程度だろう？

寅右衛門は今の自分を見つめるには、いいサンプルになりそうで、自分の気持ちを確かめるように尋ねた。

「寅さんは、日本へ帰る気持ちは、もうないんじゃろか？」

「ないことはあるもんか！　誰だって土佐は恋しいがに。でもな、帰ってどうするんじゃ！　危険がいっぱいだし、仕事だってあるんか？　俺はもう若くはないんじゃ。冒険はもうこりごりじゃけんのう」

それだけ聞いて、万次郎は自分が帰国するときは、寅右衛門は乗ってこないかもしれないということを、漠然と感じていた。


日本上陸に失敗した伝蔵と五右衛門が、一八四八年十一月十一日（嘉永元年）に、ホノルル港に帰着した。まだ万次郎が乗っているフランクリン号が停泊している時で、万次郎はここで伝蔵、五右衛門とも再会することになる。二人の話もまた限りがなかった。

寅右衛門同様に再会を喜んだ二人だったが、さすがに帰国することが出来なかった失望の色は隠せなかった。それでも二人は、どういういきさつで帰国できる船に乗ることが出来たのか、詳しく話してくれた。

『ホイットフィールド船長の斡旋により乗ることになったフロリダ号に、手荷物を積み込み、ホノルルを出帆したのは一八四七年四月二十六日（弘化四年三月十二日）のことだった。

伝蔵と五右衛門は、捕鯨に従事しながら、帰国のチャンスを窺うという条件で乗り込んだので、待遇は悪くはなかった。

伝蔵は寅右衛門も誘ったが、今回は二人しか乗ることはできないということだった。それと、寅右衛門はホイットフィールド船長とは、なかなか打ち解けることが出来ず、船長もそれを感じていて、あまり寅右衛門のことまで世話を焼くことはしなかった。

二人はニューギニア、オーストラリア、裸島、オアフ島、グアム島など、万次郎が何度も寄港した場所に寄港しながら、帰国できる機会をうかがっていた。

唯一の帰国のチャンスが訪れたのは、一八四八年一月下旬、津軽海峡に入り蝦夷地に向かった時だった。

船が松前（北海道南西部）に近づくにつれて、時々、海岸からのろしが上がるのが見えた。そののろしは、明らかに、外国船が日本の領海に入ってきたことを知らせるためのものであった。夜には、海岸の至る所でかがり火をたくのが見えた。伝蔵はそれが外国船の警戒と防衛のためのものであることを知っていた。それでも、船長は伝蔵と五右衛門を伴って、ボートで上陸してくれた。が、さきほどまで岸辺に居た者はみんな逃げだして人影はなかった。

「吾は日本人なるぞ！」

叫んでも何の返事も返ってこなかった。三人は二軒の小屋を訪ねたが、草鞋や鍋釜が散乱しており、住人が逃げ出したばかりだということが分かった。そこで伝蔵はアーサー・コックス船長に言った。

「我々は今、日本の蝦夷地に来ているのですから、我々二人をこのまま、ここに残して出帆してください。本船がここを去れば、人々はきっと姿を見せるでしょう」

「それはだめだ。君たちは、私がホイットフィールド船長から預かった、大切な人なんだ。船長の護送書を添えて役人に渡し、日本側から受け取りを貰わぬうちは、君たちを手渡すわけにはゆかぬのだ」

そう言って、コックス船長は、蝦夷地上陸を強く思いとどまらせた。船長にそう強く説得され、二人はやむなく本船に引き返すことにした。』

かくて伝蔵と五右衛門を乗せたフロリダ号は一八四八年十一月十一日、まだ万次郎が滞在しているホノルル港へ、帰着したのだった。そこへ万次郎が訪れてきたのである。当然、再会を喜び合った三人だったが、しきりに悔しがる伝蔵と五右衛門に向かって、万次郎は力強く約束した。

「そんなに悔しがることもないぜよ。俺も帰国のチャンスはあったたし、きっとみんなで帰国できるっちゅうことだよ。今度は、みんなで帰国するがぜよ！」

万次郎は、勿論、励ますつもりで言ったのだったが、その言葉は、自分に言い聞かせるように力強く、二人に向かって言っていた。

別れた漂流民同士が、再会するという感動を味わうことが出来たホノルル寄港だったが、万次郎には、このホノルルで、もう一つ、大きな出会いがあった。

サミュエル・チーネリ・デーモン牧師と知り合いになったことである。

牧師は「海員礼拝所」を主宰し、「フレンド」紙を発行し、地元のニュースや、入港する船がもたらす、世界各国のニュースなどを読者に提供している、編集人兼寄稿者でもあった。ホイットフィールド船長とは親しく、万次郎のことも、かなり詳しく知っている人でもあった。

以後、デーモン牧師もまた、ホイットフィールド船長と同様に、万次郎を支えてくれる、重要な人物となる人であった。

デイヴィス船長狂乱

一八四八年二月、四度目のグアム島に着くころ、日頃温和なデイヴィス船長の性格に、普段では見られないような変調が見え始めた。不可解な言動が多くなったのである。

乗組員に対して、訳もなく罵詈雑言を浴びせたり、暴行を加えたり、船員を、女と見誤るような、恥ずべき行為を、平気でするような奇行が、多く見えるようになった。

その奇行ぶりは、日に日にエスカレートしていったのである。

時には、銃を持ち出したり、刀を振り回したりすることもあった。

危険この上もなく、船員みんなが、このままでは、捕鯨活動を続けるのは、難しいと思うようになっていた。

やむなく、船長の身体を鎖で縛り、船室に閉じ込めるという、異常事態に陥ってしまった。

「ジョン、お前はかわいいな、俺はお前が好きだよ！」

そう言って、いきなり、デイヴィスが万次郎を抱擁し、キスをしてきたときには、さすがに万次郎は、気持ちが悪くなって、デイヴィスを押しやった。

「何をしているんだ、デイヴィス。気でも狂ったか！」

咄嗟にはねのけたが、彼は会うたびに、そう言って抱きついてきたのだった。その行為は、万次郎にだけではなく、だれかれ構わぬところがあった。

この行為は、明らかに異常であった。それだけならまだしも、暴力を振るうようになったときには、さすがに突き放しただけでは収拾がつかなくなり、取り押さえて、平静になるのを待ったが、みんなの意見は、何かが狂いだしたのではないかということで一致し、やむなくデイヴィスを軟禁し、漁を続けるしかなかった。

同年六月下旬、フィリピンのマニラに入港すると、直ちに、アメリカ領事官の職員に、デイヴィス船長の身柄を引き渡した。そこで入院させたのち、本国へ送還して欲しいと依頼して、捕鯨漁を続けるしかなかった。

長い航海の続く捕鯨船では、何が起きるか分からなかった。最も信頼すべきはずの船長が、突然、狂気の振る舞いをすることなど、想像さえできないことだった。

船長不在のままの航海はできないので、乗組員全員で、新たに船長を、投票で決めることになった。

その結果、最年長のイサカー・H・エイキン（二十七歳）と二十一歳になった万次郎が、同点で一位に選ばれたが、年長のエイキンを船長に、万次郎を副船長にということに決まった。ここで万次郎は、一躍一等航海士となり、名実ともに、捕鯨船フランクリン号の中心となって活躍することになった。航海用の測量器を使えることや、亀を仕留めた勇気などが、船員仲間から、高く評価される結果となった。

一等航海士（副船長として）

エイキン船長・ジョン・マン副船長の下、フランクリン号は再び日本近海へ向かうことになった。万次郎は、今度で六度目の日本近海での捕鯨漁である。

五度目の前回は奥州、その前は琉球のマンビコシンと、共に日本への帰国の機会を狙っていた。しかし今回は副船長となったので、日本へ帰ることは全く考えなかった。ひたすら、捕鯨漁に打ち込むことを考えていた。

デイヴィス船長の突然とも思える変貌に、万次郎は捕鯨漁の難しさを、身をもって知ることになった。

デイヴィスとは、かなり親しい間柄になっており、色々な相談にも応じてくれた。今度の航海で、日本へ帰国できるかもしれないという、チャンスを与えてくれたデイヴィスには、感謝の気持ちでいっぱいだった。

デイヴィスも万次郎の技量を高く評価してくれていたので、船員たちとも打ち解けて、漁を楽しむことが出来た。

万次郎にとってのデイヴィスは、これまで頼れる先輩として、尊敬もし、学ぶこともいっぱいあった。そのデイヴィスが狂ってしまったのである。

万次郎は、彼がおかしくなったのは、船長として神経を使い過ぎたせいではないかと思っていた。自分が、副船長になってみて、これまでとは違った緊張感があることを実感し、デイヴィスのことが、何となく理解できるような気がしていた。でも、自分は、デイヴィスのようにはなるものかと、常に平常心であることに、心がけるようにしていた。

副船長として、船員たちとの接し方も違ってきた。何でも自主的にしようという意識が強くなり、日々、気を張って仕事をするようになった。でも、立場が変わったとは言っても、自分は自分という意識を、逆に強く持つように心がけたのである。

デイヴィスの病気は一説には梅毒が脳に回ってきたともいわれている。

万次郎はその後、台湾、琉球沖、日本海で鯨を追い求め、土佐の山々を遠くに、足摺岬をかすめながら漁を続けた。

副船長となった時から、今航海の途中で、日本へ帰ることはやめようと決意していた。それで、これまでのように、故郷の山々の景色に心を奪われることはなかった。

苛酷な捕鯨漁の生活に耐えきれなくなって、途中で逃走する者も多かったが、遭難して、無人島での飢餓状態にも耐えた経験を持つ万次郎には、捕鯨船での生活は、快適そのものだった。

副船長にまでなり、一等航海士として認められた今、捕鯨漁は自分の天職のように思えていた。ニューベッドフォードに帰り着くまで、安全に操業することこそが、今自分に課せられている課題だと、常に自分に言い聞かせながら航海を続けていた。

日本近海の捕鯨漁を終えると、フランクリン号は、もう一度グアム島に寄港し、薪水や食料などを補給し、三十日ほど停泊し、船員は休養を取った。それから半年かけて、フランクリン号は、地球をもう一周することになる。

十二月になってグアム島を出帆すると、針路を西南にとり、ニューアイルランド島、さらにニューギニアの西に向かった。

一八四九年三月にはオランダ領のセランに着いた。船はそこで一か月ほど停泊し、ホイットフィールド家への土産として、万次郎はそこでオウムを一羽買った。

もうこの時は全く日本への帰国のことは考えておらず、ニューベッドフォードへ帰ってからのことを早くも考えていた。

セランを出港した船はチモール島へ寄り、さらに西南へ向かい、インド洋を横切り、モーリシャス島、マダガスカル島に沿って進み、アフリカの喜望峰を廻り、大西洋に入り、セントヘレナを望みながら西北へ進んだ。

一八四九年九月二十三日、フランクリン号は、約三年四か月ぶりで、ニューベッドフォードに着いた。

この間に捕った鯨は、約五百頭、鯨油樽にして数千樽にも達していた。万次郎は、途中で昇格したこともあって、三百五十ドルの配当金を得ることが出来た。

名実ともに堂々たる一等航海士として、アメリカ本土で生きていくだけの下地を確かなものとして帰ってきたのだった。

万次郎、ゴールドラッシュ、金鉱山への意欲

四十か月にわたるフランクリン号の捕鯨漁で得た万次郎の収入は三百五十ドルだった。実際は六百

七十ドルくらいはあったと思われるが、結局、航海中の小遣いなど前借りした分を差し引いた手取りが三百五十ドルだった。捕鯨航海四十ヵ月のうち、十四か月を副船長兼一等航海士として働いた分の上乗せをしてもよかったが、実質、万次郎はその分の上乗せはしていなかった。

　前にジョン・ハウランド号で見習い水夫として一年半手伝った時は、七十五ドルもらった。今回はその時の四・七倍の手取りだった。アメリカでは働きさえすれば確実に現金の収入を得ることが出来るということを実感した万次郎だった。


　帰国してフェアへイブンへ急ぎ、スコンティカットネックの農場へ万次郎は急いだ。その万次郎の肩には土産のオウムがとまっている。

「アイム・ホーム」

　帰るなり大声をあげて万次郎は駆け込んだ。「只今」という習慣はアメリカにはなかったが、二十二歳になっても、万次郎からその習慣は抜け切れていなかった。

「ジョンか！　帰ったか！」

　髭面に満面の笑みを浮かべてホイットフィールド船長は迎えてくれた。万次郎の逞しくなった体を抱擁しながら、筋肉を確かめるように、がっちりした手で肩を揉みほぐすようにして言った。

「立派な船員になったなジョン。体もしっかりしてきた」

　まさに、我が子を迎えるようにしげしげと眺めている。

「はい、おかげさまで、一等航海士になることが出来ました。船長、お土産です。このオウム、オランダ領のセラン島で買ったものです。日本語を話しますよ。コンバンワ！」

「コンバンワ！」

万次郎が言うと、オウムは万次郎の真似をして言った。

今度の航海の途中で、万次郎の後追いをしていたウイリアム坊やが亡くなったことを知って、船長夫妻が落ち込まないように、少しでも明るくなればという万次郎の思いやりのこもった土産だった。

「コン、バン、ワ……か？　どんな意味だ」

「グッズイブニング、という意味です。日本では夜にはそんな挨拶をするんです」

「そうか、日本語か。また賑やかになりそうだ」

船長は素直に喜んでくれた。

アルバティーナもすぐに現れ、ひとしきり抱擁した後、船長は珍しく酒の準備をしてくれるようにアルバティーナに頼んだ。万次郎がお酒を飲まないことは知っていた船長だったが、おそらくウイリアム坊やが亡くなって、家の中が沈みがちだったのだろう。万次郎が帰ってきたので、少しでも明るくしようと思った船長の計らいであった。万次郎には、船長の気持ちは痛いほど伝わってきた。

飲めない酒だったが、万次郎はこの時は、少しばかり口に含んで、体が燃える様になっていた。

万次郎は今航海で稼いだ金をテーブルに広げて見せると、船長は声を潜めて改まったような口調で言った。

「ところでジョン、港まで迎えに行ったと思うが、私の姪っ子のことだよ……」

アルバティーナは二人の密談だと判断したのか奥へ引き下がって行った。

「どうだいジョン、帰ったばかりだし、まだまだいろんな話も聞きたいが、私の姪っ子の、アンのことをどう思っているか、それが聞きたいんだ」

「いい人だと思っています。結婚するならこんな人だと思っています」

「そうか、それを聞いて安心した。どうだジョン、アメリカ人にならないか？　やっぱり日本へ帰りたいか？　アンと結婚しないか？　ウイリアムが亡くなって、気が滅入っていたんだが、マンよ、ジョンよ、マンが帰ってきたので、少し未来が見えてきたよ。私が見込んだ通り、君は立派に成長したよ。君は私の後を継がないか？　この農場を継いでくれないか。私の息子として、跡を継いでくれたら、ウイリアムのことは忘れられるんだが、どうだろう？」

船長に言われるまでもなく、薄々感じていたことではあった。が、直接話を聞くと万次郎の心は揺れ動いた。これ以上の話はないと思った。自分が決断さえすれば、ホイットフィールド家も、自分の未来も、すべて安泰で、いいことばかりが思い浮かんでくる。だが……と、日本、母、鎖国、を何とかしたいという、もう一つの願望が、安泰というバラ色の映像を爪で引っ掻くように壊していくのである。アメリカの父親に、相応の返事をしたいという思いと、自分の思い描いている夢とが、激しく闘っていることが分かった。そうすると、自分でもどう返事をしていいのか、返事の代わりに、激しく涙が溢れてきた。万次郎はおいおいと、激しく泣き崩れた。

「ありがたい話です。私にはもったいない話です。そうしたいという気持ちはたくさんあります。でも、私の、もう一つの気持ちがそれを邪魔するのです。夢が、もう一つの夢が、私を激しくたたくのです。私はまだやりたいことがあります。やらなければならないことがあります。それが達成したら、どんなことも承諾できるのですが、私は欲張りでしょうか?」

万次郎は喘ぎながらも、船長の情に屈せずに、言いたいことを伝えた。もう一つの夢、フェアヘイブンの港へ帰り着く前に、万次郎の心を燃え盛らせたものとは、母国へ帰る前に、思いっきり、もうひと働きしてみたいという思いだった。結婚のことより、カリフォルニアに行き、金の採掘をしてみたいという思いの方が強かった。

万次郎が帰ってきた一八四八年という時代は、ゴールドラッシュに沸きあがっていた時代で、男なら一度は試してみたいという思いを抱いて、金塊が発見されたカリフォルニアへ行ってみたいと思う者が多かった。捕鯨漁については、この三年半の体験で自信もついたし、確かな収入も保証されたが、文字通りの一攫千金の夢は、万次郎にとっては分かりやすい解決方法だった。自分の力で帰国するには、それ相応の金が必要であることを、アメリカ生活をする中で、実感として摑んだことであった。ホイットフィールド船長に世話になりっぱなしでは、万次郎の気持ちが許さなかった。独力で、帰国の方法を見出すことが、船長へ報いる最も大きな恩返しであると、いつのころからか思い始めていた。捕鯨漁は確かな生活を保障してくれそうな気はしていたが、一つの航海で三年から四年はかかる。でも、誰でも参加できる金の発掘には大きなロマンがあった。一つ当てれば、確実に帰国するに十分の収益を上げることが出来るのだ。

一方、万次郎は捕鯨漁の将来性に疑問を感じ始めてもいた。まだ鯨油ランプが中心ではあったが、燃える黒い水（石油）の精製技術が完成し、捕鯨船は半数近く、金鉱山への運搬船へと変貌し始めていたのだ。

万次郎には、時代の先を読む特殊能力というものが、いつの頃からか育ち始めていた。その万次郎の目に映ったのは、石油の時代になった、アメリカ社会の姿であったし、陸でも蒸気で走る鉄道の時代になっている社会の姿であった。その時代の流れの中の一つを、是非試してみたいという思いが、船長の姪と結婚することよりも、自己を試してみたいという冒険心の方が優先していた。

「船長、私はアンが大好きです。このアメリカにやってきたとき、初めてアメリカの若い女性を見たのが、姪御さんのアンでした。何と美しい人だろうと、最初に出会った時から、私の方が一方的に心を奪われていました。初恋の人でもあり、理想の人でもありました。そんな憧れている人と結婚出来たら、こんな幸せはありません。相手として申し分ありません。でも、今は私の可能性を試してみたいのです。自分の力で、財産を作りたいのです。結婚については、それから考えてみたいのです。ぜひ私を、カリフォルニアに行かせてください」

万次郎の真剣な申し入れを船長は納得してくれた。

「若いうちは夢を見ろと、私はいつもそう言って自分を鼓舞していた。ジョン、さすが君は、私が見込んだだけのことはある。だから、自分の夢を自分の力で掴みたいんだよな。それは大事なことだ。

やるがいい！　やってみるがいいだろう！」

以後、ホイットフィールド船長は姪っ子の話はしなくなった。

万次郎金鉱山へ出発

船長は理解するのも早かったが、行動も早かった。それから四、五日経った頃、近所のウイリアム・テリーという人物を万次郎に紹介してくれた。テリーも万次郎同様、一発の夢を実現しようとしている一人だった。テリーはすでに金山へ行くための情報をたくさん持っていた。なかなかいいやつだから、テリーに相談してみるといい。そう言って、色々な金山の情報を持っているテリーと引き合わせてくれたのである。

万次郎の金山行きの元手はフランクリン号で得た配当金の三百五十ドルである。

「砂金採りの道具も、ここで買って行った方がいい。何しろ現場では高いらしいよ」

テリーに言われるままに、ニューベッドフォードまで出掛け、砂金採りに必要な道具を商う店に行って買いそろえ、フランクリン号の航海から帰って、僅か六十五日目で、万次郎はカリフォルニアまでの六か月の船旅に出かけたのである。

一八四八年一月二十四日に、サンフランシスコの東方二百五十キロのシエラネヴァダ山脈を流れるサクラメント川で、砂金が発見された。その記事が新聞で報じられると、そのニュースは全カリフォルニアに広まり、それまで二万人足らずの、カリフォルニアの人口は、二年間に、一挙に十万人に膨れ上がった。大西洋側のボルチモア、ニューヨーク、ボストン各港から、連日のように、坑夫を乗せた船が出港し、カリフォルニアへ向かった。

万次郎たちが、ニューベッドフォードへ向かっていた一九四九年の春頃は、その数は著しく増大し、いたるところで、砂金を採る人の姿が見られ、サンフランシスコ周辺では、町の半分が空っぽになるほどだった。

当時のカリフォルニアは、メキシコ戦争によって、アメリカが獲得した広大な領地であった。そこから、金の鉱脈が出たのである。宝の山は、人々を狂奔させるには十分の場所であった。

アメリカへの帰りの捕鯨船の中でも、金採掘の話をしない日はなかった。捕鯨航海をするより、人々をカリフォルニアに運ぶ客船にした方が、実入りは多いという判断から、捕鯨船が、次々に客船に変わっていった。

捕鯨漁に出かけながら、サンフランシスコ付近になると、乗組員が大量に捕鯨船から脱出し、金採掘へ乗り換える者が続出していたので、捕鯨漁より、金鉱山への送迎船として、捕鯨船を運用する会社が増え出したのである。そんな時世の流れの真っただ中で、万次郎は将来の方向性を考える時、大勝負に出てみたいという思いが、ふつふつと過るようになっていたのだった。

思えば、十四歳で漂流し、命を直視すること限りなく、その都度、ただ生きる事への執着心だけで、今日まで過ごしてきた。

これまでの生活は、自分で選択した道ではなかった。ただ、運命と言えばそれだけかもしれなかったが、自分の意志で何かを決めるという選択肢はなかった。

やれることだけを、精一杯やってきた二十二歳になった今、やっと、自分の意志で動ける機会が巡ってきたのである。

これまでのように、船長の開いてくれた道の上を、ただ歩いていくだけなら、それは結構な未来なのかもしれなかった。

が、ただ平穏な道を歩き続けることだけが、自分に課せられた道なのかと、自分に問いかけてみると、それは違うと答える、もう一人の強い自分がいることを、万次郎は、はっきりと感じていた。

自分で開いて行く道というものがあるに違いない。それは、自分で選んでみる必要があるのではないか。たとえ結果は期待外れになったとしても、自分で選択した道だと思えば、納得できるはずだ。その納得できる選択をしてみたい。

若い万次郎のエネルギーは、自己を試すことにあった。自分の可能性に向かって、何も試さずに老いることは、この時の万次郎には、考えられなかった。

アメリカでの生活は、万次郎の生き方を、根本的に変えた。与えられた路線を与えられた通りに生きるのではなく、自分で選択した道を、試行錯誤しながらでも、貫き通したいという、生き方に拘るようになっていた。

考えに考えた結果、誰もが自分の意志で掘り当てることのできる、金の発掘という、千載一遇の機会に、自分を賭けてみようと思うようになっていた。その強い思いが、ホイットフィールド船長の心を動かしたのだった。

ここアメリカにいる間は、自分で体験できることは、何でも体験しておきたい。

年齢を重ねるごとに、万次郎自身の考えの中で、動かし難い思いが、確かな思想のように確立し始めていた。その根底にある思想を支え続けていたのは、何が何でも帰国したいという思いだった。帰国して、これまで体験してきたことを、多くの日本の人たちに伝えたいと、強く思うようになっていた。

母に会いたいという気持ちは強かったが、それが全てではなかった。母に会いたいという気持ちと、ホイットフィールド船長の姪っ子のアンと結婚して、アメリカで過ごすということとは、同程度の比重で万次郎の意識を支配していた。

二十二歳になった万次郎の意識は、自分が積み上げてきたものを、広く、日本の人たちへ還元したいという、知力を生かす方向へと向かっていた。

一介の漁民として立とうとして、十四歳の万次郎は、感情に任せて、今津家の掟を破り遁走した。感情に走った万次郎は、想像を絶する苦難の道を、八年間、駆け足で走り続けてきた。その足跡を、ようやく振り返る時間と余裕を見出した時、万次郎の中に、新しい意識が芽生え始めているのを、違う自分を見るような思いで見ることが出来るようになっていた。それは、自分の本当の姿を見る、自身の意識の世界であった。

感情とは違った意識の世界には、知識という、科学的に、確かな計算のできるものの存在があるという発見があった。その確かな計算の先に、人の心をも変え得るものの存在、金（かね）というものの存在があることを、はっきりと意識したのだった。

帰国するには金が要るという、現実的な問題を強く意識した結果、万次郎は、カリフォルニアの金鉱山へと向かう決心をしたのだった。

金（きん）は金（かね）である。これほどわかりやすい答えはなかった。その答えを得るべく、万次郎は船長を説得し、船長も納得した。

万次郎は金の採掘に出掛けた時、はっきりとした収入目標を掲げていた。捕鯨航海で得た収入は、万次郎にとってはかなりの収入で、当座の生活はできるだけの収入を、フランクリン号での航海によって得ていたので、わざわざ金の採掘へ出かける必要などなかった。でも、それだけでは、安全に日本付近まで、連れて行ってくれる船を見出すことはできなかった。それに、一人で帰るより、仲間があれば心強いという思いもあった。そのためには、一緒に漂流したメンバー全員と、揃って帰国したいという思いが、強く万次郎の意識の底に芽吹き始めた時、金の採掘という、千載一遇のチャンスが到来したと感じたのだった。

人生の勝負に出た万次郎の行動に迷いはなかった。ひたすらテリーと二人、目的地へと向かった。

万次郎のサンフランシスコまでの航海は、半年を要した。働きながら現地へ向かおうとした方法は、木材運搬船で行くことだった。

ステギリッツ号という木材運搬船の、船員として乗り込みたかったが、それは断られたので、スチュワードとしての仕事をするという約束で、運賃を割り引いてもらった。

南米を廻って、サンフランシスコへ行く途中立ち寄った港町では、領事館へ寄るなど、見聞を広めることも忘れなかった。

初夏のゴールデンゲート（金の門）を抜け、湾内に入ってみて、万次郎は驚いた。湾内いっぱいに並べられた何百という船に、「売り物」の札がはためいていたのだ。万次郎たちが乗ってきたステギリッツ号も、ここで売却の予定が出来たくらいだった。

金採掘へ向かう男たちに交じって、いかがわしい職業の、大勢の女たちもいた。その数はおよそ二千人。彼女たちは酒場や売春宿で金もうけに励もうとする女達であった。

万次郎とテリーは下船したのち、サンフランシスコに三日間滞在した。金山や砂金の採れる川の様子や、手続きなどの情報を入念に下調べするための滞在だった。

そこで、太平洋とシエラネバダ山脈の中間にある、サクラメント川を上って、更に二百キロ奥地に入らなければならないことも分かった。採掘までの時間と費用が、甚大なことを実感しながらも、二人とも諦めようという気持ちにはならなかった。

サクラメント川を上る外輪船に二十五ドル払い、上陸した二人は、さらに汽車に乗り換えて、約六百キロ走り、シエラネバダ山脈の麓にある駅で下車し、そこで馬や荷馬車を雇い、キャンプ用具、採金検査道具などを積み込むと、目指す金山へと向かった。

やっと金採掘のできる土地にたどり着いても、どこをどう掘っていいものか、戸惑うことばかりで、初めは採鉱権を持つ親方の雇い人となり、一日六ドルで働き始めた。

そこで三十四、五日働き、二百ドルほど稼いだが、雇い主は賭博に熱を上げ、全財産をすってしまったので、万次郎たちは、ただ働きをしたことになった。文句を言って争うことも出来たが、二人とも争うことはしなかった。そこには見切りをつけて、鉱山を出て河原で砂金を採ることにした。

世界一の荒くれ男たちが集まっている金鉱山で生き延びるには、争いごとから身を守ることが出来なければ、目的は達成できないことは分かっていたので、万次郎とテリーは、ことを荒立てることはせず、独力での採掘を心がけることにした。

万次郎は密かに、身を守るために、懐に二丁拳銃を隠し持っていた。何かあったら、拳銃に頼るしかなかったが、万次郎は一度もそれを使うことはなかった。

河原での砂金採りを始めると、金鉱に当たり、一日に二十ドルから二十五ドルほど得ることもあった。時には、一銭にもならないこともあったが、万次郎とテリーは三十日ほど働いて、百八十ドルほど手にしたので、この金を元手にして、さらにめいめいで独立して金を掘ることにした。

そこで万次郎は、目の玉が飛び出るほど物価が高い、金鉱地区を離れ、テント生活をやめ、ホテルに移り、そこから採掘現場へと向かう生活に変えた。変えた理由は、金銭的なこともあったが、娼家が立ち並び、周辺の風紀は乱れ、酔っ払いや、ならず者が横行し、追いはぎ、強盗が横行する、そんな危険地帯を回避するためだった。

　万次郎は毎日の積み重ねを重視した。

　毎日河原に出て、少しずつ砂金を金に換えているうちに、七十日余で、六百ドルを手にすることが出来た。これだけあれば帰国の費用に十分であると判断した万次郎は、採掘道具のすべてを、友人テリーに与えると、さっさと山を下り、サクラメントを経て、サンフランシスコに戻ってきた。

　サンフランシスコは、三か月前と比べ、一段と賑わいを増していた。富と享楽のみを追い求める退廃的な町に変貌して、一段と繁盛している酒場、賭博場、売春宿、浮浪者、酔っ払い、病人、行倒れの増える一方の虚飾の場所を尻目に、十日余の滞在の後、万次郎はニューヨーク行きの商船エライシャ・ウォーリック号に乗り、オアフ島に向かった。

帰国準備

　一八五〇年十月十日（嘉永三年九月五日）、ホノルルに入った万次郎は、いよいよ日本への帰国を促すべく、伝蔵、寅右衛門、五右衛門に会いに行った。

　寅右衛門はハート家に身を寄せ、大工仕事をしていた。伝蔵と五右衛門は、二十キロ離れたハナウリウリに居るということが分かり、使いを出して、二人を呼び寄せた。

三人は、万次郎から、ゴールドラッシュの話に驚き、手にした金のことを聞くと、さらに驚き、それでもお互いの無事を心より喜んだ。

万次郎は、これまで、ずっと思い続けていた帰国の計画を、念入りに三人に打ち明けた。

ひとり、寅右衛門だけは気乗りがしないように見えた。伝蔵や五右衛門は、帰国のために、八丈島や蝦夷地にまで行ったほどだから、直ぐに乗ってきたが、寅右衛門は、危険を冒してまで故国に帰る気がなく、この地で骨を埋めたいと言った。彼には、美しい奥さんがあり、今の生活を捨てることはできなかった。五右衛門にも奥さんはいたが、彼は日本への郷愁が強く、奥さんには帰国することを打ち明けないで、そのまま帰国したいと、帰国願望は強く、万次郎の話には強い興味を寄せた。

万次郎は、これまで密かに考えていた帰国のための最善の方法を、二人に打ち明けた。

「先ず最初に上陸する地点は、日本の最南端の琉球国が一番いいと思う。琉球の陸地が見えたら、小型の船に乗り換えて、荷物を積みかえ、陸地めがけて漕いでいけばいい。そのためには小舟が必要だ。今はカリフォルニアの金山で稼いだ金が、まだ十分残っている。そのためには、小舟を買う必要がある。これだけあれば、何とかなるだろう」

万次郎は稼いだ金を全部そこで広げて見せた。

「すごいな、マン！」

「万次郎、お前ってやつは……！」

伝蔵も寅衛門も、実際に六百ドルという現金を目の前に積まれたのを見るのは初めてだった。それが現実であることを実感した二人の口からは、感嘆の言葉が繰り返されるばかりだった。

「寅兄ぃは、ここに残るつもりらしいから、三人で、今回は確実に帰国するつもりで準備しよう。帰るための手はずについては、デーモン牧師に相談してみようと思っている。頼りになる人なので、きっと協力してくれると思う」

逞しくなった万次郎の話に、二人はただ感動するばかりで、全て万次郎に任せるからといって、これまでとは完全に立場が入れ替わり、万次郎が、全ての計画を遂行することになったのである。

早速、十月下旬、ホノルルに着いたアメリカ商船に、日本人が乗っているという情報を得た万次郎は、その船を訪ねた。いつかの自分たちのように、ハワイに連れてこられた漂流民五人と対面した。

彼等は紀州日高（和歌山県中部）の漁民で、天寿丸という九百石積みの帆船で、江戸からの帰途、伊豆の下田沖で突如暴風にあい、漂流したということだった。洋上に漂うこと十六日目で飲料水が底をつき、六十六日間にも及ぶ漂流生活中、ヘンリー・ニーランド号という、ニューベッドフォードの捕鯨船に救助されたということだった。

全く自分たちと同じ境遇だということで、話は尽きなかった。全乗組員十三人を、手厚く収容したクラーク船長は、カムチャッカのペトロバブロフスクで、乗組員のうち六人を、ロシアの役人に引き渡し、日本へ送り返すことを約束させ、二人は、アメリカ船ニムロット号に、さらにもう二人を、マリンゴ号に引き取ってもらい、残り五人が、このホノルル港に寄港し、アメリカ船コピア号で中国へ行き、そこから日本へ帰る便船を得る計画だということだった。

万次郎は寅吉ら五人の話から、自分たちも同じコピア号で帰国することはできないかを船長に交渉した。そこで、伝蔵らも乗船し、出帆を待つばかりになっていた。

ところが、万次郎は寅吉らのアメリカ船コピア号に乗り込んだ時、船内の各所に壊れた樽や桶などが散乱しているのを見かけ、その修理を請け負うことにした。コピア号の船長は個数に応じて代金を払う約束をしたが、たくさん直したのに、報酬があまりにも少なかった。万次郎は桶職人として、相当の修業を積み、仕事には自信があった。その価値についても熟知していた。ここはならず者のいるカリフォルニアではない。正義と公平さが、正当に評価さるべき港である。アメリカ式正当性を熟知してきた万次郎には、その時の船長の態度には、許し難いものがあった。どこか漂流民を見くびっているような雰囲気が感じられた。どうせなにも分からないのだから、助けてやっているのだからという、威圧的な態度が気に入らなかった万次郎は、正当な報酬を要求した。すると、船長の声は荒立ってきて、本当に船長と喧嘩になってしまった。この争いがもとで、万次郎だけではなく、伝蔵も五右衛門も、船から下ろされてしまった。万次郎は彼らにはすまないことをしたという気持ちはあったが、船長の態度には許し難いものがあり、下ろされたことを後悔する気持ちはなかった。むしろ、これで良かったのだと思った。

しかし日本へ帰る機会を一つ失ったことは事実だったので、万次郎は次の船を探すために奔走した。丁度この頃、上海へ向かう商船セアラ・ボイド号が、ホノルルに寄港してきた。同船では、乗組員を探しているという情報を得、船長のジェイコブ・D・ホイットモア船長を訪ねた。万次郎はかねてより、徳の高い人だといううわさは聞いていたので、乗船できないかを懇願した。船長は三人の境遇に同情はしたものの、なかなか船に乗せてやるとは言わなかった。仮に三人を日本近海まで運び、そこで下船させるると、僅か十五名の乗組員に不足が生じ、それからの航海に支障が出ることは明白であると言われると、万次郎自身副船長として航海したこともあり、ホイットモア船長の言っていることには一理があり、納得せざるを得なかったが、ここで引き下がることも出来なかった。

「船長、伝蔵と五右衛門は、船乗りとしては、あまり仕事はできません。もとより、乗組員として乗ることはできないと思います。二人については、ただ乗せて下さればそれで十分です。琉球の沖で下ろして下されば、それで十分です。私が二人の分まで、乗組員として働きます。それだけの自信もあります。私一人が、本船に残り、中国まで行きます。俸給も一銭も要りません。是非乗せてください」

万次郎の必死の訴えが船長の心を動かした。万次郎の熱意に打たれ、ついに三人共に乗せてくれることになった。

そこで万次郎は、直ちに帰国準備に取り掛かった。琉球沖への上陸用の捕鯨用ボートを「アドベンチャー号」と名付け、その舳先に、ペンキで船名を書きつけた。海員礼拝所のデーモン牧師も、側面から支援してくれて「フレンド」紙にも紹介してくれた。

『日本への遠征──読者はご承知のことと思われるが、時折、難破した日本人がサンドウイッチ諸島（ハワイの旧称）に連れてこられた。現在、日本人が三人いるが、かれらは一八四一年にW・H・ホイットフィールド船長が当地に連れてきたものである。三人のうちの一人、ジョン万次郎は、ホイットフィールド船長に連れられ、アメリカに渡り、桶製造を習得したほか、立派な公立学校で教育を受けた。

かれはサンドウイッチ諸島に戻り、昔の水夫仲間を見つけだした。そのうちの二人は、ジョン万次郎に同行を申し出ており、もしできれば帰国したいという。ジョン万次郎は立派な捕鯨用ボートと装備一式を求めた。アメリカ船セアラ・ボイド号のホイットモア船長は、メキシコのサマトランから、中国の上海へ赴く途中であるが、琉球諸島のどこかの沖合に、万次郎らを下ろしてやることを快諾した。かれらは、そこから日本へ向かいたいと思っている。完全な装備とするには、羅針盤（コンパス）、上等な鳥撃ち銃、二、三着の服、靴、一八五〇年度の天測暦、などが必要である。善意ある方は、彼らの計画を促進するために、援助の手を差し伸べて欲しい。署名者は、今述べた品々を安全に運ぶ責任を負います。

S・Cデーモン』

万次郎はホノルル出帆を待つ間、恩人ホイットフィールド船長にあてて手紙を書いた。

カリフォルニアの金鉱山へ行きたいという決意を、ホイットフィールド船長に打ち明けた時から、今度の旅で帰国することになるかもしれないという予感はあった。が、その心の内は明かしていなかった。このまま帰国してしまえば、船長への真の感謝の気持ちを伝えないままに帰国してしまうような気がして、書かずにはおられなかった。

ホノルルにて
『子供の時分から大人になるまで育てて頂いたご親切を決して忘れるものではありません。今日に至るまで、ご親切に対して何ら報いることが出来ませんでした。今、伝蔵と五右衛門と一緒に故国へ帰ろうとしております。ご挨拶なしに帰国することは許されることではありませんが、世の中がどんなに変わろうとも、善意だけは失われず、また再びお目にかかれる時もあろうかと思います。平生蓄えた金銀と衣服をお宅に残してまいりましたが、どうか有効にお使いください。書物と文房具等は、私の友人にでも分け与えてください。
ジョン・マンより』

一八五〇年十二月十七日（嘉永三年十一月十四日）、万次郎らを乗せたセアラ・ボイド号はついにホノルルを出港した。上海航路を直進し、三十日ほどで琉球列島に近いところに達した。その琉球が視界に入ってくると、ホイットモア船長は万次郎を呼び、万次郎の本心を探るように言った。

「どうだいジョン、君は本当に中国まで行ってくれるのか？」

万次郎はぎりぎりの苦渋の選択を迫られ、顔を紅潮させながら言った。

「はい、お約束ですから、あの二人を、琉球に上陸させていただければ、私は上海まで行くつもりです」

「そうか、行ってくれるか！」

万次郎の気持ちは十分わかりながらも、船長にとっては、万次郎の役割は大きく、彼が琉球で下船したら、その穴埋めは大変だった。そんな船長の気持ちが万次郎にはわかるだけに、船長の期待を裏切るようなことはできずに、上海まで行くと答えたのだった。だが、その二人の会話を聞いていた伝蔵と五右衛門は、黙って聞き流すことはできなかった。慌てて二人の会話の中に入り込んだ。

「ま、待って下さい船長！　我々だけがここで下りるわけにはいきません。万次郎が中国まで行くというのなら、私達も中国へ参ります！」

「そうだがに、マン！　俺たちだけで下船するっちゅわけにはいかんぜよ！　俺たちゃあよ、マンがおらんなら、ここでは下りんぜよ！　ウイアー　トゥギャアザー！　トゥギャアザー！」

土佐弁と英語をないまぜにしながら、五右衛門の顔は崩れ、半ば涙声になっていた。

冷静に二人の表情を見つめていたホイットモア船長は二人を制しながら言った。

「オウイエス、アイ　スゥイ！　アイスゥイ！」

分かった、分かったよ三人共、君たちの気持ちは十分にわかったから、三人共ここで下りてもいいと、前言を覆して、万次郎も一緒に、この琉球で下りることを了解してくれた。

あとのことは心配しなくてもいいからと、三人を快く下ろしてくれるという。

ボートを下ろし、準備してきた一切の荷物を積み込み、乗組員一同に挨拶をして、最後に船長と別れの挨拶をすると、さすがの万次郎の目にも、涙が浮かんできた。

「マン、もし万一、上陸がむつかしいと思ったら、またこの船に戻ってこい！　俺たちは、しばらくここで見ているから」

そう言って船長は一枚の海図を示し、針路を教えてくれた。そして、これも持っていくがいいと言って、コーヒーの粉と、干し肉の塊を手渡してくれた。

最後の別れを告げて、帆を上げ漕ぎ始めると、折から西北の風が吹き始め、波が高くなり、ボートがくるくる舞いだしたので、帆をたたみ、三人は十年前のことを思い浮かべながら、必死に漕いだ。ようやく、ボートは東南の山鼻の陰に投錨することが出来た。沖合から、じっと見守っていたセアラ・ボイド号は、陸地に接岸したのを見届けて、安心したように、西北へと向かい、やがてそのまま船影も見えなくなった。

次第に日も暮れてきたので、その日は無理をせず、浜辺より四キロほどの地点に停泊し、夜が明けるのを待つことにした。

危うく十年前の再現になりそうな風が、突然吹き始めた時には、三人共に、不吉な予感を覚えた。しかし、次第に風は収まった。

三人はそれぞれの思いを描きながら、夜が明けるのを待った。いよいよ、祖国の土を踏む機会が確実に目の前に迫っていた。

万次郎十年ぶりの郷里へ・琉球へ上陸

いよいよ明日の朝には故国へ繋がる琉球へ上陸することになる。そのことが現実となった今、さすがの万次郎もなかなか眠れなかった。十年前の、嵐に遭遇した時のような風の中を、十時間も漕ぎ続けていた疲労もあったが、何かをなし終えた時のような、充足感と、さらに、これから受けるであろう日本国の対応がどうなのか、これまで幾度となく危険な選択をし、その全てを、何とか乗り越えてきたという自信に裏付けされた行為ではあったが、いよいよという時に感じる緊張感は、万次郎も例外ではなかった。

今すべきことは、明日に備えて寝る事だけだったが、その行為が一番難しい行為だった。目をつぶっただけで、これまでの足跡が、走馬灯のように浮かんでは消え、消えてはまた新しい映像が浮かび上がってくるのである。中でもやはり、遭難して船が岩礁に乗り上げ、船から投げ出された時の、一瞬の光景は、幾度となく脳裏を過って行った。

その背景に浮かび上がる巨大な船の映像もまた、船の転覆の映像の背景に、必ずと言っていいほど浮かび上がってくる。その巨大な船の背景に、ホイットフィールド船長の慈愛に満ちた顔が浮かび上がってくるのだった。

収まりかけた嵐とはいっても、アドベンチャー号と名付けたボートは小さく、波の音、風のうねり、夜の深さ、潮の香、そして遠くに感じられる琉球の島人の息遣い、これらが一丸となって、万次郎の回想の中に入ってくる。フーッと、大きなため息をついた万次郎の意識の中に、突然伝蔵の声が入ってきた。

「万次郎、眠れんようじゃのう。俺も同じじゃ」

「なんか、あの時と同じような気がして、何か不思議な気がしていたんじゃ」

万次郎がそう言うと、五右衛門も眠れなかったらしく続けて言った。

「明日のことを思えば、俺も心配で眠れんがじゃ」

「かしら、わしゃあ、あの時のことを思い出していたんじゃ。体を寄せ合って寝た時の、あの時のことが、昨日のように思い出されてのう……」

万次郎には忘れられない体験だった。

「そうじゃった。あの時と同じじゃな」と伝蔵。

「でも、重助兄ィも、寅兄ィも、ここにはおらんけに」と五右衛門。

「いうな、五右衛門！　そのことは思い出しとうない！」

伝蔵は再び闇の中へ入り込んだ。言われて五右衛門も再び黙り込んだ。すると万次郎の限りない回想は、再び繰り返されてくる。その映像の中に、巨大な船、ジョン・ハウランド号の船尾が、大きく浮かび上がってきた。

万次郎は鳥島から助けられた船、ジョン・ハウランド号の船尾に描かれていた白い鷲の絵が気になっていた。ボートに救出され、巨大な船に乗り移るときに目にした鷲の白い頭が、何故か瞼に焼き付けられていた。命が助かったと思った時、最初に目についたのが、船尾の鷲の絵だった。助かった瞬間の強烈な安堵感と共に、目に入り込んでいた一瞬の絵、その絵が万次郎の十年間を導いていたような気がしていた。万次郎は不思議な呪縛から解放されるように、ジョン・ハウランド号が停泊するたびに、船尾に回り、その絵を何度も何度も見ていた。見るたびに、万次郎の心が不思議な呪縛から解きほぐされるような解放感を感じるのだった。何でだろう？

何度もその絵の謎解きを自分で想像してみたが、一向に謎は解けそうになかった。丸い枠の中に、紐を咥えた白い頭の鷲が描かれていた。羽は茶色だったが、頭が真っ白な鷲が、左脚に十数本の矢のようなものを摑んでいる。その右脚には、緑の木の枝を摑んでいる。口に咥えた紐には、何やら文字らしきものが書かれている。

万次郎は、自分ではどうしても謎が解けなくて、ホイットフィールド船長と親しく話せるようになったとき、そのことについて尋ねたことがあった。

「そうか、ジョン・マン、お前はそんなことが気になるのか。それだったら、やはり文字を習った方がいい。教育を最初から受けるのが、一番いい解決法になるだろう。あの鷲が咥えている紐があるだろう？　あれに文字が書かれているのが、分かるか？　あれには意味があるんだ。その意味を理解するには、やはり学ぶことだな。学べば、何が書かれているかが分かるようになるだろう。一言でいうと、あれは合衆国の国章だ」

「国章？　国章って何ですか？」

「日本にはないのかな。アメリカは歴史がまだ浅い国だから、みんなで国を作り上げようと試みていることがある。理想の国を作ろうと、みんなで考えた結果、それを図案化し、文字を刻み、国の象徴として、心を一つにしようとしてできたものが国章だ」

その時までは、日本でもアメリカでも、万次郎はまだ教育というものを受けたことはなかった。だから日本の歴史もアメリカの歴史も知らなかった。船長の言う教育の意味も分からなかった。学校へ行くようになって、ようやく徐々にその意味が理解できるようになってきた。文字を習い、歴史を学び、そして航海術の学問も身に付けるようになった。その過程において、国章の意味も理解できるようになってきた。

空を自由に飛べる鷲は、世界を見渡す、アメリカの象徴として、描かれているに違いない。その鷲の頭は真っ白である。真っ白だということは、今からその色が少しずつ加えられてくるということを意味している。左足は十三本の矢を握りしめている。右脚にはおそらく自由の象徴である月桂樹の枝を摑んでいる。口にくわえた紐には文字が記されている。その文字の意味を、万次郎は教育を受けることで、理解できるようになった。

「E　PLURIBUS　UNUM」

この文字がラテン語であり、古代ギリシャの哲学者、ヘラクレイトスという人の言葉から採った『一は万物から成り、万物は一から生ずる』という意味であるということも教育を受ける過程で学んだ。学校という学ぶ場で、言葉の意味は理解できたが、さらにそこに込められている多くの人の思い描く理想の世界は、多くの人と接する過程の中で、徐々に深まり理解できるようになったと、万次郎は感じていた。

白頭鷲の頭上に描き込まれた星の数が十三個、胸の部分の紅白の旗の筋も十三本、ラテン語の文字も十三文字、鷲の足が握っている矢が十三本、この十三という数字の中には、十三あった植民地が一つになって独立したという大きな意味が込められていることを知った万次郎は、国章というものの存在の大きさを、漂流から助けられた時のような驚きをもって、受け止めるようになっていた。

万次郎の行き着いた民主主義とは、融合ではなく、共生であった。異なった人種や、宗教や、異なった文化を持った人間が集まって、共存し共生するのが、理想の民主主義というものだろう。そう万次郎は理解するようになっていた。こんな仕組みによって成り立っている国があるということを、知ってしまった万次郎は、どうしても日本へ帰って、伝えたいと思うようになっていた。

万次郎は、日本が鎖国をし、そのことが外国から不評を買っているということが、どうしても気になって仕方がなかった。ただ不評だけならいいのだが、自分たちのように、不慮の事故によって、一時的に国を離れてしまった者さえも、不法入国者として発砲して追い帰されるという現実に、何度も遭遇し、国は大変な過ちを犯しているということに気付いた。それだけならまだしも、万次郎は、一部の国の中には、武力で開国を迫ろうという、不穏な空気のあることも、肌で感じ始めていた。自分はただの漁師ではあるが、捕鯨船で世界各国を廻ることによって、世界の情勢というものがはっきりと見えるようになってきた。この十年間で見聞きしたことは、全て逼迫したことばかりだった。

清とイギリスとの間で、二年間続けられたアヘン戦争（一八四〇～四二年）は、イギリスの大勝利となり、清国は膨大な損失を被ることになった。万次郎は大国だと思っていた清国でさえも、ヨーロッパの近代兵器にはかなわなかったということを、航海する中で、自然に学んでいた。捕鯨船で寄港する至る所に、欧米人は住んでおり、そのすべての地域で、欧米人は立地条件のいいところに住み、現地人は、住みにくいところに住んでいた。そのことを何でだろうと、疑問符を残して観察していたが、次第次第に万次郎にも、そのことの事実関係が、理解できるようになっていた。理解できたのは、学んだからであり、教育を受けたからであることが分かってきた。文字が読めると読めないとでは、真実に触れる機会が多いか少ないかに繋がり、深く考えることが出来るかできないかという、人間の本来持っている、探求心というものの核心に触れたような気がして、学ぶことの悦びを、ある瞬間、感激に涙しながら感じたことを思い返していた。その知る喜びの核心に、国章の鷲の姿があったのかも知れなかった。その機会を与えてくれたホイットフィールド船長には、言葉では言い尽くせない、人間としての崇高な、慈愛の心があることを、いついかなる時にも、忘れることはなかった。

デイヴィスに誘われ、フランクリン号で、三年四か月の大航海を果たした万次郎にとって、これほど知的収穫を果たした教育はなかった。出発した時に寄港した、ボストンの街には活気があった。軍需景気による活気だということを理解した時、万次郎の理性は複雑に揺れたが、アメリカという新興勢力の大国が、メキシコという国にゆさぶりをかけて、国を活性化しようとしていた事実を、内部より体験することで、万次郎の知識の一部は拡大されたのだった。その捕鯨航海の終盤に、アメリカの勝利となり、アメリカが領有することになったカリフォルニアから、金鉱山が発見されたのである。国が潤うことは、個人個人の生活が潤うことに繋がることを実感することができた。万次郎はその金鉱山へ、金の採掘に出かけたのである。誰でもいい、採掘した者が、その金の保有者になれるという、信じられないチャンスに遭遇したのである。可能性を試す気持ちも多分にあった。自分の力が、どれほどのものか、試すには絶好の機会に恵まれたのである。

結果、確かに帰国するのに必要なだけの金を掘り当てることが出来た。金を得るということは、自分の望みが叶うことを意味していた。万次郎は必要な金を掘り当てるだけで、多くを望まなかった。多くを望んだ結果、折角掘り当てた金を全て失ってしまう者もいた。

ギャンブル、強盗、詐欺、喧嘩、金を生み出すところに人は集まり、様々なトラブルが発生する。全て欲望から発生するトラブルである。敢えて万次郎は、そんな、人の欲望が絡み合う場所に、自らを試すように入り込んだのである。

どんな人にも欲がある。程度の差はあっても、欲のない人はいない。その欲をどこで抑えられるか、目的を持てば、最低限の欲望で、抑えることが出来る。欲を無限大に拡大すれば、必ず欲のための失敗が訪れる。万次郎は欲だけが交錯する金山で、その現実を目の当たりにした。最初は雇われて金の採掘をした。相当の金を掘って、それに見合う分の報酬を得てもよかった。が、雇い主はギャンブルに手を出して、稼いだ金を全て失ってしまった。万次郎はそこでのトラブルにはくみしなかった。欲の絡むところには必ずもめごとが起きる。そのもめごとの当事者になれば、目的達成を考えればマイナスになる方が多い。結果を予想すれば、欲を通すがいいか、あっさり諦めるがいいか、目的さえしっかりしていれば、判断は正確に下せる。万次郎はその判断を、捕鯨船で鯨を追い求める行動の中から学んだ。一度取り逃がした鯨を、再び追い求めることの難しさを、いくたびも経験することで学んでいた。金鉱山で万次郎は迷いもなく、損を覚悟で、雇い主から請求することを諦め、自分だけで採掘をする覚悟をしたのだった。

結果、独自の方法で金を掘り当て、目標の金額を手にすることが出来た。目標額を達成した万次郎は、さっさと金鉱山を後にして、伝蔵たちのいるホノルルに向かった。五人が帰国するだけの旅費を稼いだ万次郎は、本気で、漂流した仲間たちと共に、日本へ帰る決意を固めて、ホノルルへ向かったのである。結果、帰国したのは三人だけだったが、一人で帰国するより、漂流したみんなで帰国した方が、日本での印象がいいことは、万次郎の抜かりのない読みの中にあった。全てにおいて、万次郎の計画は見事に当たったのである。その最も大きな要素は、個人だけの利益を図らなかったことにあったということを、まだその時点までは自覚してはいなかった。が、その後の行為から、明らかに、目的遂行の意識の中に、自分だけという意識を持つことはなかった。多くの人の共感を得てこそ、自分の悦びも倍加される。その教えを導いてくれたのが、ホイットフィールド船長であったし、その考えを基本に据えていたのが、アメリカという国であった。万次郎を急激に帰国へと駆り立てたものは、まさにここにあった。教育によって、学ぶことによって、民主主義というものの存在を知った万次郎は、このことを日本に伝えようと思った。こんな世界もあるということを、少しでも広められたら、きっと鎖国などと言って、国を世界から鎖すことはないだろうと思った。伝えれば、きっと通じると思った。そう思った万次郎は、即刻、行動に移った。その結果、今があるのである。

この十年間の歩みを、思いつくままに辿っていると、いつの間にか夜が白々と明け染めていた。さあ、この琉球から、また新しい人生が始まるのだ。万次郎は明け染める空を仰ぎながら、後は流れに任せるだけだなと、おそらく、彼らも眠れなかったに違いない、伝蔵と五右衛門の顔を、しばらく眺めていた。

第四章　近くて遠い故郷　――琉球の万次郎

琉球に上陸

眠れない一夜が明けると、目敏い五右衛門が、海岸に出てきた村人らしい三、四人を見付け、伝蔵と万次郎を揺り起こした。二人とも眠れなくて、明け方になってうとうとしていた。

「兄者、マン、起きろ！　人がいる！　三、四人いるぞ、釣りでもするんか？」

万次郎もすぐに反応し、ボートを下りて、村人の方へ行こうとしたのを、伝蔵は制した。

「マン、ここは俺が行って聞いてみる。英語で聞いたらあかんぜよ。相手は驚くじゃろ」

伝蔵に言われて、万次郎は、はやる気持ちを抑えた。

万次郎の日本語が、かなり曖昧になっているのを、伝蔵も五右衛門も気にしていた。村人の方も、不審なボートに気付いていたらしい。

伝蔵はボートから下り、村人の方へ近づいて行った。すると、村人は一斉に、蜘蛛の子を散らすように、慌てて駆け去っていった。

「やっぱり俺たちに気づいとったんじゃ」

五右衛門も、ボートから下りながら言った。見ると、まだ若い男が二人残っている。二人は、いつでも逃げられる姿勢を保ちながら、じっと、三人を観察している。伝蔵は、努めて警戒されないように、大声で二人に語り掛けながら、近づいて行った。

「ここは、何ちゅうところなんじゃ？」

伝蔵の問いかけに、首をかしげながら、二人の青年は、伝蔵の服装をしげしげと見つめている。

「これか？　この服は日本の服ではない。メリケの服だ。でも、俺たちは日本人じゃ。ここはいかなる所なるや？」

言葉が通じていないと思った伝蔵は、使い慣れない言葉づかいで、噛みしめるように、ゆっくりと問い直した。

すると、若者はそれぞれに、理解できたと見えて、交互に、同じ言葉を繰り返した。

「リュウキュウ！」

「リュウキュウ、リュウキュウ、マブニ！」

「オウ、アイシー、リュウキュウか！　やっぱりね」

伝蔵は、通じた喜びに声を弾ませて、二人の青年に、努めてゆっくりと、自分たちのことを説明した。漂流して、アメリカの船に助けられて、ようやく、日本へたどり着いたのだということを、身振り手真似を交えながら、簡略に説明した。

相手にどれほど通じているかは分からなかったが、時々、肯いているのを見ると、かなり理解できているのだと、伝蔵は嬉しくなった。

それで、ボートにまだ仲間が二人いることを、手真似を交え、伝えた。

すると、理解できたのか、「あそこは船着き場ではない、百メートルほど北へ移動すれば、船着き場がある。そこへ船を回すがいい」と、これまた、身振り手振りで教えてくれた。

島民と何とか意思が通じ合えたことが嬉しくて、伝蔵は、早速、五右衛門と万次郎に、委細を伝えに戻った。

ボートを船着き場に回し終えた時には、もう村人の姿は何処にも見えなかった。

きっと二人の青年たちが、三人の漂着民の話を、村中に広めるだろうし、そのことは役人の耳に入るに違いない。伝蔵は確信した。

「俺たちを取り調べに、きっと役人がやって来るはずじゃ。あとは、運を天に任せるしかないじゃろ。それまでは、時間もかかるじゃろ。腹ごしらえをしておこうぞ」

三人は、適当な岩場を見付け、そこに、鉄板、コーヒーを下ろし、ホイットモア船長からもらった、豚の干し肉を、焼いて食べることにした。

こそこそしないで、村人に自分たちの姿を見せている方が、かえって、村人への印象はよいはずだからという判断だった。

「その辺から、薪《たきぎ》を拾ってくるぜよ」

伝蔵と五右衛門が近くの林へ向かったので、万次郎はガラス瓶を持って、村人の方へ向かった。村人と直接、接してみたくなったのだ。

「じゃあ、おれ、コーヒーを沸かす水を貰ってくる」

そう言って民家のある方へ向かった。

「マン、大丈夫か？　英語、使うなよ。土佐人、日本人、遭難した、それだけでいいぞ」

伝蔵は、万次郎を気遣って言った。

「ノウプロブレム！　心配いらんぜよ！　ここの人、みんないい人ばかりぜよ」

万次郎は、琉球を、帰国の第一歩の地に決めたことに、自信があった。ここが琉球なら、これまで発砲されたこともないし、そんな噂も聞いてはいない。そんな村の人と、直接、接してみたかった。

旧正月の三日、早朝ではあったが、遠くに、人の気配が感じられた。

すでに、浜に見知らぬ外国人風の男三人がいるという噂が広まっていたのか、人家の前には人が立ち話をしていた。

万次郎は、一番近くの家の前にいた老婆に声をかけた。

「ハロー、水、水がほしい、わたし、日本人、土佐、ドウユウノウ？　わかる？」

万次郎は、ガラス瓶を指さしながら、水、水、日本人を繰り返した。

「あきしゃみよー！　くとぅばー分からんさー　あんせー　ウランダーどうやっさぁー。うちなーぐちあらんどう！（なんてこったー　言葉、わからないさー。異国人かね？　沖縄言葉じゃないさぁ）」

万次郎にも、老婆の言葉は、ほとんど分からなかった。急に声をかけられて、驚いていることだけは分かった。どうやら、自分のことを、異国人ではないかと、疑っていることも、何となく感じられた。

万次郎は、ガラス瓶を指さしながら、しつこく、水、水、日本人、日本人と、繰り返しながら、老婆の警戒心を解くように、笑顔で言った。

すると、その様子を見ていた女の子が、万次郎のガラス瓶を摑んで、自分が水を汲んできてやる、というようなジェスチュアーを見せて、瓶を持って行った。

直ぐに、少女は、瓶に水を一杯入れて持ってきてくれた。

その様子を数人の村人は見守っていた。

「サンキュウ、ソウマッチ、アリガトウ！」

万次郎は、努めて笑顔を絶やさず、感謝の素振りを見せて、みんなのもとへ帰った。

ここ琉球を、自分の故郷の一部と言っていいかどうかを疑いながらも、万次郎は、努めて故郷の匂いを感じ取ろうとしていた。

三人が、コーヒーで渇いた喉を潤し、干し肉を、丁度食べ終えた頃、予想していたように、先ほどの青年が、役人らしい人を、三人連れてやってきた。

その後ろから、数人の村人がついてきていた。役人風の中の一人が、青年からあらかた話を聞いていたらしく、いかにも威厳を保つように、三人の所持品の検査を始めた。

詳しくは番所で調べるということで、先ずは、日本人であり、土佐の漁師だったということだけを確認して、番所まで歩いて、ついて行くことになった。

ボートの荷物は、全て点検するので、そのままにしておくように言われ、土佐へ送還されるには、かなりの時間がかかりそうだと、疲れた頭で、三人共に、先々への不安を抱えたまま歩き始めた。

番所までの距離は、上陸した大渡浜の海岸から約半里、米須村の間切番所というところまで歩いて行くうちに、後をついてくる村人が次第に膨れあがり、何かの行列のようになっていた。途中、「これを食べよ」と、芋を差し出す人もいて、三人は疲れてはいたが、部落の人の温かい心遣いを感じていた。

上ったり下ったり、狭い道に入ったり、三人には、行き先は分からなかったが、自分たちはもう、自分たちの意志では、どうにもならないことを覚悟していた。

「俺たちはどこへ行くんじゃろ?」

五右衛門は不安を直ぐに口にする。伝蔵は役人の言ったことを、みんなに分からせるために、復唱してつぶやく。

「番所とか言いよったな、那覇まで歩いて行くとか聞いたが……」

「那覇まで、どのくらいあるんじゃろう? 三、四里はあるんじゃろうのう」

万次郎も覚悟はしていたが、先々が思いやられた。

役人も村人も琉球語を話すので、三人には殆ど理解できなかった。でも、断片的な単語だけは分かるところもあり、身振り手振りを含め、お互いの意思は通じていた。

自分たちが日本人で、土佐の国から漂流して、アメリカという国で、十年間も過ごしていたということが、どれほど通じているかは理解できなかったが、とにかく、琉球には琉球の手順というものがあるのだろうからと、一気に事を運ぼうとする万次郎を、年長の伝蔵が、しばらくは、役人の言う通りにしていた方がいいというので、万次郎は、自己主張をするのを、努めて控えていた。

昼前に米須番所という所に着いた。ここではまず最初に、ボートに積み込んでいた品物の明細を、こと細かく聞かれた。さらに、次から次へと、琉球へどうやってたどり着いたかなど、質問を浴びせられたが、なかなか言葉は通じず、戸惑うことばかりだった。

三人が答えたことを、役人が一つ一つ記録しているのを見て、これは相当時間がかかるぞと、三人はいよいよ覚悟しなければならなかった。

一つ一つを、几帳面に読み上げる取調官に向かって、万次郎は、その一つ一つに、思いを込めて、品物の名前を言った。

砂金、銀、航海術の本、数学の本、辞書、歴史書、ジョージ・ワシントンの伝記、農業暦など、大事なものから順に述べながら、万次郎の記憶は、それらの品物の一つ一つと重なって思い出されていた。どれ一つをとっても、無駄にできない物ばかりだった。

十三冊の英文書、地図が七枚、かみそり、マッチ、裁縫道具、はさみ、時計などの日用品、更には道具類では、のみ、かんな、航海に必要なオクタント（八分儀）、コンパス、石板、ピストル、鉄砲、等々七十点、役人たちは、見たこともない品物ばかりで、ボートから積み下ろされた品物と名前を確認するだけで、数時間を要した。

摩文仁には、米須番所があり、ここで取り調べたられたことは、首里王府の内閣にあたる役所、琉球王府評定所へ、事細かく報告をし、評定所の指図を仰がなければならなかった。

そのためには、番所の役人は、なるべく、こと細かく吟味し、報告をする義務があった。

現在の糸満市にあたる南部地域には、摩文仁（米須）、喜屋武、真壁、兼城、島尻、豊見城と、それぞれの間切には番所が置かれていた。漂着民がどのコースを採るかによって、途中、立ち寄る番所が変わってくる。立ち寄った番所で、また同じような取り調べを受け、一つ一つを、王府評定所へ報告する義務があったので、取り調べられる者にとっては、同じことを何度も繰り返すことになり、大変疲れる作業であった。

それも、手際よく聞き取られ、スムーズに事が進めばよかったが、初めて経験する万次郎ら三人にとっては、取り調べられるたびに、その疲労は、極限状態に達していた。

王府のある首里と、各番所を結ぶために、それぞれ、「宿道」（街道）が設けてあった。

王府からの重要文書は、宿次《しゅくつぎ》という、飛脚や早馬で、伝達される仕組みになっていた。届けられた報告は、各在藩奉行にも連絡しなければならなかった。それで、旧正月の三日、のんびり寛いでいた役人たちは、急に、忙しく立ち働くことになった。

琉球摩文仁の、大渡浜海岸から始まった往復文書は、昼夜を問わず、頻繁に飛び交うことになったのである。

村の人々が、サチシン浜と呼んでいる海岸に、異国風の者が三人、ボートで漂着しているという報は、日頃長閑な村だけに、たちまち広がっていった。

琉球の海岸に、遭難者が漂着することは、それほど珍しいことではなかった。

通常、外国船が漂着した場合、漂着者は那覇まで連れて行かれた。そこで、十分の休養を取ってから、尋問されるのが通常であった。

しかし、万次郎たちが、十年も外国生活をしていたという話を聞いた各役人たちは、三人の取り扱いに大変苦慮した。

即刻、琉球王府、在藩奉行所に報告し、指示を仰がねばならなかった。

日も暮れかけていたので、矢継ぎ早に取り調べられ、那覇の久米村に、直ぐに送還しようと急いだのだった。しかし、言葉が通じにくいこともあって、たちまち夜になり、松明をかざして、那覇への道を歩き続けることになった。

雨上がりのぬかるみの中、伝蔵、五右衛門、万次郎の三人共に、さすがに、疲れ果てていた。ようやく、那覇のすぐ隣の小禄に到達し、休息を取っていると、そこへ、琉球王府からの至急の通達が届いた。

「那覇への移送はならぬ！　豊見城間切の翁長村まで引き返せ」という火急の通達だった。

「なんでなんじゃ、わしゃ、もう動けんぜよ！」

五右衛門の愚痴が始まった。五右衛門だけではなく、三人の体力は、もうすでに、限界に達していた。中でも年長の伝蔵は足を痛めて、これ以上歩けないほど、疲れ切っていた。

四時過ぎに、米須の間切番所を出て、夜の十時まで歩き続けていたのだった。

小禄間切番所近くの、原屋（小屋）に着いて待機しているところへ、翁長村へ引き返せという通達があったのである。

「もう歩けんがや。俺たちに死ねっちゅうのか？　兄ぃは、足まで痛めとるっちゅうのに、さっき来た道を、また引き返せるわけがなかろう！」

五右衛門は、あえぎながら役人に訴えた。

立ち寄った番所では、同じ質問を、入れ代わり立ち代わり、何度もされて、ただただ歩かせられて六時間、年長の伝蔵は、とうとう小禄に着く頃は、もう一歩も動けなくなって、往来にへたり込んでしまったのだった。

仕方なく原屋で仮眠を取り、粥や芋で空腹を満たしたものの、もう一歩も動くことはできなかった。

そこで急きょ、駕籠が用意された。その駕籠に伝蔵が乗り、何とか、翁長村の高安家に辿り着いたのだった。

高安家は徳門《とくじょう》という首里の役人の家で、当日は当番になっていた。その高安家へ着いたのが真夜中の十二時のことだった。

「ここの役人たちは、何をしとるんじゃ！　いったい俺たちをどうする気なんじゃ？」

同じ道を引き返したり、あまり統制されてない様子が見え隠れする対応に、疲弊しきった五右衛門は、伝蔵を気遣って吐き捨てるように言った。

「五右衛門、我慢せえ、ここは我慢するしかないんじゃ」

伝蔵は疲れ切っているはずなのに、五右衛門を諫めている。

「確かに、もたもたしとるのう。何か不都合なことがあったのじゃろうか？　俺たちには親切にしてくれていることは分かるんじゃが、やっていることは、何かすっきりせんがじゃ」

さすがの万次郎も疲れ切っていた。

「本日はここに滞在することになる」

まる一日接するうちに、三人の役人の性格や、身分も次第にわかってきた。中心になって質問していた検者のことを、みんな、新嘉喜親雲上《あらがきペーチン》と呼び、もう一人の役人が、下知役の喜久里親雲上《きくさとペーチン》というらしかった。その新嘉喜ペーチンが、疲れ切った漂着民をなだめるように言った。

「琉球王府評定所での審議あんでぃ言ゆん。我慢したもんせ」（琉球王府評定所での審議で決まったことで、がまんしてくれ）

喜久里親雲上は、自分たちの一存ではないことを、分かってほしいという表情を見せて言った。

その心遣いに、肉体は疲れ切ってはいたが、三人共に癒された。伝蔵の言う通り、黙って従っていればいいんだと、万次郎も思うようになっていた。

琉球を、帰国する場所に決めた自分の判断は、やはり間違っていなかった。村人も、役人も、自分たちの言葉を必死で聞き取ろうとする態度に、助かるかもしれないと、心底思うことが出来るようになっていた。

しかし、この日の取り調べはこれで終わりではなかった。

この高安家の直ぐ近くの役人の家で、まだまだ取り調べは続けられることになったのである。

検分は、九ツ時分（深夜一時）から、六ツ時分（朝六時）まで続き、朝の七時頃になって、ようやく、高安家へ戻り、三人は、休むことが出来たのだった。

でも、休めたのは、数時間で、三人は、昨夜、取り調べられた近くの農家で、薩摩藩文庁の役人から、改めて聴き取りをされることになった。

薩摩の役人も三人いて、彼らは、絹布の羽織を着、槍持《やりもち》を従えていた。かなり身分の高い侍かもしれないと、三人は、再び緊張して応対した。でも、もう流れに身を任せるしかなかった。

同じような取り調べを終えた後、ボートや積荷などを、さらに綿密に調べられ、下吏がその品目を、細かに記入した。

審問が終わると、ようやく三人は徳門の高安家に帰された。

それ以来、その高安家が、三人のしばらくの逗留場所となった。それまで、その家に住んでいた家族八人は、隣に急造した茅葺の家に移され、万次郎ら三人が住むことになった家の周囲には、囲いが設けられ、四六時中、役人に監視されるようになった。見かけは、完全監視状態に見えたが、結構、その監視はゆるやかで、食事も満足できるものだった。
宿舎の監視にあたったのは、薩摩の役人五人、琉球の役人二人で、五、六日交代で、万次郎らは、終始見張られることになったのだった。

万次郎たちの取り調べに手間がかかったのは、琉球王府と薩摩藩の内部事情によるものだった。当時の琉球には、イギリスの船や、フランスの船が頻繁に来ており、薩摩藩は、そのことを幕府に逐一、報告しなければならなかった。

すると江戸幕府は、薩摩に対して、外国船が入ってこないように、千名の兵を琉球に派遣するように要請した。

薩摩藩は、経済的にかなり負担がかかるので、実際には、百五十名の兵しか派遣していなかった。それで、幕府には嘘の報告をしていた。

漂着民を、那覇で取り調べることになれば、そこに、興味を持った幕府の役人が来るかもしれず、そうなると、兵の少なさが、途端にばれてしまうことになる。それを恐れた薩摩藩は、漂着民を、那覇で吟味するのは、今はまずいと判断したのだった。

万次郎ら三人は、従来の漂流民とは異なり、外国での実生活が、十年もあったという事実に対して、薩摩藩は、琉球王府とは違って、多少の疑いを持っていたようでもある。

当時那覇には、ベッテルハイムという、プロテスタントのイギリス人の宣教師がいて、布教と聖書の琉球語訳などを試みていた。そのベッテルハイムと三人が、接触するのを恐れて、急きょ、那覇に漂流民を入れないように通達したのである。その琉球王府と、薩摩の在藩奉行所は、慌てて、万次郎ら三人の行動を制約したのだった。

そのような舞台裏の騒動があった結果、万次郎ら、琉球での滞在期間が、六か月にも及ぶことになったのである。

琉球にたどり着くことによって、直ぐに、故郷へ帰ることはできなかったが、疲れ切っていた三人の、体力回復と休養にはなった。

このベッテルハイムについては、王府も薩摩藩も、かなり神経をつかっていた。彼の一日の行動は、常に見張られていたのである。

宣教活動の様子と、行動範囲が記録されている文書も残されており、それによると、南限は豊見城村で、豊見城間切の中で、最も那覇から遠い、翁長村まで来ることはないと判断したとみられ、万次郎ら三人の逗留場所が、翁長村の村役人、徳門家の高安頭雲上《たかやすペーチン》の屋敷がいいと、急きょ選ばれた。緊急の対応であったにもかかわらず、身柄は拘束されながらも、三人は、比較的優遇されることになる。

通詞・牧志朝忠と万次郎

高安家での生活が始まってからも、取り調べは続けられた。でも、当初のように、真夜中まで続けられるということはなかった。高安家での生活は、比較的穏やかな日常が繰り返されるようになっていた。

万次郎には、英語で聞き取りをする人が付けられた。できるだけ、アメリカの事情を聴取しようとする、首里王府の配慮であった。

その人の名を牧志朝忠と言い、ベッテルハイムの見守り役をしていた人であった。彼（板良敷朝忠・いたらしきあさただ・のち牧志朝忠）は、米須番所で聞き取った報告書を見ながら、再度取り調べを始めた。既に記録されている事が、直接、英語を通して聞いたことと、違いがないかの確認のようなもので、万次郎にとっては、英語で対話できるので、それほどの緊張感はなかった。

アメリカで、どんな生活をしていたのか、万次郎は何のこだわりもなく話した。久しぶりに英語で話せるので、それが新鮮で、万次郎は気軽に応対できた。

朝忠は毎日のように通ってきた。朝忠にとっても、万次郎の話は新鮮だった。万次郎の所持品についても、注意深く聞いた。中でも、朝忠が最も注目したのが、ジョージ・ワシントンの伝記であった。

朝忠はその本を写して読もうとした。でも、その作業も大変だった。

「そんなに読みたければ、この本、持って行って読んだがええぜよ」

持って帰ることは許されなかったので、朝忠と万次郎の読書会が毎日のように続いた。

そんなことがあって、朝忠は、アメリカの生活や、大統領制度などについて、詳しく万次郎に聞いた。朝忠は、ただの取り調べではなく、万次郎の話の内容に、特に関心を持って聞いてくるので、万次郎も話に力が入った。

牧志朝忠は、アメリカの大統領制度や、民主国家の仕組みなど、これまで知らなかった制度について、多くの知識を身に付けることが出来た。この時、万次郎に聞いていた、ジョージ・ワシントンのことが、後年役に立つことになる。


一八五三年五月、万次郎たちが琉球から去って二年後、米国海軍のペリー総督が浦賀に行く前に、琉球に立ち寄っていた。ペリーは、那覇の港にも、石炭の貯蔵庫を作りたいと申し入れをしたのである。そのペリーの応対をしたのが、英語のできた牧志朝忠だった。

ペリーはかなり強硬に迫った。そこで生きたのが、万次郎から色々聞いていたジョージ・ワシントンのことであった。さらに、アメリカの民主主義のことなど、ペリーの圧力に屈せずに、朝忠はペリーに、民主主義の根底について語った。

「私は、アメリカのジョージ・ワシントンの本を読んだことがあります。琉球の人たちは、アメリカ人にとって、いい友達です。だから、琉球の人たちは、アメリカ人に必要な、薪や水など、全部あげることが出来ます。でも、アメリカ人は、この海岸に、貯蔵庫を作ることはできません。だって、そうでしょう。アメリカは、民主主義国家のはずです。そのアメリカが、よその国の土地に、力ずくで、建物を建てることが、民主主義国家として、許されるはずはありません。答えはノーです」

朝忠の毅然とした態度に、ペリーもそれ以上強引に話を進めることはしなかった。琉球に、それほどアメリカのことを知っている者がいた、という驚きの方が大きかったのかもしれない。ペリーは、決して、強引に、力だけで押してくる、相手のことを考えない人ではなかった。結構、筋を通す人でもあったのである。

日本で最初にアメリカの要求を「NO」と突き放したのは、琉球の牧志朝忠だった。

牧志朝忠を通して、万次郎には、日本国の現状が伝わった。琉球国と薩摩藩の関係についても、ある程度理解できるようになった。覚束ない日本語で、意思が通じなかったこれまでとは違って、英語を通して、万次郎にとっても、牧志朝忠にとっても、お互いの交流は重要な意味を持っていた。

朝忠にとっては英語の勉強になったし、万次郎にとっては日本語、琉球語の勉強にもなった。そんなやり取りが何度も繰り返されることで、万次郎の日本語も、かなり戻ってくるようになっていた。

朝忠にとって、この時の万次郎と接し、色々なアメリカの情報を蓄えていたことが、ペリーとの交渉の支えになっていたのである。

翁長・高安家での日常

薩摩藩支庁の聴き取りが終わってから、万次郎ら三人の待遇は、これまでとは、ずいぶん違ってきた。かなり、大切に扱われるようになったと、万次郎は感じていた。

食べるものに関しては、十分の配慮がなされるようになった。

王府より、特別に調理人三人が派遣され、米飯に、豚、鶏、魚肉や島、納豆、野菜などを使った質の高い琉球料理を、毎日食べることが出来たのである。

「俺たちゃあ、もしかして、客人扱いされちょるぜよ、そう思わんか？　毎日のこのごちそうは考えられんぜよ」

五右衛門がしみじみと食事を前にいう台詞に、伝蔵も万次郎も異論はなかった。

「これをチムグクルと言うんじゃないがぜよ？」

「チムグクル？　何じゃそりゃあ、万次郎」

伝蔵も五右衛門も聞いた。

「俺は英語で、朝忠さんに聞いたがじゃ。沖縄の人たちは、何かしらんが親切じゃとね。間切番所まで歩いて行った時も、クーフチムガーいうて、おばあが、俺たちに、蒸かしいもをくれたがじゃ。そんなことが、あちこちであって、わしゃあ、琉球人のこころを、感じたんじゃ。俺たちゃあきっと、ここで助かる、そう思うことが出来たんじゃ。そんな話を、朝忠さんにしたら、それは、チムグクル言うんじゃと、教えてくれたがじゃ。おもてなし、それが琉球のこころじゃと、教えてくれたがじゃ。確かにそうなんじゃ。俺たちゃ、おもてなしをされているように感じられたんで、そう聞いたんじゃが、そん時、琉球と土佐とのつながりの縁についても、教えてくれたんじゃ」

以後、周りを竹垣で囲まれ、四六時中、見張りもいるという生活を送るようになった。しかし、三人には、それほどの緊迫感はなかった。家を自由に出入りも出来るし、取り調べのない日は、ゆったりした日常を感じることも出来た。万次郎は、板良敷朝忠を通して聞いた、土佐と琉球の縁について、伝蔵と五右衛門に伝えた。

『今から百五十年前、琉球の進貢船が、中国の福州からの帰りに遭難し、土佐清水の清水港に、四か月滞在したことがあった。その時、進貢船の乗務員、八十二名が、土佐藩にたいそう世話になったことがあった。それだけではなく、進貢船が帰国する時に、贈り物までくれた。その時のことを大変恩義に思っている琉球王府は、土佐の人たちの漂流民だと知り、お粗末に接することがないように、というお触れが出ている』ということである。

「それで、俺たちゃ、優遇されとんのと違うじゃろか。百五十年も前のことを、忘れないのも、琉球人なんじゃな。そげな前のこと、今もって忠義に思うちょる琉球の人って、やっぱし、チムグクルのこころ、あるんじゃのう。俺たち、ついていたんじゃ！」

万次郎の話に、伝蔵も五右衛門も即座に反応した。

「へえ、そげなことがあったがか？　俺たちゃあ運がよかったんじゃのう」

伝蔵が感慨深げにうなずくと、五右衛門も素直に同調した。が、伝蔵はあくまでも慎重に、行き過ぎがないように万次郎を促した。

「だがなマン、今朝もそうだったが、わしらに、みそ汁を振る舞ってくれたろう？」

「兄者、それがどがんかしたんか？」

五右衛門は不審そうに伝蔵を見た。

「いやな、何もないんじゃが、わしらは、そう簡単には信じられては、おらんのじゃないかと思うてな……」

「それはまた、なしてじゃ、かしら」

万次郎も五右衛門同様に伝蔵の用心の深さの真意を確かめたくて聞いた。

「俺の心配し過ぎかも知れんがのう、俺たちが、みそ汁を啜っている時の、俺たちを見ていたみんなの目を、俺は忘れんがじゃ」

「それがどうしたんじゃ兄ぃ」

「そう急かすな五右衛門。みそ汁を、どうやって食べるか、あれは、俺たちを試していたんじゃないかと思うてな。本当に日本人かどうかをな。日本人なら、上手に箸を使うじゃろが」

「そうか、箸の使い方を、じっと見ていたというんか……それも、そうじゃのう、あんまりまじまじと見られちょったんで、なんか、違和感はあったんじゃが、言われてみると、確かにそんな見方もできるんじゃな」

万次郎は、伝蔵の用心深さに驚いた。これまでも、伝蔵に注文をつけることもあった。決して、伝蔵を軽んじるつもりはなかったが、時々、慎重すぎると思うこともあり、「かしら、しっかりしてくれよ」と、そんな言い方をしたこともあった。でも、今回の伝蔵の判断には、万次郎も納得するものがあった。

むしろ、船頭としての伝蔵を、改めて見直してみたくもなるのだった。

二十四歳になった万次郎は、前へ突き進む勇気と同時に、思慮を深める、それもそうだと、納得しながら情勢を見極めることの重要さも感じ始めていた。

万次郎は高安家での生活を通して、琉球人の、人の良さと、そう簡単に人を信じない両面があることに、素朴な疑問を抱くようになっていた。正直なのか不正直なのか、その両面が同時に存在しているように感じたのである。目の前の三人には、親切に対応してくれているのに、三人を、何が何でも、その日のうちに那覇まで送り届けようと強行したこと、そんな強引な扱いを、一片の通達で、ころっと変えてしまった、その変わり身の早さに戸惑ったこともある。

小禄から突然引き返したのも不自然だったし、一見穏やかそうに見えた高安家の主人が、娘のカナに、自分たちのことを外部に知らせてはならぬと、きつく戒めていた時の表情には、普段感じられない、怖いほどの威厳を感じたこともあった。

琉球は四方を海で囲まれ、古来、沖縄独自の文化を育んできた。十四世紀、北山《ほくざん》、中山《ちゅうざん》、南山《なんざん》の三山時代を経て、一四二九年、中山の尚巴志《しょうはし》によって統一され、琉球王国が誕生した。尚氏の支配する琉球王国は、日本列島、中国、朝鮮、東南アジアを結んだ中継貿易によって繁栄するようになった。十六世紀末、秀吉が日本統一を成すと、琉球に朝鮮出兵を要請したが、琉球はこれを拒否した。それよりむしろ、中国の明に、朝鮮出兵の情報を流すほど、当時の琉球は、日本より、明国の方を、より信頼していたのである。

家康に変わった江戸幕府は、琉球を仲介した明との間接貿易を画策したが、琉球はそれも拒否した。一六〇九年、家康の許可の下、薩摩の島津が、三千の兵を率いて出兵、以後、琉球を支配するようになる。薩摩の鉄砲隊に、なす術もなく敗れた琉球は、薩摩藩に服属し、朝貢貿易を継続、日中両属状態に陥っていた。

一八四七年には、日本に先立ち、琉球は、イギリス、フランスによって開港させられていた。そんな状況下にあるときに、万次郎は琉球にたどり着いたのだった。

琉球の歴史など、全く知らない万次郎だったが、彼の鋭い感性は、高安家に滞在している間に、薩摩の役人と、琉球の役人の間には、何かしら、気持ちが通じ合えない、何かがあるのではないかという、違和感を感じ取っていた。

高安家での穏やかな日常は、万次郎の過去を、緩やかに発酵させてくれた。それほどに、万次郎にとっては、貴重な時間でもあった。

危険に満ちた、これまでの出来事を、十分に振り返る余裕もなく、今という瞬間瞬間だけを見つめて、万次郎は生きてきたように感じていた。

そこへ、ゆったりとした琉球の時間が流れ始めた。この琉球での六か月余は、これまでに経験したことのない、考える万次郎としての、新しい出発の時間であったのかも知れない。

確かに母親に会いたい、土佐に帰りたいという大きな目標を控えていた者には、まどろっこしい時間の流れではあった。が、これまでの劇的な生き方からすると、更にこれから、明治維新という日本の歴史上の大転換期の、ど真ん中を駆け抜ける万次郎にとっては、琉球での生活は、万次郎の人生にとって、重要な緩衝空間だったのかもしれない。人には突き進むだけではない、己を見つめなおすゆとりの時間は有効である。

高安家での食事にはほぼ満足できたが、水田が少なかったせいか、米飯は出なかった。それでも、時には酒（泡盛）もふるまわれ、三人には、たっぷりとした時間が流れ始めていた。

恵まれた時間とはいっても、監視されている立場には違いなかったので、伝蔵、五右衛門はほぼ言われたとおりに、自粛して家の中だけの生活に甘んじていた。しかし万次郎は違った。

屋敷は竹垣でかこまれ、外部との接触を拒むような雰囲気があったが、自然人万次郎には、塀の外に流れている小川の流れの音や、小鳥の囀る声に、どうしても心は引き寄せられ、軟禁状態であったため、許可を得て万次郎は外の自然を楽しんだ。

小川には小魚がいて、それを見ると、万次郎の身体は勝手に動いていた。素手で摑み、魚を掬った。それを見ていた近所の者は、これに入れろと適当な桶を提供した。そうして捕った魚を、そのまま相手にやったので、万次郎の周りには自然に人が集まり、話しかけてくるようになった。そんなことを、見張りの役人は、見て見ぬふりをしていてくれた。

ある時は、琉球王より三人への贈り物があった。和製の袷《あわせ》三枚、帯三条、単物《ひとえもの》三枚、焼酎一斗などで、夏に備えて蚊帳《かや》三張を賜った。

この緩やかな軟禁状態の中、伝蔵も五右衛門も辛抱強く自粛生活を続けていた。

「マン、おまんはじっとしておれんがか？　何があるかわからんぜよ。用心せーよ！」

伝蔵はちょくちょく家を抜け出す万次郎を気遣って声をかけた。

「大丈夫じゃ、村の若いもんとも親しくなったがじゃ。おじいも、おばあも、何かと声をかけてくれるようになったがじゃ。ほんに、俺たちのこと、同情してくれるんじゃ」

「そうがか、でもな、用心だけはせんといかんぜよ」

「かしら、無茶はせんけに、ただ話がしたいだけなんじゃ」

「五右衛門、おまんも外に出てみたいがか？」

「俺はいい。このまんまでいいわ。兄ぃと一緒に、ここにじっとしとるがじゃ」

伝蔵も五右衛門も、万次郎の行動を気にはかけていたが、万次郎の性格もよく承知していたので、あまり深く万次郎の行動に異論をはさむことはなかった。

村に溶け込む万次郎

取り調べが一段落すると、時間はゆったりと流れだした。

高安家の一人娘のカナが、万次郎たち三人の身の回りの世話をしてくれるようになった。そのカナから、万次郎は家の外の様子を度々聞き出した。聞くだけでは満足できず、自分の目で確かめたくなって、万次郎は家の前の小川で、小魚を捕るようになった。そんな万次郎を見て、村人の方から近づいてきた。

再三家を抜け出し、村人と接触する機会が増えるにしたがって、万次郎は村の行事に参加したり、青年たちと歓談するようにもなっていた。特に万次郎が興味関心を惹いたのが、青年たちが村祭りの準備のために練習していた踊りであった。

カナには最も親しくしていた太良という青年がいた。彼は祭りの踊りの練習を積極的にやっていたが、身のこなしが実に柔軟で、体の動きの一つ一つ、どこから見ても隙がなかった。万次郎は青年たちが練習している、このエイサーという踊りには、毅然とした身のこなしがあることに、不思議な魅力を感じていた。

三線や太鼓の音に合わせて、複数の若者が、一糸乱れず踊り舞う姿は勇壮で、それでいながら、武術の鍛錬にさえ思える切れの良さに、万次郎は久々に、心の中を突き抜けていく快感さえ覚えていた。村の青年たちが、毎夜祭りの練習をしている場所へ、万次郎はカナに連れられて行った。間近でその踊りを眺めていると、万次郎は何故か背筋がぞくっとするのだった。

それは、魂を奪われるような、不思議な感覚だった。

「この踊り、何という踊りじゃ？」

万次郎はカナに聞いた。

「エイサーやいびん！」（エイサーといいます）

「エイサーいうんか！　なかなかに勇壮な踊りじゃな。まっこて、気持ちがすーっとするぜよ。勇ましくて、何か武術でも見ているような気がするぜよ」

万次郎がたいそう興味を惹いたようなので、カナは太良を呼んで、エイサーについての話をしてくれるように頼んだ。

当初カナは、父親に三人の漂流民のことについては、他言することはならぬと、言い含められていたので、一切話をしなかった。それでも、村中に知れ渡っている三人の消息を、誰でも知りたがっており、太良は恋人カナの所にいる、若い万次郎や五右衛門のことが気になり始めていた。そのカナが、三人のことを一言も言わないのを不審に思って、太良はカナを問い詰めた。

漂流民を装った密偵か耶蘇の疑いをもたれていたこともあって、しばらくは恋人の太良にさえ、父親の言いつけを守って、何も言わずにいたカナだった。しかし、太良の不信感を晴らすためには、父親との約束を破らざるを得なかった。

太良に本当のことを話すことによって、万次郎は、村の青年の踊りを、頻繁に見ることが出来るようになった。カナが太良を紹介し、太良が踊りの仲間に、万次郎を紹介してくれたので、万次郎は毎夜毎夜、でかけては踊りの輪に加わった。そんな気さくな万次郎に、踊りの仲間は、万次郎を特別な目で見ることはなくなっていた。

エイサー・カチャーシー・琉球舞踊

万次郎は何かに集中することでしか、自分の心を落ち着かせることはできなかった。故郷の土佐を、目と鼻の先にしながら、いたずらに、日数だけが過ぎて行くようで、さすがの万次郎の心も、穏やかではなかった。

そんな不安定な心を紛らせてくれたのが、あちらこちらから、風のように流れ来る三線の音色だった。

ここ高安家の主人も、三線を奏でる人だった。自粛を言い渡されていた時の楽しみは、時折流れ来る、その三線の音色だった。この音色は、琉球の風のように物悲しく、かといっていつもそうではなく、時に激しく、時に陽気に奏でていた。

ある時、そんな万次郎の憂さを、吹き飛ばすような音色が聞こえてきた。いつもとは明らかに違っていた。何か祝い事でもあったのか、三線の音色のテンポが速く、調子が良かったので、万次郎は庭に出て、その様子を見ていると、家族の者がみんな、庭で手を上に挙げて、踊っているのを見た。

高安家は、門を入った正面に、ヒンプンという石塀があり、その正面奥に、三人が居住するようになった家がある。これまでは、家族八人がそこに住んでいたのだが、そこを明け渡して、自分たちは左奥に建て増しして、八人家族が住むようになっていた。

そこの内庭で、主人の三線に合わせて、家族全員が踊っていたのである。

「祝いじゃ、祝いじゃ！　くまんけい」（いわいだから、こちらへおいでなさい）

日頃厳しい顔をしている主人が相好を崩して万次郎たちを招き入れている。

「なんじゃ、祝い事らしいのう」

伝蔵も珍しく柔和な表情をして、「マン、おまんもやってみたらどうじゃ？」と勧めた。

万次郎は言われる前から体が自然に反応していた。伝蔵に言われたので、五右衛門に声をかけたら、俺は遠慮しとくというので、万次郎だけ飛び入りで参加した。

何の祝いかは分からなかったが、万次郎の身体の方が反応していた。先祖の誰かの命日だそうで、みんなが揃うと、最後は三線のお囃子で踊るのが慣例だということだった。この踊りをカチャーシーというらしく、みんなの身体が弾けている。

男は握り拳を頭上に挙げて、くねくねと上下左右にくねらせて調子を取っている。女は手のひらを開き、同じように体や腰をくねらせながら、足まで調子を取っている。それぞれに同じ型はない。それぞれ思い思いにリズムに乗っているようで、万次郎は即座に反応し踊りの輪に加わった。祝い事だと思っていたが、先祖の霊を弔っているとはとても思えない解放感だった。本来広い墓地でやるのだが、今は非常時なので家の中で家族だけでやっているという。

「さあ、一杯召されぬか？」

主人は三人にも泡盛を勧めた。万次郎は飲めないので、軽く口に含むだけだったが、伝蔵と五右衛門は、よろこんで杯を交わした。しばらく歓談が続くと、再び三線が鳴り響き、みんながその三線に合わせて再び舞いだした。三線の弾き手は、万次郎にも見覚えのある若い青年に代わっていた。ここの人は誰でも、三線が弾けるのかと驚きの目を見張っていると、万次郎にも、また入れと誘われて、再びみんなの真似をして体を動かした。

こんな解放感に浸ったのは、いつ以来だろうか？

手足を動かしながら、万次郎は身体の中を、また新しい何かが動き出していくような、清々しさを覚えていた。

「ほんに、わしらまで入れて頂き、まっこて有難いことでした」

踊りが一息つくと、伝蔵は、家の行事に参加させてもらった礼を述べた。

「しむん、なんの！」（なんの、なんの）

高安氏は逆に個人的な法事にまで参加してもらって有難かったと三人への心配りを忘れなかった。

「これは、三味線とはちと、違うようじゃが、やっぱり三味線かいのう」

五石衛門も少し酒が入って緊張が解けたようだった。

「いやいや、これは三線るやいびん。ハブの皮を張っております」

「ハブ？　あの猛毒を持っちょる蛇の皮？」

「この島には、たくさんおりますでのう」

ハブの皮を張った三線の音色だったということへの三人の驚く様子が、一座の雰囲気を一気に和ませた。すると万次郎は次から次へと主人の高安氏に聞いた。

このカチャーシーという言葉にはどんな意味があるのかと尋ねると、主人は物知りらしく、すぐに答えてくれた。沖縄の方言で「かき回し」という意味があり、頭上で手を左右に振る様子が「かき回す」ように見えるので、頭の上で手をかき回すように踊ればいいんだと教えてくれた。カチャーシーの踊りには、五穀豊穣、大漁祈願、無病息災、安寧長寿などの願いがこめられてをり、自分の思いを、手足に込めて踊ればいいという。

万次郎はこのカチャーシーに故郷を見ていた。この踊りに似たような踊りを土佐でも見たことがあったような気がしていた。隣国阿波にもある。蝦夷や天草などの漁師が、土佐に流れ着くことがあったが、彼らも、酒を飲んだ後、似たような手つきで踊りだしていたことを、記憶の底から引き出していたのだった。

ここは同じ日本じゃ。土佐と同じじゃ。足摺の匂いがするがじゃ。

カチャーシーに、足摺を感じた万次郎は、感情が一気に溢れてきた。すると母への思いが抑えられなくなり涙が溢れてきた。その涙を誰にも見られないように袖で拭うと、高安家の人に交じって踊り出したのだった。すると、高安氏が言うように、体がほぐれ、会いたい、母に会いたい、土佐へ帰りたいと、一心不乱に、踊りに乗じて、心の中で、願い事のように叫んでいた。踊りは心を解放してくれる。そう感じた万次郎は、何でも答えてくれそうな主人に、村の若い者が練習していた、エイサーという踊りについても尋ねてみたくなった。

するとと即座に高安氏は答えてくれた。これは三線や太鼓などの音や歌に合わせて、複数人で奏で踊るもので、お盆の最終日に、先祖の霊を、あの世に送り出すために踊るのだという。万次郎が次々に聞くので、高安氏は、よほど万次郎が踊りに関心を持っていると感じたのか、自分の方から琉球舞踊についても教えてくれた。

「万次郎殿は踊りに関心が深いようじゃのう、琉球舞踊はご存知か？」

知らないというと、誰かに話したくて仕方がなかったとでもいうように、さらに主人はこれまで以上に詳しく話し出した。

「琉球という国はのう、大和よりも、むしろ唐の方への関心が高かったようですのう。薩摩が琉球に入ってくるようになって、大和の文化も入るようになったんじゃが、踊りを見れば、お分かりになるじゃろ？　動きも、服装も、明国の影響を強く受けているんじゃよ。

琉球舞踊は、三線、箏、笛、太鼓、胡弓を使って踊るんじゃが、それに、地謡が入って演奏する、かなり複雑な踊りでしてのう、一般には、なかなか理解されにくい芸能やびん。

中国から、冊封使《さっぽうし》が派遣されるようになってからじゃのう、彼らが半年近く琉球に滞在するようになってから、随分と影響を受けたようですのう」

万次郎にとって。少し難しい話をし始めたと思ったのか、高安氏は、万次郎の顔を確かめるように、繰り返した。

「冊封使、ご存知かな？　清の皇帝からの使いじゃよ。琉球の国王に忠誠を誓っている国には、近づきに、爵号を与えて、貿易も出来るようにするための使いじゃよ」

「何となくわかります」

「うむ、利発な方じゃ。琉球にとって、清国は決して敵ではないからのう」

高安氏は、軽く喉を潤してから続けた。

「冊封使を歓待してじゃ、宴が度々催されるようになるとじゃ、首里城内に、王府は、そのための舞台まで作ってしもうたんじゃ。芸能の舞を、その冊封使に披露したんじゃな。明国と貿易をしたいと思うておった琉球はじゃな、琉球の文化の高さも、伝えておきたかったと思うのじゃ。これが、琉球舞踊の始まりじゃと、私は思うておりますのじゃ。琉球の古典音楽を伴奏にして、女性の情念まで伝えようとしております。踊りは静かじゃが、所作に込められた内容は、複雑で、深い味わいがありますぞ」

高安氏の言葉の、一つ一つに力が漲っていた。万次郎に強い意志をもって、伝えようとしていることが分かった。さらに、まだ見たこともない、古典舞踊についてまで、詳しく語り出したのである。

「琉球という所はのう、首里王府を中心に栄えてきた王国なんじゃ。国は小さいがのう、王国なんじゃよ。小さい国じゃから、決して、自分の国から、戦を仕掛けるようなことは、ございませぬ。明国のような大国には、朝貢外交で、うまく、バランスを取っておりましたのじゃ。だから、明とは、実にうまく交流が出来ていたんですがのう……。

こんなに舞踊が、盛んになったのは、武器を持たずに、朝貢貿易に徹していたからじゃと思うんですがのう。世の中は、そうそう都合よくはいかないもんですのう。

そこへ、薩摩が割って入ってきたというわけなんです。明の時代には、学者や技術者が、集団で移住してきたりしてのう、大和より、唐や明や清国の影響の方が強かったと、私は思うておりますんじゃ」

一息ついて、高安氏は手元の盃を一気に飲みほした。酒を飲んでいるせいか、日頃とは違って、実に能弁に琉球の歴史を語った。

「薩摩がやってきてから、どうも、自由が利かなくなってのう。皆さんが来られた時、なんとなく対応がもたもたしておったと、思われなかったかのう？」

このことが言いたくて、高安氏が能弁になったのではないかと思えるほど、薩摩に対しては、あまり好印象を持っていないことを感じた万次郎は、傍にいたカナに聞いてみた。

「カナさん、おまんは薩摩のこと、どう思うとるがじゃ？」

「薩摩？　薩摩は好かんさー。薩摩のさむれーに、負けんぐとぅー、ちばらんとぅ、ならんさあ！」

（薩摩はきらいさー。薩摩の侍に負けないように頑張らないといかんさー）

即座にカナの答えも返ってきた。琉球の人たちは、総じて、大和よりも清国の方を向いて生きてきたことがよく理解された。取り調べにしても、琉球王府の役人の取り調べと、薩摩在藩奉行所の役人の事情聴取の仕方にも、違いが感じられた。どちらも丁寧に接待してくれてはいたが、薩摩の在藩奉行の取り調べの方には、どこか威圧感があった。

琉球のことを、知れば知るほど親しみがわき、何で琉球を帰国する場所に決めたのか、万次郎はその判断は正しかったと、改めて思うのだった。

「大和には、剣術や柔術などという武術があるようじゃがのう、琉球人は武器を持たずに、戦うことをしないで、踊りに全てを発散するのです。武器を持たないから、素手で闘うために唐手《からて》などの武道を生み出したと思えますのう」

カラテと聞いて、万次郎は身を乗り出した。村の青年たちが、エイサーの踊りの練習の合間にやっていたのが、このカラテだったからだ。高安氏はこのカラテについても詳しかった。

「カラテというのはですのう、言うなれば、琉球の唯一の武器だと思うて下さればよろしかろうのう」

そう言いながら、高安氏は手刀を切るような所作を見せながら、話を続けた。

「明の時代に、中国拳法として伝わったという説もありますが、もう一つ、琉球舞踊の一つである、舞方《メーカタ》から、生まれたという説もあるようですのう。これは音楽に合わせて、武術のように、手をさばく踊り方がありましてのう、それがカラテへと発展したともいわれておるようじゃのう。元は、唐手《トゥーディー》と呼ばれる武術に、由来しているともいわれておりますが、私は、こちらの方だと思うぐとぅ」

「もしかして、ご主人は舞踊やカラテをなされるのではないですかな?」

詳しすぎる高安氏に心打たれた伝蔵が、話の中に飛び込んできた。

「いやいや、私はほんの少し齧《かじ》っただけじゃ」

「まっこて、すごい話を聞かせてもろうたがぜよ。琉球の、底の深さを見た思いがしたぜよ」

万次郎は感動のため息をつきながら、貴重な体験をさせてもらった礼を述べた。五右衛門は声さえも失って、しきりに頭を振っている。

カラテは、もともと『唐手』と書いていたという話を訊いて、万次郎はひとり、想像をたくましくしていた。

やはり、唐から琉球へ、舞踊と同じように、武術も伝わったのではないだろうか。唐の文化を、琉球の人たちは、自分たちにふさわしい、踊りや武道へと変化させ、独自の文化を築いてきたのではないだろうかと、想像の世界を楽しんだ。

知らなかったことを知った時の喜びは、どんな些細なことでも、心を満たしてくれる。万次郎は、これまで経験したことのない、ゆったりした時間が流れているように感じた。琉球という地域が生み出した独特の文化を、高安家で生活しているうちに、自然と、身近なものとして、万次郎は受け止めるようになっていた。

高安家の祝いに参加して、琉球文化の奥の深さを知っただけで、万次郎の気持ちは満たされたように思えた。

一つの思いは、次の思いを生み出していく。想像というのは、無限に広がっていくものだという発見に、万次郎は新しい喜びを感じていた。時間の流れを、早く感じるか遅く感じるか、感じ方によって、理解の仕方も違ってくる。そんなことまで想像させる、琉球という所の持つ、奥の深さを感じていた。

人は、住む場所、時間の違いによって、感じ方も変わってくる。琉球には、一種独特の時間の流れがある。これまで味わったことのない時間の流れを、新しい発見でもしたように噛みしめていた。同じ時間なのに、琉球の人たちは、時間そのものを楽しんでいる。今という時間を楽しむ術を知っている。とにかく、あくせくしないのだ。

「何とかなるさ」

どんな失敗をしても、そんな言葉が、誰かから、自然と出てくる。一人がそういえば、「なんくるないさー」と、みんなが同調する。

この物事にこだわらない、おおらかさに、万次郎は、何の違和感もなく惹きつけられた。

これまでの自分の生き方とは、全く違った生き方なのに、気候が育むのか、土地、人柄が育むのか、まるで以前からの知り合いのように心が和むのであった。

万次郎は、琉球の生活に溶け込むうちに、あれこれと、想像する楽しみを見出していた。自分の過去を振り返り、未来を想像する習慣が、琉球の生活に馴染むにしたがって、自然と習慣づいてきた。

想像の世界は、楽しくもあり、たっぷりある時間を使うには有効であった。目の前のことだけではなく、意識して考えることもまた、一段と自分の心を高めてくれるような気がしていた。この琉球という土壌には、これまで経験したことのない、想像の世界へ誘う、独特の雰囲気があるように思えて、万次郎は、一人想像を楽しむようになっていた。

さらに万次郎は、そんな琉球国についても考えてみた。

琉球という国は、小さな島国ながら、まだ九歳にしかならない尚泰王を君主として崇めている。側近に仕える人がその幼い君主を、連帯して支えている。そこへ薩摩藩が介入してくることで、琉球はきっと大騒ぎになったことだろう。武器を持って戦うことも考えたに違いない。しかし、琉球人は争うことをしなかった。侵略者に従順な姿勢を見せながらも、琉球国の威厳をも保ち続けている。かといって、武力に屈するばかりでは、自分たちの尊厳は保ち得ないと考えたに違いない。そこで、大国への朝貢外交を維持しながら、自分たちは心の充実を図ることで、調和を維持しようとした。それが色々な踊りとなって、文化として伝わっているのだろう。そして、その舞の中に武術をも含ませて、心身面の充実を維持しているに違いない。

自分勝手な想像は、次第次第に膨らんでいく。伝蔵や五右衛門を生かし続けてくれたオアフ島のことにまで、万次郎の想像は、飛躍していった。

オアフ島には王様がいた。その王様が、伝蔵や寅右衛門や五右衛門の面倒をみてくれた。そのオアフ島には、世界各国の船が駐留し繁栄していた。王政を保っているこの琉球国も、きっと将来、オアフ島のような繁栄を見せるに違いない。武器を持たなくても、末永く、この島は栄えるに違いない、と。

オアフ島を知っている万次郎は、琉球にオアフ島を重ねながら、琉球人との心の触れ合いを楽しむことで、また何かが生まれてくるような気がしていた。

高安氏の物腰の柔らかさは、琉球舞踊を、自ら心得ているからこそ、自然と出てくる身のこなしではないのか、と。

高安氏への思いは続く。

武器を持たずして、相手を一撃で倒せるカラテ道をも、高安氏は習得されているのではなかろうか、と。

さらに想像をたくましくすると、急に能弁になった人のことが、より理解できるような気がしていた。それほどに、高安氏の身のこなしには、何処からも入り込めないような、一分の隙も見出せない何かがあるように思えてきた。

あのエイサーという踊りは、勇壮で力強い動きがあるにもかかわらず、いきなり襲っても、ひらりと身をかわせるのではないかと思えるほどの、一分の隙も無い動きに見えた。琉球舞踊の静と、エイサーの動が、一つの呼吸のようにまとまった形として、万次郎には見えていた。そして、その二つを融合させているのが、ハチャメチャに見えるカチャーシーだった。

　そういえば自分の生まれ育った土佐清水も島だったのだ。そう思うと、土佐にもまたこの琉球の踊りのような踊りがあったような気がしてきた。どこかで何かが繋がっているように感じて、その共通するものが何なのかを知りたくて、同じことを聞きたくなった。

「やっぱりご主人は、琉球舞踊も、カラテも極めておられるんじゃないですか？」

　万次郎は確かめたくて聞かずにはおれなかった。

「いやいや、ほんの少し齧《かじ》っただけさー」

　謙遜する高安氏を、一同の者は全員否定した。

「そんなことはないさー、名人さー」

「何でも一番さー」

　すると、かぶりを振る高安氏の表情と、幼い頃亡くなった父の姿とが被さって見えてきた。ホイットフィールド船長の柔和な表情までも重なって万次郎の心を揺さぶり始めた。

「おかあ！　おとう！」

　思わず言葉となって飛び出してきた。

「いやあ、やはり思い出しておられるんですな？」

　高安氏は、伝蔵、五右衛門、万次郎の心を読み取ったような慈愛のこもった眼差しで三人を見つめながら言った。

「わったー、土佐のお方の気持ちも分かるぐとぅ。なくしたものが大きければ大きいほど、悲しみも大きいはずぐとぅ。みっちゃー（三人）、同じ気持ちのはず、きっと近いうちに土佐へお帰りになるはずと、信じております。あとしばらく我慢しみせーびり！」

徳門《とくじょう》高安氏の言葉は、三人の心に深く染みた。琉球の役人に、そこまでいってもらえるということは、ほぼ三人の言い分は、全てが真実だと認められているに違いないと思えて、誰の言葉より有難く伝わった。

琉球から薩摩へ

三人の琉球での取り調べは、上陸後かなり頻繁に行われ、特に何度も訊かれたことは、耶蘇教（キリスト教）に関してだった。経験しているかどうか、訊かれるたびに、自分たちは一向宗徒であり、一切そんな邪宗に触れたことはないと、口をそろえて答えていた。洗礼は受けないまでも、教会に出入りしたことは三人共にあったが、国禁ということは知っていたので、これだけは口をそろえて否定しようと約束していた。

持って帰った、数百点に及ぶ荷物の検査には、かなりの日数を要した。何度も何度も同じようなことを問い質され、一同、辟易していた。ボートについての質問もしつこかった。どうやって、何処から乗ってきたのか、何度も何度も、同じ質問を繰り返された。

郵便はがき

料金受取人払郵便

新宿局承認

2524

差出有効期間
2025年3月
31日まで
(切手不要)

1 6 0-8 7 9 1

141

東京都新宿区新宿1－10－1

(株)文芸社

愛読者カード係 行

お名前《ふりがな》		明治 大正 昭和 平成 年生 歳
ご住所《ふりがな》	□□□-□□□□	性別 男・女
お電話 番 号	(書籍ご注文の際に必要です)	ご職業
E-mail		
ご購読雑誌(複数可)		ご購読新聞 新聞

最近読んでおもしろかった本や今後、とりあげてほしいテーマをお教えください。

ご自分の研究成果や経験、お考え等を出版してみたいというお気持ちはありますか。

ある　ない　内容・テーマ(　　　　　)

現在完成した作品をお持ちですか。

ある　ない　ジャンル・原稿量(　　　　　)

書　名				
お買上 書　店	都道 府県	市区 郡	書店名	書店
			ご購入日	年　月　日

本書をどこでお知りになりましたか?

1.書店店頭　2.知人にすすめられて　3.インターネット(サイト名　　　　)

4.DMハガキ　5.広告、記事を見て(新聞、雑誌名　　　　)

上の質問に関連して、ご購入の決め手となったのは?

1.タイトル　2.著者　3.内容　4.カバーデザイン　5.帯

その他ご自由にお書きください。

(　　　　)

本書についてのご意見、ご感想をお聞かせください。

①内容について

②カバー、タイトル、帯について

弊社Webサイトからもご意見、ご感想をお寄せいただけます。

ご協力ありがとうございました。

※お寄せいただいたご意見、ご感想は新聞広告等で匿名にて使わせていただくことがあります。

※お客様の個人情報は、小社からの連絡のみに使用します。社外に提供することは一切ありません。

「いったい、ここの取り調べは、どうなっとるんぜよ！　記録はしちょらんのか？」

同じことを何度も繰り返し聞かれることに、五右衛門は辟易し、調べの後は決まって不満を二人にぶちまけた。

「五右衛門、我慢じゃ！　ここは我慢が大切じゃ！　今までこらえて、ここまで来たんじゃ。これまでに比べりゃ、こんな楽なところはないぜよ」

伝蔵は冷静に状況を見つめていた。五右衛門とほぼ同年齢の万次郎も、五右衛門のような感情がこみ上げることもあったが、伝蔵の冷静な判断に従うことが多かった。

何度聞かれても、万次郎の答えはいつも同じだった。

万次郎の記憶はまるで記録されているように正確だった。

「この前と全く同じだな」

取り調べにあたった役人が、いつも同じようなつぶやきを漏らすのを、万次郎はある種の快感をもって聞き流していた。

そうじゃ、日本は変わらんといけんのじゃ。アメリカの本当の姿を、もっともっと、語って聞かせてやるけに、何べんでも訊いてくれ！

万次郎は繰り返し言うことに、むしろ快感さえ感じていた。

耶蘇への関心度は全くありません。そう答えるばかりで、持ち帰った品物の使用目的は何かと訊かれると、常に同じ答えを繰り返していた。そんな同じ答えばかり返ってくることに、取り調べる方も新鮮味を失い、次第にメリケというところはどんなところか、人々はどんな暮らしをしているのか、街の様子など、見たこともない世界への好奇心を満たすような問いが繰り返されるようになってきた。アメリカ本土の生活体験があるのは、万次郎だけだったので、当然万次郎の取り調べの時間は長かった。

屋敷は見張られているとはいうものの、軟禁状態に近く、万次郎は何度も屋敷を抜け出して、村の人たちと交わっていた。伝蔵も五右衛門も、万次郎のように、外へ出歩くことはせず、自粛していた。伝蔵は目を病んで、目薬を求めたりしたが、そんな求めは直ぐに満たされた。五右衛門も、腹を壊して治療をしてもらったこともあった。求めるものは殆ど与えられた。特に万次郎は外へ出かけることが多くて、草履を何足も求めたが、それらは全てかなえられた。

生活必需品は何不自由なく与えられ、夏には蚊帳を提供され、袷などの着る物も定期的に与えられた。

食べ物にも不自由を感じることはなかった。時には、お酒もふるまわれ、自分たちが如何に恵まれているか、そのことは感じながらも、さて、それからどうなるのか、一抹の不安は消えることはなかった。

琉球から、次は薩摩藩へ、それから長崎へ行き、幕府から、改めて取り調べられる手順になっているということは分かっていた。

郷里を目の前にしながら、土佐は未だに遠かった。

琉球での生活に不自由なものは何一つなかったが、三月、四月、五月と、いたずらに時間だけが過ぎて行くように感じていた。

何でこんなに時間がかかるのか、三人にも、さすがに焦りが生じ始めていた。それが不安になり始めた時、ようやく、薩摩へ送られることになったという知らせがあった。六月十三日のことだった。

さあいよいよだと、出立に向けて準備をしていると、その日の天候が良くないので、天候の回復を待つということで、翌十四日に変更になった。

その十四日が、更に七月へと変更された。とにかく予定通りに事が進まないのが当たり前のような感覚に、三人は慣らされてしまっていた。またかという程度の失望感はあったが、万次郎は寸暇を惜しんで、翁長の生活を楽しむことにした。

村の青年たちの踊りの練習の場に参加するのも、気分を紛らわせるのには最適だった。

村で綱引き大会があると聞くと、万次郎は率先して参加した。村人も、何の違和感もなく万次郎を受け入れてくれるようになっていた。

そんな万次郎の積極的な行動を、半分たしなめながら、半分はうらやましい性格だと認めながら、伝蔵も五右衛門もひたすら自粛生活に甘んじていた。

土佐への道のりは、そう簡単ではないという認識はあったものの、ここまで変更が続くと、気分が折れそうになることもあった。

琉球といよいよお別れだと思って、お世話になった人へ、お別れの挨拶を何度も繰り返さなければならなかったのである。

それでも、いよいよ薩摩へ行く最終決定日が、ようやく七月十一日（新暦八月七日）と決まったときには、高安家の前には、多くの人が見送りに来ていた。

那覇からは「琉球王府評定所」の役人、さらには、豊見城の「間切番所」の役人たちも見送りに姿を現していたので、さすがに、もう変更はされないだろうと、いよいよ最後の別れを告げた。

村人には、一切知らせないで、ことは内密に進行していたが、いつもとは違う人だかりに、次第に村人も、それと感じて集まってきていた。今度は歩いてではなく、駕籠が用意されていた。それほどに三人の漂流民は、大事に扱われていた。

見送りには、高安家のカナの恋人太良もいた。彼からは、密かにエイサーのほかに、カラテも手ほどきを受けていた。太良は高安氏から厳しく教え込まれていたので、静と動の呼吸を念入りに指導してくれた。高安氏は、そんなことは何も知らぬとでもいう風に、見て見ぬふりをしていた。別れに当たって、万次郎は静かに太良に言った。

「もし、俺からの便りが来んじゃったら、殺されたものち思うちょってくれ」

「ぬーんちぃ（何故）、そういうーが？　ならんさー！」

万次郎はぎりぎりの選択の中、本当に生かされるのか、完全に解放される日がくるのか、半信半疑のままの移送だと思っていた。これからまだ、薩摩、長崎、土佐へと、厳しく吟味されに行くのだと思うと、さすがの万次郎にも、先々への不安を拭い去ることはできなかった。厳罰に処すという決定が下されないとも限らない。そんな不安を残しての薩摩行きに、思わず出た言葉だった。

那覇の港には「大聖丸」という船が待っていた。そこで琉球の役人から、七人の薩摩の役人に引き継がれ、三人は大聖丸に乗船した。その大聖丸には、万次郎たちが乗ってきたボートも、荷物と一緒に菰《こも》で覆わ、すでに積み込まれていた。

夜になっていよいよ出港という時になって、またも海が荒れてきた。出港が危ぶまれるほどに、海は荒れていた。

「またかよ！　俺たちに予定なんか立たんぜよ！　ああ、体がもたんぜよ！」

いつものように五右衛門の愚痴が始まった。

「焦るな五右衛門。ちゃんと、動いとるぜよ。土佐はもうすぐだ」

伝蔵の冷静な励ましもまた、いつものように五右衛門に注がれた。

天候の回復を待って、ようやく船が出たのは十八日のことだった。天候不順で、一週間も港で足止めを食ってしまったことになる。

思うように事が運ばない、こんな歩みが、これからの自分たちの本当の歩みになるのかもしれない。万次郎は、予定が変更されるたびに、五右衛門同様に苛立つことも多かったが、次第次第に、伝蔵の辛抱強さを見習うようになっていた。

急いで方向を見失うより、少しずつでも目的地へ向かっているのであれば、焦る必要はない。そう自分自身を言い含めることも出来るようになっていた。

これまでが、あまりに色々なことがあったので、きっと、ゆっくりこれからのことをよく考えておけということかもしれない。

万次郎は、物事は常に、いい方向へ向かって進むのだと、善意に解釈するように努めていた。悪い方へ向かって進んでいると思えば、行動にためらいが生じる。自然には逆らえないし、いい方向へ向かうための、一時の停滞だと思えば、甘んじるしかない。何日足止めされようと、自然には従うしかない。そう自分に言い含めていた。

しかし、人為的なこととなると、何もかも従うということはできなかった。多少、意に反しても欺かなければならないこともあった。踏み絵に関してが、そうであった。

三人は、踏み絵を求められた時、何のためらいもなく、十字架を踏んだ。そうしなければ罰されるとわかっているので、絶対に耶蘇なんかじゃないと、人の目を欺くことにためらいはなかった。

琉球での長い逗留は、万次郎に、思考の習慣をもたらした。その習慣から生まれたものの一つに、無駄な時間というものは存在しないということがあった。その思いは、足止めを食った、長い期間があったから思いついたことだった。

万次郎にとって、このゆったりした時間の流れは必要だった。

漂流から始まった、過酷な十年間の歩みを、琉球という国は、じっくりと振り返る時間を生み出してくれたような気がしていた。

捕鯨活動、アメリカ生活、金鉱山、どれも生きることで精一杯だった。そこへいきなり琉球という場所で、ゆったりした時間帯を持つことが出来た。それは万次郎にとって、必要な時間でもあった。天から授けられた、貴重な時間でもあった。むしろ、本能とでも言いたい帰巣本能によって、琉球という島へたどり着いたようなものだった。

生死を分ける鳥島の生活に耐え、十年後に琉球という島へ、自ら選んでたどり着いたのである。今、自分がどうしても帰りたいと思っている土佐もまた、少し広くはなるが、島なのだ。思えば、捕鯨で寄港した場所の殆どが島だった。島から島を辿りながら、世界を七回り半もしていた。世界は広かった。

自分たちが住んでいたところは、世界の中の、ほんの一部分であることが分かった。日本という国全体が島であると思った。知らないで生きるのと、知って生きるのとでは、明らかに違いがある。知ってしまった自分は、その知ったことを、知らないで生きている者に伝え広める義務があるのではないか。当初はただ帰りたい、母に会いたい、帰って仲間と昔のように歓談したい。そんな思いで、帰国を考え行動に移した。そのことの意味を、たっぷりの時間をかけて考えてみると、少しずつ自分の思いに、変化が見え始めていることに気付いた。人はこの考えるという時間も必要ではないのかと。

万次郎は、自分がこれまで生きてきた、土佐清水の、一介の少年が、ただ成長しただけではないことを、これからの生き方で証していかなければならないのではないか。そうしなければ、これまでの貴重な経験が、ただ物珍しい出来事だったで終わってしまうだけである。そんなことを、考え行動する万次郎の新しい生活が、始まろうとしていた。

島津斉彬と万次郎

那覇を出て一路薩摩へ向かうこと七日間。七月二十四日に、薩摩の山川という港に着いた。この港は、ちょうど鹿児島湾の入り口に位置し、琉球へ往来する船舶の基地でもあった。

七月二十九日の朝、一行は二隻の漁船に荷物と共に分乗し、鹿児島の城下町に向かった。山川から鹿児島までおよそ四十キロ、埠頭に着いた時にはもう日が暮れていた。

八月一日、鹿児島に着いた三人は、役人たちに護送されながら、西田町の集会所らしきところに連れてこられて、座敷に上げられた。以後、そこが万次郎ら三人の宿泊所となった。

薩摩藩では、着いた時から、厚遇された。三人には予想外のことだった。

まるで客人並みの待遇にいささか戸惑うこともあったが、藩主の斉彬と対面してみて、万次郎らはすぐに納得した。

藩主の島津斉彬は、眼光鋭く、かなりの威圧感を感じた三人だったが、会話の端々に、三人の身の上を労うような思いやりが窺われ、緊張することもなく、話が弾んだ。

伝蔵も、五右衛門も、かなり委縮していたが、万次郎は、斉彬の、相手の話を訊こうとする態度に、初対面としては好感が持てた。

この藩主が、自分たちに、好きなものは何でも与えよと、言ってくれたらしい。客人並みの待遇をしてくれていることが万次郎の、気分を良くしていた。

六か月半に及ぶ琉球生活を終え、そこから土佐へ送られるのなら、万次郎も納得できたが、なぜ薩摩へ行き、長崎へ行き、それから土佐に向かう予定になっているのか、アメリカの生活感が肌に染み込んでしまっていた万次郎には、その複雑な日本の組織には、なかなか馴染めなかった。

琉球の人のほとんどが、薩摩を嫌っているということを感じ取っていた万次郎は、薩摩にはあまり多くを期待してはいなかった。しかし着いてみると、結構気を使ってくれていることが感じられ、万次郎だけでなく、伝蔵も五右衛門も、ほっと安堵の息をついた。

まず、食事はお客様待遇の御馳走が続いた。時の藩主島津斉彬が、帰国した漂着民に大変関心をもって、厚遇してくれたことが、三人にとっては幸運だった。斉彬は常に一歩先を見て行動する進歩的な藩主だった。幕府に内緒で、独自の貿易をするような人で、目は常に異国を向いていた。ハワイやアメリカの海外情報を得ようと、彼らを厚遇したのだった。

西田町の宿泊所に入って何日も経ってはいなかった。万次郎だけ斉彬に呼び出されたのである。何で自分一人なのか、疑問に思いながら万次郎は斉彬と向かい合った。

藩主斉彬のことは、琉球にいる間、それとなく聞いてはいた。噂によると、かなり進歩的で、古いしきたりにこだわることなく、独自の判断で藩政改革や、殖産興業、国防などに力を注いでいる聡明な人であると。

好奇心旺盛な万次郎は、期待しながらも、さすがにかなり緊張していた。

「その方が万次郎か？　なかなかいい顔つきをしておるな」

いきなりの挨拶がいい顔つき、だった。この人は単純明快、竹を割ったような性格の人のようだ。それだったら、あまり自分を飾る必要はなさそうだ。

万次郎も斉彬の人柄を即座に読み取っていた。表情から人を読むことに関しては、万次郎は数多の人種に接してきたという自負もあり、自信もあった。人を読むのに、人種も国籍も地位も身分もない。あるのは、人と人との心の触れ合いがあるかないかだけだ。

「有難うございます。私が万次郎です」

「うむ。そなた、日本語は思い出したか？　やや不自由だと聞いたが」

そこまで調べているのか。それだったら話しやすい。

「ずいぶんと、分かるようになりました。なんせ土佐弁しか話せないんで、それも、かしらや五右衛門と再会してから、少しずつ思い出すようになりました」

「そうか、無理せんでもいいぞ。土佐弁でもメリケン語でも蘭語でもわかりゃあいいんじゃ」

「ああ、それを聞いて安心したぜよ。斉彬さまは怖い人かと思うて、緊張しとりました」

「ハハハ、なかなか面白い奴じゃな。物怖じせんところがいい。ところで万次郎、アメリカの話、わしにも聞かせてくれ。アメリカの主君は大統領というのか？」

いきなり大統領からきたか。これはなかなか面白い。そこに行き着くまでに時間がかかるのに、この人には、そんな無駄な時間を取る必要はない。こんな人には、何でも話して聞かせたい。それにしても、我々のことをよく承知しているようだ。今まで取り調べられたことを、ちゃんと下調べしてきている。同じことを聞くのでなく、自分の方から知りたいことを選んでいる。これまで接してきた人とは、かなり違うようだ。

「はい、主君という呼び方はしません。大統領はみんなで選びます。生まれながらではなく、選挙で選ぶのです」

「選挙とな、してそれはいかなるものなのか、どんな仕組みになっているのか聞かせてくれ」

万次郎は日本に帰ったら、日本人みんなに一番に伝えたかったことを詳しく説明した。聞かれることは何でも包み隠さず述べることがこの人への礼儀だと思えてきた。

「ふむ、メリケンのことは少しわかってきたが、そなたは捕鯨船に乗っていたそうじゃな。その船は大きな船か？　日本にはそんな船はないのか？」

「ないと思います。とにかく一度航海すれば三、四年は帰ってきません。鯨の油を積んで、食料も積んでいるくらいですから」

「して、メリケにはそんな船がどのくらいあるのか？」

「詳しくは知りませんが、私がいたところにだけでも百隻以上はあったように思います」

「そうか。日本はとうてい太刀打ちは出来ないな。もっと力を付けないと……」

うむ、と肯いて暫く黙ってしまった。何かを考えている風であった。しばらくして、意を決したように斉彬は漁民の万次郎の目をじっと見据えながら尋ねた。尋ねたというより、相談されているような感覚だった。それもかなり込み入った内容の話だった。

「万次郎、そちは琉球へ半年もいたので、琉球の事情も理解できたろう？」

「はい、ある程度は理解できるようになりました。でも、完全ではありません。魅力的ですが、分からない所もたくさんあります」

「そりゃそうだろう。ところでじゃ、同じ日本の船でありながらじゃ、琉球の船が、海賊に襲われることはあまりないんじゃ。それに比べると、薩摩の船は、よくよく、海賊船に襲われるんじゃが、船に乗って、いろんな国を廻っているおぬしなら、少しは分かるんじゃないかと思うてな、どう思う、万次郎。何故薩摩の船は襲われて、琉球の船は襲われないんじゃ」

「いやあ、困りました。殿さまに分からないことが、私なんぞに、分かるわけはありません。いやあ、そんな難しいこと……困ってしまいました……」

突然の問いに、それも、かなり重要な問いに、何と答えたがいいのか、万次郎も言葉通り混乱してしまった。幕府に内緒で、貿易をしていることを、斉彬が万次郎に相談しているのである。そのことを感じて、迂闊な答えはできないと、さすがの万次郎も用心してしまった。

薩摩は外国と貿易をしているが、困ったことに、その貿易船がよく海賊に襲われるという。藩が幕府に内緒で貿易をすることは禁止されているが、琉球も薩摩も、日本の南のはずれにあるので、幕府からは目が届かず、勝手にやりたいことをやっているが、困ったことに、近辺の海上には海賊が横行していて、よく薩摩の船が襲われるという。ところが、琉球の船はあまり襲われることはないという。そのことをどう思うか、率直な意見を聞かせてくれと言う。目は真剣そのものだ。この斉彬という人はただ者ではないな。こんな自分になぜこんな重要なことを話すのだろう。自分をそれと見込んでいるのか、なぜに自分なのか、その判断がまず想像できない。自分だけ一人を呼んだのも、うなずけることではある。それにしても、何と答えたらいいものか。自分にそれに対する答えが出せるのか。

万次郎は考えた。どう考えても出てきそうにない答えを求められているように思えた。そうは思っても何らかの答えを求められていることだけは分かった。何かを試されているのではないだろうか？この答え方ひとつで、自分たち三人の運命がかかっているとしたら大変なことである。何かを考え出さなければ、もしかして、罰せられることになるかもしれない。何でもいい、斉彬の真意を確かめなければ、自分だけではなく、三人の運命がかかっているのかもしれない。

「ちょっと待ってつかあさい。おれにそんな難しいことを聞かれても、答えられるはずはないぜよ。

何でもいいというのなら、ひょっとして、参考になるや分からんが……」

万次郎は、頭の端っこに、ふと琉球の若者たちと会話していた時のことを思い出していた。確かに海賊の話だった。琉球の船は安全だったという話題が、一度だけ上ったことがあった。何故琉球の船は安全で、薩摩の船は海賊に襲われるのか。そんな話で議論が分かれたことがあった。

「そりゃそうさ、薩摩は貢物はしていないさー。琉球は貢物を欠かしたことはないさー」

「貢物と海賊？　何で関係があるさー？」

「おれは、幟だと思う。薩摩の船か、琉球の船か、遠くからでも見分けがつくものと言えば、そりゃ目印にしている幟しかないさー。何で琉球の船は襲われないで、薩摩の船だけが襲われるのか、そりゃあ誰にも分からん、分からんが、幟しか見分けるものはないだろうさー。その幟の違いによって海賊は区別しているに違いないさー」

侃侃諤々《カンカンガクガク》、話は尽きなかったが、幟の違いだろうということで、話は落ち着いていた。

万次郎はつい先だって、那覇港に足止めをされていた時に、海賊に襲われる船の話をしていた村の青年団の話を、思い出していたばかりだった。貢物があるかないかで、襲われたり襲われなかったりするということが、本当の話かどうかを、暇に任せて確かめていた。

港には様々な船が停泊していたが、一週間もそこで天候待ちをしていたので、万次郎たち三人は、毎日、停泊中の船を飽きるほど眺めていた。そこには、かなりの数の貿易船が天候待ちをしていた。

青年たちの会話を思い出しながら、琉球の船を見てみると、確かに、日の丸の旗が見えた。同じように、日の丸のついている船が、何隻かいた。そこで、薩摩の船にはどんな幟がついているのかと注意して見てみると、丸に十の字が入っている幟をはためかせた船も何隻か停泊していた。斉彬に尋ねられ、何と返事したものかと、切羽詰まった脳裏に、青年たちの、あの時の会話が、浮かんできたのだった。

そこで万次郎はひらめいた。

薩摩の船には、確かに丸に十の字の幟が掲げられていた。琉球の船には、これも確かに、日の丸がはためいていた。この違いは一目でわかった。そのことを、記憶の隅っこから、辛うじて引き出していたのだった。

「幟の違いではないでしょうか？」

「なに？　幟だと？」

斉彬はしばらく一点を注視したまま黙り込んだ。そしてしばらくすると、ワハハハと豪快に笑いだした。

「万次郎、でかしたぞ！　確かにそうだ。琉球は日の丸を使っておったか！　それだったら一目でわかるのう。幟が違えば、どこからでも直ぐに分かるのう。海賊は、薩摩をあまり好んではおらんようだのう。そうか、そうなのか！」

万次郎には斉彬の笑いの真意はつかめなかったが、これで薩摩でも、自分たち三人は安全でいられると思った緊張の場面だった。

万次郎ら三人の待遇は最後まで変わらなかった。薩摩では、取り調べではなく、彼らの体験を訊く場のようになっていた。中でも、斉彬は、万次郎の話には、斉彬を始め、重臣たちの関心は高く、特に万次郎の造船技術には深く関心を示し、斉彬は、薩摩藩の造船技術者たちにも、直接万次郎の話を訊かせた。

薩摩滞在期間は四十六日間だった。その間、斉彬の命により、連日、万次郎の宿泊先に、船頭、船大工、技術者などが、目付同道のうえ訪れ、造船の具体的な方法、航海術、捕鯨術などを熱心に学びに通った。

話だけでは物足りず、斉彬は、万次郎の主導の下、西洋式帆船を造らせた。出来上がった帆船を、実際に錦江湾に浮かべ、斉彬自ら乗り込んで走らせた。万次郎はその船を「越通船《おっとせん》」と名づけて、仕上がりを喜んだ。

その他、滞在中に、三人はアメリカや、オアフ島での生活、外国船の様子などを詳しく話し、大変喜ばれたが、薩摩で、いつまでも預かっているわけにもいかず、藩主より一人一人に袷《あわせ》一枚、帷子《かたびら》一枚、金子一両など下賜され、煙草、紙、手拭などの日用品まで賜り、九月二十四日には、厚遇された薩摩を離れ、長崎へ向かった。

薩摩から長崎へ

嘉永四年九月十八日（一八五一年十月十二日）、薩摩藩士十人ほどの警護のもと、万次郎らは、幕府の奉行が駐屯している長崎へ向かった。

徒歩、川下り、藩船と、急がずに途中数泊して、長崎港に着いたのは九月二十九日のことだった。

十月一日に上陸、一行は直ぐに長崎奉行所に連れていかれた。

三人共に、まだ髪型から衣服まで、すべてが洋風だった。こんな異国の風体ではまずいというので、月代《さかやき》をそり、服装も和風に改めてから、揚り屋に入れられた。


長崎では、琉球、鹿児島での待遇とは大違いで、先ず罪人扱いにされていることに、万次郎は腹を立て、自分らは何の罪で牢に入れられるのか抗議した。

「マン、ここは辛抱じゃ。あまり気色ばむんじゃないぜよ。少し様子を見ようぞ」

伝蔵に宥《なだ》められ、万次郎に続いて五右衛門も何か言いたげだったが、事を荒立てないように五右衛門も黙ったので、万次郎も不承不承伝蔵に従った。

長崎での取り調べを行ったのは、奉行の牧志摩守だった。彼は熱心に、連日取り調べを続けた。

牧志摩守は、幕府の奉行だけに、琉球や薩摩とは違って、取り調べも厳しかった。

十一月の二十二日までの五十日間に、三人は奉行所の白洲で、前後十八回も尋問を受けた。万次郎だけではなく、伝蔵も五右衛門も、その扱い方については不満だったが、ここは我慢するところだと伝蔵がしきりに二人を説得したので、万次郎は言いたいことを努めて抑えていた。その代わりアメリカの情報について語るとき、日本が如何に遅れているかを、琉球、薩摩で説明した時よりも、より念入りに、強調して語った。特に大統領制については、日本との違いをはっきりと説明した。

大統領は、能力と学識によって人民の中から、選挙という方法で選ばれ、任期は四年と決められている。その大統領になる人は、徳を持った人が選ばれ、政策次第では、任期が来てなくても辞めさせられることもあり、任期が来て辞める時は、年金と言って、相当の報奨金が与えられる。日本のように世襲ではないので、国中の才能のある人が、高い地位を目指して競い合い、大統領になったからと言って、人が変わったわけではなく、普段の生活は変わらない。役人と庶民の区別もなく。身分の高い役人が、道を通る時でも、街の人は土下座をすることもない。などと、暗に幕府の政策や慣習を、批判的に語ることで、留飲をさげることもあった。

万次郎は、自分たちが取り調べられたことは、逐一、幕府の上層部へ報告されるのではないかと、薄々感じ始めていた。琉球は薩摩へ報告し、薩摩は幕府へ報告しているということを知ったとき、何とややこしいことをやっているのかと思った。何度も何度も取り調べられることに、万次郎は辟易していた。

薩摩の島津斉彬が、アメリカのことを聞きたがり、船の構造や、規模の大きさに関心を持ち、実際に船まで造らせたりしたことから、自分の持っている情報は、日本国にとっては、かなり重要な情報なのだと実感し始めていた。それほど大事なものなら、どうして自分たちをもっと大事に扱わないのかと、長崎へ来てからの万次郎は、腹を立てることが多かった。

万次郎が今回帰国する決断をした理由の一つに、日本の鎖国をやめさせたいという大きな目標があった。そのためには、海外での、日本の鎖国の評判の悪さを、できるだけ多くの人に伝える必要を感じていた。

万次郎は、歯に衣を着せず、率直に、鎖国政策の評判の悪さを強調して述べた。琉球、薩摩に比べ、長崎奉行の扱い方に、反感を感じていた万次郎は、伝蔵や五右衛門のように、気を遣うこともなく、率直に応対した。

一級航海士として、捕鯨漁をしていた者として、食料や燃料を補給する寄港地が、如何に必要か、日本近海に寄港地がないので、日本の鎖国を解いてもらいたいと思っている国がいかに多いかを、これ幸いと訴えた。

それにしても三人の取り調べがあまりにも執拗に繰り返されるので、さすがに何度も同じことを聞かされることに辟易していた万次郎は「ｎｏ　ｍｏｒｅ　ｉｎｖｅｓｔｉｇａｔｉｏｎ！（もう取り調べはいい加減にしてくれよ）」と、怒りを抑えきれずに、英語で奉行を罵ることもあった。そのいら立ちを身近に感じていた伝蔵は、そのたびごとに、万次郎をいさめた。

「まあそう怒るなマン、もうすぐじゃ、もうすぐ土佐じゃ、土佐に帰れるがじゃ、我慢するしかないぜよ」

伝蔵にそう言われると、万次郎は耐えるしかなかった。三人の中でも、特に万次郎に聞かれる時間が長かっただけに、万次郎の忍耐の限度にもゆとりがなくなっていたのだった。

そんな取り調べも、いよいよ終わりの段階に入り、踏絵をすることになった。牧志摩守の鋭い目線を無視するように、心の準備をしていた三人は、キリスト教徒ではないと、何のためらいも見せずに、キリスト像を踏んだ。これにより、一切の疑いは晴れた。

それからいよいよ、母国土佐への帰国準備が始まったのだった。

幕府はかねてより、土佐藩に伝蔵、五右衛門、万次郎、三人の身元調査を命じていた。土佐藩からの報告を受け、三人の漂流の一件は、事実であることも確認された。その報告を受けた幕府は、すでに尋問も終わり、三人を土佐へ帰しても差し支えないと判断し、藩に対して役人を派遣して、漂流民を引き取るように命じた。

土佐藩徒目付《かちめつけ》御用人堀部太四郎を筆頭に、土佐藩の役人たちが、万次郎の長姉、関の夫である鋭助を伴って、長崎へと向かっていた。

六月二十三日、再び長崎奉行所の白洲に引き出された三人に、疑わしい筋もないので国許へ帰すと、ようやく、帰国の許可がおりた。

許可は下りたが、丁寧に但し書きが添えられていた。

『土佐藩の外へみだりに出てはならない。死亡した場合は、土佐藩より幕府へ届けを出さなければならない。ホノルルに残った寅右衛門及び病死した重助のことはその家族に伝えるように』等々。

日本の役人というのは何と細かいんじゃ。十一年ぶりに帰ってきたんじゃぞ。一緒に行って、一緒に帰らなかった者について、なんで一緒に帰らなかったか、それを話すのは当たり前じゃろ。そんな当たり前のことを、わざわざ、それをしなさいと指示するのか？　これが、俺が住んでいた日本という国なのか。不思議な国じゃ。

万次郎には、明らかに、アメリカで身についた習慣があった。アメリカの感覚では当たり前のことを、付箋まで付けて言う日本の習わしについて、そのまどろっこしさが、改めて、不思議な習慣に思えるのだった。

志摩守の釈放の申し渡しを聞きながら、万次郎は、やっと解放されるという喜びの感情がこみ上げてきた。その喜びと同時に、笑いたくなるような細やかさに呆れかえり、自問自答しているところへ、最後の通達が次いで加えられた。

『外国において購入したり、滞在中にもらい受けた品々のうち、砂金、横文字書類、書きつけ類、鉄砲、ピストル及び弾丸、八分儀、異国のサイコロ、船及び船具等は没収とし、異国の銀・銅貨は代わりとして日本銀をとらせる』

これを聞いた万次郎は憤懣やる方なかった。さすがの万次郎も、自分が命を賭けて得た宝物を、全て没収するという幕府の命令に、思わず声を荒げて言った。

「何を言うんじゃ！　これは、みんな俺のもんじゃ！　俺がどんな思いをして日本まで持ってきたんか、わかっとんのか！　それには従えんぜよ！」

万次郎には言わずにはおれないことだった。これまでの苦しかった思いが、一気に駆け抜けていった。そのつらい思いが、いよいよ故郷へ帰れるという段になって、怒りへと変わってきた。自由な国から、不自由な国へ帰ってきたことを、とにかく一度は吐き出してみたかった。積もり積もった、長崎での、一年八か月の感情が一気に噴き出したのだった。

「マン、そこまでにしとけ！　せっかく帰れるようになったがぜよ！　土佐へ帰れるんだ、ここは我慢の時じゃ。幕府に睨まれたら一生牢から出られんぞ！　我慢、がまんじゃ！」

伝蔵は万次郎の袖を引いて言葉を遮った。万次郎は伝蔵への違和感を、この時、初めて感じた。同時に、何か力が抜けていくようだった。五右衛門は黙ったまま、牧志摩守の顔と、万次郎の顔を交互に見比べながら、ただ押し黙っていた。

「万次郎、何か不満があるか？」

志摩守は全ての状況が分かったうえで、静かに言葉を足した。

「いや、ありません。それで結構です」

すべてを飲み込むしかなかった。状況はそうなっていた。万次郎が如何に怒って文句を言っても、それが通るような状況ではなかった。そのことは分かっていた。でも、万次郎には表さずにはおれない感情だった。

自分はこの国で、これからどう生きていくのか。いよいよ故郷へ帰ることになる。母はどうしているだろうか。おれはどんな生き方ができるのだろうか。長崎の白洲の上で万次郎は遠く自分のこれからの姿を思い浮かべていた。

郷里の土佐へ！

六月二十五日、三人は土佐の役人らと共に長崎を発った。陸路、諫早から有明海を船で渡り、筑後に上陸し、更に陸路で門司へ、それから下関に出て、七月五日に防州三田尻に到着した。ここから再び船に乗り、瀬戸内海を渡り、同月七日に伊予国、三津浜に到着した。

九日には土佐の国境を越え、七月十一日、ついに土佐の高知城下に入った。

三人は護送の役人らと共に、城東堺町の旅亭松尾屋三方に入り、その後同旅籠が彼らの宿舎となった。

長崎から土佐まで、決して楽な道のりではなかったが、およそ十六日間という時間が、三人には、これまでとは違って、それほど長い時間のようには思えなかった。一歩一歩の足取りが、住み慣れた故郷への足取りだと思うだけで、疲れを感じさせなかった。

三津浜に着いた時、しきりに目を瞬かせ、零れ落ちる涙を人に見られないように、手でもみ消している伝蔵の様子を、万次郎はそれとなく注視していた。

「伝蔵、おぬしはここでも漁をしたことがあるのか？」

役人の堀部大四郎がいち早く伝蔵の変化を見ていた。

「ああ、分かりますか？　この三津浜沖にも漁に来たことがあるもんで、どうにも、そん時のことが思い出されて、つい、うるっと来たぜよ。はずかしいのう！」

「なんも、恥ずかしいことなんぞ、ありゃせんぜよ！　十年以上戻っとらんのじゃ。おぬしの気持ち、分かるぜよ」

「わしがこの二人を、漁に誘ったがよ、あと二人いたんじゃが、一人は死んで、一人はオアフ島に残っとるがじゃ」

「うむうむ、聞いておる、聞いておるぞ」

「ほんに、分からんもんですのう！　こうして、生きとるっちゅうこつが、ほんに奇跡のようなもんですけに。万次郎がおったんで、今、ここに、こうして立っておれるがじゃ」

万次郎も五右衛門も言葉に詰まって、何も言えなかった。

三人と五人の役人は三津浜の海岸で沖を見つめながら暫く立ち尽くしていた。

おりおり、ところどころで、土佐路へ向かう一行は、立ち止まり立ち止まりしながら高知城下へと入ってきたのだった。


その日から万次郎らは、毎日のように船方浦戸役所の白洲に呼び出され、徒目付役らから、長崎での尋問と同じような尋問を繰り返し受けることになった。慣れというのは不思議なもので、同じ幕府の奉行所の取り調べなので、長崎の取り調べとほとんど変わらなかったが、なぜか長崎と違って、また同じことを言わせられるのかという拒否反応はなかった。

時の十五代土佐藩主の山内豊信《とよしげ》（容堂）公は、薩摩藩主の島津斉彬と同じく、進歩的な考えを持つ名君の誉れ高い人だった。それで、側用人も優れた人が多く、大目付の吉田東洋を用い藩政の改革や、洋式軍備に関心を持ち、万次郎らのことを心待ちにしていた。いかに待ち望んでいたかが、万次郎らに接する態度に如実に表れていた。

万次郎らは、目の前に置かれた世界地図を指さしながら、ありのままの世界情報を語って聞かせた。長崎の奉行所とほぼ同じやり方ではあったが、ここでの事情聴取が終われば、いよいよ故郷へ帰れると思うと、話もてきぱきと要領よく説明できるようになっていた。

そんな事情聴取は、約一か月半続き、九月二十四日に終了した。三人の漂流民は藩主の格別の計らいにより、一生一人扶持《いちにんぶち》を賜ることになった。ただしそれには次のような条件が付けられていた。『以後、他国への往来はもちろん、海上業に従事してはならない。しかし、これまでの生業《なりわい》を離れては迷惑なことだろうから、一生涯、一人扶持を与える。これより、故郷において神妙に暮らすがよい』と。

取り調べは終わった。さあいよいよ帰れると、早く帰りたい気持ちは山々だったが、直ぐに帰れないのが三人の定めのようであった。特に万次郎に関しては、ここでも藩主の一門にとっては関心が高かったと見えて、山内豊道、豊著（容堂の実父）、豊栄《とよひで》ら御三家の屋敷に、異国の服装で召し出され、見物の対象とされた。どの屋敷でも主人の面謁を得たうえ、酒肴や扇子、金一封などを賜った。

やっと故郷へ帰れるようになったのは十月一日になってからであった。

「ほんに長かったぜよ！　やっと、本当に帰れるがぜよ！」

ため息とも、感嘆の悦びとも思える感動の言葉をそれぞれに発しながら、三人は嬉々として高知城下を発った。

その日の暮れ方になって、ようやく宇佐浦に着いた。三人の情報は浦々に鳴り響いていると見えて、道中の見物人は数限りなく、おびただしいものであった。まるで異国人を見るような、よほど物珍しいものを見るような、三人は有名人になっていたのだった。

この場所は、十一年前、三人が重助、寅右衛門らと共に、鰹船に乗って出漁した所である。伝蔵の家は既に朽ち果てていて、その所在さえ分からないようになっていた。やむなく三人はその従弟の家で一泊した。

その夜は伝蔵が生還したということで、親族や知人が集まり、漂流の顛末から異国での長い間の苦労話を語ると、聴き手の中から嗚咽する声がもれ聞こえ、夜が更けるのも気付かないほどだった。

故郷に帰った伝蔵と五右衛門は、海に出ることを許されず、宇佐を離れることもなく、神妙に暮らしたということである。森田家に伝わる話では、幽閉に閉ざされた日々を過ごし、その憂いを紛らわしたのは酒であったらしい。両人は嘉永五年（一八五二）十月に宇佐浦で万次郎と別れた後二度と会うことはなかった。

五右衛門は安政六年四月二十日（一八五九年五月二十二日）に、伝蔵は元治二年正月二十一日（一八六五年二月十六日）に、それぞれ宇佐で亡くなっている。

十一年振りの母との再会

宇佐浦で一泊した万次郎は、翌朝、徒歩で生まれ故郷の中ノ浜へ向かった。中ノ浜までおよそ一五〇キロ、途中旅籠で泊まりながら、中ノ浜まで三日を要した。

その三日間、万次郎は故郷の山や川や海の匂いを、たっぷりと嗅ぎながら歩き続けた。歩きながら、母の顔、兄の顔、姉、妹の顔を思い浮かべながら、自分が変わっている以上に変わっているのではないかと、様々な想像を楽しみながら歩いていた。

長崎に着いた時点で、土佐藩から中ノ浜にも取り調べが入り、万次郎が生きていることは伝わっていた。それで、この日万次郎が帰ってくるということは分かっていたので、中ノ浜の至る所で、彼を一目見ようと待っている村人たちがいた。

万次郎は中ノ浜に着くと、直ぐに庄屋の家を訪ねた。帰村の挨拶をするためだったが、門前には、異国帰りの万次郎を、一目見ようという村人たちが、いっぱい詰めかけていた。そんな村人の中から、母を見出すのは容易なことではなかった。

この時、万次郎もちょんまげをゆい、月代をそり、普通の日本人と変わらない服装をしていたので、見た目は同じだったが、二十五歳になった万次郎の姿に、村人だけではなく、母も自分の息子だと、直ぐに認知することにためらいがあった。人垣をかき分け進み出た母は、逞しく育った万次郎を見上げながら言った。

「…お、お前が万次郎か？」

万次郎は、母に再会した時のことばを、あれこれと考えていた。先ず、心配させた詫びの言葉を一番最初に言おうと思っていた。が、目の前に現れた、母の姿を見た瞬間、全ての思いが、彼の頭の中から、すっぽりと抜け落ちてしまっていた。ただ一言、万次郎の口から出てきた言葉は、「おっ母！」だけだった。自分より小さくなった母を抱きしめるのが精いっぱいだった。

「マン、マン、万次郎！」

母は、万次郎の名前をあらん限り連呼しながら、肩を震わせていた。万次郎も、今までこらえてきた緊張感から一気に解き放たれ、十四歳に戻って、「おっかあ、おっかあ」を繰り返しながら、逞しく成長した肩を、傍目《はため》も憚らずに、大きく震わせて泣いた。周りにいた村人の中からも、二人の様子に合わせるように、あちこちからすすり泣く声が、次第に大きくなってきた。

小さくなった母の身体から、確かに覚えのある、母の匂いを嗅ぎ取ると、次第に母の温もりも伝わってきた。人肌の温もりは、何物にも増して、人の心を落ち着かせてくれることを、遥かかなたの記憶の糸をまさぐるように、嚙みしめていた。その温もりは、幼い頃の母の乳房の温もりでもあったのかも知れなかった。遭難中に、裸で寒さをしのぐために、お互いに体を寄せ合って寒さをしのいだ時に感じた、あの温かさにも通じていた。

おれは、この母から命を受け継いだのだ。この母がいて、今の自分がいるのだ。今こうして再会し、親であり、子であることを確認し合っている今の自分を、これからは、常に意識しながら生きていかなければならないのだ。母との十二年間の空白は、決して無駄ではなかったことを、母に、はっきりと伝えておかなければならない。そんな思いが、万次郎の中に、新しい泉でも湧き上がるようにこみ上げてきた。

「只今帰りました。おっ母には、ご機嫌にて、めでたし」

忘れかけていた日本語の中から、今の気持ちを伝えるには、こんなたどたどしい言葉しか浮かばなかったが、母には十分に伝わっていた。

生家に戻ると、兄の時蔵、姉の関、志ん、妹の梅が祝宴の準備をして待っていてくれた。その夜、万次郎の家では夜の明けるまで、万次郎の、様々な異国での体験談が、きりもなく続けられた。

噂を聞きつけた知人たちの訪問は、引きも切らず、万次郎が、家でくつろぐ事が出来たのは、わずかの三日だけだった。その間万次郎は、自分の墓を、母に連れられ、見にも行った。

遭難した日を命日と決めて、母は必死に墓を守ってきたという。

さあこれから母を、心配させた家族の者みんなのために、働いて、楽をさせてやろう、そんな土佐清水での生活を考えていたら、ほどなく、高知の城から再び呼び出しがかかった。

悪い知らせではないので、急ぎ来るようにという連絡だった。

「もう行くのかえ、マン？」

ようやく万次郎の生還を、現実のものとして受け止められるようになった母の志をは、使者の侍を、忌々しそうに見上げながら言った。

「殿さまからの使いじゃ、仕方がないのう。悪い知らせではないっちゅうことじゃから、何も心配せんでよいがじゃ。直ぐに帰ってくるぜよ」

そう言い残して、万次郎は直ぐに高知城下へ入った。家族水入らずの時間は、わずか三日にして終わった。

呼び出したのは、土佐藩主山内容堂で、万次郎は定小者《さだめこもの》と称する最下級の士分に取り立てられたのである。

従って、これまで漂流民として受け取っていた「壱人扶持」は取りやめ、新しく武士としての禄を賜ることになり、刀も賜ることになった。

悪い知らせではないということは、このことだったのかと合点のいった万次郎は、早速そのことを母に知らせ、ホイットフィールド船長にも手紙を書いた。まだ苗字はなかったが、刀はどう扱っていいか分からず、城から下がるときには、手拭でくくり、手にぶらぶら提げて歩いていた。通行人にとっては異様な光景であった。

城下にある教授館に出仕を命じられた万次郎は一躍名士となり、海外の情報に関心のある者が、次から次へと万次郎の教授館を訪れるようになった。教授館では、異国での体験談だけではなく、英語を教え、新しい世界情勢などについて講話をするようになっていた。

藩主の山内容堂（豊信）はこの時二十五歳で、薩摩の島津斉彬同様、広く世界の情勢に目を向け、吉田東洋を登用し、藩政の改革を目指していた。山内容堂は長崎奉行所から確認の連絡があった時から、密かに万次郎の帰国を心待ちにしていたのだった。万次郎の持っている海外情報は、きっとこれからの藩に、新しい刺激を与えるに違いないと、万次郎を武士として登用し、藩の新しい改革に乗り出したのだった。

夢を持ち、決して諦めない精神を、両親から受け継ぎ、我慢することの大切さを、伝蔵から学び、人間としての生き方をホイットフィールド船長から学んできたことが、ここでようやく報われたのであった。教授館で毎日を過ごす新しい日常に、新しい手ごたえを感じ始めていた万次郎は、長年思い続けていた母への思いを実現しようと、土佐清水の母を高知城下へ呼び寄せようとしたが、母は、長年住み慣れたところを離れたくないというので、万次郎の描いていた夢は実現しなかった。

これまでと全く違った、新しい日常生活を迎えるようになった万次郎は忙しかった。これからは、自分を生かした生活ができると思っていたが、新しい日常は、全く変わった形で万次郎を迎えるようになった。

明治維新という、日本の大変革をなした、あらゆる人たちと、あらゆるところで、これから、万次郎は接触していくことになる。その手始めが、直ぐ間近に居た後藤象二郎である。

万次郎は、後藤象二郎の義兄である吉田東洋に城に呼ばれた。外国事情を語っている万次郎の話を、まだその時、十四歳だった象二郎も、そばで熱心に聞いていた。

万次郎は、そこにいた少年の、殊勝な心掛けに思わず心を打たれ、たった一枚しか手元に残っていなかった世界地図を、その少年に与えた。喜んだ少年は、部屋に帰ると、数日間部屋に閉じこもり、机の上にそれを広げ、飽きることなく眺めていた。その少年が、後年、万次郎と共に活躍する、後藤象二郎だったのである。

万次郎から直接話を聞きに来た人の中には、岩崎弥太郎もいる。坂本龍馬が直接万次郎を訪れたという記録は残っていないが、その後、万次郎が親しくなった河田小龍と、親しい間柄だった坂本龍馬が、万次郎を知らなかったはずはない。

絵師河田小龍との出会い

万次郎はこの時まで、まだ日本語があいまいであった。英語交じりの日本語で、なかなか聴き取りが進まないので、困り果てた役人が、吉田東洋に相談したところ、東洋は、長崎で蘭学を学んだ、絵師の河田小龍を、万次郎に紹介した。この絵師を、東洋は、役人の取り調べの尋問に立ち会わせることにした。しかし、オランダ語のできる小龍の立会いの下でも、万次郎の説明はなかなか役人には伝わらなかった。

困り果てた小龍は、東洋を訪ね、万次郎を自分の家に引き取らせてくれないかと申し出た。その申し出が許されて、小龍と万次郎は起居を共にすることになった。

小龍は、万次郎から英語を学び、万次郎は、小龍から日本語を教えてもらうという生活がしばらく続いた。覚えの早い万次郎は、みるみる日本語に目覚め、日本の文字も書けるようになってきた。そんな中で絵師である小龍は、万次郎から聞いたことを、絵入りの言葉に纏め「漂巽紀畧」としてまとめた。今日残されている資料として、万次郎の漂流からアメリカの捕鯨船に助けられ、アメリカで生活した十年間の記録を、小龍は絵入りの冊子にまとめ、藩主山内豊信公に献上している。それが資料として今日まで残っている。

万次郎は、武士として登用されることにより、これまで接したことのない、明治維新前後の多くの人々と接触し、激動の江戸で、武士として生き、維新後も明治新政府の中心に生活の拠点を見出すことになる。

第五章　武士となった万次郎　――土佐から幕末の江戸へ

万次郎と小龍の友情

土佐で河田小龍と出会ったことは、万次郎が日本で生きていく上で大きな支えになり、さらに大きく飛躍する糸口となるきっかけを作った。生活を共にすることで、小龍は万次郎に日本語を教え、万次郎は小龍に英語を教えた。才知溢れる二人の英語力・日本語力は、短期間に著しく深まり、お互いの意思も通じ合うようになっていった。

万次郎が夜ごと語る異国での体験談は小龍の心を捉え、実話であるだけに、自分一人だけに収めておく内容ではないとの判断から、少しずつ書き留めるようになり、絵師でもある小龍は、理解しやすいように、やがて、彩色を施した地図や挿絵を加えたり、理解しやすい小冊子にまとめ「漂巽紀畧」(四巻）として、藩主山内豊信公に献上した。この手稿本は大変珍重され、大評判をとり、江戸表でも、諸大名が競って、この稿本の借り出しを申し入れ、祐筆に命じて、写本を作らせるようになった。

万次郎と小龍は、起居を共にするようになり、親しみも増すようになるが、その友情も、薩摩の反射炉および大砲鋳造法を視察するため、小龍ら三名が鹿児島へ派遣されることになり中座してしまう。

三人は鹿児島に三か月滞在したが、帰路、小龍は単身長崎へ寄り、高知へ帰ったのは十一月四日になっていた。ところが、翌日の十一月五日に高知一円を襲う大地震があり、小龍の住居も被害に遭い、彼は知人を頼って、当分知人宅を仮住まいとしたため、万次郎と会うこともなかった。地震騒ぎの中、弟子たちが持ち出した書類の中に「漂巽紀畧」の草稿がなかったので、門人にその所在を問うと、万次郎が草稿を持ち出したと聞き、以後暫く、小龍と万次郎は絶交状態になったという。というのは、小龍が知らないうちに「漂洋瑣談」という万次郎の異国物語が城下で評判になっていることを知り、その本を見ると、「漂巽紀畧」の草稿を、早崎益寿なる者が手に入れ、これを模写したと書いてあるのを見て、万次郎が小龍の下へ帰らず、早崎の家に入り込んでいる事実を知り、小龍は万次郎に絶交を宣言し、以後再び小龍は「漂巽紀畧」には触れず、他からの依頼にも一切応じなかった。これより、「漂巽紀畧」は初稿の献上本だけに止まり、以来世に出ることもなく埋もれてしまった。（宇高随生「万次郎帰国と『漂巽紀畧』の成立」より）

後々、二人の友情は回復したらしいが、何故万次郎が小龍の承認を得ずに、「漂巽紀畧」の草稿を早崎益寿なる者に渡したのかその真意は未だに明かされていない。

「漂巽紀畧」の成立に関して宇高随生氏は終わりに次のようなコメントを残している。

『漂民万次郎に読み書きを教え、日本人としての教養を与えて、社会に送り出したのは、河田小龍であり、また「漂巽紀畧」によって大槻磐渓が、万次郎を見出し、激動期の日本に、時の人として送り出したのが、この「漂巽紀畧」であって、これは単なる漂流譚ではなく、坂本龍馬をも世に送り出したのも、「漂巽紀畧」であった。この著作者河田小龍は、万次郎、龍馬の産みの親といっても異論のないところであろう』と。

ペリー来航・万次郎江戸へ

万次郎が土佐藩に士分として取り立てられ、城下の教授館に出仕し、英語を教え、新しい世界情勢などについて講義するようになった頃の日本近海は、漂流民を送り届けるなどの名目で、通商を求めに来日する諸外国（英米仏露）の船が増えていた。そのほとんどは、鎖国を理由に追い返されていた。

折しも、ロシアのプチャーチンも、長崎に入港、日本国もいよいよ、海外との交流を考えなければならない時期に到来していることを、幕府の中枢に居る者は、必然的に考えるようになっていた。

嘉永六年六月三日（一八五三年七月八日）の早朝、浦賀水道に現れた、四隻の黒船を見た者は、ただ肝を潰し、右往左往するばかりだった。

当時、伊豆沖で漁をしていた漁師らによって目撃され、下田、浦賀の両奉行所へ報告されたのが始まりで、騒ぎは大きくなるばかりだった。

これが、ペリー提督率いる、蒸気軍艦サスケハナ（二四五〇トン）、同ミシシッピー（一六九二トン）、帆走艦プリマス（九八九トン）、同サラトガ（八八二トン）の四艦隊であった。

幕府は、オランダ政府からの報告（風説書）によって、早晩、アメリカ艦隊が通商を求めに来ることは予想していたが、予想をはるかに超える艦隊の偉容を見て、これまでのように、追い返すことはできないと察知し、いよいよ慌てだした。

これにいち早く対応したのが大槻磐渓だった。磐渓は、蘭学者大槻玄沢の第二子で、開国論者として知られていた。

彼は、島津斉彬、長崎奉行牧志摩守を通して、漂流民万次郎のことは把握していた。開国論者の磐渓は、時機到来とみて、将軍へ直訴してでも、琉球あたりに、アメリカの捕鯨船が、停泊出来る港を開きたい旨を、林大学頭を通して、時の老中阿部正弘に進言した。

老中阿部正弘は、鎖国を守るべきとの考えで、ペリーの日本国皇帝への国書を、長崎以外では受け取らないと、当初は突っ撥ねていた。

しかしペリーの強硬な姿勢に、危機を感じた阿部は、外交顧問格の徳川斉昭に意見を求めた。ところが、これまた強硬な攘夷論者だった斉昭の返事は、よく相談して決めよという、当たり障りのない返事だった。斉昭も、阿部正弘同様に、妙案を持っていたわけではなかったので、老中に任せるということしか言えなかった。

窮した阿部正弘は、衆議を重ねた結果、ペリーの強硬な姿勢に屈し、久里浜に接待所を設け、一応国書を受け取り、ひとまずペリーを本国へ帰すところまでは漕ぎつけた。

帰国に際し、ペリーは通訳ボートマンを介して、国書を手渡した。

「来春四、五月ごろ再び全艦を率いて来日します。今回は、艦隊の一部にすぎません。その折に回答を承ります」

半ば脅しとも受け取れる言葉は、時の幕府を震撼させた。

いよいよ具体的な対策を迫られた老中阿部正弘は、大槻磐渓の申し入れを入れて、急きょ土佐藩士となった万次郎を、江戸へ呼び寄せることにしたのである。

江戸在勤の土佐藩留守居役、広瀬源之進が、老中阿部正弘に呼び出され、万次郎を江戸に呼び寄せるように命じられたのは、ペリー艦隊が久里浜を去ってから、八日目のことだった。それほどに幕府は切羽詰まっていた。

知らせを受けた万次郎が、高知城下を発ったのは、嘉永六年の八月一日のことだった。

下層とは言っても、十分として、ようやく今の生活に馴染んできたばかりの時だった。さすがの万次郎も、こんなに早く、江戸へ呼び出される日が来ようとは、予想さえできなかった。このように、目まぐるしく変容していく、自身の置かれている立場を、よく理解できないままに、慌てて旅立つこととなったのである。

高知城下を離れる時には、いささかのためらいがあった。土佐に居れば、会いたくなったら、いつでも母に会うことはできる距離だった。でも、江戸となると、土佐清水まで行くことはなかなか容易なことではない。それを思うと、喜び勇んでいくことはできなかった。

今度は、幕府からの要請なので、断ることも出来ない。

戸惑いと不安が募る半面、万次郎の中には、いよいよ自分が思っていたような日本の開国へ向かって、自分の思いを伝える機会がやって来るかも知れないという期待感も膨らんできた。自分の伝える言葉によっては、新しい日本が動き出すかもしれないのだ。そのための力になるのであれば、これは喜ぶべきことなのかもしれない。そんな先々への期待を抱きながらの旅立ちだった。

薩摩藩主の島津斉彬公にしても、土佐藩主の山内豊信公にしても、自分の言葉を真剣に聴いてくれた。江戸へ行けば、このような人たちが大勢居るに違いない。日本の方向を決める人たちに、自分の思いを伝えられれば、命を賭して帰国した意味があったというものだ。自分のこれまでの歩みは、けっして間違ってはいなかったのだ。

思いを切り替え、江戸へ向かう万次郎の足取りは軽かった。

九月上旬、江戸到着の報告を受けた幕府は、直ちに万次郎を呼び出し、老中阿部正弘の意をうけた面々から早速外国事情の聴取が始まった。幕閣の中で特に熱心だったのは、林大学頭、松岡河内守、勘定奉行川路聖謨《としあきら》、伊豆韮山の代官勘定奉行役格の江川英龍（太郎左衛門）らである。彼等は万次郎をかわるがわる呼び出し外国事情について尋ねた。

アメリカの事情を聴きたい蘭学者や志ある者は多かったが、身柄を預かる土佐藩留守居役の広瀬源之進は、幕命を厳重に守って、むやみやたらと面会を許さなかった。

万次郎は阿部正弘、林大学頭、川路聖謨、江川坦庵らの幕閣の前で、臆することもなく、この機を逃すまいと堂々と語った。

特に力を入れたのはアメリカが、いかに開かれた国であるかということだった。一番の権力を持っている人は大統領と言い、その人を選ぶのは一般の人々であり、日本でいう「入れ札」のようなもので、人民の入れ札によって、大統領は選ばれているということを、まず、滔滔と述べた。

次に、アメリカが日本と国交を結びたいのは、アメリカの捕鯨船が、日本近海で操業することが多く、漂没することも度々で、命からがらに、松前などに上陸しようとすると、いきなり発砲され、追い返されることがあった。それだけではなく、捕らえられ、禽獣同様に取り扱われることもあった。日本の、捕鯨船に対する対処の仕方は、残忍で、乱暴で、諸外国からの評判はすこぶる悪かった。自分は捕鯨船に乗っていて、日本近海に来ると、そんな悪い噂ばかりで、肩身の狭い思いをした。と、言いにくいことも、こんな機会は、そう度々はないだろうと、肝を据えて万次郎は語った。

今回一緒に帰国できた二名の仲間も、アメリカの捕鯨船に助けられ、そのアメリカで生活しながら帰国することが出来たわけで、アメリカという国では、働きさえすれば、生きてはいけるし、色んな人種が一緒になって生活している活気のある国である。

自分が住んでいたニューベッドフォードという所には、たくさんの捕鯨船がいて、非常に活気があった。

そんなアメリカの船も、座礁することもあり、日本近海で故障したり、燃料や食糧の補給をするために、憩うことが出来る場所を欲しがっている。そんな場所が確保できれば、どんなにか喜ばれることか。

それが、日本の琉球か松前あたりにできれば、大いに助かると思っている。

アメリカには、領土的野心は全くなく、ただ石炭や食糧を補給する場所が欲しいだけである。

と、そんなことを一気に語り始めた。

あまりにアメリカのいいことばかりを言い過ぎるのは、逆に警戒されるかもしれないとは思いながらも、この機を逃すと、こんな機会は再びあるかどうかも分からないと思う気持ちの方が勝って、この時の万次郎の口は一気に解き放たれたのだった。

忘れかけていた日本語が、思いのほかすらすらと出てくるのにも万次郎自身驚いていた。これは河田小龍からみっちり日本語を学んだからに違いないと、小龍と絶交したままであることをちらと頭の片隅に思い浮かべながら語り続けた。

万次郎の応答が、明確で要を得ていたので、わざわざ土佐から呼び出したのは間違いではなかったと、彼の話を聞いた者は一様にそう思うようになった。

中でも特に熱心なのは、阿部伊勢守（正弘）や川路左衛門尉や江川太郎左衛門らであった。

江川太郎左衛門は砲術家として知られ、外交に詳しく、伊豆韮山に反射炉を建設するなど、当時としては、有数の進歩的思想家でもあった。

彼は幕府の許可を得て、万次郎を本所の屋敷に招き、蘭学や算術に詳しい家来を同席させ、万次郎の話を積極的に聞かせた。

このころ、江川英龍は幕府より、蒸気船の建造を命じられており、他の誰よりも熱心であった。彼は、かねてより造船方法などを研究していたが、なかなか思うようにいかないことが多かった。そこで、万次郎に造船術があり、蒸気船にも詳しいことを知り、万次郎に手伝わせてはどうかと幕府に願い出た。その許可は直ぐに下りたが、作業を円滑にするために、万次郎を自宅に引き取りたいと幕府に申し入れた。

それほどに江川英龍は、万次郎を高く評価していたのだった。しかしその申し入れは、土佐藩より拒否された。それほどの者を、藩より引き抜かれては、藩の損失とばかりに、幕府と藩の間でお互いの駆け引きが始まったのだった。

そこで老中阿部正弘は考えた。

一八五三年十一月五日、土佐藩留守居役原半左衛門を役宅に呼び出して、万次郎を幕府の臣下とするという辞令を渡した。

松平伊勢守家来　中浜万次郎

右御普請《ごふしん》役格ニ被召抱《めしかかえられ》、御切米二拾俵被下《くだされ》候間其段可申渡《もうしわたすべく》候。尤《もっとも》御勘定奉行承合候様可仕《つかまつりべく》候。

十一月五日

幕府直参となり、中浜万次郎となる

万次郎の住所を土佐藩邸から移すことは、この時、留守居役を務めていた原半左衛門にとっては、土佐藩の承諾なしではできないことだったので、「何分不調法者之儀、取り締まり上困難の点があるので、引き渡すことはできない」と、老中阿部伊勢守に対してかなり強硬に拒んだので、阿部伊勢守は、原半左衛門を役宅に呼び寄せ、万次郎を幕府直属の、御普請役に抜擢することを言い渡したのである。

御普請役とは勘定奉行に属し、もともとは幕府領の河川の灌漑や、用水、道、橋など主に土木工事をつかさどる役職のことである。

ここで万次郎は、中浜という姓を賜り、土佐藩から離れ、幕臣として「御代官江川太郎左衛門手付」として、江川英龍に引き渡されることになった。

このとき、幕府に没収されていた、アメリカから持ち帰った本類や、拳銃三挺、八分儀なども、江川英龍の働きにより返却された。

思っていたことが思っていた以上に速いスピードで実現していく現実に戸惑いながらも、万次郎は決して有頂天にならずに、現実を冷静に受け止めようとしていた。これだけ自分が必要とされているのは何なのか、その原点を辿ることを忘れないように、自分自身に言い含めていた。

これまでは、自分を傍から見ていて、助言をしてくれる人がいた。つい最近までは、筆之丞（伝蔵）がいた。自分を助けてくれたホイットフィールド船長がいた。それにデーモン牧師も助けてくれた。

かれらの助言を聞きながら、経験したことのないすさまじい世界を、何とか凌いできた。常に、自分のいのちを見つめながら、命とは何だろうと、これまで考えることもなかったことを、正面から見捉えながら、ここまで辿り着いたように感じていた。

今また、新しい環境の中で、生きていくことを考えなければならなくなった。

身の回りに自分を助けてくれる人はまだいない。欲しいと思って、ボートに積み込んできた大切な物が、長い年月を経て、ようやく自分の手元に戻ってきた。その力になってくれたのは、江川英龍である。

新しく自分の力になってくれそうな人を、この江戸で見出した喜びが、苦労して持ち帰った英語の辞書や、八分儀を見据えていると、新たな出発という気分が湧き上がってくるのを覚えた。

きっと、自分はこの江戸という所で、新しい自分を意識しながら、生きていけるかもしれない。目まぐるしい時代の変遷を見つめながら、中浜万次郎は、新しくつけられた、中浜という姓の重みを、ずっしりと感じながら。これから自分の身に起こるであろう、将来について、漠然と考えるようになっていた。

ペリー来航により、色めき立つ幕末の江戸に上り、漁師だった万次郎が、中浜という姓までも賜り、異例の抜擢で幕臣として、本所の江川邸で過ごすことになったのである。

この時万次郎は二十七歳になっていた。

江戸へ呼ばれてからの万次郎は日々多忙であった。毎日毎日呼び出されるか、誰かが訪れる日が多くて、その対応に追われて自分の時間というものはなかった。

ペリーが再来航するまでに何とかペリーが納得するような結論を導き出さなければならない幕府の中枢は、何度も万次郎を呼んで、意見を聞いたのであった。

万次郎のアメリカ情報・糾問書《きゅうもんしょ》

幕閣の中で特に万次郎に関心を持ったのが、勘定奉行川路聖謨《としあきら》左衛門尉《じょう》であった。

彼は何度も万次郎に会って、アメリカの様子や、見聞したことをまとめて「糾問書《きゅうもんしょ》」としてまとめた。

この「糾問書」によって、幕臣たちは、アメリカの様子をかなり把握出来るようになった。万次郎は聞かれたことに答えるだけだったが、幕府が知りたがっていることが、どういうことか、聞かれているうちに、幕府がどんなことを知りたがっているのか理解できるようなり、万次郎は、遠慮することなく、雄弁に、ある時は誇張し、ある時は自分を売り込むことも忘れずに、したたかに語ったのであった。

川路聖謨はアメリカのどんなことでも知りたがった。質問は多岐にわたっていた。アメリカという国について、広さや、人種、人柄、考え方、どんな仕組みになっているか等々。

さらにはペリーという人物についても知りたがっていた。どんな人物が、どんな形で国を支配しているのか。日本にやってきた本当の理由は何なのか。日本という国が、アメリカではどう映っているのか。燃料は何を使っているのか。何故長崎に行かないで、浦和にやってきたのか。もし日本と争うようなことになったら、勝ち目はあるか。船はどのくらい持っているのか、その規模はどうか。万次郎が日本国のために尽くすことが出来ることがあれば、どんなことをしてみたいかなど、あらゆることを聞きたがった。

万次郎が答えた糾問書の内容を要約すると次のようなものであった。

『○　アメリカは七、八十年前はイギリス領であったが、独立国となり、十三州の共和国となり、次第に大きくなり、現在は三十四州ある。アメリカ人は背が高く、知恵もあり、力も強いが、それほど敏捷性はなく、自分は相撲をとったことがあるが二～三人ずつ投げ飛ばしたことがある。
○　この国には国王はいない。大政を司るのは大統領という人で、この人は国民の投票で選ばれ、在職期間は四年で、四年ごとに投票で決める。
○　大統領の都府はワシントンという所で、大阪程の広さで大変繁盛している。西のカリフォルニアは日本に対している。そのワシントンからカリフォルニアへ行くには陸路で四か月ほど、船で行けば七、八カ月はかかる。（カリフォルニアから日本まで二千三百里だから、首都ワシントンより近いことをほのめかしてアメリカの大きさを伝えている。後日、実際に咸臨丸が浦和からサンフランシスコまで三十八日で着いている）

○ペルリという人の名はアメリカで聞いたことがある。そのペルリが持ってきたミルラルドヒルモオレという大統領の書簡があるそうだが、ペルレとかミルラルドヒルモオレという言い方はアメリカではしない。おそらくその言い方はオランダ語で、英語ではペリー、フィルモアといい、十三代大統領フィルモアのことではないか。（自分は英語ができるので、ペリーの通訳が出来ることを暗にほのめかしている）

○日本と親睦を結びたいという趣旨ではないかと思われる。アメリカの船が漂流した時、日本国の対応が過酷で野蛮だったので、アメリカの人たちには、あまり日本の評判はよくない。たとえ国交はなくても、人は皆同じで、助け合うのが道理と考えており、捕鯨船が遭難したとき、乗組員の救済と処遇を何とかして欲しいと思っている。アメリカは和親を望んでいて、通商ということはあまり考えていないようだ。ペリーの真意はそんなところだと思う。（万次郎はここが勝負どころだとして、かなり力説している）

○異国の船が海岸へ近づけば、発砲されると、どの国からも、日本は恐れられている。江戸、北京、ロンドンは、世界で一番繁盛している国として他国は見ている。それは、万事自国で、すべて賄える自給自足が出来る国らしく、豊かな国として他国は見ているようだ。

○　アメリカにもたくさん石炭はとれるが、蒸気船はたくさん石炭を使い、中国への往来は盛んで、途中で補給しなくてはならない。自分がアメリカにいる時に聞いたこともあるが、日本近海で石炭置き場があると便利なので、今回のペリーの来航は、その補給地として、適当な場所を望んでの来航に違いない。

○　長崎が外国船を受け入れる奉行所のある処だと承知しているが、江戸と長崎では遠いので、江戸に近い浦賀に来たのだろう。アメリカ人は面倒くさいことは好まないので、再び来訪するときも、おそらく長崎には来ないだろう。浦賀に来て、直接江戸と交渉することを願うに違いない。

（万次郎の予想通りにそうなった）

○　鉄砲は大小共にアメリカ人は使いこなしている。だから、もし戦となれば、砲撃戦ではアメリカには勝てないだろう。ただ刀槍の訓練はしていないので、白兵戦になれば一人で三人くらいは対応できると思う。

○　軍船と漁船にそれほどの違いはなく、堅牢にできている。大砲でもそう簡単に打ち砕かれることはないだろう。自分は造船の仕方を習っているので、船を造れるわけではないが、造船を見たことはあるので、オランダの絵図を見て、船大工に指図して作れば、容易に造ることはできるだろう。大きな船があれば、何処の国へも行くことが出来る。（測量術、航海術を会得している自分を売り込んでいる）

○　外国船は大洋は恐れないが、浅瀬や暗礁には大変気を遣う。そのため、初めての海洋の場合、測量してから船を進めるのが常識となっている。（ペリーが最初に来航した時、江戸湾を時間をかけて測量していたので、万次郎の説明に納得している）

○アメリカにいる間に、学校に通い、アメリカの言語、文字、一通り理解している。本も読めるし、通訳も出来る。（万次郎はペリーとの交渉に自分を使ってもらうことにかなり意欲的だったことが窺える）』

万次郎の話を聞いた聖謨は、万次郎のこれまでの歩みに、いたく感動し、この内容は全ての人に知ってもらおうと、「糾問書」としてまとめたのだった。

日本語も堪能になった万次郎の言葉は、長崎での牧志摩守の取り調べよりも、さらに一段と踏み込んだ内容になっていた。

河田小龍の「漂巽紀畧」によっても、かなり情報を得ていた幕閣の面々には、中浜万次郎の言うことは、一々がもっともで、衝撃的な内容ばかりだった。

江川邸で暮らすようになった万次郎の下へ行くのは、幕命により禁じられてはいたが、実際はそれほど厳しくもなかった。

万次郎は外出することも出来、特別に何の拘束もなかった。

厳しくはなかったが、万次郎自身はあちこちから引っ張りだこで、英語や航海術を学びたい者が跡を絶たないので、万次郎を預かって蒸気船の建造に本腰を入れようとしていた江川英龍は、このように万次郎を度々招かれるようであれば、任せられている蒸気船建造の御用にも、差し障りが生じますので、このことをお含みおきくださいと、幕府当局に注意を与えている。

万次郎に英語を習いに来る者が多くいたが、その中でもオランダ通詞、名村元度《もとのり》は、アメリカ人のラナルド・マクドナルドから英語を学び、すでに英語の素養はあったが、江川邸に時々稽古に出向き、一八六〇年には、通弁方として遣米使節団の一員になっている。万次郎は相手を選ばず、熱心に英語を教えた。そうすることが、自分の務めだと思うようになっていた。

ペリー再来航前後

嘉永七年正月十六日（一八五四年二月十三日）の午後三時ころ、黒船艦隊が、今度は軍艦七隻を率いて、浦賀の沖合を通り、小柴沖の「アメリカ停泊地」に錨を下ろした。

幕府はとうとうやってきたかと、再びその対応に色めき立った。

老中阿部正弘は、まず儒学者林𪈐《あきら》を応接掛首席に任命し、続いて大目付の井戸弘道、町奉行井戸覚弘《さとひろ》、目付鵜飼長鋭、儒者松崎純倹の五人を応接掛に任命し、浦賀でペリーと会見させることにした。

当初、幕府はペリーとの交渉を、外交手腕の高い、海防掛の江川太郎左衛門（坦庵）に当たらせていた。もし万一、ペリー艦隊が江戸湾深くに入ってくるようなことがあったら、直ちに退去させるようにということまで命じられていた。その際あくまでも説諭によって、相手に納得してもらうようにという、重要な役割を任せられていた。

江川は密かに、ペリーとの交渉に万次郎をと考えていたので、ペリーと言えども恐るるにはたりぬ、万次郎に通訳を頼めば、対等に話し合うことが出来る。そう信じ切っていた江川は、幕府に自信のほどをほのめかせていた。

私邸に引き取り、広大な敷地に住まわせるほどに万次郎を信じ切っていた江川には、万次郎の存在そのものが頼もしかった。

そこで江川は、万次郎をペリーの通訳として、米艦に連れて行きたい旨を、幕議に諮った。万次郎が造船技術に秀でているだけでなく、英語が堪能であることは何よりも江川には頼りになった。が、保守的な幕閣は、江川の提案には難色を示し、江川の要求は認められなかった。

幕府の中枢に居る人たちは、万次郎に懐疑的だった。

納得できない江川は、重ねて阿部正弘に働きかけた。そんな熱心な江川の要請を無視も出来ず、阿部は江川に手紙を送り了解を求めた。

阿部だけではなく、江川のことを聞いた徳川斉昭も、江川に手紙を送った。斉昭は一白だけでは不安だったらしく、三白まで書いている。その手紙の内容を現代の言葉で紹介する。

阿部伊勢守の手紙

江川太郎左衛門へ　　　（阿部）伊勢守

先ほどお出で下さった時、万次郎についてのお話がありました。外国船を退去させるよう折衝しに行く時には通訳が必要です。万次郎に通訳させても、万次郎のことはよく分かっているので心配なく、そなたが責任をもって不利なことはしないというお話でした。責任を持って下さる事に少しも疑いはありませんし、万次郎も謀反など考えていないのは良く分かっています。けれども、外国の船へ乗り込んでからどんなことが起こるか分かりません。異人が万次郎を連れて行くようなことがあったとしたら、どうにも仕様がありません。その上、このことについては、水戸老公方の中にも深く心配している人たちがおります。そのようなことで、もし、今晩中に折衝しに行くような時は、万次郎を連れて行くのを見合わせたらどうでしょうか。

明日登城の時にお話しいたします。すべて日本のためなので、どうかご勘弁ください。なお、差し支えのことがありましたら明朝うかがいましょう。

（安政元年）正月二十三日

水戸烈公の手紙

江川太郎左衛門へ

寒さに向かいお差し障りもなくお喜び申し上げます。（中略）中万（万次郎）のことですが、決して疑いない者と見抜かれておられるようですが、本国を慕い帰ってきたほどの者で感心ではありますが、元来、アメリカは万次郎の若いのを見込んで、一人だけ別に恩を着せ、筆算を学ばせたところなどは策略がないとは言い難く、万次郎も一命を救われた上、幼少から二十歳までの恩義があるので、アメリカの不利になることは決して好まないでしょう。ですから、たとえ疑いないと見抜かれても、あちらの船へ行かせることはもちろん、上陸の時も会わせることは決してしないよう。こちらの秘密の会議などはいっさい知らせない方がよい。もっとも江川の用いようによっては、アメリカの方の事情がよく分かり、かえって、防御に利用するのは江川の腹次第なので、間違いないとは思うけれども、心配のあまり手紙を書きました。

二月初めに　登城出仕にさしかかり、急ぎ乱筆しましたが、よろしくご判読下さい。

水隠士

江川どの

二白《にはく》

実はこのような時節柄、彼を放し飼いにしておくのは不用心ではあるけれど、窮屈にしておいては当人の気を損ねて役に立たないので給与は十分に与えて、江川腹心の者へ内密に申し付け、放し飼いを監視させるのがよいでしょう。竜の子を手なずけて飼っていたら嵐の時、風雲に乗って逃げ去ったという昔話のように、万一、変心して、アメリカ船へ連れていかれた時はホゾをかんでも間に合わず、くれぐれも念には念を入れたがよい。

三白

アメリカと折衝するときには、日本に軍備がないので残念ではあるが、穏便に帰した方がよいのは同意であるが、ただ穏やかにばかりしていて彼に乗じられたら際限がない。彼はカッパと雷獣のようなもので、水上と火器をたのみに、あのように、横行しているが、原野に転げまわるような時には、カッパも雷獣も格別のことはなく、艦隊の軍備が出来るまでは、神速接戦の気を持って接したい。江川の勇気必ずや異人どもの肝にひびくであろう。思うよう言えないが、ついでながら、いつもの剛情を申し述べました。

（中浜博著「中浜万次郎——アメリカを伝えた日本人」—富山房より引用）

万次郎には、ペリーの再来航により、幕府の様子が一変したことは直ぐに感じられた。土佐藩邸から江川太郎左衛門預かりとなった万次郎は、さらに忙しくはなったが、彼自身、特に忙しくなったという思いはなかった。自分が必要とされていることが分かって、むしろ毎日が充実しているようにさえ思えるのだった。

アメリカで積み重ねてきた十年間の経験が、こんな形で生きてこようとは、まったく想像していなかっただけに、毎日毎日の生活が、瑞々しい、新しい体験として感じることが出来たからでもあった。

これまでは、何事も学ぶことばかりだった。学ぶことは知ることであり、知ることがいかに大切で、喜びになるかを、学びながら感じていた。自分が日本へ受け入れられた時から、万次郎は学んだことを、伝える側へと、立場が変わってきていることも感じていた。

学ぶことも喜びであったが、伝えることもまた喜びになるということを、少しずつ少しずつ意識するようになってきた。自分で学んだこと、摑み取ったことを、人へ伝えることもまた喜びになるという発見をしていた。

求められているものが大きければ大きいほど、求める人が多ければ多いほど、伝える喜びもまた大きかった。

不思議だった。自分はもしかしたら、こんな生活がしたかったのではないかとさえ思うようになっていた。漁師として生きることが、ついこの前までの望みだったはずなのに、全く予期しない展開になっているのに、何のためらいもないという自分自身にさえ驚いていた。


自分を見つめる余裕が出てくると、今度はもう少しこうしたいという欲が、ちらと見えてくるようになった万次郎であった。

万次郎は、ペリーに会ったことはなかった。でも、ペリーのことは、日本人よりは詳しく知っていると自負していた。噂で聞いたこともあり、ペリーが日本へ行く理由も分かっていた。そんなペリーに会ってみたいという感情が、この時は芽生えていた。

『今の自分は、ただ言われたことを、言われた通りにしていた方が、いいのだろうか？　それとも、自分の思いを伝えた方がいいのだろうか？　自分を交渉の場に立たせてはくれないだろうか？』

万次郎のそんな淡い思いが、徳川斉昭や江川正弘には、それとなく不信感を抱かせ、万次郎を表舞台に出させないように、江川英龍に待ったの手紙を出した。手紙を受け取る前に、江川太郎左衛門は、それとなく万次郎に尋ねたことがあった。

「中浜、そなたペリーを存じておるか？」

「はい、会ったことはありませんが、アメリカでの噂は聞いたことがあります」

「ペリーなる者が、浦賀沖に来ていることも存じておるな」

「はい、船大工の人たちが噂しておりましたので、大体存じております」

「もしもの話だが、通弁してもいいという気持ちは、そなたにあるか？」

「ああ、はい、それはあります。英語には自信がありますから」

「そうか。いや、そうなるかならぬか、私はそうしたいのだが、お偉方はどう判断するか、一応お伺いを立ててみようと思うのだが、それでよろしいか？」

「それはもう、願ってもないことです」

「うむ、気持ちだけを尋ねてみたかった。あまり期待しないでおれよ」

「わかっております」

太郎左衛門がペリーに関して尋ねたのはその一度きりだった。万次郎は太郎左衛門の顔を見るたびに彼の表情を読む楽しみが増えた。彼の感情は手に取るように分かったからだ。機嫌のいい時と悪い時の表情がはっきりと顔に出るのである。万次郎にペリーの話をしてからの太郎左衛門の表情が明るくなることはなかった。面白くないことが続いていたのだろう。

万次郎は江川英龍の屋敷に住むようになってから、江川という人がどんな人物か直接知ることが出来るようになった。

彼は伊豆韮山の代官で、村人からは坦庵と呼ばれ親しまれていることも知った。彼は武芸にも秀で、代官地の領内を、行商人の姿で隠密に歩き回り、村人の実情を把握してから行政に携わるなど、民意を大切にしてくれる代官として、村人から「世直し江川大明神」と呼ばれ、敬愛されているということを、共に作業をしている職人から聞いた。江川邸に住むようになった時から、江川太郎左衛門の万次郎に対する熱い思いが伝わってきた。

彼は、手掛けている造船に携わっている職人たちを、先ず、万次郎に引き合わせた。江川邸で共に生活をするようになった経緯を、職人たちに詳しく説明し、万次郎はその方面の技術をアメリカで会得してきた者であり、測量術についても、一級の航海士の免状も持っているので、積極的に万次郎の持っている技術を会得せよと、力強く鼓舞した。

さらに、英語も堪能であり、英語を学びたい者は、彼について学ぶのもよかろうと、万次郎を高く評価していることをみんなの前で告げた。

一緒に仕事をする者として、敬う気持ちが、いかに大切であるかを理解している者でなければ言えないようなことを、何の抵抗もなく発する太郎左衛門を、万次郎はホイットフィールド船長と重ねて見ていた。

船長が、初めて教会に連れて行ってくれた時、万次郎の肌の色が違うということだけで、教会から断られたことがあった。船長は、即、腹を立てて、さっさと別のユニテリアン教会へ連れて行ってくれた。あの時の船長と、今の江川英龍とを、重ねて見ていた。

万次郎は、ホイットフィールド船長に感じた温かいものを、ここ日本で、初めて感じたように思ったのだった。

江川太郎左衛門が、立派な人格者であることは、共に仕事をしている職人たちからも感じ取ることが出来た。話の中で、それと感じることも多かった。

彼が国防論者で、基本的には、万次郎が望むような開国主義者ではないことも分かった。だからと言って、彼の生き方を否定する気にはならなかった。あまり開国開国と言わない方がいいのかも知れないと、伝蔵の戒めをふと思うこともあったくらいである。

万次郎は、アメリカにいる時に聞いたことがあった、モリソン号事件のことを、日本側の立場に立って判断すると、また違った観点に至るということも、英龍を見ていると、納得できるような気がしていた。

モリソン号事件とは、一八三七年（天保八年）に起きた事件のことである。

日本人漂流民（音吉ら七人）を乗せたアメリカの商船を、日本側の砲台が、一方的に砲撃した事件のことである。

鎖国政策を執っていた徳川幕府は、日本近海に来た船を上陸させないために、外国船は有無を言わせず、駆逐する方針を採っていた。外国船打払令に従い、戦艦ではない船を、大砲を撃って、追い返すという方針を、そのまま実行した事件である。

その時の船は、日本人の漂流民を助け、わざわざ本国まで連れてきた船だったのである。その漁船を、大砲で追い返したことが、国際的に大きな問題になったことがあった。

商船を軍艦と勘違いをして、薩摩藩と浦賀奉行の太田資統が、命ぜられたままに砲撃したのだが、モリソン号は、日本人の漂流民の送還と通商、布教のために来航していたことが、一年後に分かり、批判が強まった事件である。幕府の異国船打払令に対して、渡辺崋山、高野長英らが、幕府の対外政策を非難したため、逮捕され処罰されるという事件にまで発展したことがあった。（蛮社の獄）

江川組と呼ばれる造船職人たちと、一緒に仕事をしていると、万次郎にも、この国の現在置かれている実情が、自然に伝わってくる。彼らが万次郎から学びたいと思っていること以上に、万次郎もまたこの国の現状を知りたいと思っているので、お互いに相手を思いやる気持ちが自然と育っている。敬い合うという意識が、この江川家での生活にはあり、万次郎には、実に居心地のいい生活環境であった。

こんな生活が日本でできるとは思ってもいなかった。ペリーとの交渉の場に自分が立てるかもしれないと思っただけで、自然と体が引き締まるのを覚えた。

「期待しないで待っておれ」

していた。

太郎左衛門はそう言った。だから、話だけで、現実にはあり得ないこととして、期待しないようにしていた。

最近の太郎左衛門の機嫌が、このところ悪いのは、ひょっとして置かれている立場が悪くなっているのかもしれない。そんな時は、気分を一新しようと、手紙を書くことにした。それぞれ世話になった人、現状を知らせたい人に、万次郎は、気分転換に手紙を書いた。

母と兄に宛てた手紙

一筆啓上仕候。向寒御座候処、母上様初御機嫌克可被御座目出度奉候。随而私儀無相務居候間少も御気遣被成間敷候。当月六日御公儀御呼出し之筈ニ相成、二人扶持二拾俵被下置、小普請格被仰付候へ共、御屋敷御詮議中を以、引籠り居申候。何も気遣之義無御座候。尚、母上様を宜御せわ被成候。追々委敷《くわしき》儀申上候。扨、米少し、金子壱両高智へ相頼指立《さしたてあいたのみ》候間、参着次第御請取被成候ハ、受取書御御越可被下候。江戸ハ彼是あめりか用（風）に相成申候。度々御状被下度候。此節之御見廻申上度如此御座候。尚、期重便候。恐煌謹言。

十一月十三日　萬二郎

母上様

時蔵様

（中浜博著「中濱万次郎」―冨山房より）

江戸で、万次郎が死罪になるのではないかと、母親が心配していると思った万次郎は、心配いらぬと、米と一両のお金を送り、安心させる手紙を書いたのだった。

池道之助にも手紙を書いた

さらに中ノ浜の知人、池道之助宛てにも手紙を書いた。道之助には、幼少期に大変世話になったという意識があり、彼は現在の日本の実情を国許では、一番知りたがっている人だという意識が万次郎にはあった。土佐清水に帰り着いた時、一番最初に出迎えてくれたのが道之助だった。自分が今、どういう立場にあるか、故郷で最も喜びそうな道之助に、江戸の様子を知らせたくて、何度か手紙を書いた。今の境遇を、誰かに誇ってみたい気持ちが抑えられなくて、思いついたのが道之助だった。母や家族は心配するので、客観的に評価してくれそうな、郷土の先輩に手紙を書いたのだった。

「水戸中納言様の所へ三度、御老中の所へ三度、御勘定奉行の所へ四度行った」と、幕府幹部へ呼び出されて、とにかく多忙な毎日であるということを、具体的に告げた。故郷へ帰った時、一番に出迎えてくれたのが道之助だった。そんな故郷の先輩に、今の江戸の実情を知らせれば、きっと喜んでくれるに違いないと思っていた。外部にこんなことを知らせていいかどうかためらいはあったが、アメリカのペリー艦隊が来るというので、幕府は海防のため、急遽品川沖に、台場を三つも作ったとか、自分は何度も幕府の幹部に呼び出されて、アメリカの事情を説明するのに忙しかった、というようなことを手紙に書いた。水戸中納言とは水戸烈公（徳川斉昭）のことで、御老中は阿部正弘のことであり、御勘定奉行は川路聖謨のことである。そして今は江川太郎左衛門の屋敷に住んでいると、自分が幕閣の真っただ中にあり、自分の発する一言一言が、国を動かす重大な発言にもなりかねないということを、誰かに告げたくて、一番無難な人として思い浮かんだのが、幼い頃から可愛がってくれていた池道之助だった。郷里にいる人の中で、正当に自分を評価してくれそうな人は、母よりも、池道之助ではないかと思い、手紙を書いたのだった。

阿部正弘・川路聖謨・江川太郎左衛門らに支えられた万次郎

住居を提供してくれた江川太郎左衛門は、当初、ペリーとの交渉を任せられていた。

一方、川路聖謨《としあきら》は、ペリーと同時期に、ロシアから開国を迫ってきた、プチャーチンとの日露交渉を、全権任せられていた。

ペリーとの交渉にてこずっていた老中阿部正弘は、万次郎を幕府直参に取り立てた。

当時の日本を動かしていたこの三人から、万次郎は特に注目され、大切に扱われていたのである。

プチャーチンとの交渉を任せられていた聖謨は、唯一、外国との交易が許されていた長崎へ行くことを説いた。ロシアは、聖謨に従い、長崎へ行った。

一方、ペリーと交渉していた阿部も、長崎へ行くことを薦めたが、ペリーは浦賀を離れず、という圧力に屈して、日米和親条約を結ぶことになった。

聖謨もロシアとの条約を結んだが、聖謨の話術はしたたかなものだった。その聖謨からも、万次郎は信頼されてをり、彼の糾問書は、万次郎との間に交わされた言葉によって、生み出されたものであった。

そのプチャーチンのロシア艦隊が、大風で大破した時、聖謨はその艦隊の修理に、実に温かい誠意を示した。その聖謨の行為に感動したプチャーチンは、エトロフ島の日本帰属を認め、カラフトには国境を設けず、これまで通り、日露共有とするという大きな譲歩を示したほどだった。

そんな、国の大事と取り組んでいる人たちに囲まれて、万次郎は、自分の置かれている立場に、いささかためらうこともあった。誰を、どの程度信じていいものか、あるいは信じてはならないのか、人の心を読むのが得意だった万次郎にしても、幕末の人の生き様を、読み取るのは難しかった。

万次郎は、幕府随一の権力者と目されていた、水戸の徳川斉昭からも、何度も呼び出されて、あれこれと問い質されることがあった。万次郎は、そんな斉昭を、なかなか油断のならない人だと、初対面の時から感じていた。

攘夷とか尊王とかいう言葉が飛び交い、斬ったり斬られたり、江戸中、ピリピリとした網が張り巡らされているように感じていた万次郎は、これら三人の言うことは、一応もっともなこととして、素直に聞くように努めていた。中でも江川英龍については、住居まで提供してくれていたので、江戸では、最も信頼している人だった。

その英龍の、万次郎を登用しようとする試みは、徳川斉昭らの反対にあい、実現はしなかった。

ペリーとの通訳を、万次郎へ打診までしていた英龍だったが、徳川斉昭と阿部正弘からの手紙により万次郎の登用をあきらめざるを得なかった。それでも任せられていたペリーとの交渉だけは、何とか自分の手でやり遂げようと、英龍は、英語の通詞も伴わず、神奈川横浜村の応接所に出かけた。

ところが、英龍が着いた時には、幕府の首席全権である、林韑や井上覚弘、浦賀奉行伊沢正義らが、すでに来ていて、ペリーとの談判の肝心な事柄は、既にほぼ終わっていた。

さすがに、気分を害した江川は、憤然として江戸に引き返してしまった。

その当時、外国掛の幕吏らは、江川の手腕と能力を羨望し、故意に応接の日時を偽って伝えていたらしい。

江川英龍が、その日横浜村の応接所でやったことは、アメリカ側の贈答品の検分をしたにすぎず、日米交渉における外交活動には、直接何らかかわることなく終わった。

日米和親条約（神奈川条約）は、一八五四年三月三日、応接掛首席、林韑らの交渉の結果、横浜応接所にて調印された。そこに江川英龍も万次郎もいなかったということである。

この条約が結ばれる前後の江川は終日多忙だった。随時、老中の阿部正弘の諮問に答えたり、万次郎に外交文書を読んでもらったり、各大名の建議書、意見書などにも目を通し、それに返事などをしたためたり、怒りを腹に収めながら、仕事に没頭した英龍だった。

このところの英龍の機嫌の悪いことの理由は、万次郎にも分かっていた。ペリーとの交渉を任せられていたのに、実際に英龍は、ペリーに会うことさえもなかった。裏方の作業に従事しているだけで、表舞台に立てなかった英龍の機嫌が悪かったのも、万次郎には納得できることだった。

万次郎の結婚

ペリーとの交渉という重要な役から外された英龍は、万次郎を、ペリーとの交渉の場に立たせることのできなかった償いのつもりがあったのかもしれない。日米和親条約が締結された日の二日ほど前の、二月十二日に、多忙な公務の合間を縫うように、英龍は、万次郎に妻をめとることを勧め、英龍の媒酌により、婚礼の儀がまとめ上げられた。

相手は、本所亀沢町で剣術道場を開いている、団野源之進の二女、鉄という、はきはきした、万次郎好みの女性だった。万次郎二十七歳、鉄十七歳のときだった。

万次郎が日本へ帰りたいと思っていた大きな理由は二つあった。母に会いたいということと、日本に、外国の捕鯨船が、安全に寄港できる場所を設けたいということだった。

その思いが、あれよあれよと思う間に、二つとも達成された今、万次郎は静かに、これからの自分の生きる道を、見つめる余裕も出てきたのだった。

これまでは、かなり力が入り過ぎていた。何とかしたいと思う気持ちが強くて、アメリカの回し者という見方をする人もいた。

これからは、何人たりとも抗うことなく、成り行きに任せて生きていくことが、重要なのかもしれないと、強く思うようになっていた。

自分を曲げるのではなく、時代の流れに即した生き方をしなければ、激動の時代は乗り切れないような気がしていた。

いきなり阿部正弘に、旗本格の幕臣に取り立てられた時から、周囲の者の、自分を見る目が変わってきていることに、自ずと気付いていていた。

敵意を剝き出しにする者、なんとか新しい情報を知りたいと、積極的に接してくる者、無関心を装う者、様々であった。

目まぐるしく変わりつつある時代の流れを、冷静に受け止めなければ、大きな失敗をすることもあるだろう。そのためには、与えられた境遇を大切に生き、周囲の人たちを納得させるような生き方に、努めなければならないだろう。それに徹しよう。そう決意し、何も考えずに次から次に求められるままに動き、精一杯の努力を続けてきた。

その結果、自分が一番欲していた望みが、実に思うような形に展開し、いや、想像以上に現実が展開し始めていた。

自分が武士になることなど思ってもいない事だった。しかも、日本を動かすような人たちが、次から次へと自分の所へ、相手の方から近づいてきてくれた。想像もしないことだった。一つ一つそれに応対しながら、新たに生まれくる自分の変化にも気付きながら、その変化を楽しむように、毎日を消化していた。その生活の流れの中の一つのように、万次郎にも結婚話が持ち上がってきたのだった。

万次郎は英龍をこの江戸で唯一信頼できる人だと思っていた。川路聖謨にも信頼感はあった。阿部正弘も自分を旗本格にまで取り上げてくれた人であり、信頼すべき人だったのかもしれなかったが、万次郎にはもう一つ、全面信頼するにはどこか不安を感じさせるところがあった。

徳川斉昭は、明らかに自分を、アメリカのスパイではないかと疑っている視線を、常に感じていた。阿部も斉昭も、万次郎は決して嫌いな人ではなかった。一直線にものを見る人のように受け止めていた。そんな人に悪い人はいない。でもそんな人は自分の立場を譲らない人が多い。だから意見が対立することはあっても、その意見の違いさえ認めれば、その人の人柄にはそれほど違和感はなかった。

人を信じるという点で、斉昭も阿部も、いささか偏りのある人だという印象は免れなかった。その点江川英龍や川路聖謨には、考えがぶれない、一貫したものがあるということを感じていた。

万次郎の生き方として、自分の中に深く根差しているのは、母の教えであり、生死の境にいた自分を助けてくれたホイットフィールド船長であることは、疑う余地はなかった。自分をアメリカまで連れて行き、人種の垣根を越えて、平等に接してくれたホイットフィールド船長ほどの人を、母以外に見出すことは、これまでなかった。幕末のこの江戸で、そんな人を見出すのは困難であった。が、唯一、心を許し始めていたのが江川英龍であった。

その人の勧めでもあり、妻を娶るのは、潮時かも知れないと、素直に従ったのだった。

思えば、ホイットフィールド船長からも結婚を勧められたことがあった。あのときも大きく心が動いた。結婚をして、アメリカ人になってしまおうかと、一瞬思ったこともあった。その時は、日本の風土がどうしても忘れられず、母の顔がちらついて、金鉱山へ行き、お金をためて日本へ帰ろう。そんな思いの方が勝っていた。

全ての思いが報われた今、何もためらうものはなかった。紹介された鉄は、尊敬できる太郎左衛門の肝いりである。万次郎の眼鏡にぴったり適う人だった。

万次郎は、そんなきびきびとした鉄が、大変愛おしく、家庭を持った万次郎の日常は、相変わらず多忙ではあったが、毎日の生活は、楽しくて仕方がなかった。充実感に満ち溢れていた。

確かに仕事は次から次に与えられていた。それもかなり重要なことが多かったし、訪問者も途切れることはなかった。

大きな仕事としては、万次郎が持ち帰った、ナサニエル・ボーディッチ著の「新アメリカ実践航海者」の普及版「実践航海者」（E・C・ブランター編著、一八〇二年）の翻訳があった。これは専門用語が多く、何と翻訳すればいいのか、新しい日本語を、万次郎自身が作り出さなければならないほどの難事業であった。そんな多忙な中にあっても、万次郎の楽天的な性癖は変わらず、アメリカで覚えてきた、パン焼き窯を庭に造り、鉄に食べさせたり、来客に振る舞ったり、近所の武家屋敷に配ったりしていた。

万次郎は、多忙であることが生きがいだった。絶海の孤島での、ただ生きていたというだけの漂流生活を経験している者にとって、忙しくても、毎日やるべきことがあるということが、生きがいになっていた。

翻訳だけではなく、韮山形御船（スクーナー船）の建造掛にも任じられていた。このように、公務は多忙であったが、この時期の万次郎は、充実した毎日という意識しかなかった。翻訳そのものが難事業であったばかりでなく、印刷でなく、毛筆書きの稿本であったため、「亜美理加合衆国航海書」としてまとめた稿本は、二十部ほどで、残りは、今後御沙汰があり次第、和訳に取り掛かりたいと、ひとまず終了させた。

公私ともども、全てが順調だった。忙しい毎日に充実感を味わいながら、その日その日を味わうように過ごしていた。

しかし、安政二年（一八五五年）正月十六日のことだった。

ようやく江戸で、ホイットフィールド船長にも匹敵する人物に出会ったと、喜んだのも束の間のことだった。万次郎を、全面支持してくれていた江川英龍が、風邪から肺炎を併発し、突然亡くなったのである。

あまりにも急な出来事だった。激務が、江川の命を縮めたのかも知れなかった。万次郎にとって、ようやく、江戸で灯り始めた明かりだった。その明かりが、突然消えてしまったのである。

さすがの万次郎にも、暗澹たる気持ちに打ちひしがれる日々が続いた。自分を取り戻すのに、かなりの時間を要した。最も頼りにしていた人を失った気持ちは大きかった。慣れない江戸で、ようやく自分の居場所を探し当てたと思っていた矢先の不幸であった。結婚したばかりでもあったし、住み慣れた、この屋敷を出なければならないのかと、また新しい不安も感じていた。しかしその不安は、後を引き継いだ英敏（当時十六歳）から、英龍に変わらぬ厚遇を受けることを約束され、解消した。

同年の春、江川家が本所亀沢町から芝新銭座へ移った時も、邸内で暮らすことができた時は、つくづく自分の運の強さを感じた万次郎だった。

沈んだ気持ちを癒してくれたのは、新妻の鉄だった。彼女は、ぴちぴちと跳ねる、活き魚のように新鮮だった。彼女は万次郎を気遣って、万次郎から教わったパンを焼き、オランダの通詞から貰ったコーヒーを淹れ、万次郎の気持ちをさりげなく癒してくれた。落ち込んでいる時に、支えてくれる者がいるという、その存在の大きさを感じた万次郎は、以来、家族の存在の大きさは、何物にも代えられないほど大きいということを実感し、妻、子供をいつくしむ心が、より一層大きく支配するようになっていった。

以後、万次郎は、鉄との間に、寿々、東一郎、鏡という、三人の子宝に恵まれ、一層家族への愛は深まっていった。

しかし、万次郎にとっての結婚生活は、必ずしも恵まれたものとして育ってはいかなかった。というのも、鉄との生活は八年しか続かなかったのである。

文久二年七月二十一日、結婚生活九年目に入っていた。当時関東地方で大流行していた麻疹《はしか》に鉄が罹り、これまた英龍と同じく、呆気なく逝ってしまったのである。

万次郎の落ち込みは英龍を失った時以上に大きかった。

万次郎の家族への思いは、幼少期から一貫して変わらなかったが、結婚し、子供を持つことによって、さらに家族への意識は高まっていった。

万次郎は考えた。

十四歳で漂流した時から、命というものを、正面から見つめ続けてきたように思った。英龍の死、鉄の死は、改めて万次郎に、命を直視させることとなった。

自分はこれまで、あらゆる死の恐怖に打ち勝ってきた。でも、命というものは、あっけなく自分の目の前から、不意に消えていく。大切に思う人から順に消えていく。

消え去る命を直視しながら、万次郎は、消えない命はないものかと考えていた。

病死という儚さは突然やって来る。何とか、その病死に打ち克つことはできないものか。少なくとも、残された子供たちを病死させることはできない。そのためには、病に打ち克つ方法を考えなければならない。

直接病に立ち向かう方法を、万次郎は考えに考えた。

考えた結果、たどり着いた答え、それは、子供を医者にするということであった。それしかないと思うようになった。

そう考えた万次郎は、以後、子供に医術を学ばせる機会を、意識的に設けた。

思ってから決断するまで、何事につけても行動は早かった。

万次郎は最愛の妻を失うことによって、最愛の子供たちの中から、医学を究める者が出てくることを、切に望むようになったのである。

これまでの自分がそうしてきたように、望みは常に持ち続け、常に実現に近づけるようにすること、あきらめないことの大切さを、子供たちには、常に言い続けるようになっていた。医学者が育てば、訳の分からない病で亡くなることは決してないだろう。先を先を読む万次郎は、最愛の妻を失うことによって、二度とそんな不幸に陥らないようにするためにも、教育の大切さを身に染みて感じ、即実践したのだった。家族を持つことによって、万次郎は教育の持つ大きさに目覚めたのだった。

長男の東一郎には、そんな父の心が自然に伝わっていた。結果、東一郎は日本を代表する医学者として、後世に名を残すような存在となった。この万次郎の思いは、今日まで受け継がれているのか、五代目の今日まで医者になった人が多い。

万次郎の結婚運は必ずしも恵まれているとは言えなかったが、鉄を失った後、彼は二度ほど再婚をした。

一年後に再婚した相手は、細川藩の医師、樋口立卓の妹、琴（細川越中守の奥女中を勤めた）と言った。その琴との間に、男児二人（西次郎、慶三郎）をもうけたものの、やがて離別している。

離別の理由は今日まで分かってはいないが、琴が白血病に罹り、本人から身を引いたという話もある。

東一郎日記によると、熊本の仏厳寺というお寺に身を寄せていたことまでは分かっている。その仏厳寺へ、万次郎が呼び戻しに来てくれることを、密かに待ち望んでいたらしい。しかし、万次郎は迎えには来なかった。

結局、その仏厳寺で琴は亡くなっている。

以後しばらく、万次郎は結婚はしなかった。琴と再婚した時期が、万次郎の生涯の中では一番忙しい時期であったことは言える。そのことと、離婚とは、何か関係がありそうに思えるが、その点に関しての資料は乏しく、万次郎自身も、何らの記録も残していない。

分かっていることは、四十二歳の時、三たび、志げと結婚し、男児二人（信好、秀俊）をもうけているということである。（信好は早逝）

結婚については、アメリカ生活時代、最も尊敬していたホイットフィールド船長も再婚しているし、アメリカ感覚の育っている万次郎にとって、当時珍しかった再婚については、何の違和感もなかったように思われる。

想像をたくましくすれば、万次郎にはまだ幼い三人の子供がいて、かなり手が要ったと思われる。子供の面倒を見るほどの余裕はなかったはずで、当然乳母を必要としていたはずである。乳母を抱えるほどの経済的余裕が万次郎にあったとは思えず、頻繁に訪れる、英語を学びたい者や、世界の情報を得たい者に、かわるがわる子供をあやしてもらっていた模様である。

そのことについては、中浜博氏が、長女寿々が後年語っていたというエピソードで、語っている。

「榎本さんの肩は悪い」と、長女の寿々が教室にちょくちょくやってきて、学びに来ている者からあやしてもらった感想として「榎本武揚の肩は悪い」とか、「大山巌の背中はフカフカしていてよかった」と書かれていることからも、子供の扱いには苦慮していたに違いない。

そこで先妻の鉄が亡くなって一年後、早くも二番目の妻を貰ったのだろう。琴も二人の男子を出産し、五人の子供たちを、一挙に面倒を見なければならなくなり、かなり子育ては厳しかったに違いない。

その子育てに関して、万次郎と、琴の間に、いさかいのあったことは想像される。軽い調子で別居を告げたことが、そのままの状態になり、琴にとっては、悶々とした状態が続いたことだろう。万次郎は、そんな私的なことに時間を割くことはできない状態が続き、別居状態が、東京と熊本という遠距離にまでなり、ついに復縁はかなわず、琴が亡くなることにより、万次郎は三番目の奥さんを貰うことになったのではないかと想像される。

三番目の志げとの結婚は、万次郎四十二歳の時であった。ほぼ、公務から解放されてからの再婚だった。

でも、万次郎にとって、子供たちはすべて宝であった。自分の軌跡を残す貴重な証として、どの子へも愛情を注いでいた。三番目の妻との子供、信好が亡くなった時には、万次郎はかなり落ち込んだということも記録として残されている。

いずれにしても、万次郎の結婚生活は恵まれなかったにせよ、万次郎が家族をいかに大切にしていたかはその後の子供たちの成長を見れば分かる。その代表として長男の東一郎については、万次郎に勝るとも劣らない生き方を貫いた人として、今日まで伝わっており、勝海舟の父子が、今日大きく語られることがあるが、その点、中浜万次郎父子の話は、もっと語り継がれてもいいのではないかと思っている。

江川・阿部亡き後の万次郎

万次郎を幕臣として取り立ててくれた阿部正弘、自分の屋敷に住まわせて公私ともども面倒を見てくれた江川英龍、何かと関心を持ち、万次郎の仕事の面倒を見てくれた川路聖謨。これら三名の幕臣に、しっかりと支えられてきた万次郎だったが、江川が病没した後、二年後の安政四年六月には阿部正弘も病没した。（一説には暗殺という説もある）

老中阿部正弘に対しては、万次郎は一定の距離を保ちながら接していた。江川英龍同様、阿部についての情報は、共に生活をしている、仕事仲間から得ていた。

備後の国福山藩の藩主で、二十五歳で老中になり、思い切った改革を実行した、かなり能力の高い人だという評判は、仕事をする中で、うわさとして伝わってきた。

老中首座として、思い切った改革をする人だということも聞いていた。そうでなければ、漁師だった万次郎を江戸まで呼んで、アメリカの情報を入手しようとする発想は生まれなかったかもしれない。

そんな思い切ったことを実行する人が、自分の周囲にいっぱいいるのは、この阿部正弘のせいだろうと万次郎は思っていた。

彼は老中首座として、何でも自分でするのではなく、多くの人の意見を聞いてから、判断実行する人で、彼を優柔不断と評する人もいる様だったが、万次郎はそうは思わなかった。でなければ、自分のような者を、わざわざ幕臣に取り立てるようなことはしないだろうと思っていた。

また阿部が、自分の尊敬する江川英龍や川路聖謨などを登用したということも知った。それだけではなく、勝海舟、大久保忠寛、永井尚志、高島秋帆などを登用し、海防の強化に努めるなど、広く人材を登用し、講武所や長崎海軍伝習所、洋学所なども創設した人だということも知った。洋学所は、現在の東京大学の前身となる所で、万次郎はそこの教授を務める事にもなる。

万次郎の礎になるような抜擢をしてくれた阿部正弘もまた、安政の改革と言われる改革を実行した後、江川英龍が亡くなった二年後に亡くなるのである。


尊敬していた江川、頼りにしていた阿部と、たて続けに次から次へと自分を支えてくれた人が亡くなり、さすがの万次郎も、若くして亡くなっていく身近な人の死を、無感動に見過ごすことは出来なくなっていた。これから自分は、誰を頼りとしたらいいのかと考え込んでいると、江川の死後は、勘定奉行の川路聖謨《としあきら》が、何かと万次郎に声をかけてくれるようになった。彼は、万次郎がかねてから捕鯨事業には国益があるということや、それが洋式帆船乗務員の養成の一助になるということを、献言していたことを覚えていて、自ら捕鯨事業を起こし、万次郎を登用することにしたのである。北海道初の洋式帆船「函館丸」が進水することになったので、川路は、万次郎を函館に派遣し、捕鯨術などを伝授させることにしたのだった。

考え込むより行動である。その時の万次郎の身分は、「函館奉行所与力次席」という身分であった。万次郎が江戸を発ち、函館へ向かったのは十月半ばだった。

先ず函館丸を見聞することにした。

見ただけで、即、函館丸を鯨漁船に改造した。万次郎は、この時、鯨漁設備をする指導のため向かったのだが、万次郎は水主たちに乗船を拒否されてしまったのだった。

予想もしないことだった。喜んで迎えられると思っていた万次郎だったが、この時、指導すべき乗組員たちは、丁度函館丸で江戸へ初航海に出るところで、出港によい風を待っているところだった。その初航海を、函館人の手だけで出港しようと意気込んでいる時だった。そこへいきなり、万次郎が現れたのである。幕府の命ではあったが、自分たちの力を試そうと意気込んでいた乗組員にとって、いきなりの上からの指導は、あまりにも唐突であったのだろう。万次郎は乗船を拒まれたのだった。

いつでもどこでも万次郎が受け入れられていたわけではなかった。

この時の万次郎は軽い病気に罹ってもいて、実地指導はできなかった。ただひとり、代島剛平なる者だけが、実地指導を受けたいと希望したので、請われるままに指導をし、工藤林十郎なる者には、鯨漁道具（銛）の製作方法などを教えただけで、この時はめぼしい働きはせずに帰ってきた。

その年の十二月、万次郎はいったん江戸へ帰り、事情を幕府に献言した。

その献言が功を奏したのか、翌年安政五年正月二十三日、幕府より函館奉行にあてて「鯨漁船御取寄之義申上候書付」が送られ、事前に万次郎の業務内容も記されていた。捕鯨事業を促し、函館に来着し、居住している米国の貿易事務官エライシャ・E・ライスを通じて、捕鯨船二隻を購入し、捕鯨漁の実践教育を施すという目的を持って、再度函館へ向かった。

実際に捕鯨船の購入の件は、船が高価なため不調で、結局函館丸を改良して、捕鯨を行う計画が進められ、万次郎は同年三月にも函館へ出張し、函館丸を改良して、捕鯨漁を試すことにした。

今回、乗組員は万次郎の指導を素直に受け入れた。が、再度の函館出張にもかかわらず、捕鯨の実績を上げることはできなかった。

安政五年六月から七月上旬にかけての収穫はさっぱりだった。大金をかけた割には収量は少なく、次第に函館奉行所の、捕鯨事業に対する熱もさめてきた。

万次郎は安政六年（一八五九年）二月、今度は、「鯨漁御用」を命じられ、小笠原近海への捕鯨行となった。

この頃の万次郎の肩書は、「江川太郎左衛門手付。御普請役格。御軍艦操練所教示方出役」といったものであった。

万次郎は鯨漁御用の命を受け、ロシアから建造方法を学んだスクーナー船（君沢形）に改良を加え、二本ある帆柱の一つの先端に、物見台（鯨を発見する見張人用）を取り付けた。

捕鯨用ボートを二艘、六分儀、八分儀、気圧計、砂時計、測量器具、捕鯨用の諸道具類を積み込み、「君沢形一番御船」と名づけ、同年三月、小笠原近海へと向かった。

ところが、一小島に停泊した晩に大嵐となり、転覆の危険も生じ、マストを一本切り離すなど、いつぞやの悪夢を繰り返すことになるのかと思いつつ、一夜を明かしたが、翌日は前日とは打って変わって海はないだので、鯨漁は中止し、安全を期し品川へ帰ってきた。

そんなことがあって、三年後の文久二年（一八六二年）十二月、万次郎は再び小笠原へ鯨漁へ出かけることになるのである。

このように、この頃の万次郎は、結婚したばかりだというのに、数か月もかけて函館、小笠原諸島へと出かけることが多くて、新婚生活を楽しむ余裕はなかった。

帰ってくると、待っていたように新しい仕事が追いかけてきた。その多くは、英語に関することが多かった。万次郎から英語を学ぼうという人が、次から次へと訪れ、その間に「英米対話捷径」という、英語を学ぶのに便利な小冊子も出版した。

江戸では、オランダ語はもう時代遅れだとして、英語を学ぼうという人が多くいた。安政六年頃だけでも英語を万次郎から学んだ人たちに、次のような人たちがいた。

津田真道、西周、新島襄、後藤象二郎、岩崎弥太郎、福沢諭吉、榎本釜次郎、福地源一郎、伊沢修二等々、この時期のそうそうたる人の名前が挙がっているが、万次郎はそのような人たち全てに、自分が伝えられるだけの英語を、献身的に伝えたのである。その中の一人、福沢諭吉は「福翁自伝」の中で次のように述べている。

『英学で一番六かしいと云ふのは発音で、何も其意味を学ぼうと云ふのではない。………子供でも宜ければ漂流民でも構はぬ。そう云う者を捜し廻っては学んでいました』

福沢と共に学んだ福地源一郎は「日出國新聞――舊友福沢諭吉君を哭す」の中で「……学半にして江戸に来り森山多吉郎先生の塾に入りて英書を修む。而して福沢君は夙《つと》に大阪に遊び、緒方洪庵翁の塾に入りて蘭学を修め、學成りて江戸に来り、奥平邸内に寓し、英語を中濱萬次郎翁に學べり。当時江戸に在りて英書を讀むものは森山先生、英語を話すものは中濱翁の二人あるのみ。……」とある。

これらのことにより、万次郎はフル回転で活躍していたことが分かる。

万次郎から直接英語を学びたいと、志あるものなら誰でもそう思ったに違いない。慶應義塾大学を創設した教育者福沢諭吉、新聞界の草分けとなる、東京日日新聞を創刊した福地源一郎の二人もそうであった。

向学心の高い福沢は、学ぶためには相手は誰でもよかった。子供であろうと漂流民であろうと、学べるなら相手を選ばなかったと言っている。学ぶことがこの時代いかに大切であるかを強調していることはよくわかる。

同じ時期に、同じ人から学んだ福地は、当時江戸で英語を学べる人は二人だと限定し、英書を読むなら森山多吉郎先生、英語を話すなら中濱萬次郎翁と使い分けている。

共に英語を学んだことを書いているが、万次郎への呼称の違いに、何となく違和感が見える。共に万次郎から英語を学んだことは間違いない。共に熱心に学んだことも間違いない。が、一方は子供や漂流民から学んだと、敢えて誰に学んだかを言っていない。

一方は森山先生、中濱翁と特別の称号を付けて呼んでいる。この呼称の違いから感じるものを、万次郎自身も感じていたのではないだろうか？　ただの性格の違いとだけは言えないような気もする。

万能の万次郎

日米和親条約締結後に開港された横浜では、盛んに日本茶などの取引が行われるようになっていた。しかし外国人との商取引で困るのは言葉であった。その不便さを克服するために、簡単な日常会話くらいできないものかと苦慮した揚げ句、幕府は、万次郎なら何とかしてくれるのではないかと、万次郎に相談した。

万次郎は航海術、測量術、造船術を身に付けているだけでなく、英語に堪能で、実際に幕府の要人に英語を教えていた。そんな万次郎に、誰でもが簡単に英会話に親しめるような、冊子を作って欲しいと、幕府は要請したのだった。

何でもできる万次郎は、それほど時間もかけずに、「米英対話捷径」という小冊子を作った。この小冊子を作るにあたっては、土佐に帰国し直ぐに、最下級の士分に取り立てられ、藩校「教授館」で、英語と世界事情等を教えていたことが、随分と参考になった。

そこではまず、エー、ビー、シー……とカタカナ表記のアルファベットから始めており、「米英対話捷径」の内容も、アルファベットの歌から始めている。

そこでのアイディアは、河田小龍と共に過ごした期間が、大いに参考になっていたことは言うまでもない。

万次郎は、日本語を小龍から学び、小龍は、英語を万次郎から学んだ。共に学び合っているうちに、「捷径」という日本語も、既にそのころ得ていたに違いない。

河田小龍の日本語力と、万次郎の学習力が一致して、この「米英対話捷径」という時代の求めに即応した、冊子が生まれたのであった。

その小冊子が出回ると、商人はその小冊子を片手に、覚束ない英語で、直接取引をするようになり、この時代としては、珍しいベストセラーとなった。

さらに、下田・函館一帯の生活様式も一変した。条約の条文には、アメリカ船への薪水・食糧の供給、アメリカ漂流民の保護、アメリカ官吏（領事）の下田駐在などが取り決められていて、必然、小さな商いが芽生えだしていた。

加えて、十二条の条約の終わりに、一九五九年七月四日より批准し、その以前に、日本政府より、使節をもって、亜米利加ワシントン府において、本書を取り交わすことという条文があり、幕府はこの条文の対応に追われることとなった。

それまでに、どうしても日本の使節団を、アメリカへ送らなければならなかったのである。そのためには、最低限の英語を話せる人が必要になっていた。求められているのは、オランダ語ではなく英語であった。

そこで浮上してきたのがまたもや万次郎だった。

何でもこなす万次郎は、そんな幕府の期待に、鮮やかに応えてくれたのだった。

万次郎ほど時代に求められている人も稀であった。

またこれほど期待に応えてくれる人も稀だった。

器用な万次郎は、幕府から要求されることには全て応えようとした。そのためには、少々家庭が顧みられなくなる時もあった。

妻の鉄は、若さもあったが、そんな万次郎に、何の不満も言わず、子育てに集中してくれた。仕事に集中できる万次郎は、その意味では幸せでもあった。

万次郎にとって、やるべきことがあるということが生き甲斐になっていた。仕事があり、その仕事に熱中できることが、幸せであった。そのことが、それから数年後、鉄の命を縮めることになるのではあったが……。

咸臨丸始動

幕府は、制定された日米和親条約を履行するために、使節を、ワシントンへ派遣しなければならなくなっていた。

もう少し英語が堪能な者がペリーと交渉していれば、条約を批准するときに、そんな面倒な条文を記入することもなかったはずだったが、万次郎が、アメリカのスパイではないかと、幕府の中枢に懐疑的な目で見られて、重要な時期に、万次郎が表舞台に立つことはなかった。もし万次郎が通訳をしていたら、もう少し、歴史が変わっていたかもしれないとよく言われることである。

いよいよ条約遂行のため、幕府は使節をワシントンへ派遣する計画を立てた。

正使には、外国奉行新見正興、副使には、村垣範正、観察（立合の目付）には、小栗忠順が選ばれ、総勢七十七人が、迎船ポーハタン号で、ワシントンへ向かうことになった。

本来、日本側で船は用意すべきであったが、外海の航路に耐えられる、適当な船がなかったので、アメリカ公使ハリスの提案を入れ、日本の使節団を、アメリカのポーハタン号で送ることにした。

一方使節内に、万一病気等で事故があるときは、代わりに使節を相勤めるという条件で咸臨丸を随行させることにした。

咸臨丸は一八五六年オランダで造られた、幕府が初めて購入した軍艦である。

排水量六二〇トン、前長四八・八メートル、幅八・七メートルあり、砲台十二門、百馬力の蒸気機関で、スクリューも備えている、当時としては日本最先端の軍艦であった。

港の出入りなど、時々使われるだけだったので、幕府としては遠洋航路を試したくて、ポーハタン号と並行して航行することを提案したのであった。

それは簡単に認められたが、その咸臨丸に、誰が乗るかの選定はかなり難航した。特に勘定奉行方によって決められた、万次郎が同行するということに、異論が出たからである。万次郎に対しては未だに疑いを持っている者が多かった。その多くは、オランダ通詞を含めて他の通訳を行かせたがいいのではないかという意見だった。いやいや、軍艦奉行も行くので、そんな不安を持つより、英語の堪能な者が身近にいる方が便利だという二つの意見が対立、評議の結果、やっと万次郎の乗船は決まったのだった。

乗組員のメンバーの中にも、万次郎の乗船を快く思っていない人も結構いた。

万次郎の乗船を強く推したのが、咸臨丸の総大将を任せられていた木村摂津守である。折から、アメリカの測量船フェニモア・クーパー号が難破し、艦長はじめ乗組員二十一名が、アメリカに帰る便船を横浜で待っているところだった。

随行艦の責任者となった木村摂津守は、海軍伝習所が出来てまだ日が浅く、不慣れな日本人だけの航海を心配して、航海に熟達したアメリカ人を、何人か乗り込ませたいと思っていたところだった。アメリカ総領事のハリスも、ブルック一行を帰国させるのに、この日本の随行艦に乗り込ませることを考えていたので、話は直ぐにまとまった。

木村摂津守が、再度にわたり、日本人で唯一航海術に長けている万次郎の同行を、理をつくし幕府に要請したので、万次郎の乗船が認められたのだった。

ブルック船長以下十一名のベテラン船員と、英語が話せる万次郎が、一緒に咸臨丸に乗ってくれることになったので、この航海はきっと安全に遂行されるだろうと、密かに、木村摂津守は安堵の胸をなでおろしていた。

でも、根深い万次郎不信者と、アメリカの船員が同乗していることに、一抹の不安を抱いていた摂津守の恐れは、ただの杞憂ではなく、出港した直後は、トラブルの連続だった。

しかし、結果として咸臨丸は、それ相応の成果を収めて、無事に帰国できた。でもその成功は万次郎がいたからだということを、日本側の乗組員の中で、一部を除いて声を大にして言う者はいなかった。

同行したブルック船長の航海日誌が、最近発見され、アメリカ側から見た、咸臨丸の様子を知ることが出来るようになって、万次郎の功績がはっきりと見えてきた。

咸臨丸に搭乗を命じられたのは次のメンバーである。

提督（御軍艦奉行）木村摂津守喜毅《よしたけ》（芥舟）、従者大橋栄二・福沢諭吉・長尾幸作・秀島藤之助・斎藤留蔵（鼓手）、艦長（軍艦操練所教授方頭取）勝麟太郎義邦《よしくに》（のち海軍卿、伯爵）、従者不詳、士官（教授方）――運用方・佐々倉桐太郎・鈴藤勇次郎・浜口興右衛門・測量方・小野友五郎（幕末の和算家、のち軍艦買い付けのため再渡米。咸臨丸の航海長）、蒸気方・肥田浜五郎（のち海軍機技総督、宮内省御料局長官）・山本金次郎、通弁方・中浜万次郎、見習士官（教授方手伝）赤松大三郎（のち則良、オランダ留学生、横須賀鎮守府司令長官、男爵）・岡田井蔵・根津欽次郎・小杉雅之進

（のち雅三）、公用方・吉岡勇平（のち艮太夫）・小永井五八郎（のち小舟）、医師・牧山修卿・木村宋俊・田中秀安（医師見習）・中村清太郎（医師見習）、水夫・火夫六十五人、大工・一人、鍛冶・一人。

合計九十六人である。

当初、福沢諭吉は、正式な乗組員ではなかった。どうしても咸臨丸に乗りたくて、いろいろなコネを捜したところ、艦長の木村摂津守とは遠い親戚に当たり、摂津守に頼み込んで、従者ということで、最後の一人として認められた。

咸臨丸の建造費は十万ドル（五万五千ギルダー＝二万五千両）ともいわれており、当時としてはかなり高額の買い物であった。

水夫（下士官、兵）の七割までが瀬戸内海の塩飽《しあく》諸島の出身で占められ、残りの三割は長崎、火夫にいたっては全員長崎の出身であった。

軍艦奉行を任せられた木村摂津守は、この咸臨丸の航行の完遂に、全てを賭けていた。幕府が用意しただけの予算だけでは、心もとないと思っていたのか、自分の持っている全財産を、金に換えて持って行った。何か必要なことが生じれば、その金を使う腹であった。それだけに、急場しのぎの水夫たちだけで、この初航海が成功するかどうか、かなり不安だったようである。

わずか数百トンの艦に、大勢の人間が乗るのだから、積荷（薪水、食料、日用雑貨）も相当な量であった。

この大航海にあたって、持参した食料は、全て日本食であった。

その内訳は、米七五石（一人五合、百人の百五十日分）、灯油七斗五升（一夜五か所、一か所一合ずつ）予備とも一石、ろうそく七五〇挺（同五本ずつ）予備とも一〇〇〇挺、半紙七束（一日五枚ずつ）、美濃紙三束、程村紙（栃木県程村原産の厚手のこうぞ紙で包み紙、証書、手形などに用いる）三束、西ノ内紙（帳簿などに用いる）一三束、炭一五〇俵（九〇日分）薪一三五〇束（九〇日分ただし一日五束ずつ）、味噌六樽、醤油七斗五升（一日一人五勺ずつ）、予備ともに二石三斗、焼酎七斗五升（一日一人五勺ずつ）予備とも一石五斗、その他砂糖七樽、香物六樽、茶五〇斤、小豆二石、胡椒二斗、唐芋五升、そば粉六斗、麦四石、引割麦二石、葛粉二斗（上の三品は病人用）、カツオ節一五〇〇本、梅干四壺、酢六斗、塩三俵、鶏三〇羽、家鴨二〇羽、豚二頭、塩引鮭、野菜、乾物類など。また、飲料水は艦内に二四個ある水タンク（鉄製）に一六トン、石灰を九昼夜分、多量の草履なども積み入れた。

クーパー号の乗組員たちが一緒に咸臨丸に乗船するということを知って、日本側の乗組員たちは一緒に乗ることを嫌った。もし彼らを連れて帰れば、この航海はアメリカ人に連れて行ってもらったのではないかと思われるのが嫌だった。日本人の名誉にかかわるから絶対に乗せないと突っぱねる人たちがいて、幕府もその人たちを説得するのに苦慮した。結局、彼らはただ帰国するためだけに乗せるので、船員として働いてもらうつもりはないということで納得させた。

万次郎とジョセフ・ヒコ

一八六〇年二月四日（安政七年正月十三日）横浜を出港した咸臨丸は、浦賀で薪水、食料を積み、ポーハタン号より三日早く、十九日の午後三時ころ、いよいよサンフランシスコへ向かった。

その横浜で、万次郎は初めてジョセフ・ヒコに会った。彼は日本人として初めてアメリカ合衆国の市民権を取得した人として知られており、万次郎は是非会ってみたい人だった。万次郎よりは少し若く、同じ漂流民として、万次郎は日本へ帰ってきたが、以前より関心をもっていた。この時ヒコは、米国領事館の館員の通訳として、ブルック大尉を咸臨丸に案内してきたのであった。

初対面の挨拶を交わすと、万次郎はどうしてもヒコと話をしてみたくなった。多くの時間はとれなかったが、万次郎はブルックに三十分ほど二人だけの時間を作ってくれるように頼んだ。

三十分はあっという間に過ぎたが、万次郎にとっては、同じ漂流民として黙って見過ごせる相手ではなかった。

アメリカ人として自分と向き合っているヒコが、どうして、アメリカに残るという選択をしたのか、それが知りたかった。

万次郎は、自分が漂流したいきさつを簡単に知らせ、今は、日本の使節団の通訳として乗り合わせていると告げた。

ヒコも概略、早口で自己紹介をしてくれた。

播磨国の出身で、岐阜の船の栄光丸という船で、江戸へ向かう途中で遭難し、アメリカの商船オークランド号という船に救助され、サンダースという人に出会い、アメリカのミッションスクールで学校教育を受け、現在に至っているということを、ほとんど英語でお互い話し合った。

この時は十分の時間もなく、お互いの概略を語り合っただけだったが、万次郎にはジョゼフ・ヒコが、より親しい友に思えた一瞬だった。きっとこれからも共に語り合う日も来ることだろうと、お互いに親近感を抱きながら、握手を交わし別れた。ジョゼフ・ヒコに会って、万次郎はこれからへの、新しい意欲が生まれてくるような気がしていた。

咸臨丸出港

浦賀を出ると早くも天候不順となり、翌日には横揺れ縦揺れが激しくなり、帆が裂かれたり、艦内に波が打ち上げてきて、慣れない日本の水夫たちは大騒ぎとなった。

艦長の勝麟太郎は、下痢に見舞われ、提督の木村喜毅以下、ほとんどの日本人が船酔いに苦しめられていた。

日本人みんなが身動きが出来ない中、万次郎は何とかしなければと思い、水夫に、マストに登って帆を丸めるように指示した。すると、

「こんな時に何を言うとるがか！　お前を帆桁に吊すぞ！」

と、すごい剣幕で、相手はおどしてきた。万次郎は捕鯨船時代のことが蘇り、勝手に体が反応し、言葉も荒々しく言ったのかも知れなかった。通弁の万次郎に命令されたことが、癪だったのか、船酔いで動けない者への配慮が足りないと、怒ったのか、その時は、理解できなかった。仕方なく万次郎は、冷静なアメリカ人船員と共に帆をたたんだ。

アメリカの船員たちは、日本の船員たちが、帆を十分に上げられず、舵手もまた、風を読めずにいるのを知って、やむなく、ブルック大尉は部下に命じて帆をたたませたのだった。

正月二十三日（二月十四日）、操縦の命令はすべてオランダ語だった。艦の揺れが激しいので、火は用いられず、日本人は乾飯《かれいい》を、日に二回ほど食って耐えた。

二十四日、みぞれが降り、波浪は高かったが、万次郎はブルック大尉と話す時間を設けた。「昨夜、日本人水夫に、マストに登るように命じると、ヤーダム（桁端）に吊すぞ」とおどされました」と昨夜のことを話した。万次郎は誰かに、自分の心境を語りたかった。ブルック大尉には何故か話しやすかった。ブルックは言った。

「そんなことがあったのか。でも、もしそんなことがあったらすぐに私に知らせて欲しい。そんなことはさせないから」と言って万次郎を慰めてくれた。

万次郎の微妙な立場を、ブルックは良く理解してくれていた。ブルックの航海日誌にもそのことは記録されている。彼はその日誌の中で言う。

「乗組員の内、万次郎だけが、日本の海軍の改革が必要であるという意見を持っている。私も、日本の海軍の改革には協力したいと思っているが、かれは、非常に危険な立場にいるので、問題を起こさないように常に注意を払っている。万次郎は、目の前の航海が、捕鯨時代を思い出させるのか、アメリカの船乗りの歌をよく歌って気を紛らしている。彼にとって、荒海は大して気にしてはいないようだ」と。

万次郎のことを日記に記し、時には神経質になっている万次郎に理解を示している。また他の所ではこうも言っている。

「万次郎はたびたび皇帝（将軍）から相談を受け、またアメリカ人をよく助けた。けれどかれは、アメリカ公使（ハリス）へは決して近づかないようにしていた。かれは嫉妬深い日本人によって、不利な立場に陥らぬようにと、何も知られぬようにしている」と。

日本人に神経を使い、アメリカ人に心を打ち明けている万次郎。感覚的には、やはりアメリカ人に近いものがある。その点、徳川斉昭らがアメリカ人の手先かも知れないという疑いを、最後まで拭いきれなかった点も納得できるところでもある。

日本人の中で、航海日誌を付けている者に、木村摂津守の家来、斎藤（森田）留蔵がいる。彼の「亜行新書」の中で、初めて外洋に出た日本の乗組員たちは、互いに狼狽し、帆布を伸縮上下する等のことは、一切亜人の協力を受け、日本人で平常の働きが出来るのは、中濱氏、小野氏、濱口氏の三人のみだと言っている。

二十四日、珍しく勝が甲板に出てきた。

二十五日、この日も波浪は高く、万次郎は緯度・経度を測った。ブルック大尉らは、日本人と共に米飯と塩漬けの魚（塩引鮭）で食事をとり日本茶をすすった。

二十六日、晴天。凪。万次郎は航海長小野友五郎と一緒に精密な天候を測った。

三十日、三本マストの商船を左舷の方向に見た。万次郎はブルックより縮帆の時の水夫の配置を教わった。

二月一日、西北の風、万次郎は甲板の上で指揮をとっていた。

二月五日、万次郎はここ四、五日体調がすぐれずこの日の朝に下剤を用いた。

二月八日、快晴。ブルック大尉は、万次郎と事務長から、木村喜毅のアメリカでの肩書について意見を求められ、アドミラル（提督）と呼べばよいと答えた。

三月十三日、艦はサンフランシスコから約二六五五キロの地点を帆走中。夕暮れに霙。アホウドリの姿をたくさん見た。

十四日、晴天。万次郎はブルック大尉にこんな話をした。

「日本の西海岸によい港がいくつかあります。しかし、幕府の直轄地ではありません。幕府はそういった港の一つを開きたいのですが、将軍は自領でないので許可しないのです」。

こののち二人は、浦賀に作らせたいと思っているドックについて長話をした。

二十三日、強い風だったが波は穏やか。小野友五郎はマストに張り紙をしてサンフランシスコまで一九五里余の旅程を知らせた。日本人全員に木村喜毅より訓示が出た。

安政七年　二月二十二日　　　　　　　　　　　　摂津守

「今回の航海は開国以来の大事業である。われわれは西洋の航海術を学んでわずか五年目にして、勇気と技量とをもって海外万里の大航海に旅立ち、多くの苦労を強いられたが、ようやく航海の目鼻もつき、サンフランシスコ到着も間近である。アメリカ到着後、諸君は日本人として恥ずかしくないように行動し、いささかもかの地の人々の侮りを受けてはならぬ。もし、日本人の悪評判が立ったら、苦労してやってきたことが無に帰してしまう。今回の大航海が、後々の規範ともなることでもあるから、よく考えて頂きたい」（赤松則良半生談より口語訳）

二十四日、曇天。南西の強風。海面の波高く、サンフランシスコ着が覚束なくなり、勝艦長は大いに心配していた。万次郎は航海上のことを一切任せるならば予定通り無事着港することを引き受けると言ったので、艦長は船を万次郎に一任した。この日から万次郎は事実上の艦長だった。

船がサンフランシスコに到着する前日のことだった。ブルックが明日の朝必ずサンフランシスコの山が見えると言ったので、一同は大いに喜んだ。ところがこの時、測量士の小野友五郎が明日午後にならないと見えないと言い出し、ブルックと議論となった。

それは観測の違いから生じた誤差であった。実際にはブルックの言った通りになった。しかし小野友五郎の測量も立派な熟練したもので、木村摂津守も名指しで褒めた。

二十六日（三月十八日早朝）、左舷はるか前方に山が見えた。午後一時四十分過ぎ、横浜港を出帆後三十六日目にして日章旗を翻しながらサンフランシスコ港内に錨を投じた。勝艦長と約束した通りに到着したので、万次郎の面目は立った。艦長は「君の卓越した航海術には実に感服した」と、万次郎を称賛した。

十年ぶりのサンフランシスコ

十年振りで見るサンフランシスコの町並みはさすがに随分変わっていた。三階、四階建てのレンガ造りの家が目立った。

街路には馬車や荷馬車がひっきりなしに往来しており、港にも多くの船舶が停泊していた。

この港町に万次郎が滞在したのは、金山に入る前の初夏のことであった。金鉱山に金の採掘に行き、帰国するだけの金を掘り当てて、帰国してからの十年もまた、漂流した時以上の変化があったと、万次郎は回想していた。

咸臨丸に乗り込んでからの三十六日間は、これまでの、二十年間の縮刷版のようなものだったという印象を強めていた。

前半は船員に脅されたり、船が沈むのではないかと、乗組員みんなが思っていたようで、海が荒れるのと同様に、乗組員の気分が沈んでいる時が多かったが、天候が穏やかになるにしたがって、表情にも明るさが生まれてきた。

　海が荒れている時、万次郎は一睡もできなかった。ブルックやアメリカの船員の協力があって、何とか咸臨丸の航行は維持されてきた。その事実を乗組員みんなが認めるようになってから、お互いの心も溶け合ってきた。アメリカの陸地が見え始めると、水夫たちも晴れやかな悦びを隠さずに小躍りして喜んだ。

　これで全てが報われる。勝艦長との約束も守ることが出来た。咸臨丸の乗組員全員がようやく一つになることが出来た。あとは自分（万次郎）が経験しているアメリカという国の本当の姿を、自分の目で確かめればいい。そうすれば自分が話していたアメリカの話は、全くの作り話ではなく、事実だということを感じるはずだ。

　万次郎はようやく、自分を押し包んでいた重苦しい重圧から、解放されたような気がしていた。後は、本来の仕事である、通訳に専念するだけでいい。そう思うと、急に万次郎の心は軽やかになり、久しぶりのアメリカの空気を、体いっぱいに吸い込んだ。すると、サンフランシスコの町並みが、瑞々しい湧水のように体中に染み込んでくるようだった。

　この感覚っていったい何だろう？

　あれほど帰国願望の強かった日本という国から、ようやく解放されたように思える、この感覚というのは、いったい何だろう？

　万次郎には、目の前の景色が、険しい山々の中に見出した、湧水のように見えてきた。その正体を確かめるように、万次郎はしばし、自分の心の中深くに入り込んでいた。

するると、ポコポコと湧き上がる、瑞々しい源泉の底に、ぽっこりと、ホイットフィールド船長の顔が浮かんで見えた。

これだ！　きっとこれに違いない！　自分を解放してくれた人の住んでいるアメリカが、私の心を、解き放してくれているのに違いない！

琉球、薩摩、長崎、土佐、そして土佐清水へと、二年半かけてたどり着き、念願の母にやっと会えた。飢えに飢えていた喉をやっと潤した。そう思って安堵していた時間は、あっという間に過ぎて、再び急峻な山に登り始めたような感覚だった。その山の谷間にも、いくつかの湧水はあった。その湧水に喉を潤すことはできたが、それは一時の憩いに過ぎなかった。江川英龍は亡くなり、阿部正弘も亡くなった。頼りにし始めるとぽっと消えてしまう。

伝蔵も五右衛門も過去の人間になってしまった。母だけは、確かな湧水として今も湧いてはいるが。妻を娶り、鉄という湧水も、新しく湧き始めてはいるが、全ての湧水の基になっているのは、やはり此処、アメリカではないのか。それを意識させているのは、ホイットフィールド船長ではないのか。

忘れていたわけではなかった。ただ、その人を思い出すことは、アメリカの回し者と誤解される危険性を常に感じて、敢えて過去の世界へと押しやって過ごしてきた。

アメリカを感じ始めた万次郎の中に、新しい泉が湧き上がってきた。

ああ、そうだった。その人へ、私は不義理をしたまま、何の連絡も取っていなかったのだ。手紙を書こう！　いや書かなければならない。

日本へ帰国することによって生じた変化が、あまりに急激すぎて、その対応に戸惑っている間に、時間だけが勝手に過ぎて行った。気がつけば、日本人の使節の一員として、今アメリカの土に立っているのだ。

ここはアメリカ、自由の国なんだ。自分を見張っている者はもはやいないんだ。

書こう！　ホイットフィールド船長に、手紙を書こう！　これまでの流れを、全て書いて送ろう！

万次郎は、アメリカに着くや、たちまちにアメリカ人に復帰したような感覚が戻ってきた。そして万次郎は暇に任せて手紙を書き、日本人に分からないように、そっと人に託して手紙を出そうと思った。

自分にとって、やはりこのアメリカは、心安らぐところになっていたのだ。アメリカを安らげる所だと思わせてくれるようにしてくれた、ホイットフィールド船長に対してだけは、礼を失してはならない。

そんな思いが次第次第に強くもたげてくるのであった。

これまでの経緯を詳しく報告しなければならない。金の採掘に出掛けたことまでは報告していたが、それ以後は、全く何も知らせていない。知らせないのではなく、知らせられなかったのだ。常に自分は見張られていて、手紙を書くことも、書いても、それを送り届けることはできなかった。アメリカの回し者の疑いを晴らすために、いったい、どれだけの神経を使わなければならなかったか。ここアメリカでは、日本人の目を盗んで手紙を書くことが出来る。

　アメリカに着いたというだけで、万次郎は、心が自由になっていることを、強く意識していた。

　二十七日午後一時。サンフランシスコに到着した咸臨丸に、日曜日にもかかわらず、サンフランシスコ市長をはじめ、市会議員らが咸臨丸を訪れ、歓迎の挨拶を交わし合った。

　午後四時頃、木村提督らは、ブルック大尉らと共に、出迎えの馬車に乗って「インターナショナル・ホテル」に向かった。そのホテルには本隊である、日本使節団も投宿しており、一行は談話室でくつろぎながら、万次郎の通訳を通して歓談した。

　二十八日、咸臨丸は合衆国大統領に敬意を表して二十一発の祝砲を撃ち、アメリカ側の砲台も答礼として同数の礼砲を放った。

　咸臨丸はアメリカに受け入れられ、日本人のアメリカでの様子が新聞でも報道され、関心の高さが分かった。咸臨丸は八〇〇〇キロの航海で、傷んだ船体や帆の破損の修理のため、海軍造船所にドック入りをした。

　近日中に、故郷のヴァージニア州へ帰る、ブルック大尉の送別会をしたり、船員たちは買い物をしたり、付近の野や山を逍遥したり思い思いの時間を楽しんだ。

　咸臨丸よりおくれて日本を出帆した日本使節団の迎船ポーハタン号も、三月九日には無事にサンフランシスコに到着した。

使節団の一行は木村提督、勝艦長以下のメンバーともに会い、アメリカ側の招宴に臨んだり、慌ただしい時を過ごした。

使節団は、祝砲を受けながら、メーア島を出帆し、サンフランシスコを経てパナマへ向かった。日本使節団の安堵を見届けた一行は、随行の任務を果たし終え、咸臨丸の修理が済み次第帰国することになった。

咸臨丸は往路の途中、湿潤な気候その他の原因で、十数人の病人を抱えていたが、その中の水夫、富蔵、源之助、火夫の峯吉が病死し、墓地に埋葬するという不幸な出来事もあった。また、重症患者六人と、看護世話人二人を残して発った。

発つ前に、木村提督は、海軍造船所の最高責任者のカニンガム提督に、船の修理のお礼にと、持ってきた金の箱を開き、修理に要した費用をこれから受け取って欲しいと差し出したが、提督はその必要はないと受け取りを拒否した。

同じ経験をブルック大尉からも木村提督は受けていた。ブルック大尉には、航海中に大変世話になったので、お別れするとき、例の金の入った箱を開けて、お礼に是非受け取って欲しいと言ったが、ブルック大尉も決して受け取らなかった。万次郎はその場に居合わせたので、提督の行為と、受け取らなかった二人の心情を、共に立派なことだと心にとめていた。

サンフランシスコを出港して十五日目の四月四日〈五月二十四日〉、咸臨丸はハワイのホノルル港に入った。

ここでは木村提督、勝艦長をはじめ、万次郎を含む士官らが王宮を訪れ、カメハメハ四世に拝謁し、艦長から国王に刀剣と日本画が送られた。咸臨丸がホノルルに停泊したのはわずかに三日間だったが、万次郎はここでデーモン牧師を訪ねることが出来、十年ぶりの再会を喜んだ。

万次郎はこれまでの経緯を手短に語り、日本の国情も詳しく語った。何より、あらかじめ用意していたホイットフィールド船長にあてた手紙と衣類を預け、それをアメリカへ送るように依頼でき、長い間心に沈んでいた膿を取り除いた時のような晴れ晴れとした気分になれたことが、この航海中の最良の出来事に思えたのだった。デーモン牧師は、その時の様子を「フレンド」誌に詳しく掲載した。

万次郎が船長へ送った手紙の内容はつぎのようなものであった。

一八六〇年五月二日、サンドウイッチ諸島にて

ウイリアム・H・ホイットフィールド船長へ

『わが敬愛する友よ。一筆したためる機会を得ましたことを非常に幸せに思います。私は無事に暮らしております。あなたも同じく天のみ恵みを受けてお暮らしのことと思います。今一度、この世でお目にかかりたいと思っております。もしこの願いがかなえられたら、どんなに幸せか分かりません。奥様とミス・アメリアにどうかよろしくお伝えください。お二人方にもお会いしたく思います。船長よ、息子さんたちを捕鯨にお出しになってはなりません。それよりも日本へお出しになりますように。もしあなたの同意があれば、私がお世話いたします。そのときはあらかじめお知らせください。その

準備をいたしますから。

さて、私が故郷に帰り着いた経緯をお話しいたしたいと思います。金鉱へ行ったことはご存知でしょう。そこにいたのは四か月。一日平均八ドル稼ぎました。そこから国へ帰って母親に会おうと決心し、あるアメリカ商船に乗りました。その船に乗ってサンドウイッチ諸島までやってまいりました。この地で私たちの友人であるデーモン牧師に会い、そのお世話で捕鯨用ボートを一艘手に入れ、それを商船に積み込みました。その船は中国の上海へ向かうところでした。

琉球諸島の岸に近づいたのは当地方の厳冬の一月のことで、吹雪でした。船長は船に留まって中国まで一緒に行かぬかといいましたが、私は断りました。母親に会いたかったからです。ボートの準備をし、私と伝蔵と五右衛門の三人がそれに乗り移り、午後四時に本船から離れました。十時間ほど一生懸命漕いだすえ、島の風下側に着き、翌朝までそこに投錨いたしました。（翌朝）単身上陸し、琉球人と言葉を交わしましたが、彼らの言葉は理解できませんでした。私は日本語をすっかり忘れてしまっていたのです。私は琉球王の庇護を受け、当地に六か月滞在し、和船が来るのを待ちました。

七月になると、私たちは和船に乗り、九州の長崎港に着き、三十か月抑留され、帰郷の許可を得るのを待ちました。あらゆる手続きを終えたのち、私たちは郷里に帰されました。母親や親類縁者と再会できた時の喜びといったら言葉で言い尽くせません。しかし、母の家に滞在したのはわずか三昼夜、将軍に召し出され江戸へ参りました。今では将軍の士官となっております。目下、私は本艦に勤務いたしております。

本艦は、日本の将軍がアメリカ大統領に敬意を表するために遣わしたものです。私たちはサンフランシスコまで行き、目下、帰国の途中なのです。サンドウイッチ諸島に寄港したのは、石炭や食糧を補給するためでした。サンフランシスコからお便りを差し上げたかったのですが、日本人のたくさんの眼が光っていたため投函できませんでした。この手紙はサンフランシスコからサンドウイッチ諸島への航海中に書いたものです。まちがいがたくさんあるかもしれませんが、お許しください。日本の江戸に帰省してから、改めてお便りいたします。船長も日本に来て欲しいと思います。親愛なる友をわが家に招きたいと思います。我が国の港は今では諸外国に対して開いております。

ホノルルでは私たちの友人サミュエル・C・デーモンとアメリカ領事にお会いいたしました。この時のお互いの喜びといったら、ふででは言い表せません。

帰国致しましたら、もっとましな手紙を書くつもりです。私の洋服を一着お送りいたします。新品ではありませんが、わたしのことを思い出すよすがとなるために。

あなたの友人であるジョン万次郎より』

（一八六〇年五月二十五日）

万次郎は自分のこれまでの歩みを語れば、きっと船長も理解して分かってくれることを確信しながら、詳細に、流れるように、一気に書き上げた。

デーモン牧師にも彼の口から伝わるものと信じ、一切を語っている。そのことを牧師は「フレンド」誌に多岐にわたって紹介している。中でもボーディッチの翻訳をしたことや、ホイットフィールド船長との交流について、万次郎が帰国に際して求めた、美術品や写真機、ミシンなどを持ち帰ったことなども詳しく報じている。

咸臨丸が日本へ到着してから、初めて、桜田門外の変という大変な事件が起きていることを知り、咸臨丸の成功を祝うと同時に、一行の、これからの身の振り方も案じられることになる。

風雲急を告げる幕末期の江戸、西洋の風を存分に吸い込んできた咸臨丸、全く異質なものが同時に並び立っていることが、この時の日本の象徴のように、万次郎には見えていた。

第六章　究極の選択への道　――維新前後の万次郎

一八五一年（嘉永四年）、万次郎は漂流した仲間、伝蔵・五右衛門と共に、決死の覚悟で帰国を果たした。漂流したのが十四歳、それから十年経て、帰国した時は、二十四歳になっていた。

それからおよそ十年後の、一八六〇年（安政七年）、彼は咸臨丸の通弁として、帰国以来初めて再渡米をすることになった。このことは、生きるか死ぬか、決死の覚悟で帰国したことに匹敵するほどの大きな意味があった。

帰国を決意し実行した時には、あれこれ考える余裕はなかった。ただ一点、とにかく帰国することだけが目標であった。そのためには、ありとあらゆるものを切り捨てざるを得なかった。「帰国する」という、ただ一点の目標だけを掲げて、実行に踏み切ったから、帰国に成功したともいえる。帰国地をどこにするか、どんな方法で帰国するか、アメリカ生活十年の間には、十分に考慮する時間も機会もあった。当時の日本の国内情勢から判断すると、生きて生還することは、漂流し、孤島で生き延び、外国船に救助されるという、奇跡に近い実体験以上に、困難な選択だったのかも知れなかった。が、それは実行してみなければ分からないという、究極の選択の中から生まれた行動だった。その行動を実行するにあたっては、帰国したいという願望が最優先されることによって、あちこちへの不義理は当然生じていたはずだった。

結果として、無事に帰国できた万次郎だったが、ホイットフィールド船長に、帰国の挨拶をしてこなかったことだけは、唯一帰国後もずっと、彼の心の奥深くに、しこりとして残っていた。

それで、無事に帰国出来たということを、船長に知らせたいという思いは、常に持ち続けていた。でも、そんな簡単なことが出来ないというジレンマを感じながら、彼は毎日の生活を繰り返していた。日常を綴った手紙を書くことはできても、それをどうやってアメリカまで届けられるか、その方法が全く思いつかなかったのである。

常に自分が見張られていることを意識し始めたのは、江戸へ呼び出されてからだった。

江戸では、想像していた以上に、物事がトントン拍子に良い方向へと向かっていると喜んでいた。土佐藩の下級武士から、いきなり幕府直轄の旗本格の武士に登用されたのである。

この破格の待遇によって、自分の思い描いていた以上に、自分の言葉や考えを、ストレートに、幕府の中枢の人たちへ伝えることが出来るようになった。しかし、同時に、自分が発しているその言葉は、周囲から懐疑の目で見られることをも意味していた。それはペリーが来航した時期と一致していたこととも深い関係があった。

自分を、アメリカのスパイのように受け止めている人が、周囲に数多いたからでもあった。周囲にそんな人がいることを、万次郎は、常に意識しながらの生活だったのである。

ペリーの存在は、万次郎のその後の人生を変えたと言える。

鎖国を長い間続けていた日本国にとって、海外の情報は希少価値があった。特にアメリカに関する情報は更に希少価値があった。しかし幕府が最も関心を持った情報は、万次郎から得た情報であって、同時に帰国した、伝蔵や五右衛門からの情報ではなかった。勿論彼らの情報も、一般人の生活情報としては希少価値があったが、アメリカで教育を受け、生きるための技術を貯め込んだ万次郎の情報とは比べようもなかった。万次郎の言葉一つ一つが、当時の日本人にとっては、信じられないことばかりだったに違いなかった。だからこそ、スパイではないのかという、懐疑の目が、常につき纏うことになったのである。

当初は、自分の言うことは何でも聞き入れられると、有頂天になって喜んでいた万次郎だったが、物事を冷静に見つめられるようになってくると、周囲の者が、自分を異様な目で見ていることに、さすがの万次郎も気付くようになっていた。

ようやくほっと一息つけるようになると、今の現状を、ホイットフィールド船長へも伝えたいという気持ちが、自然と膨れ上がってきた。

だが、そうしてみようと筆を執ってみると、さてどうやってこの手紙をアメリカへ送り届けるか、思案に暮れて、何度も反故にしなければならなかった。自分の置かれている立場がどんなものか、少し周囲が見えるようになってくると、アメリカへ手紙を書くという行為が、如何に危険なことなのかが、よく理解できるようになったのである。

これは明らかにスパイ行為だと疑われても、仕方のないことだと理解できるようになると、自由が身に染みている万次郎には、耐えがたい苦痛となって、日々万次郎を苦しめるようになっていた。その、鬱屈し、束縛された思いから、ようやく解放されたのが、咸臨丸でサンフランシスコの港に入港した時だった。

金鉱山から、帰国するだけの金貨を得て、サンフランシスコに入った十年前のあの時、万次郎は、これでようやく全てから解放されるぞと、長年思い描いていたことを実行する意欲に満ち満ちていた。十年前の、あの時の晴れやかな気持ちを思い浮かべていた。

当時からすると、この時のサンフランシスコは、格段に近代化した街へと変貌はしていた。が、万次郎の心は、アメリカの心に触れたと思っただけで、なぜか解放されたような気持ちになったのだった。

今だったら、船長に、素直に、今の心境を届けられる。そうだ、手紙を書こう。書いて、アメリカにいる間に、何とかして船長に届くようにしよう。そう思って、何度か手紙を書き、船長へ伝わる方法を実現させたのがオアフ島を再訪した時であった。

デーモン牧師を通して、ホイットフィールド船長への手紙を託した時に、ようやく、長い間塞がっていた気持ちから解放されたのだった。

今回の咸臨丸での航海で、万次郎の心は、一時も休まることはなかった。緊張の連続だった。その緊張から解放されたのは、アメリカの風土に触れた、その瞬間だった。更に、それが喜びへと転化していったのは、手紙を書き終え、デーモン牧師へその手紙を託した瞬間であった。それほどに、ホイットフィールド船長のことは、万次郎の心の奥深くに留まっていたのである。アメリカの風土に触れた瞬間に、これまで塞がっていた気持ちが、たちまちに解き放たれてくるように思えたことが不思議だった。

心が弾み、一気に昔の自分が蘇ってきたように思えたのである。そのことは万次郎にとって、大きな意味を持った瞬間でもあった。

満たされた思いで、咸臨丸での一連の勤めを終えると、万次郎は全てから解放されて、帰国後の買い物に没頭することが出来たのだった。

福沢諭吉と共に、ウエブスターの英語辞書を買いに行ったことが、当地の人にはよほど珍しいことだったのか、新聞記事となって報道されたりもした。当地の新聞は、万次郎の背格好や風貌についてまで触れていた。

日本での鬱屈した気分から解放された万次郎は、帰国するに際して、アメリカが如何に進んだ国であるかを証明できるものを選んで購入した。

ウエブスターの辞書は、福沢諭吉に付き添って、共に購入したりしたが、万次郎だけが持ち帰ったものに、美術品や、写真機や、ミシンなども含まれていた。

ミシンは三台も購入しており、一つは母へ、一つは妻へ、もう一つは誰に贈ったのかは分かっていない。

写真機については、咸臨丸がドックで修理中に、写真師より、写真の使用法などを詳しく学び、帰国後求めに応じて、妻の鉄をはじめ、母など多くの人を撮った。今日、分かっているのは、山内容堂、寺村左膳（側用人）、大鳥圭介（万次郎の英語弟子、歩兵奉行）、芝新銭座の江川邸内の練兵場で撮った幕府陸軍の幹部連中などがある。

そのほか彼は、アメリカの知人より、ジュリアス、ヴァイスバハ著「機械工学の機構の原理」（一八四九年）を贈られ、持ち帰っている。同時に彼は、「イギリス文法書」（一八五〇年）も帰朝の際に持ち帰っている。この英文法書は、安政より文久にかけて、英学が盛んになるにつれて、当時の洋学者で、この文法書の恩恵に浴さない者はなかったというほど利用された。

このように、咸臨丸の成功は、その後の日本にとって大きな文化をもたらすことになった。帰国するにあたって、それぞれに土産物を購入したが、万次郎のように、ミシンや写真機を購入した者はいない。日本にないもの、これから日本でも、大いに発展するであろうものへの関心の高さが、万次郎が購入したものには多く含まれていた。

例えば「イギリス文法書」はわずか六十四頁ほどの小辞典であったが、あまりに薄いので、「木の葉文庫」とも呼ばれていたようである。英学が盛んになるにつれて、当時の洋学者で、この文法書の恩恵に浴さない者はいなかったというほど利用されたらしい。

その他、万次郎が持ち帰ったものにアコーディオンがある。これは彼が趣味として、自分で楽しむために、持ち帰ったもので、彼の趣味の深さも物語っている。

書籍類では「図説米国海軍史」、「図説米国史」、「米国海軍南半球天文調査報告」、「代数学言論」、「物理学入門」、「機械工学原理」、等の専門書が多く含まれていた。

主に軍事と理数科関係の本が多いが、ウエブスター英語辞書とともに、当時の日本が一番欲していたものであり、いち早く万次郎はそれに反応していたことを意味している。実際、彼はそれらの書物を使って、教育の現場で活用している。（中濱博著「中濱万次郎」より）

咸臨丸帰国・解雇・復帰

咸臨丸は無事に帰港した。

そして貢献した乗組員全員に、褒章が与えられた。万次郎にも、銀五十枚、時服なども与えられたが、ほどなくして彼は、突然、軍艦操練所教授方を免職されてしまった。

万次郎には、その罷免の理由は明らかにされなかった。帰国して間もなく、万次郎は横浜に停泊中のアメリカ船に招かれ、ためらわずに訪問していたことがあった。それ以外、万次郎には考えられることはなかった。幕閣内の攘夷論者には、外国人と親しくすることへの妬みが感じられた。おそらく目障りだったのだろう。どうやらそこらあたりが罷免された理由だろうとは、万次郎も感じていた。

咸臨丸でアメリカへ発つ前は、万次郎は誤解されないように、ハリスに招かれても決して近づかないようにしていた。

が、咸臨丸でアメリカの土に触れた瞬間、万次郎の日本に対する緊張感は薄らぎ、帰国するときには完全に解き放たれたままだった。

天性の楽天家である万次郎は、何の疑いもなく、招かれるままにアメリカ船を訪れていた。それと気づいた時には遅かった。それ以外、軍艦操練所の教授方を罷免される理由に思い当たる節はなかった。

まあいい、何とかなる。住んでいる所を追われたわけでもなし、自分の所を訪ねてくる人もいる。まだ英語や数学や測量術など学びたい人は一杯いる。そんな人たちと共に学び合っていれば、生活は何とかなるだろう。

楽天家の万次郎は気分を変えることも素早かった。

これまで幾度、こんな危機を乗り越えてきたことか。今度だって必ずどこかから、助け船が出されることだろう。

万次郎には、たんなる楽観論ではなく、予測としての先々への読みが自然に備わっていた。それを、ふてぶてしい奴だと、攘夷論者の中には、何とか万次郎を貶《おと》しめてやろうという者のいることを、自身感じることはあった。鉄の淹れてくれるコーヒーに心を潤していると、彼の期待通りに、やはり声がかかってきた。

当時の幕府は、十八世紀以後、ロシアが北方の島々に関心を寄せていることが気になっていた。

新見正興らが遣米使節団として、ワシントンを訪れた時に贈られた『ペリー提督日本遠征記』の中に、小笠原諸島の記事があることを見出し、アメリカだけではなく、イギリスもここへ重大な関心を寄せていることを知り、幕府は動き出した。

幕府役人の中には、アメリカが調査していた小笠原諸島を放置しておくことはできないと考える者が多くいた。殖産興業の観点からも、日本の国益になると判断した、時の老中安藤信正は、外国奉行水野忠徳を、小笠原島開拓御用掛に任じ、探検隊を派遣することにした。

そこで、軍艦操練所を罷免されていた万次郎が、再び通訳として一行に加わることになった。不本意ながら、幕府も万次郎を起用せざるを得なかった。

小笠原開拓事業

一八六二年一月二日（文久元年十二月三日）、再び咸臨丸に搭乗した万次郎ら一行は、一月十八日には、父島、二見港に到着した。

入港すると同時に、カヌーのようなものに乗った異人が三人、本船の方へ近づいてきた。当時父島の統治にあたっていたナサニエル・セイヴァリーという男であった。この島で一番の有力者であるセイヴァリーの案内で、彼の家を訪れ、万次郎が英語で、日本政府の統治計画について説明した。

「この度、日本から、千人余が開拓に来ることになった。その検分のため、奉行が渡海してきた」

そう万次郎が言うと、セイヴァリーは、

「この島は日本領とは承知していましたが、長い間捨て置かれていたので、私どもが開拓したのです。私たちがこれまで開拓した土地は、取り上げられるのですか？」

セイヴァリーはさも不安げに尋ねた。

「いや、そのようなことはない。その方たちは、日本人と一緒に開拓に従えばよい。そのように心得てもらいたい。明日、お奉行が上陸される予定になっている」

役人がそう言ったのを、万次郎が英語で伝えると、セイヴァリーはやっと、安堵の表情を見せて肯いた。（「御用私用留」）

この島には、棕櫚の葉で葺いた大小の小屋が七軒建っており、全部で三十七人が住んでいるという。セイヴァリーの小屋の前庭には星条旗が翻っていた。

翌日、外国奉行水野忠徳は、主だった役人を従えて上陸し夜陣を張った。そこへセイヴァリーを呼び、酒、錦絵、たばこ、きせる、おもちゃ、手拭い、扇子、毛抜き、刃物、家鴨などを見せて、住民に与えた。すると彼らは大喜びで、一同をセイヴァリーの小屋に案内した。そこでは、万次郎も同行し通訳の労をとった。

「ここの地名はなんと申すか？」

「ダウン・ザ・ベイといいます」

「この島を切り開いて何年になるか？」

「はい、三十六年になります」

「人数は何人いるのか？」

「男女合わせて三十七人。うち、男一人は客人で、実際の居住者は三十六人です」

「何を食べて暮らしているのか？」

「サツマイモ、またはトウモロコシを日に二度ずつ食べています」

「この港に、日本船か異国の船が停泊したことがあるか？」

「外国船は毎年三月ころより、八、九月までの間に数度潮待ちいたします」

こんな会話が外国奉行とセイヴァリーの間でおこなわれた。そのあと、奉行の水野はセイヴァリーに、きっちりと言い渡した。

「開拓中の土地は自由に手入れしてもよい。未開拓地は、当方の許可がなければ、草木一本といえども採ってはならぬ」と、強く申し渡した。（「御用私用留」）

同年二月十日、水野忠徳以下咸臨丸の一行は、父島を出てベイリー島（母島）へ向かった。

同年二月十日午後三時、万次郎を含めた一行は、咸臨丸で父島から母島へと向かい、沖村湾に着くと、異人に頼んで小屋を借り、そこで野宿をした。

その後、異人の案内で一番高い山に登り、島全体を見渡した。開拓地や湾や村などを検分するなどして、母島には二週間ほど逗留した。

逗留の終わりにあたって、御勘定（方）上村井善平、八丈島の地役人菊池作次郎、通弁中浜万次郎らは、島の首長トーマス・マッツレー（イギリス人）と会談した。

マッツレーには男気があり、統率力もあるらしく、異人十六人は皆、かれの身内であった。さすらい人のように、一家を引き連れて、あっちへ三年、こっちへ五年というように、漂泊生活を送っており、母島へ来てからは、六年になるということだった。

身内の中には十七、八から二十代の女が四人いたが、これらの女性は、毎年三月から九月にかけて、外国商船や捕鯨船が小笠原諸島へやってきて停泊した時に、相手をさせるということだった。

万次郎が「いかほどの値段で売るのか」と尋ねると、「一日五ドル（約二両三分二朱）です」とマッツレーは答えた。（御用私用留）

幕府の小笠原諸島探検隊は、約八十日間島々を巡視し、測量をし、絵図面などを作成し、小笠原島取締規則と港則を定めた。

文久二年三月には父島を出港し、帰路につき三月二十六日には島田へ帰っている。

同年四月、幕府は、小笠原諸島行きの移住者を募り、八丈島から三十人を移住させた。

その後、軍艦朝陽丸、運送船千秋丸を派遣し、食料や資材を運び、開拓事業を行った。

しかし、同年八月に起こった生麦事件の賠償金をめぐって、イギリスと幕府の関係が悪くなり、小笠原諸島の日本人開拓民が襲われる懸念が生じ、幕吏と邦人全員が引き揚げた。その後、開拓民が送られることはなく、明治八年になるまで長く放置された。

ホイットフィールド船長からの手紙

この時期、万次郎はホイットフィールド船長からの手紙を受け取っている。この手紙は、ハリスの後任ロバート・H・ブリュイン公使が預かってきたものらしい。

　一八六二年三月九日、サンフランシスコにて

わが友へ。長い間ご無沙汰いたしております。久しく会っていないので、寂しさがひとしお身に染みます。こんど新任の駐日公使（ブリュイン）が君へ手紙を持って行ってあげます、といってくれました。この手紙を受け取ったのち、返書を出したければ、同じような方法で返事を下さい。きっと私のもとに届くことでしょう。私ももっと君に便りをいたします。家内は元気でおります。おばさん（アメリア）は、結婚しました。息子のマーセラスはもう十二歳、君が何年も前にハウランド号に乗って航海していた時のような体つきになりました。十一歳と九歳の娘がおりますが、ふたりとも健康であり、かわいいです。

隣家の老紳士は、君がわが家にいた時のことを思い出す度に、正直で性格のいい子であった、といつもほめております。

わが国は、ある戦争を解決しようと努めておりますが、重大な結果を招くような事態に立ち至るかもしれません。どんな国でも、戦争になれば、多くの人命と富とが奪われることになりますが、回避

できぬものではありません。
君は今では要人となっておいででしょう。私達アメリカ人は、貴国と交易できるような日が訪れることを待ち望み、更に日本人がアメリカにやってきて、アメリカ人と同じように商売ができる日のことを楽しみにしております。アメリカに来たまえ。売り物の日本製品を持って来たまえ。

敬具

ウイリアム・ホイットフィールド

鉄の死を乗り越えて・究極の選択

水野忠徳は小笠原諸島から戻ると、幕府に、小笠原島開拓の意見書を出した。これには、先に万次郎が出した、近海捕鯨の建議書と同じような趣旨が述べられていた。これによって、万次郎の考えも理解してもらえるようになり、幕府は、日本近海の捕鯨漁を勧めるようになった。そこで万次郎は、英語の弟子でもある、越後の地主平野廉蔵の出資による外国船を買い「一番丸」と命名して捕鯨に出る準備をした。今回の捕鯨は公用ではなく私用ではあったが、万次郎と平野氏と幕府との共同経営の形で捕鯨を行うことになり、幾つかの取り決めを幕府側とした。それは次のようなものであった。

・乗組員の給与ならびに食糧は幕府が出す。
・船賃は要らないが、鯨漁をしない時には運搬船として使う。

・船が壊れた時は幕府持ちとする。

かくして文久二年十二月二十九日、中浜万次郎船長の捕鯨船「一番丸」は浦賀を出港した。念願の捕鯨漁ではあったが、この時の万次郎の胸中には、複雑な思いが入り乱れていた。

さすがに思いとどまろうとしたが、日本での捕鯨活動が、自分自身の思い通りにできるという千載一遇の機会の前に、妻、子供たちへの未練を断ち切っての出漁であった。

というのも、その年の七月二十一日、当時はやっていた麻疹に、愛妻の鉄が罹り、呆気なく亡くなっていたからでもあった。

幼い遺児三人を残しての鉄の死は、さすがの万次郎にも、その衝撃は大きかった。江戸へ出てきてからは、息つく暇もないような日常に明け暮れていた。そんな多忙な日々にもかかわらず、江川英龍は万次郎のために骨を折り、万次郎にふさわしい女性を紹介し、結婚して、子供も生まれた。そんなことが出来たことが不思議なくらいに多忙な毎日が続いていた。

そこへ咸臨丸でアメリカへわたる話が飛び込んできた。ゆっくりと新婚生活を味わうゆとりもないままに、アメリカへ渡った。そのアメリカから帰国して間もなく、いきなり役職を罷免された。しかしこの罷免は、ある意味、万次郎に与えられた唯一の休養日だったのかも知れなかった。

それは結婚以来初めてではないかと思えるほど、家庭と向き合った日々だったからであった。

そんなとき、小笠原行きの話が舞い込んできたのだった。万次郎が最もやりたかった捕鯨活動ができるという話だった。それも、公（幕府）からのものではなく、万次郎が船長となって捕鯨活動ができるという、これ以上望めないような話だった。

この話は、万次郎が役職を罷免された時点から持ち上がってきていた。ゆっくりと、時間をかけて計画もできた。だから、一時の家庭の味を楽しんでいる時に入ってきたこの話に、万次郎が乗らない方が不思議なくらいであった。この日本で、それも自分が船長となって捕鯨漁ができるという話なのである。

話は、越後村松浜の地主、平野廉蔵が持ってきたものであった。彼は江戸に上って万次郎の門をたたき、英語を学んでいた。万次郎の思想や事業計画に共鳴した廉蔵は、私財を投じて、万次郎への協力を惜しまなかった。

万次郎が日本で最もやりたかったこと。それが実現できそうになったばかりの時、突然、鉄の死が襲い掛かってきたのだった。

万次郎は、またも訪れた、己への試練の大きさに、立ち止まらなければならなかった。これまでもその都度考え、決意し、行動してきた。

この江戸では、安定した生活ができるのではないかと、安易な考えに浸ることもあったが、ここへきて、再び立ち止まり考えなければならなかった。鉄の喪に服し、子供たちのために家庭を守るためにここに留まるか、それとも、……。

万次郎は迷った。迷って、迷って、一番丸での捕鯨漁への船旅を選択したのだった。

幕府は大船建造や外国船の購入に関しては購入を許可していたが、私企業を興すには認可が必要であった。特に捕鯨事業の出願に対しては慎重であったため、万次郎はかねてから知遇を受けている勘定奉行の川路聖謨や、軍艦役頭取の永井尚志《なおゆき》らに働きかけ、ようやく認可を得ることが出来たのだった。

万次郎「一番丸」で再度小笠原諸島へ

いよいよ品川沖を出帆した一番丸は、浦賀に寄港した後、文久三年（一八六三年）正月九日、父島の二見湾に着いた。この島で、一番丸に積んできた木材を用いて、捕鯨用ボートを作るために逗留、二艘できたのが三月初旬のことだった。

万次郎は父島の外国人水夫六人を雇い入れ出帆、嫁島付近で、抹香鯨二頭を仕留め、薪水不足で兄島に寄港し停泊した。

ここで、予想もしない出来事が起こった。

父島で雇い入れた外国人ウイリアム・スミスという者がいて、この男、盗癖があるうえ、日本人水夫に借金のかたとして所持品をおさえられていた。悪知恵の働くスミスは、兄島に上陸した時、偶然出会った二人の男（ジョージ・ホーツン、ジョン）を仲間に引き込んで、日本人水夫を、逆に脅迫しようと考えた。ところが、よく事情を呑み込んでいなかったジョンが、用意していたピストルに、弾丸が込められていることに驚き、万次郎に事の次第を打ち明けてしまった。

万次郎は実弾の装填してあることを確かめた上、ホーツンを呼んで事情を聞いた。彼は、自分たちの企てを邪魔する者がいたら、ピストルで撃ち殺すつもりだったと自白した。そこで万次郎は、臆することなく、ホーツンに手錠をかけ、スミスも呼んで、両人を逮捕し、二人を父島の扇ケ浦の役所へ差し出した。この件に関して、父島在住の外国人たちで、万次郎の処置に文句をいう者はいなかった。二人の評判は悪く、万次郎の処置に、むしろ安堵した者が殆どであった。時に文久三年（一八六三年）六月六日のことだった。


この時の犯人スミスは、元ロシア汽船サントヨーシス号の水夫で、一八六二年に二見港に寄港した時に脱走し、大村に住んでいた。共犯のジョージ・ホーツンは、一七八三年のイギリス生まれのアメリカ人で、当時八十歳の老人であった。ペリー艦隊の軍艦プリマスの水兵で、一八五三年十月、父島に来航した時、除隊して、父島に住みついていた。

二人ともに百戦錬磨の強者で、拳銃使用については悪びれたところもなく、むしろ、日本人の取り調べがどんなものか、試している節も感じられ、万次郎はそんな脅しに乗るものかと、毅然として二人を処罰した。

万次郎は、荒くれ者がたむろする、ゴールドラッシュの金山で、護身用のピストルを、常に懐に忍ばせていたという経験もあり、その程度の脅しに恐れる万次郎ではなかった。むしろ、だからこそ厳しい処置を執ったともいえるだろう。

外交問題へ発展・今日の象徴

万次郎と共に同行していた小浜作之助はじめ、その他の役人たちは、関係者一人一人から口書をとり、父島在住の外国人に証明書を書かせた。その時の通訳は当然万次郎だった。手順を踏んで書かせたこの証明書は、裁判にまでなった時、後に大切な証拠となり、ものを言うことになる。

その時万次郎が英語で書かせた証言と、役人が聞いて、日本語で書いたものが中浜博氏の家に現在も残っていると自著で記している。中浜博氏の自著には外交問題にまで発展したこの事件がかなり詳しく書かれている。その内容を要約すると次のようになる。

ウイリアム・スミスについては、禁錮四か月、及び国外退去の刑が決まり問題はなかった。しかし、ホーツンに関しては、高齢ということもあり、その処遇について、日米に食い違いがあり、あらたに問題がおこることになる。

それはホーツンを連行した人たちに会いたいという領事の書簡より始まった。万次郎たち三人が、米国領事フィッシャーに会いに行くと、二人を引き取ったはずのフィッシャー領事が意外なことを言い出した。

「ホーツンには罪がない」と。

「領事は罪を認めて、ホーツンを引き取ったではないか」そう万次郎は必死で反論したが、領事は納得せず、三人は帰って、この顛末を幕府に報告した。

それから一月半後、米国公使ブリュインから幕府宛てに手紙が届いた。内容は「ホーツンが無罪であることは確実であり、よって、これを許し、ホーツンは島に高価な所持品を残しており、本人も島へ帰りたがっている。それでこの者をどうやって島へ送り返したがよいか、早急にその方法を私の方へ教えてください」という、予想外の内容であった。幕府には在留外国人よりとった口書も残されており、在留外国人との折り合いもよくないので、島へ帰すことは到底できない旨を書簡で送った。

ところが、さらにホーツンはあなたの国の士官の裁量によって無罪となって許されていると、万次郎が無罪にしたと主張し、その上、ホーツンは島に土地を所有しており、そこには子供たちも居り、その子たちの養育は一手にホーツンに任されている。従って、日本政府は彼を無罪として送り返すか、その財産の賠償をするか、そのどちらかの義務があると主張し迫ってきた。さらに加えて、「もし我が軍艦が、そのために出動する処置に出れば、その責任は日本にある」とまで脅しにかかった。

幕府はこの一方的な通告に対して、丁寧に、一つずつ反論している。
・ホーツンは我が国の士官の裁許を以て無罪となし許されたとあるが、そのような証拠は一切ない。
・子供を多く残してきたと言うけれど、彼は独り者で子供などいない。

・彼の所持物件の償金についても、有罪の者を召し捕るのは正当の措置で、そのような金を当方で支払う筋合いはない。いまさら何も言うことはない。

老中五名が連名の、このような内容の書簡を送って反論した。

それに対して、十一件に上る未解決事件の問題点をまとめて要求した手紙が送られてきた。その十一件目に、ホーツン事件のことが含まれていた。そして最後に、全部で三万二千ドルを三十日以内に支払わなければ、ことと次第によっては、勝手に金額を増していくという一方的な、脅しともとれる要求をしてきた。更に、緊急の時には、海軍を差し向けるとまで書かれていた。

幕府は、これらの脅しに対して、十一件のひとつひとつを論破し、最後のホーツン事件に対しては、彼が有罪である証拠を述べて、万次郎と領事が直接談判することにした。

米国領事がしばしば大統領の命であるとして軍艦を差し向けることを公言していたが、幕府はその足元を見抜いていた。米国は南北戦争で疲弊しきっているし、そんな余力はないはずで、これは領事独自の判断だと推測し、「本国へ行く使節があるので、そのことを直接ワシントンで交渉しようと思う」と、逆に相手の反応を見た。

すると手のひらを返したように、ワシントンで話し合うのは時間の浪費にもなり、請求金がいくらというような定めは止めることにするから、お互いの親愛の道を絶つことのないように、話し合いましょうと、慌てて書を送ってきた。

そんな状況の中、一八六四年二月六日、横浜の米国領事館で、日米の対決が行われた。幕府側は万次郎と小花作之助、小人目付原又吉の他、新たに通弁北村元四郎が加わった。

米国側は、公使ブリュインと領事フィッシャーである。幕府側で発言したのは万次郎一人であった。

本人の言い分のみを聞いて判断している米側と、口書までとり、直接指揮を執った万次郎とのやり取りなので、米側の劣勢は明らかで、最後には高齢の老人への情けに訴えるような言い方に変わってきた。そこで万次郎は言った。

「一体人を撃ち殺さんとして玉込め等いたし候、筒を携へ来り候ても、老人なれば其罪軽き事に候哉、左様の訳は無之儀と存じ候」と、どんな老人でも、罪は罪であることをはっきりさせている。

確認のため、口書や始末書を持ち出して、万次郎と公使とが互いに読み合わせをした。日本側に一切の手落ちがないことも分かり、ホーツン自身に聞いてみるのが一番だと、そこでホーツンが呼び出された。するとホーツンは状況が不利と見て、観念したように言った。

「百ドルを与えられて無人島に送り返してくれるならば少しも異存はない」

日本側の主張が全て通るようなことを言い出したので、公使は慌てて遮った。

「そのようなことはいうな」

不利になる発言を止めたのを万次郎は聞き逃さなかった。自分のしたことが、いかに正当なことだったかが、証明される結果になった言葉だった。確信した万次郎だったが、米側はそれでもホーツンの有罪を認めようとはしなかった。これだけ証拠が挙がっているのに、決して認めようとしないアメリカ側の真意が摑めなかったので、この上は政治決着に持ち込むということで、会談は終わった。

万次郎の主張を認めながらも、どうしてもホーツンの有罪を認めたがらないのにはよほどの理由があるとしか思えなかった。

結局、両方のメンツを立てて償金ということではなく、見舞金の形で、初めの請求額の半分の千ドルで、元治元年四月二十九日（一八六四年六月三日）の老中の書翰によりこの事件は一年振りに解決した。かなり不利な決着にもかかわらずそれでよしとした幕府の判断に、万次郎は納得することはなかったが、英国との生麦事件の償金問題のからみと、小笠原諸島の帰属問題にまで発展することを懸念した、幕府の外交的配慮があったのだろうと、この件に関しては幕府の決定を傍観するほかはなかった。

アメリカ領事は、よほどホーツンに恩義でも感じていたのか、その後も、ホーツンに支払った千ドルの利子十二％で生活できるように、なにかと面倒を見てやったりしている。そのホーツンはその二年後、横浜で亡くなっている。

ホーツン事件で学んだ万次郎

ブリュイン公使と万次郎は旧知の間柄で、ホイットフィールド船長ともデーモン牧師ともに通じており、このブリュイン公使が、ホイットフィールド船長からの手紙を預かり、わざわざ万次郎に届けてくれたのである。そんな人がなぜ、これほどにホーツンの言い分を取り入れようとしたのか、万次郎にはこれが疑問だった。

公使は日本政府に対してはかなり厳しかったが、万次郎に対しては、「万次郎の取り計らいには手落ちがない」と何度も言っており、個人的には、明らかに好意的であることも分かった。それは感じられたが、だからといって、万次郎は自分の主張を決して緩めることはしなかった。

万次郎が正当性を主張すればするほど、公使の困惑が随所に窺えた。

何故公使が、そんな態度をとるのか、直接聞いてみたかったが、公の場でそれは出来なかった。

そこで万次郎は、一つ、腑に落ちない疑問に思い当たった。幕府は交渉の途中から、通訳不要の筈の万次郎に、通訳者、北村元四郎をつけたのである。

これはいったいどういうことなんだ?

万次郎は考えた。あらゆる知恵を絞って考えても、なかなか理解することはできなかった。考えに考えた結論は、日本政府が、未だに自分を信じてはいないということだった。味方であるべき万次郎を疑って、その監視のために、自分に通訳を付けたのではないかとしか思えなかった。

万次郎は、交渉相手からは好意的に受け止められていた。その、味方であるべき幕府の方からは、疑いの目で見られていたのである。

そのことがはっきりと分かると、さすがに、万次郎も穏やかではいられなくなった。

万次郎は、自分の立場の正当性を、これまで以上に、強調することになったのである。そんな万次郎に、公使の戸惑いも感じられたが、自分の取り調べには、一点の落ち度もないように終始ふるまった。

以後万次郎はホーツン事件については一切触れなかった。幕府がどんな結論を見出すか、むしろその点に注目していた。

非のないはずの幕府が、相手の言い分をかなり聞き入れて、最終判断に至った結果を知るに至って、万次郎は、以後、幕府の言うことを信じることはできなくなっていた。

この頃になると、万次郎も幕府の置かれている立場もよく見えるようなり、ただ、言われたことを言われた通りにしていたこれまでと違って、自分というものを、もう少し前面へ押し上げてもいいのではないかと思い始めていた。

ホーツン事件は、自分の立場を全面主張できた。それで、罪は罪として罰することは世界的な共通理解として評価できる判断だった。その評価をアメリカ側は認めながら、日本の主張を認めようとはしなかった。そんなアメリカ側の主張を、ほぼ受け入れるような結論を導き出した幕府の姿勢に、万次郎は決して与することのできない拒否反応を覚えるようになっていた。そんな複雑な気持ちが芽生えているにもかかわらず、今の自分の生活を、そう簡単に否定することも出来なかった。やはり恵まれていると思うしかなかった。

時代は明治維新へ向かって、加速度的に進み始めている時であった。

漁師村に育った万次郎は、幼い時から、自分もいつかは漁師になるのだろうと、漫然と考えていた。が、漂流という突然の転換によって、心身の形成時期に、当時では世界最高の教育を受ける機会に恵まれることになった。そこで受けた、科学的な教育に裏打ちされることによって、これまで培ってきた人生観が、思いもしない方向へと転換し始めたのである。

万次郎の意識下では、明らかに日本人であったが、無意識の意識の中に、科学性を尊ぶ精神が、随所に植え付けられていた。それらが幕末の江戸で、ごった煮のように攪拌されていたのだった。

この時、万次郎に分かったことは、自分は幕府に、依然信用はされていないということだった。そんな自分に気付くと、万次郎の意識の中には、アメリカ時代の、楽しかった時代のことだけが自然に思い出されてくるようになっていた。その中心点にいつもホイットフィールド船長の顔が見え隠れするようになっていた。

会いたい、会って、今の心境を全部、包み隠さず吐露してみたい。そんな願望が、沸々と自分の心の奥深くに芽生え始めているのを、何かの拍子に感じることがあった。

でも、そんな万次郎の深層心理を、誰一人感じ取ることのできる人はいなかった。万次郎の中には、ただ一人、船長だけが浮き上がって見えてくるのだけは分かった。

日本の中では、両親、家族以外では、江川英龍にだけは、船長に感じたものと似た感情を、何となく感じ始めていた。

だがその感情も、ある日突然と言っていいほど簡単に打ち砕かれてしまったのだった。

英龍は風邪から肺炎を併発し、呆気なく逝ってしまったのである。万次郎が小笠原諸島でホーツン事件を解決して浦賀へ帰ってきたその翌年、安政二年（一八五五年）正月十五日のことだった。四面楚歌の幕閣の中、唯一信じてもよい人かもしれないと思い始めていた矢先の不幸だった。不幸は続けて起こる。

愛妻の鉄にしてもそうだった。彼女は当時流行していた麻疹というはやり病により、これまた呆気なく逝ってしまったのである。それが小笠原諸島へ捕鯨漁に出かける前のことだった。相次いで起こる身近な人の訃は、万次郎に、忘れかけていた死の想念を、再び思い起こさせるようになっていた。

万次郎は元来、死をそれほど恐れる人ではなかった。むしろ、危険を自ら買って出るほどの冒険心が自ずと身についていた。かなり勇敢な少年だと自負していた。が、漂流という、予期せぬ事故を発端として、次から次に襲い来た出来事を通して、好むと好まざるとに拘わらず、死を意識せざるを得なくなっていた。死というより、命そのものを見つめる人になっていた。

今回のホーツン事件は、アメリカで育った雄弁な万次郎を、次第に人格をも作り変えるのではないかと思えるほど、それからの万次郎を無口にしたのだった。

万次郎には、やるべきことをしたという自負があり、当然それは評価さるべきはずのことだった。が、万次郎の毅然とした判断と行為は、むしろ万次郎を、未だにスパイだとする、幕府中枢の、万次郎に対する意図が見えてしまっただけに、以後の万次郎の言動を、より慎重にさせるようになっていた。

幕末期の江戸に住んでいる人は千差万別、一人一人が、それぞれの思いの中に生きていることが感じられた。

少なくとも、万次郎が接する人たちは、みな、遠くを見ているような、未来への志向がそれぞれに窺えた。

描いている世界は違っているかもしれなかったが、アメリカで接した人たちとも、捕鯨船で世界を巡る中で、出会った多くの人たちともまた、違っているように感じていた。自分は少なくとも、これら江戸に住む人と同じ民族の筈だから、共通の同じ思いがあるに違いないと思うものの、何故に自分はこうも、違う民族だと思われるのかが不思議でならなかった。

自分を貫けない、今の社会のありようには納得できなかった。不可解な迷宮に陥る、その少し前に、ほっと息をつくと、そこに浮かび上がり、見えてくる世界があった。

それは捕鯨船に乗っている時の自分の姿であった。

自分は、捕鯨船で鯨を追いかけている時が一番自分らしく見えた。そこに居る自分が、心地いいと思えるのは、やはり、そこにホイットフィールドという人がいたからかもしれないと、自然とそこへ考えが落ち着いてくるのだった。

しかし、遠く隔たってしまったホイットフィールド船長のことはさておいても、江戸で船長に近いものを感じ始めていた江川英龍の死は、万次郎にある思いを抱かせたことは確かなことだった。

同じように、身近な人の死が立て続けに起き始めていた。尊王攘夷だ、倒幕だという激動の時代に入って、万次郎の身辺にもその流れはひしひしと感じられるようになっていたが、万次郎は決して自ら、どちらかの立場に立って、その流れの行く末を考えるという方向へ進むことはしなかった。あくまでも、流れを冷静に受け止めながら、捕鯨活動を目指す方向へと動いていた。しかし今回の小笠原諸島への捕鯨漁は、まずまずの結果ではあったが、ホーツン事件という予想もしない結末で締めくくられ、万次郎の捕鯨への志向は薄らいできた。幕府も生麦事件の後始末や、外国に対する対処に追われ、小笠原への関心も薄れ、捕鯨漁をする機会もなくなってきた。

その後、一番丸は日本海航路の貨物船として用いられたが、後年北海道において台風にあい、沈没した。

小笠原近海の捕鯨漁から江戸へ戻った万次郎は、これまで通り、芝新銭座の江川邸で暮らしながら、航海、測量、英語などの伝授に多忙を極めるようになっていた。

薩摩藩よりの要請・生麦事件・薩英戦争

そんな万次郎に、新しい仕事が舞い込んできた。それは思いがけない薩摩藩からの要請によるものだった。元治元年（一八六四年）五月のことである。

薩摩藩では幕府から蒸気船長崎丸を借りていたが、文久三年十二月に小倉領田ノ浦沖に停泊中、外国船と誤認され、長州の砲台から猛烈な砲撃を浴びた。船は炎上して沈没、約三十人近い乗組員が死亡していた。そこで薩摩藩は新たに蒸気船を購入する必要が生じていた。だが蒸気船を購入するにしても、船舶の運用に精通している者がいないので、万次郎に操船技術を学ぼうとして要請したものであった。そのきっかけを作ったのは、明らかに薩英戦争であった。

文久二年八月二十一日のことであった。薩摩藩主忠義の父久光は、江戸より鹿児島へ向かっていた。その行列が神奈川郊外の生麦村にさしかかった時、横浜居留地に住む四人のイギリス人と出会った。このとき馬上のイギリス人が、道のわきに寄らなかったので、供侍が一人を切り殺し、二人を負傷させるという事件が起きた。この生麦事件に対して、イギリスは幕府と薩摩藩に対して、謝罪や賠償を求めたが、交渉はなかなか進まなかった。日本のしきたりをイギリス側が理解していないのが悪いと主張する日本側と、国際的な常識とが食い違い、交渉は難航していた。業を煮やしたイギリス側は、翌文久三年七月、軍艦七隻を鹿児島湾に派遣した。それでも薩摩藩が賠償金の要求に応じなかったので、ついにイギリス艦隊は、市内と薩摩の船に対して砲撃を開始した。

この砲撃で薩摩の船三隻と市内の一部が炎上した。このとき、暴風が吹き、一方で石炭、弾薬、食糧が尽きたこともあって、イギリス艦隊はほどなく退却した。

薩摩藩も陸の砲台から応戦はしたものの、イギリス艦の近代兵器や火力の優秀さの前に、ほとんど抵抗しないに等しかった。

兵力の違いに肝を冷やした薩摩藩は、この事件が契機となって、陸海軍の整備と強化を痛感し、早速、藩の学生を神戸にある幕府の海軍操練所に入学させた。

元治元年には鹿児島に開成所と称する学校を設置し、その開成所では陸海軍の砲術、兵法、築城、天文、地理、測量、航海、物理、医学など、軍事ばかりでなく、自然科学まで、広く学生に学ばせようとした。

一方で、同年二月から、同年十月までの間に、外国船を五隻も購入し、海軍力の強化を図った。これだけの内容を、指導できる指導者として浮かび上がったのが、万次郎だった。島津久光の家老、小松帯刀の進言により、万次郎は招聘された。

藩主島津斉彬の知遇を受けていた万次郎は、二つ返事でその要請に応じた。

小笠原諸島から帰り、ホーツン事件の後味の悪さから、かなり精神的に塞がるものを感じていた万次郎にとって、この時の薩摩からの要請は、実にタイミングが良かった。

全てから解放されたくて、直ぐに応じて、二人を伴い鹿児島へ向かって旅立った。一人は英語の門弟で、医師でもある漢学者の立花鼎之進、もう一人は従僕与総次である。

万次郎は早速、鹿児島への旅の途中、京都で小松帯刀に会い、藩の海軍の再建策や、操艦・航海術の伝習等に関して、いろいろ建言した。

少し籠りがちだった気持ちも、自分の能力が生かされると思うと、期待に応えようと、前向きに帯刀に建言した。

先ず遠洋航海の有用性について語り、航海訓練には上海あたりまでとは言わず、アメリカ、イギリスまで行くがよいと、自分の体験を語ろうとしたが、すぐに遠洋航海は無理で、ひとまず航海訓練としては、士官から水夫まで人選し、試みに琉球あたりまで行くのがよろしかろうと、帯刀の好奇心をそそるように建言した。

それに応えるように帯刀は、鹿児島にいる大久保一蔵（のち利通）に手紙を送り、本人がそちらに着いたならば、その意見を入れ、旅館等の用意もお願いしたいと述べている。島津斉彬以来、万次郎と薩摩藩との相性はよかった。


京都を出た万次郎は途中大阪で、大阪警備の任にあった、山内豊徳（容堂の甥）に拝謁し、酒肴のもてなしを受けた。

万次郎は行程の途中を利用し、目的地の用事を済ませるだけでなく、できるだけ多くの用件を済ませる習慣があった。それは、捕鯨漁で途中寄り道をすることによって、学ぶことの多かった時代の習慣が、自然、身についていたからでもあった。

この薩摩行きの話があった時、途中、郷里の母に会いに行くことを、条件に入れていたが、日程が遅れて、その途中、寄り道することはなかった。が、一旦薩摩藩で仕事を始めてから、気になっていた郷里に帰っている。

鹿児島に着くと、新設間もない開成所で、教授として、航海実習、測量術、造船術、英語などの教育にあたった。元治二年（一八六五年）正月のことであった。

このころ、薩摩藩では、新たに鉄砲や汽船を買い入れることになり、万次郎は伊地知壮之丞とともに、五月ころ、通訳として長崎に赴いた。

ここでは五月から十月にかけて、帆船（龍田丸）、汽船（開門丸、万年丸、三国丸、桜島丸）などを購入した。

当初、三年ほどの契約であったが、開成所の教授を務めたのは凡そ半年であった。

慶応二年（一八六六年）正月、万次郎は薩摩の開成所で教鞭をとっていると、無性に故郷へ帰りたいという思いが湧き上がってきた。当初、故郷へ寄りたいということも伝えてあり、了解をとっていたが、日程の都合で、薩摩へ下る途中ではその思いは果たせなかった。

正月が近づいてくると、帰郷への気持ちが抑えがたく、その気持ちを素直に藩主へ伝え、少しの期間故郷へ帰りたいと願い出た。薩摩から船で回れば、土佐は直ぐ近くだと思うと、中ノ浜の正月が思い出され、仕事に集中できなくなるほどだった。仕事半ばではあったが、率直に申し出ると、意外と簡単に藩主から許可が出たので、万次郎は喜び勇んで、正月を迎えている中ノ浜へ向かった。

母はもう七十四歳になっていた。自分が三十九歳になっているので、当然と言えば当然だと、時の移り行く速さを実感しながら中ノ浜に向かった。

中ノ浜では、母に帰郷したことだけを告げて、当地では著名人になっていた、池道之助の所に行き、江戸での様子、函館へ捕鯨に行った話、咸臨丸で渡航した苦労話、小笠原諸島での捕鯨や、ホーツン事件の話など、事細かに話して聞かせた。

毎夜毎夜話は尽きなかった。道之助には、ホーツン事件での、複雑な自分の思いを語りたかったが、訪問者が多く、しんみりした話はあまりできなかった。

間もなく本家の後ろに、母のために、兄時蔵が建てた隠居所に移って、母との時間をたっぷり楽しんだ。隠居所の建設資金は、万次郎が十分なほど渡していた。

故郷中ノ浜で、のんびりとした時間を送っているうちに、はやくも三月になった。

暖かくなり、万次郎が帰郷していることを知った、藩主容堂公（山内豊信）は、万次郎を高知城下に呼び寄せた。

この時の土佐藩では、吉田東洋の志を受け継いだ後藤象二郎が、初めて出会った時の好奇心旺盛な少年とは違って、立派に成人した凛々しい若者になっていた。

土佐藩の成務を司っていた後藤は、富国強兵の基礎作りを始めていた。

その手始めに、慶応二年、貨殖、勧業、鉱山、捕鯨、海運の諸局に分かれた藩校「開成館」を設立した。

さらに別局として、訳局というものを設け、そこには英語やフランス語の講座もあり、新たに西洋医学を推奨するなど、意欲的に取り組んでいる象二郎を、万次郎は頼もしく育っているなと、若き日の自分の姿を思い浮かべながら、ある感動を以て見つめていた。

貨殖局は、土佐で産する半紙や樟脳などを、長崎の外国人に売って、その代価で外国人から武器や艦船を購入するための重要な部局であった。

万次郎は新設の藩校「開成館」で、英語を教える傍ら、航海、測量、捕鯨等についても教えた。万次郎の手助けもあって、土佐「開成館」の運営も軌道に乗ってきた。しかしいつまでも土佐藩が万次郎を抱えていることはできず、折から、参政の後藤象二郎が、長崎に船舶や鉄砲などの買い付けに行くことになったので、万次郎も同行し、そこから鹿児島へ向かうことにした。

慶応二年七月七日、一行（荷かつぎも入れて総勢一二三人の大所帯）は、先ず長崎へ向かった。万次郎の従者は人夫も含め三十三人、その中には、郷里中ノ浜の著名人池道之助、従僕の与総次もいる。途中伊達藩領の宇和島を通ると、藩主伊達宗城公に招かれ厚遇され、数日間滞在した。万次郎はアメリカでの体験談、航海運用、捕鯨業などについて話をすると、藩主も喜んで、一行を何時までも引き留めておきたいようだったが、日程の都合もあるからと、数日間の滞在でその宇和島を出た。

それから一行は、船で豊後（大分）に渡り陸路肥前に入り、後藤と万次郎は二手に分かれ、万次郎らは七月二十四日、後藤の一行は翌日に長崎に到着した。

万次郎は殆ど記録を残さなかったが、万次郎を知る者の記録は結構残っている。同行した池道之助は「池道之助日記」として、マメに記録していたので、この時の万次郎の長崎での行いは、かなり詳しく伝えられている。

万次郎が長崎に逗留したのは、約一か月ほどだった。この間彼は、毎日のように外出し、外国商人と交渉し、時折、藩士らと市内の料理屋や遊里などに足を運び、大いに歓を尽くしている。

武器や汽船の買い入れのために頻繁に訪れたのは、出島のオランダ人シャス・レーマンやイギリス人トマス・ブレーク・グラバー（グラバー商会の設立者）のもとである。

八月五日には長崎湾を見下ろす南山手のグラバー邸を訪問し、武器庫の中の大砲や小銃などを見学した。

同日の夕刻、万次郎は土佐藩の役人らとともに、丸山の料理屋小島屋に上がり、芸者を呼んで飲めや歌えの大騒ぎをしたが、この日の勘定はすべて万次郎がもった。

この日付近くの、池道之助の「日記」には「中浜氏夜前より不帰」といった書き方が目立つが、これはひそかに色里で一夜を過ごしたということだろうか。

万次郎の結婚観・女性観

ここで少し万次郎の女性観、結婚観について触れてみたい。

万次郎に強い影響を与えた人物がホイットフィールド船長であることは、これまでも何度も繰り返し述べてきた。船長に助けられた捕鯨船航海時代から、日本の色里のような、女性を買ったり買われたりする場所が、寄港地の至る所に存在していることを、十四歳の万次郎は、好奇心いっぱいに観察していた。若き万次郎は、いたるところに、春をひさぐ女たちがいることを知り、かなり関心を示していたことは、これまでも色々な記録によって明かされている。

日本へ帰国し、武士にまでなった万次郎は、日本にも、そんな岡場所があることを、貿易の交渉に付き添うようになり知ることになる。小笠原諸島へ行ったときも、母島で、島の首長トーマス・マッツレーに尋問した時も、万次郎は「いかほどの値段で売るのか」と値段まで聞いている。かなり関心が高かったことがうかがえる。(「御用私用留」)

だからといって、万次郎がそれを頻繁に利用していたということを言いたいわけではない。むしろ逆かもしれない。人道的な思惑があり、関心を示したのかもしれない。ホイットフィールド船長もそうであったし、節度は常に持っていた。でも、後藤象二郎と共に行った長崎、上海では、外国人と商談をする時の手段として、派手に飲み食いをして、色里で一夜を明かすということを、かなり頻繁にやっていることを、「池道之助日記」も明かしている。

一番目の奥さんの鉄が亡くなったのが、文久二年(一八六二年)七月二十一日、鉄二十五歳、万次郎三十五歳の時であった。

万次郎三十六歳の時には、二番目の奥さん、琴とはもう再婚している。

再婚に関しては、ホイットフィールド船長も再婚しているし、尊敬する船長の考え方や生き方は、暗黙の裡に万次郎の生き方にも、かなり大きな指針となっていたことは想像に難くない。船長の女性観、当時のアメリカ人の持っていた生活感は、必然万次郎の生き方でもあった。当時の日本のモラルとはかなり違っていてもおかしくはない。万次郎は、鉄を失った後、ためらわずに、二番目の奥さんを持つことを考えたに違いない。再婚への意識は、当時の日本人とは違いアメリカ人的であった。家族に対しても、ホイットフィールド船長がそうしていたように、常に愛情を注いでいた。

琴との間には西次郎・慶三郎という立派な二人の男児が生まれ育っている。万次郎の子供たちへの意識は、名前の付け方に、考えの一端が窺える。長男が東一郎、次男が西二郎、三男が慶三郎である。一番目の奥さん二番目の奥さんは関係なく、万次郎の長男次男三男なのである。三番目の奥さんにも男の子が生まれたが、〇〇四郎とは付けなかった。信好、秀俊という名前である。何故そうしたか、私がここで言いたいこととは関係ないので、推測するのはここで止めておく。

家族思いの万次郎が、なぜ二番目の奥さん、琴と離別したかということである。離婚の理由は定かになってはいないが、万次郎にとって、離婚することも、結婚と同じ感覚で実行したのではないかと想像される。そのことに触れた資料も未だに見つかってはいない。分かっていることから推測してみると、鉄の時もそうであるが、万次郎は、結婚しても、殆ど家に居なかった。子供を大切にしていることは分かるが、奥さんと共に行動するということは一切なく、ほとんど家には居なかったのである。鉄が亡くなった後、小笠原諸島へと捕鯨活動へ行き、帰ってきてから直ぐに琴と結婚し、西次郎が生まれ、元治元年（一八六四年）には鹿児島の開成所教授に就任し、薩摩から、土佐、長崎、上海と後藤象二郎らと行動を共にし、江戸へ帰ったのは二年後の慶応二年（一八六六年）の十二月である。そして三男の慶三郎が生まれ、長崎へ戻り、薩摩へ行き、再び開成所で教授を続けたのである。琴としては初婚であり、二人だけで過ごすことは殆どなかったことを思えば、前妻の子を三人抱え、自分の子を二人産んで、一挙に五人の子供を母一人で支え続けることを思えば、家庭生活というものが果たして成り立つものかどうか、およそ想像はつくというものである。万次郎は長崎では適当に遊び、上手に商取引に遊びまで活用していた。万次郎にはそれなりの判断と理由はあったかもしれないが、結婚したての女性にとって、夫の旅先での行状は想像できる。女性の感覚で推察できる。そこに何らかのトラブルが生じてもおかしくはない。結果、二人は離別するのだが、琴は、遠く熊本の仏厳寺で心を癒しながら、きっと万次郎が迎えに来てくれることを信じていたのかもしれない。が、万次郎は来なかった。来たのは万次郎ではなく、亡くなった後に、息子の東一郎が墓参に来てくれたのである。琴が亡くなるまで、万次郎が一度も訪れなかったということは、万次郎にとってはそれほど許し難い何かがあったということであろう。

とにかく万次郎は来なかった。現実を直視した万次郎は、子供にとって母親は必要だと、四十二歳にして、三度目の結婚を志げとすることになる。

時の人であった万次郎と結婚し、琴には結婚生活について、夢や希望も多かったに違いない。が、現実は殆ど家にはいない夫について、仕方がないとは思うものの、愚痴の一つや二つ言ったとしても不思議はない。細川夫人に仕えていた琴は、ただ、かしずくだけの女性ではなかったのかもしれない。女としての尊厳と誇りに目覚めた人だったのかもしれない。一時的に感情が食い違い、そこに離別の言葉が出たとしても、それは一時の感情であり、いずれ許される時が来るものと信じて疑わなかった節が、東一郎日記の一節から推測できる。でも一旦口に出してしまえば、元に戻ることは難しく、傷心の思いで、はるか熊本の仏厳寺にお世話になったのであろう。

傷心の琴に、その仏厳寺を紹介したのが、先輩の遠藤よねという東言葉を使う女性だった。

彼女は琴と共に、江戸の細川藩夫人に仕えていた、七歳上の女であった。東一郎を夜の十時過ぎに訪れた遠藤よねは、明日まで待てなかったと、何かを一切合切告げたい風であった。仏厳寺の近くに住んでいたということもあり、琴を再々訪れて面倒を見てきたものと思われる。琴が白血病だと分かり、彼女を最後まで看取ってくれた。琴には最も頼りになった女性ではないかと想像される。

このお寺は代々女性ばかりで、住職になるべき男児がいなかった。そこで琴を養女として越後より住職を迎え、琴女はこの地で再婚したと想像するのが妥当であろう。それまでは、当地で、ひたすら万次郎が迎えに来てくれることを信じて、耐えに耐えていたのだろう。だが万次郎は来なかった。養母の存在を、長男の東一郎は知っていた。だから、琴が亡くなった後墓参にも行くことが出来たのだろう。

東一郎日記より、もう少し吟味すれば、江戸青山の大火があった時、何らかの形でよねと琴はお互いを知ることになった。二人にはお互い共通するものがあった。

年齢は七歳もよねの方が年上であったが、遠藤よねの息子は医者であり、琴の兄は細川藩の医者であり、お互いに年齢差を越えて共鳴するものがあったのだろう。

大火の後、浅野家から細川家へ嫁ぎ、細川夫人となった夫人の下に、よねと琴の二人は共に仕えるようになった。そのころ万次郎と琴は結婚したものと思われる。

万次郎と離別した後は、仏厳寺に入り、心を癒しながら、万次郎が迎えに来てくれるものと信じきっていたが、その思いはついに報われなかった。その間の二人の間には、何らかの話し合いがあったのかもしれないが、琴は、万次郎への思いを断ち切って、新しく新潟よりやってきた住職と、この寺で縁付くことになったのだろう。琴女が住職との再婚を決意したのは、万次郎が志げと再再婚をしたことを知ってからのことだったかもしれない。志げと再再婚をした時の万次郎は四十二歳、そこから計算すると、琴との生活は五年程だったであろう。琴は、白血病のため四十七歳の生涯を終えた。

東一郎は明治二十一年に一度、その翌年の八月十二日に二度目の墓参りをしている。その時のことが、長男の東一郎日記に詳しく書かれている。

遠藤よねは、琴の代わりに、きっと一言、どんな気持ちで琴がこの地で永眠したかを伝えたかったのかもしれない。そのことを感じ取った息子の東一郎は、翌日墓参することを告げて、よねを帰した。そのようなことを、感情を抑えた、淡々とした筆致で、東一郎はその時の模様を日記に残している。

私は何度か仏厳寺を訪れ、今の住職に詳しく話を聞こうとしたが、資料は一切残っていないし、西南戦争の際、一時期植木の方へ疎開していて、墓もろともに綺麗に壊され、資料は全くないということで、東一郎日記に記されていること以外に、新しい情報は未だに掘り起こしは出来ていない。熊本大震災によっても、更にお寺は被害を受け、現在は墓の所在さえ分からなくなっている。

長崎から上海往復・そして薩摩へ

後藤象二郎らは外国商人を訪れ、港内の外国船を見学し、物件を探すが、なかなか購入したい汽船がなく、中国の上海まで足を延ばすことに決めた。慶応二年八月二十五日の夜半に出帆し、二十七日の夜に上海に到着した。一行は宇和島藩士三名を含む九名で、六日間滞在、砲艦と蒸気船を一隻ずつ購入し、六日の昼頃長崎に帰着した。

後藤が上海で艦船の購入契約を結ぶことが出来たのは、土佐藩の樟脳を抵当に、十八万両の資金を得たためであった。相手はイギリス商人のウートロといった。後藤が上海へ渡ったのは、折から、坂本龍馬の海援隊の隊士の中に、彼をつけ狙っている者がいるとの風評もあったので、一時、テロから逃れるための遁走でもあったらしい。

上海で購入した艦船は、砲艦（若葉）一隻と汽船（夕顔）一隻であった。当時藩庁の計画では、一隻のみ購入する予定であったが、後藤の専断により二隻購入することになったという。後藤が如何に容堂に信頼されていたかを窺い知ることも出来るが、後藤象二郎も、坂本龍馬同様に、かなり危険な身の上になっていたことも窺い知ることが出来る。

ということは、万次郎もまた、かなり緊迫した場所で商取引をしていたことになる。家のことは気にはなっていたが、命を張った緊迫した状況にある自分の立場を、特に身近にある人には理解して欲しいという甘えもあったのかもしれない。常に緊張状態が日常のようになっていた万次郎にとって、幕末の緊張感は、決していやなことではなかった。むしろ、自ら望んで突き進むのがこれまでの万次郎だった。

そんな万次郎の生き方を、晩年、長男の東一郎に、是非記録していてくれるように頼まれたこともあったが、万次郎は簡単な記録はしたものの、深い心情を吐露するような記録は一切残さなかった。万次郎も初めての上海行きで、土産にオルゴールを買って帰っている。こんな買い物の中に、万次郎の家族への思いが、何気なく覗いているようでもある。

時は幕末の真っただ中、勤皇だ攘夷だと至る所で声高に叫ぶ者、静かに情勢を見極めようとしている者、武士も町人も、これからの先行きに関心を持たない者はいなかった。

万次郎は、そのど真ん中にいて、常に自分の身の振り方を考えていたに違いない。

万次郎らが上海から帰国して一か月ばかりたった十月十七日の夜、薩摩藩の三国丸が長崎に入港した。この船には家老小松帯刀が率いる兵四百人ほど乗っていた。

帯刀は不逞浪士が跋扈《ばっこ》する京の警護に赴くところであった。

万次郎はその小松帯刀に会い、土佐の用事が済んだら、ひとまず江戸に帰り、改めて薩摩の開成所に赴任したい旨を伝え、帯刀の了承を得た。

万次郎はその後二度目の上海に発った。

今夏は蒸気船を一隻購入し、もう一隻を発注する任務で、造船の立ち会いのために、毎日のように造船所へ通った。

この時期、上海にはかなり日本人が来ている。

ロンドンへ興行へ行く途中の浅草田原町松井源水や、柳川蝶十郎ら軽業師、コマ廻しの巡業団一行、巡業団と共に、同じ船で横浜を出帆し、イギリスへ留学する学生ら十二名等々。留学生の中には、川路太郎（聖謨の孫）らもいた。

ちなみに、万次郎はこの時川路太郎には会ってはいないが、一八五九年八月十日の万次郎日記には「八月十日、天曇る雨なし二而稳《にておだやか》。昼後より川路左衛門尉御殿屋敷江罷出候《まかりいでそうろう》処、同家若殿様（太郎）英語を相始度《はじめたき》ニ付五、十之日罷出候積《つもり》」といういきさつもあり、同じ時刻に同じ場所にいたことになる。

川路太郎は万次郎が江川英龍に次ぎ尊敬する川路聖謨の孫である。

川路太郎だけではなく、長州人伊藤俊輔（博文）も同じ場所にいたという記録もある。

（柳川藩士曽我祐準翁自叙伝、十一月五、六日の記述より）

「五日　上陸。グルム（グラバー）の代理人、長崎のイギリス商人宅にて土佐人中浜万次郎、松井周助、橋本某及び宇和島人加来某、上田某等を見る。議論甚だ盛んなり。又江戸人八戸順叔（喜三郎）なる者、米人ヴァンリー（不詳）に従ひ……。後略」

この時期、上海にはかなり日本人が来ていて、変わったところでは「書生銀次郎」、すなわち岸田吟香（明治期のジャーナリスト、画家岸田劉生の父）もいる。

吟香は横浜居留地のアメリカ人宣教師J・C・ヘボン博士に同行し、『和英語林修正』（和英辞典、一八六七年）の印刷出版のため、当地を訪れていた。

この長崎・上海旅行についての万次郎の行状記が、かなり詳しく残されているのは、同行していた池道之助によるところが大きいが、万次郎も、わずかに日記に記している。

池道之助は、特に万次郎に同行することになり、万次郎のことを努めて記録として残した様子が随所に感じられる。

先ず彼は「思出草」と題して、長崎・上海へ同行するようになった経緯から始めて一冊にまとめている。それを道之助から五代目の鈴木典子氏が、現代語訳を付けて復刻してくれたので、その恩恵を被っていること大である。

慶応二年寅ノ三月二十五日のことである。

中濱萬次郎　家来・立花鼎之進　家来・立花與惣次　池　道之助と最初にあり、

「右は中濱氏旧地の用事も相済ませ　再び高知に向かうにつき　この私に是非とも同行してはいかがとしきりにすすめられるゆえ」と、最初に断りを入れ、出立している。

万次郎は幼児期より、この道之助に関しては、同郷の大先輩であり、かなり尊敬もしていた節がある。江戸からの手紙を彼に出したり、帰郷した折には、母の所より先ず池道之助の所に宿泊したりしている。それだけに、万次郎に関して道之助は、意図的にかなり詳しく記録している。それで長崎・

上海での万次郎の様子は具体的に把握できる。

その後も造船所、計器製作所、運上所（税関）を見学したり、芝居を見たり、城中に買い物に行ったりしているが、万次郎は商店で皮製の箱（二ドル）や蝙蝠傘（七ドル）を求めた。十一月十五日には一行はイギリス船で上海を出帆、同月十八日の夜長崎に帰着した。

その後、万次郎は土佐藩のために大浦東山手十六番館に住むＡ・Ｄ・Ｗ・フレンチ（国籍不詳）やグラバー邸などに足繁く通い、鉄砲・弾薬の購入に努めた。


万次郎は一段落ついて、江戸へ帰ることを決めた。長崎を発つ二日前、同じ境遇からアメリカ人になった浜田彦蔵（ジョセフ・ヒコ）と会った。彼の方から尋ねてきた。

ヒコは横浜から長崎に来ており、得意の英語と語学と海外知識を活用し、諸大名が求める汽船、銃砲、弾薬の取引の斡旋と仲介をやっていた。万次郎と似たようなことをしている二人は、話が止まらない。咸臨丸以来であった。

万次郎は慶応二年二月十二日、長崎港に停泊中の英国船に便を得て江戸芝新銭座の江川邸内の自宅にもどり、久しぶりに家族と正月を祝った。しかし自宅の滞在は二か月ばかりで、ゆっくりと落ち着く暇もなかった。

翌、慶応三年二月二十六日、与総次と共に江戸を発ち、陸路大阪に出て、高知の開成館の代講を依頼していた立花鼎之進と、長崎で落ち合い、三人で鹿児島へ赴いた。

思えば一年三か月も鹿児島を離れていた。この一年三か月の、長崎、上海での人の動きは、これからの日本の行く末を占うにふさわしい人の行き交いであったことを実感しながら、万次郎は再び、開成所の教授職に復職し、時には藩船に乗って航海や測量などの実習を行った。

三年の契約であり、その中間が抜けたにもかかわらず、鹿児島では一切の文句も言わず、喜んで万次郎を迎えてくれた。

さすがに、途中土佐藩のために活動したことを、薩摩藩には詫びもしたが、時局は万次郎やジョセフ・ヒコなど、英語ができる者が重宝がられている時代でもあり、薩摩と土佐の仲がよかったこともあり、大した問題にはならなかった。

この年の秋、万次郎招聘の契約期間も切れたので、十一月初旬、汽船で鹿児島を発ち、慶応三年の暮れ、江戸へ帰着した。

江戸へ帰った後も、薩摩藩士と万次郎との交際は続き、万次郎の自宅には薩摩藩士がよく来ていたようである。中浜東一郎伝によると、興味あるエピソードがある。

『芝三田の薩摩屋敷が幕兵によって焼き討ちされる前日のこと、万次郎は薩摩の某藩士を芝神明前の料理屋に招き、夕飯を共にした。その折、客人が時局に対して悲憤の涙を流したので、万次郎も、傍で話を聞いていた息子の東一郎（当時十一歳）も、思わずもらい泣きした』という一節がある。万次郎は記録を残さなかったが、筆まめな東一郎は後年、「中浜万次郎伝」の中で記している。長男の東一郎が、いかに父親を敬い、期待に応えるような生涯を送ったかというエピソードの一節でもある。

薩摩藩士の悲憤の涙とはどんなものであったのかは推測の域を出ないが、涙ながらに語る藩士と、涙を抑え切れずに聞き入っている親子の図とは、まさに絵に描きたい構図でもある。目に見えるような親子の情が伝わってくる。

王政復古

やがて幕末の激動の中で徳川幕府が倒れ、王政復古がなった。万次郎は相変わらず芝新銭座の江川邸内で暮らしていたが、時折土佐藩邸にも顔を出していた。激動の時代の、真っただ中で過ごす日々、どんな流れになるのか、万次郎とて、これからの自分の身の先行きを案じないわけにはいかなかった。

慶応四年四月十一日、江戸城が新政府に明け渡され、七月十七日には、江戸が東京と改められた。二百六十年続いていた徳川幕府は倒れ、時代は明治となり、新しい時代が始まったのである。

この時、万次郎に信じられないほど衝撃を与えた事件が報じられた。

幕末のこの時期、様々な事件が起きてはいたが、万次郎にとって、このことは、一番大きな事件だった。

というのは、万次郎がこの江戸で、絶大な信頼を寄せていた川路聖謨が、自らの命を絶ったという事件が報じられたことだった。万次郎には全く信じられないことだった。

江戸へ上った時、真っ先に自分の話に耳を傾けてくれたのはこの聖謨だった。江川英龍は自宅まで提供してくれたが、川路聖謨は自分の言ったことを全て信じてくれて、万次郎から聞いたことをまとめて、「糾問書」として、幕閣に知らしめてくれたのである。

江川英龍、阿部正弘という、万次郎を支えてくれていた二人が、相次いで亡くなった後、万次郎を支えてくれたのが川路聖謨であった。

捕鯨事業は国益になると進言した万次郎の言い分を聞き入れ、勘定奉行だった聖謨は、万次郎を函館へ派遣して、捕鯨業の発展を試みた。それほどに聖謨は、進歩的な判断をして、万次郎にとって頼りになる人であった。

外交では、日露和親条約を取り交わし、ロシアのプチャーチンにも信頼されていた、進歩的な聖謨だったが、西郷と勝との間で、江戸城無血開城の約が本決まりと知るや、その前の日に自決したのだった。

二年ほど前より、中風に罹り、半身不随の身になっていたことは知っていた。それに加え、実弟が自殺するという事件もあった。そんなことも重なり、かなり悲観的になっていたとはいうものの、左手が利かず、右手だけで作法通りに割腹し、とどめをピストルで喉を撃つという前代未聞の割腹の様子を聞いた万次郎は、ただただ涙するだけで、いよいよ自分も、最期を意識せざるを得ないのではないかと、自己を見失う程の衝撃を受けたのだった。というのも、この時期、惜しまれる人が相次いで亡くなっていくのを、万次郎は、ただ傍観者として留めおくことはできなかった。

（小栗忠順という人）

万次郎が特に気になっていたのは小栗忠順《ただまさ》という人物だった。初めて出会ったのは一八六〇年、日米修好条約批准のため咸臨丸でアメリカに渡った時だった。

万次郎は咸臨丸、小栗忠順は米艦ポーハタン号で渡米していたので、深い接触はなかったが、遣米使節・目付（監査）として派遣されている人だと知り、咸臨丸の乗組員とポーハタン号の使節団とが、はじめてサンフランシスコで合流した時、出会ったのが最初だった。万次郎は眼付きの鋭い、いかにも切れ者という雰囲気の、小栗上野介（忠順）の噂だけは聞いていた。それで、その後も注目はしていた。中でも、自分と同じ歳であることに親密感を覚え、常に注目していた一人ではあった。

その小栗忠順が、川路聖謨が自殺した直ぐ後に処刑されたと聞いて、万次郎の明治維新への疑問が、如実に膨れ上がってきたのだった。

万次郎は探求心旺盛な人で、自分の興味ある人物については、噂だけではなく、もっと詳しく知るために、色んな人に聞き、情報を自分なりに解釈する習慣がつくようになっていた。激動の江戸で生き抜くには、正確な情報を得るしか方法はないと思っていた。

万次郎を取り巻く人の中には、幕末の行く末を担うような人が、次から次に行き交っており、信頼できる人か用心すべき人か、自ずと、人を選別してみるような習慣がついていた。いやなことだと思いながらも、万次郎自身、いきなり襲われることもあり、識別する重要さは、江戸で生き抜く、最上の方法ではないかとさえ思うようになっていた。

万次郎にとって、特に識別しにくかった人物の一人に、小栗忠順という人がいたのであった。

彼の噂は、当時よく耳にすることが多かった。ペリー来航時から、積極的通商政策を主張する人として、万次郎は認識していたし、遣米使節団の目付として、ポーハタン号に乗船している幕府役人の、重要な一人であることは、咸臨丸でポーハタン号を護衛する役目を仰せつかった時から認識していた。

咸臨丸に遅れること十二日、ポーハタン号の一行と、咸臨丸の一行がアメリカで出会ったのは、サンフランシスコだった。

待ち受けた咸臨丸の一行とポーハタンの一行は、無事の到着を喜び合い、讃え合った。知っている者も知らぬ者も、見知らぬアメリカという地で巡り合うと、不思議と懐かしさがこみ上げて来た。

万次郎がしきりに通訳しているところへ、見覚えのある、小柄で精悍な武士が、つかつかとやってきて言った。

「おぬしが万次郎か？　よくやったな、最後まで気を抜くなよ」

一瞬誰かと思ったが、小栗忠順であることは直ぐに分かった。小栗のとろんとした目がそう言って握手を求めてきた。

握手の習慣のない日本に育っているはずの、小栗忠順から握手を求めてきたことに、万次郎はややためらいがちに手を差しのべた。

その時に見えた忠順の目は、万次郎の心の中を見透かすような鋭さがあった。心を射抜いていくような、強い圧力があった。

自分の行動にためらわないこの男は、ただ者ではないな。

噂通りの、切れ者だと思ったのが万次郎の第一印象だった。

何事にも臆することのない、積極的に行動する人だと、万次郎は瞬間的に判断していた。ある面、自分に似ているようにも思えて、一瞬、万次郎の負けず魂が働き、相手の威圧に負けないように、力強く握り返していた。


その時の小栗忠順のアメリカでの活躍はすさまじいものがあった。

日米修好条約の批准を果たすだけではなく、日米の「通貨の交換比率」の見直しを主張し、アメリカ側から、高い評価を受けたという評判だった。

当時、日本の小判や金貨が大量に流出していることに疑問を持ち、フィラデルフィアの造幣局で、「小判」と「ドル金貨」の成分分析実験を行い、日本の主張の正しさを証明してみせるなど、思いっいたことを、即実行できる行動型の人物として、万次郎は以後注目するようになっていた。

日米修好条約の批准を終えた後、一行はワシントン海軍工廠を見学し、製鐵、造船、金属加工などの先端技術を見て回った。その時、今の日本と、欧米間の格差を実感した小栗忠順は、日本の近代国家に何が必要かを強く感じ、その場から「鉄製ネジ」を持ち帰り、横須賀製鉄所を開設したということも聞くようになった。

さらに、軍事力の強化と武器の国産化を推進させるために、フランス軍事顧問団を入国させるなど、幕末の日本国に何が足りないかを、実地で把握し、それを即実行してきた、有能な人物として、誰もが注目していたので、万次郎も、自然小栗忠順の動きに注目していた。

この時期の幕府の明暗は、一手に小栗忠順に預けられていたような感じがしていた。万次郎は、時代を動かす人はこんな人かもしれないと、密かに評価を高めていた人物だった。そう評価する一つとして、万次郎と同じ歳だったという発見もあった。

自分と同年代の人が、国の将来を任せられるような働きをしているという事実、自分もいつの間にか、そんな年齢になったのかと、深いため息をつきながら、自分の心の奥底を見つめようとした万次郎は、深い谷底へ陥って行くような寂寥感に見舞われてしまったのだった。

川路聖謨が自殺したという報に、万次郎は後頭部を叩かれたような、強い衝撃を受けたばかりだった。心が塞がり、衝撃が癒えないうちに、またまた新しいショッキングな報が届いたのだった。

あれほど華々しく活躍していた小栗忠順が、お役御免となり、一八六八年（慶応四年）四月四日に、烏川の水沼河原（現在の群馬県高崎市倉渕町水沼）で、何の取り調べもなく「斬首」されたということを聞かされた時の衝撃は、これまでとは違った、新たなショックが万次郎を襲ったのだった。それは小栗忠順が万次郎と同じ年代であるということを知って、新たな共感を覚えていた時でもあったので、その時の衝撃は大きかった。

万次郎が、この人はと思う人は、次から次へと亡くなっていく。妻の鉄、敬愛した江川英龍、老中阿部正弘、川路聖謨、病で亡くなるのは諦めもつく。でも、聖謨の死は万次郎に翳を落とした。他に選択の余地はなかったのかという疑問を含んだ翳である。

徳川幕府が崩壊するということは、自分の死を意味するという判断、特に武士として、割腹自殺をすることを美徳とする考えはいったいどこから生まれるのか、クリスチャンとして洗礼を受けたことのある万次郎には、理解しかねることだった。

目標を失った武士が、割腹自殺をしたという噂を、あちこちで聞くにつけ、命を大切にしてきたこれまでの自分の生き方との、あまりにも違い過ぎる生き方に、万次郎は混乱した。その混乱に止めを刺すように小栗忠順の死が報じられたのである。

その死が斬首であったということも、万次郎には耐えがたいことだった。それもつい前までは、日本国の将来を背負っているような行動に自信を持っていた人が、役を解かれ、罪人として処刑される日常とはいったい何なのだろう。

万次郎自身も暴漢に襲われ、危うく九死に一生を得た経験を持っていた。危険と隣り合わせの世の中の真っただ中で、命とは何なのか、万次郎は真剣に考えざるを得なかった。

武士となった万次郎にも、想像できないような危険が迫っていることを実感する出来事も数回はあった。そんな危険を潜り抜けながら、武士としての生き方を学びながらも、やはり自分は漁師であるという、自分の根っこにあるものを見つめて、ほっとすることもあった。

ピストルを隠し持ったり、仕込み杖で、何らかのときには抵抗しようという気持ちもあったが、実際に暴漢に襲われてみると、自己防御することの難しさを痛切に感じるだけだった。自分では何にもできなかったのである。何もできなかった自分について、次々と亡くなっていく自分の心を動かした人とを比べてみることによって、自己の存在を確かめて見るようになっていったのである。

特に同年代の人が、武士として、次々に亡くなっていくのを、万次郎は何の感想も持たずに済ませることはできなかった。小栗忠順は特にそうだったし、忠順同様の功績を残しながら、新政府軍と戦う選択をした長岡藩の河村継之助もまた、万次郎と同じ年齢であった。

徳川慶喜の大政奉還後の政局は、一変した。
旧幕府軍と新政府軍との間で戦闘が開始されたのである。（戊辰戦争の始まり）
選択を迫られた河村継之助もまた、小栗同様闘うことを選択した。（北越戦争）
そして、彼らはその戦争がもとで亡くなった。死を選択したのである。武士として生きるようになった万次郎に、さてお前はどんな選択をするのかと、若き同年代の、輝かしくも見える生き方（死に方？）の選択を目の当たりにして、万次郎とて、考えないわけにはいかなかった。
これからどう生きるか、好むと好まざるとにかかわらず、考えないわけにはいかなかったのである。どう生きるかは、どういう死に方をするのかということの裏返しである。特に、聖讜の壮絶なピストル自殺は衝撃的であった。万次郎自身が突然暴漢に襲われたことも衝撃的であった。

さあ万次郎、お前はどんな生き方（死に方）を選択するのか？

同年代の人が、死をも厭わない戦争を選択し、そして亡くなっていくという現実を目の当たりにして、万次郎は自分自身へ問いかけるようになっていたのである。

いったい、この国は何処へ向かおうとしているのだろうか？

万次郎が先ず考えたのが、この国の行く末についてだった。このままの勢いで新しい国が作られるとすれば、いったいどんな国が開けてくるのだろうか？

万次郎には、漠然とした広がりが、ぼんやりと見えているような気がしていた。

新政府は新しい制度を次から次に生み出そうと動き始めた。

そのことに問題はなかった。新しいことは決して悪いことではない。しかし、欧米の模倣だけに終わってはならないということだけは万次郎にも痛いほどわかっていた。

この国で、万次郎が、自分の目だけで捉えた尊敬できる人々、聖讃や忠順、彼らは万次郎に何かを訴えていた。

それが何なのかはっきりとは理解できなかった。が、明治維新と後世から言われるようになった変革は、本当に変革だったのかは、徐々に万次郎にも、疑問に思えるようになってきた。富国強兵を叫ぶことは理解できないことでもない。豊かで実りある国にするために、先ず何をしなければならないか、そのために、何をどうするかが問題だった。

王政復古がなされた後も、万次郎はしばらく芝新銭座の江川邸で暮らしていた。廃藩置県が施行されると、各藩の衝撃は大きく揺れ動いた。

万次郎はやはり土佐藩のことが心配になり、たびたび土佐藩邸に出仕して、今後の動向を見守っていた。

すると、明治元年十月二十三日、万次郎は土佐藩に召し抱えられることになった。新地一〇〇石を賜り、馬廻とする辞令を受けた。

翌明治二年三月には、明治新政府より、徴士（朝廷に召し出された者）を命じられた。同時に開成学校の二等教授に任じられたのである。

そこで、これまで住んでいた芝新銭座の江川邸を立ち退き、明治二年、深川砂村八右衛門新田（隅田川下流、現在の北砂町一丁目あたり）にある土佐藩下屋敷（通商〝箱邸〟、約七〇〇〇坪）内の一家屋に移り住むことになった。

その屋敷は、容堂公より賜った家で、屋敷内の池に、冬になると鴨がよくやって来たので、時には銃で狩猟することもあったというほど広大な土地であった。

以来万次郎一家は、明治十三年まで、この下屋敷で暮らすことになった。

幕末の江戸から、維新後の東京という、激動のど真ん中にいて、万次郎はつぶさに、その動きを、当事者として体験することになったのである。

じっくりと腰を据えてものを見、考えるには十分の住まいと、人に恵まれた万次郎は、あたかも、そうするのが一番いい方法だと思われる仕事が、与えられ続けたのである。

明治新政府は、各藩の有為の者を江戸に招集して、役を命じた。これを徴士と言った。

この開成学校は現在の東京大学の前身である。

開成学校に明治二年五月までに任命された教官は次の通りである。

頭取　内田正雄
二等教授　入江文郎（幕末維新期のフランス語学者、のちパリで客死）
田中周太郎　中浜万次郎　鈴木惟一　箕作秋坪
三等教授　佐原純吉　荒川貞次郎　緒方正　鳥井八十五郎　江原鉦次郎　岩瀬竜太郎　伊藤昌之助
（もと幕府イギリス留学生、のち小博士）田中録之助
教授試補　立花鼎之進（万次郎の従者として、鹿児島、長崎、土佐に随行した医者で英語を習得した人）　矢田部良吉　他十名

はじめ、一等教授はいなかった。二等教授は現在の教授にあたる。

明治二年十一月より、教授以下の名称を改めて、大博士、中博士、小博士とし、次に大、中、小の得業生を置いた。

万次郎は中博士であったが、学校の成り立ちから英語を教えていた。

十四歳で命を見つめ続けてきた万次郎は、幕末から維新後にかけて、新たに命の在り方について、更に洞察を深めようとしていた時に、じっくりと自分の行く末を見つめるにはふさわしい仕事が、タイミングよく与えられたのである。時に万次郎四十二歳であった。

更に万次郎の洞察の締めくくりを促すように、翌年の明治三年八月、欧州出張を命じられることになる。独仏間に戦争（普仏戦争）が起こり、観戦のため五氏が朝廷により選ばれ、二名が藩命により参加し、全員で七名が選ばれた中の一人として、万次郎に辞令が下された。この最後の海外旅行で、万次郎は念願のホイットフィールド船長と再会を果たすことになる。

第七章　万次郎・終焉への選択

ホイットフィールド船長との再会

一八七〇年（明治三年）夏、ヨーロッパで晋仏戦争が始まった。これは一八七〇年から、翌年の七一年にわたりドイツとフランスが戦った戦争で、結果としてフランスが破れ、フランスがドイツに賠償金を支払った戦争である。

明治政府はこの戦争を視察するために使節団を派遣することになった。近代戦を実地に見ることによって、これからの日本国軍建設の参考にするための派遣であった。

派遣されたのは、団長の大山弥助（後の大山巌・元帥）、品川弥二郎（後の内務大臣）、池田弥一、中浜万次郎、林有造（のち伊藤内閣の農商務相）、松村文亮、有地品之允（呉鎮守府司令長官、枢密顧問官）の七名で、万次郎は通訳である。この一行には、留学のために渡米する者ら二十名ほどが同行することになった。その中には、のちの陸軍大臣、首相になる桂太郎、南部英麿（森岡藩主次男、のち東京専門学校《早稲田大学前身》校長）なども含まれていた。

万次郎にはこの話があった時から、密かに描いていた夢があった。フランスやドイツを正式に訪れるのは初めてであり、関心は高かったが、示された「晋仏戦争視察団行程表」を見た時から、今回の視察旅行では、あのホイットフィールド船長に、きっと会えるのではないかという期待感が、日増しに強くなっていた。

往路はサンフランシスコを経由し、ニューヨーク港からロンドン、そしてパリ着と記載されていた。ニューヨークからフェアヘイブンへは近いし、前回の咸臨丸ではサンフランシスコまでしか行けなかった。フェアヘイブンは遥かかなたで、手紙を出すのが精いっぱいであった。今回はニューヨークまで行くことは分かっている。ニューヨークからだったら、行程を変更してでも、船長へ会いに行きたいと、工程表を見る度に強く思うようになっていった。その思いは、次第に期待から決意へと固められていた。出発前の準備にも、船長に再会した時を想定しての、土産物をたくさん買い込んで、出発の船に乗り込んだ。

万次郎の荷物の多さに、同郷の土佐藩士林有造が言った。

「何を持って行くがか？　えらいな荷物じゃな。ほれ、わしの荷物はこれ一つじゃけに」

やや大きめではあったが、万次郎の個数の多さに驚いて聞いたのだった。

「わしゃあのう、古い友人がいっぱいおるでのう、是非に会いたいと思うちょるんじゃ。そのためのお土産を、いっぱい詰め込んでおるでのう、結構多くなってしもうたがじゃ」

万次郎にとってサンフランシスコは三度目であった。そのサンフランシスコから、大陸横断鉄道に乗り、ニューヨークに行き、ここで五泊して、イギリス行きの船に乗るのである。万次郎はこの五日間を利用して、ホイットフィールド船長を訪ねるつもりだった。

二人の会話を聞いていた団長の大山弥助が口をはさんだ。

「そういえば、あんたは、アメリカで世話になった人がいたんだったね。その人への土産ですか?」

「ええ、その人に是非今回は会いたいと思っています。会って、どうしてもこれまでのお礼を言わなければならないのです」

万次郎はたとえ駄目だと言われても、許可が出るまでは、最初から食い下がるつもりでいた。不意に会話に入ってこられて、少し身構えながら万次郎は応じていた。その目には強い意志が込められていた。

「そうだね、あんたは、アメリカで世話になった人がいたんだったね。会いたいのはその人ですか?」

「私の面倒を見てくれた船長にはもちろんですが、会いたい人は一杯います。前回の咸臨丸で行った時には、船長には会えなかったので、今回は是非会いたいのです」

「遠くの国にそんな人がいるとは羨ましいですね。ニューヨークでは、かなり時間に余裕がありそうですから、ゆっくり行ってきたらいいでしょう。あんたは地理に詳しいだろうし、わしらと違って、迷子になることはないでしょうからね」

いつも笑顔を絶やさない、団長の大山弥助の言葉に、これまでの苦労が全て抜けて行くような解放感に包まれた。

江戸幕府が倒れ、新政府になって、先行きの見えない暗澹たる気持ちで過ごしていた時とは打って変わって、乗船した時から、万次郎の心はもうアメリカに飛んでいた。咸臨丸で出港した時とは、気持ちの持ち方が違っていた。あの時はまだ武士の時代であった。通弁としての立場は同じだったが、当時は依然、アメリカのスパイではないかと疑っている乗組員も多くいた。今回は何かと万次郎を気遣ってくれているように感じられたのである。当初は、咸臨丸の艦長の勝海舟でさえ、万次郎を疑っている節が見受けられた。が、明治も三年にもなると、万次郎の立場も変わってきた。万次郎のもたらしたアメリカや欧州の情報から、近代国家の礎が始まったという認識を持つ者も多くなり、万次郎にも、見張られているという意識は次第になくなってきた。咸臨丸で渡米した時は、デーモン牧師を通して、船長への手紙を託すのが精いっぱいだったが、今回は、アメリカの友人に会うことは当然のこととして認められているのである。万次郎は、時代の移り変わりの不思議さをかみしめながら、維新前と、維新後の違いをしみじみとかみしめながらの出港となった。

今度の訪米が、きっと最後の訪米になるかもしれない。根拠はなかったが、出発する時からそう思っていた。これまでもそうだったが、万次郎の直観力は、新しい何かが始まると、常に冴えわたっていた。漂流して命の危険にさらされた時から、いくつもの危険に遭遇してきた。そんな危険な事態に遭遇する度に、まるで神のお告げでもあったかのように、先々のことが見えるような予感がしていた。物事を諦めない気持ちは小さい時からあった。

「マンはしつこいのう。何をやらせても、なかなか諦めが悪いけのう」

少年時代の万次郎を、父の悦助は口癖のようにそう言っていた。そう言われると万次郎は、そうなのか、いやそうかもしれないと、父の言葉を素直に受け入れるようになっていた。

幼い時は、しつこいのは悪いことだと思っていたが、年を重ねる毎に、しつこいことはいいことだと思うようになっていた。特に、幾たびもの危険にさらされるようになると、父の言っていた言葉が、あれは励ましのように思えてくるのだった。

「あきらめるな、万次郎！　決して諦めてはならんぞ！、お前は何でも出来るんじゃ！」

そんな父の励ましの言葉のように、何時しか、『ネバーギブアップ』という言葉に置き換わって聞こえるようになっていた。その声は父の声であったのかもしれなかった。あるいは、万次郎に救いの手を差し伸べてくれたホイットフィールド船長の声のように聞こえてくる時もあった。時には江川英龍の声であったり、川路聖謨の声であったり、様々な声に変わって聞こえてくることもあったが、それらは全て父親としての声に聞こえていたのだった。

それらの声が、先々のことを予感させるのか、根っからの楽観者であるがための予感なのかは、万次郎自身にも分からなかったが、何となく想像してみると、結果がいつも予想していたようになるのだった。

万次郎にとって、今度の訪米の最大の目的は、ホイットフィールド船長に再会することにあった。会って、これまでのことを、一切合切報告しなければならない義務を感じていた。その義務を果たさなければ、ずっと心の奥深くに巣食っているしこりを取り除くことはできないと思っていた。そのしこりを晴らす機会は、今度の訪米をおいてほかに、やっては来ないだろうという予感があった。だから、何としてでも、ホイットフィールド船長に会わなければならないのだった。

今の自分があるのは船長のお陰であるし、そのことへの感謝の言葉を伝える機会は、これまでも、これからもない。これまでずっと、何か事あるたびに、心の片隅に思い続けていたことが、今回の訪米で一気に解決できるように感じていた。

船長家族との再会

明治三年八月二十八日（一八七〇年九月二十三日）、船は順調に出港した。晋仏戦争視察団を乗せたアメリカ船グレート・パブリック号は、九月二十三日、サンフランシスコに到着。

一行は同地に三日間滞在し、動植物園、ラシャ製造工場、砲台などを見物したのち、二十六日にはサンフランシスコを発し、鉄路ニューヨークを目指した。二十九日にはソルトレークシティ、十月一日にはシカゴに到着、そこの市内に一泊し、翌二日にはナイアガラの滝を見物するなどした後、四日の午前九時頃、ニューヨークに到着した。

一行は馬車に分乗し、六階建てのホテル「セントニコラス・ハウス」に投宿した。

翌五日、万次郎は午前十時頃、林有造と共に銀行へ行き、お昼頃ホテルに帰った。

この日、当地に留学中の日本人らがやってきて応対、賑わった。


六日、万次郎は一別以来二十一年にもなるホイットフィールド船長に会うために、日本の土産（一分金など）を持って、汽車でマサチューセッツ州のフェアヘイブンに向かった。

駅からは馬車で、スコンティカットネックの農場にある、船長家族と一緒に住んでいた家に向かった。

あの時の見慣れていた光景が、暮れゆく夕明かりに照らされながら、目の前を通り過ぎて行く。万次郎は高鳴る鼓動を抑えるように、馬車に揺られながら遠くを見た。

十月末でも北国の夜は遅くまで明るさを保っていた。

下りた馬車が遠ざかるまで見送っていると、次第に夕闇の静寂が万次郎を包み込んできた。何もかもが、二十一年前と同じように思えてきた。違うのは二十一年という歳月の経過だけだ。

時間とはいったい何だろう。

この間に何だかいっぱいの経験を積み重ねてきたという意識はあったが、あの時と、気持ちは一切変わっていない。昔のままの自分が、今船長の家の前に立っている。

思い出がいっぱい詰まった、船長の家のドアをノックした。

「ドッキ、ドッキ」と、自分の心臓の音があたり一面に響き渡っているようにさえ思えた。一度では反応がなく、繰り返し二度ドアを叩いた。

いきなりの訪問である。いるかいないか、不安はあったが、きっといてくれる。二十一年もの思いが、一瞬に砕かれるというイメージはなかった。万次郎は、常にそうなるということを感じて行動していたので、船長がいないという不安感はまるでなかった。

ドアをノックする瞬間、一瞬のためらいはあったが、二度目のノックと同時に、中から女性の声がした。

現れたのは女の子だった。一瞬、奥様のアルバティーナかと思った。それにしては若く、当時と全く同じ顔をしている。

目の前で、二十一年前が再現されているのではという錯覚に陥りかけた時、相手の女の子が奇妙な声を発して叫んだ。

「オウ、マイゴッド！　もしかして、あなたは万次郎？　あなたが、父からよく聞かされていたジョン・マンね！」

そう言われて、万次郎も初めて見る顔ではないと思い直すと、直ぐに娘であることは分かった。

それにしても、あの頃の船長の奥さんのアルバティーナとそっくりではないか。

「ジョンよ、ジョン・マンが来たわよ！」

女の子は奥へ向かって叫んだ。飛ぶように駆け付けたのは息子のマーセラスだった。

「何だって、どういうことだ！」

「本当なの？　本当にジョン・マン？」

　驚きと感動の声が奥の方で聞こえた。同時にアルバティーナ夫人とホイットフィールド船長が転がるように駆け付けた。お互いに何と言っているのか、何かは言っているのだが、言葉にはならなかった。重なり合う様に抱擁し合って、二十一年ぶりの温もりが、お互いの心に伝わった時、ようやく、ホイットフィールド船長は、渋みのある落ち着いた声で万次郎に言った。

「ジョン、まず、座ってくれ、座って、ゆっくり話してくれ。これは、一体どういうことだ、そうか、マンジロウが、来てくれたか！」

「そうよあなた、ジョンよ、ジョンマンよ！」

　万次郎は、溢れる涙を隠すことが出来なかった。どこでも、誰の前でも見せたことのなかった涙が、しばらく止まらなかった。この数年間の、数十年間の思いが一気に駆け抜けて、父親に再会した時の子供のように、万次郎の気持ちは高揚していた。万次郎は自分でも驚いていた。自分の中に、こんな涙が潜んでいたという驚きを感じながらも、それを抑えることはできなかった。そんな万次郎に呼応するように、二人も静かに涙をぬぐった。

「ジョン、苦労したんだね」

　慈愛に満ちた、ホイットフィールド船長の声に、もろもろの思いが駆け抜け、万次郎はやっと報われたように笑顔を取り戻した。

「はい、苦労しました。でも、努力もしました。今は全てが報われました」

逞しく成長した万次郎を、目を輝かせて迎え入れてくれた温かい家族に会えて、万次郎は全力で駆け抜けてきたこれまでの営みが、全て報われたように感じていた。

一晩だけの滞在は矢のように過ぎて行った。お互いに共有し合っていた思い出の一つ一つを、我先にと、争うように語り合い、話題が尽きることはなかった。

でも万次郎は、船長夫妻に対する長年の恩を謝す言葉だけは、何よりも先に、感情に流されないように述べた。別れてから帰国するまでのいきさつ、その後のこと、今は明治新政府に欧州出張を命じられての訪米であることを、きっちりと報告し終わると、後は、夜更けまで語り明かしたのだった。

翌日は大変なことになっていた。日本からの珍客が来たことは町中に知れ渡り、船長の親類や近所の人々が船長宅に押しかけてきて、大変な歓迎を受けた。更には新聞記者のインタビューまであり、万次郎が如何に深くフェアヘイブンの街に溶け込んでいたかを物語っていた。友人の中でも一番心を許していたトリップが、いつ来てくれるかと期待していたが、その日は不在で会うことが出来ず、唯一心残りではあった。

それでも、万次郎の長年の思いは十分に果たされ、夢のような時間は瞬く間に過ぎ去り、ぎりぎりの帰りの時間が来てしまった。いよいよ最終電車に間に合わないといけないというので、帰りは船長が馬車で、ニューベッドフォード港まで送ってくれた。

「マン、あの頃は、ここは大変な賑わいを見せていたが、どうだい、船も少なくなったろう」

遠くへ広がるフェアヘイブンの港の方角を指さしながら船長は言った。

「そうですね、少し寂しいですね」

万次郎はこの港に着いた時から感じてはいたが、口に出せずにいた言葉だった。

「ペンシルベニアで石油が出るようになってから、この町にも陰りが見えるようになってきたんだ」

「鯨油が要らなくなったんですね」

「大変な思いをして海へ出るより、石油を掘った方が楽だからね。この馬車だって、もうしばらくすると、要らなくなるんじゃないか。石油を使った自動車というものが出始めているんだ。時代というものは、そんなものかもしれない。だがな、マン、どんなに便利なものが売られたって、体を使って、生み出したものが一番喜びは大きいんだ、マン、お前にもそれは分かるだろう?」

「分かります。日本も、今は、大きく変わろうとしています。日本が変わるために、私は命を賭けて帰りました。でも、その目的を、一応達することはできたんですが……なんか、思っていた方向とは違う方向へ向かって進んでいる様で、何となく、不安なんです」

「そうか、マンもそう思うか。……海は、海は広くて、いいんだがなあ……」

船長の言葉も語尾を失っていた。

万次郎四十三歳、ホイットフィールド船長六十五歳の時だった。

肉体の疲労極限に

万次郎の心は久しぶりに満たされていた。今度の旅行の最大の目的である、船長との再会を果たし、心は満たされていたが、久しぶりのアメリカを、単独で行き来し、そのために使った神経にも身体にも、かなりの負担がかかっていたらしい。行きと違って、帰りの汽車や船の中では、疲労感が全身を覆い尽くしていた。

《この、今まで経験したことのないような倦怠感は何だろう？》

心は満たされているのに、何となく自分の身体に自信が持てなくなっていた。こんな経験はこれまでしたことがなかった。

確かに、ニューヨーク滞在中の五日間の行程を組み立てるのは、かなり難しい作業だった。ニューヨークからフェアヘイブンまでの、往復の行程を、無駄なく、有効に組み立てるのには、かなりの神経を使うことになった。が、全く知らない土地ではなく、地理感もあり、英語だって自由に使いこなせたはずだから、神経がどうかなったという問題ではない。ということは、単純に体に異常が出たということだろうか？

万次郎は、考えられる原因をあれこれ考えていた。ニューヨークへ帰る船の中では、ほとんど寝て行けるような行程にしていたので、一日休めば同行の仲間と一緒に、後半の視察旅行には支障がないはずだった。が、彼自身、体の方が悲鳴を上げていることに気付いていた。

万次郎は、足先に日頃感じたことのない違和感を覚え始めていたのだった。

万次郎には、同僚の通訳という大きな役目があった。短期間ではあったが、その役目を放棄し、動き回ったことに関して、心の負担を感じているのは事実だったが、今回のメンバーの中で、気を使わなければならないような人はいなかった。みんな、万次郎に気を使ってくれていた。だから無理も言えたのだった。

咸臨丸の時とは違って、メンバーの殆どは、ある程度の英語力を持っていた。中浜英語塾に通っていた人が殆どで、団長の大山巌などは、万次郎の子供たちの子守をしたこともあり、ごくごく家族的な雰囲気もあった。ニューヨークでの五日間の滞在だけは、万次郎は単独行動をとるという強い覚悟を持っていたので、私的行為を割り込ませることにもなったが、それだけに、後半の日程については、予定通り遂行するつもりで、急ぎに急いで、仲間の待つ、ニューヨークを出港する英国船ミネソタ号の乗船に、やっと間に合わせることが出来たのだった。しかし、そのために、相当のストレスをため込んだのも事実だった。ニューヨークまでの帰りの船の中では、疲れて、ほとんど寝て過ごすことになった。

目的を果たし、ニューヨークのホテルに帰り着いたのは、英国行きの船が出る前日（十一月二日）のことだった。

船長との再会を果たし、永い間、心のしこりのように固まっていたものが、嘘のようになくなっていたのは確かなことだった。そのしこりから解放された瞬間、どっと疲れが出てきて、足先に違和感を感じながらも、ニューヨークへ着くまで眠りっぱなしだった。

目覚めた時、万次郎の心は晴れ晴れとしていた。そんな晴れやかな心とは裏腹に、今度は実際に足への痛みを感じ始めていた。コリコリとしたできもののような異物感を、足先に感じ始めていた。これは単なる疲労によるものだと、当初はそう思うようにしていたが、同室の林有造は、万次郎の異変を直ぐに感じ取っていた。彼は、直ぐに医療機関で診察してもらうことを勧めた。

「そんな、大した傷ではないぜよ。ちょっと無理したんで、足が悲鳴を上げたがじゃ」

「そんならええが、何にしても、医者に診てもろうたがええぜよ」

気遣いはありがたかったが、万次郎の義務感は強く、すぐにはそうしようとは言えなかった。無理してでも、みんなと一緒に行動することを望んだ。

英国船ミネソタ号に乗り込んだ一行は、ニューヨークを出港、大西洋を横断し、十一月十四日には、イギリスのリバプール港に到着した。翌日に上陸、ホテル「ワシントン・ハウス」に入った。午後には、林と共に万次郎は馬車で市内の遊覧に出かけた。ニューヨークを知っている万次郎にとって、規模も、盛況ぶりも、自分の知っているアメリカよりは、劣っているような印象を受けていた。

リバプールで一夜を明かした一行は、翌日、ロンドンへ向かった。汽車の客室は、六人掛けで、スピードもアメリカのものと比べると、はるかに速いように感じていた。汽車は夕刻五時半頃、ロンドンのユーストン駅に到着、一行はそこの「チャーリング・クロス」というホテルに、滞在中はずっと投宿することになった。同ホテルには、幕生川路太郎の一行も投宿しており、日本の新しい息吹というものを、外国にいて感じることが出来た。

二十七日、万次郎たちはイギリス人の案内で美術館見学をし、夜は劇場に行った。その後も万次郎たちは、芝居見物や市内観光を楽しんだが、更にはビクトリア駅から汽車に乗り、ロンドン郊外のシドナムにある「水晶宮（クリスタル・パレス——鉄骨ガラス張りの建物）」を見学に訪れた。

一行は、国会議事堂、造幣局等精力的に見て回ったが、この時万次郎の足には、完全にはれ物ができ、その痛みのために、見た目にも歩くのが痛々しく見えるようになっていた。

さすがの万次郎も、とうとう無理がきかなくなり、ロンドンの病院で医師の治療を受けることにした。応急処置を望んだが、医師は、直ぐに治るような病ではなく、腰を据えて治療することを勧めるので、団長の勧めもあり、同行の人に迷惑をかけるわけにもいかず、万次郎は治療に専念することにした。

翌日、一行は、およそ一か月ほど滞在したロンドンを離れて、蒸気船に乗り込み、ここからベルギーに渡り、ブリュッセルを経てベルリンに行く予定になっていた。

一行と別れた万次郎は、単身帰国することにした。帰りはアメリカ周りではなく、英国の蒸気船ダグラス号で、開通したばかりのスエズ運河を通り、東回り航路で帰国した。

好奇心旺盛な万次郎は、前年に開港したばかりのスエズ運河がどんなものか、一目見たいという思いが、東回り航路を選択した理由だった。

万次郎には、この航海が、おそらく最後の航海になるだろうという予感はあった。そう予感させた大きな理由は、やはり、みんなと同じ行動がとれなくなったことが大きかった。

これまでの万次郎は、常に走り続け、皆の先頭に立って行動しているという意識が大きかった。十四歳の時の、漂流体験でもそうだった。鳥島に打ち上げられた時も、決して諦めることはしなかったし、最年少の万次郎が、年長の人たちを、最後まで励まし続けたのだった。アメリカで生活するようになり、学ぶ機会を与えられた時もそうだった。学校に行くようになり、誰よりもより先に理解し、何事にも興味関心を持ち続けた。

その結果が、帰国へ繋がり、帰国後も破格の立身出世へと繋がった。

ところが、今回の派遣では、微妙にこれまでとは違いがあった。晋仏戦争視察という目的に対して、万次郎にはそれほどの魅力はなかった。

今回の視察旅行で、最も心が動いたのは、ホイットフィールド船長との、再会の機会があるのではないかというのが第一で、視察については、世界を七周もしている万次郎にとって、同行の人たちとは明らかに意識が違っていた。おまけに体調不良というアクシデントが、自分でも気づかなかった側面を、浮かび上がらせることになった。

《お前は、このメンバーの足手まといになっているんだ》と。

これまでそんな角度で自分を見つめたことはなかった。常に必要とされ、それに応えるように動き続けてきた。必要とされることで意欲は喚起されてきたのだ。

それほど自分が必要とされていないと思うことは、自分の存在価値がないということになり、自意識の高い万次郎にとっては耐えがたいことだった。

通訳という役回りも、咸臨丸の時代は、万次郎がいなければ動きはとれなかった。自分が通訳することで、外国人と意思を通じ合えることが出来たのである。福沢諭吉でさえも、万次郎を伴わなければ、ウエブスターの英語辞書一つ買うことも出来なかった。が、今回の旅行中に感じたことは、同行者の使う英語でも、結構通じるようになっているということだった。万次郎が英語塾で教えていたということもあったが、彼らの意識も高くなり、万次郎を通さずに、外国人に接してみようという意識が随所に見られた。このことは喜ばしいことではあったが、その分万次郎の存在意義が、それだけ薄くなることをも意味していた。おまけに足のはれ物である。歩行困難ということは、団体行動の中にあっては、ただ迷惑をかけるばかりで、自分の存在理由はなくなっているのである。自分が必要とされないという意識は、自尊心の高い万次郎にとっては耐えがたいことであった。

三度目の海外旅行は、船長に会えたという長年の夢が実現したと同時に、自分の衰えを直視する旅行にもなっていたのだった。

再会を果たした船長も、船長夫人も、昔の船長のままであったし、昔のやさしい夫人であったことには違いがなかった。が、確実に船長は年を取っており、六十五歳という年齢にふさわしい風格もあった。それは尊敬に値することではあったが、万次郎を讃えてくれる船長の言葉の端々に、万次郎の年齢も同時に加算されていることを感じていた。

「ペンシルベニアで、石油が発掘されるようになってから、捕鯨漁をする必要がなくなってなあ、ほら、あのころと比べて、船もこんなに少なくなったよ」

馬車の上から、海岸線に目を注ぎながら、さびしそうに話した時の船長の表情を、万次郎はいつまでも忘れることが出来なかった。

その時は、やはり船長は捕鯨漁が好きなんだと、勇ましかった船長の往時を思い起こしながら、過ぎ去った時間の流れをお互いに見つめ合っていた。

聞くところによると、船長は住民の信頼も厚く、マサチューセッツ州の上院議員に選ばれ、清廉潔白な政治姿勢で、住民の福祉向上に寄与しているということでもあった。が、やはり鯨を追って、船員を統率している姿こそが、万次郎にとっての偶像であった。議員として支給される「鉄道の無料券」を一度も使わずに、政府に返納するという清廉潔白な政治姿勢は、船長なら、そのくらいはするだろうとは想像できても、政治家として活動している姿を思い描くことはどうしてもできなかった。

船長はやはり海に出て、鯨を追っている姿がよく似合うし、寂しそうに語る船長からは、当時の輝きは見えてはこなかった。これって、どういうことだろうか？

自問自答している万次郎の脳裏に、ふと「老い」という言葉が浮上してきた。

『老いるって、どういうことなんだろうか？』

この時万次郎は、同行の仲間と別行動をとるようになった自分とを重ねて見つめていた。

自分は、捕鯨船に救われた時の、あの頃のホイットフィールド船長の年齢をとうに過ぎている。二十年以上も経てば、当然と言えば当然かもしれないが、六十五歳の船長と同じように、四十四歳になった自分の「翳」を見たのだった。

『これが、「老い」というものだろうか？』

明治四年（一八七一年）春、同行の者より一足早く帰国した万次郎は、この時四十四歳になった自分を、別の角度から見つめようとしていた。

単身帰国・四十四歳からの万次郎

ホイットフィールド船長に再会できて、万次郎の心の負担は消えたが、代わりに、万次郎の杞憂にとってかわったのは、これから先、何を支えとして生きていったらいいかという、自分の生き方についてだった。これまでは、次から次へと、難題が万次郎の前に立ち塞がってきたので、それらの一つ一つに立ち向かい、何とか克服してきた。中でも大きい難題は、無事に帰国し、日本を開国へと導くために一石を投じることだった。そのための努力はしたし、奇跡とも思える出来事が次々におこり、あれよあれよと思っているうちに、そのほとんどが実現していった。思っていたことが全て実現してしまうと、人は、次は何をしたらいいのかと、戸惑ってしまうらしい。

船長との再会を果たした万次郎は、予期しない病に見舞われることで、この先の自分の目的が、一瞬見えなくなってしまったのだった。

こんな経験は万次郎にとっては初めてのことだった。「ネバーギブアップ」と、ひたすら自分の弱さと闘ってきた万次郎にとって、闘いようのない、自分の意志だけでは解決できそうもない、不可解なものに襲われたような空虚感に見舞われたのだった。

両親に対する感謝の気持ちも、船長に対する感謝の気持ちも、これまでどちらがどっちと言えないくらい、同じ比重で万次郎の中で育っていた。その恩返しになることは、自分が、誰からも認められるような人物に成長することであった。

帰国し、江戸へ出て、母を安心させるほどの地位を得、更にアメリカを再訪して、船長に一切を告げ終わったことで、万次郎の心の負担はなくなったはずだった。

が、そのどちらも、なし終えたと気を緩めた瞬間、すき間風が吹き抜けるように、何かが気になりだしていたのだった。

これからいったい、自分は何を目指して行ったらいいのか、どんな目的を持って生き続けたらいいのだろうか？

予期せぬところから、予期せぬ形で不安が舞い込んできたのである。

それを際立たせたのが、これまで味わったことのない病であった。旅先での足の痛み、帰国してからの、突然の脳梗塞、この連続して襲ってきた病は、直ぐに治癒したとはいうものの、万次郎の生き方、物の見方を大きく変える働きをするようになったのである。

上るだけが人生ではない。上った階段は必ず下りなければならない。徐々に下りればそれほどの衝撃はないが、一気に下りる気配が見えると、転ばぬような姿勢も必要だし、踏み外さないような用心もしなければならない。

フラットな場所に足を踏み下ろすまでは、細心の注意が必要であることを万次郎は病を得て知ったのだった。

自分とは誰だ？　回想する万次郎

旅先で発症した足の潰瘍によって、万次郎は色んな所で立ち止まらざるを得なかった。当然旅を続けることは出来なくなったし、頑丈を誇っていた自分の肉体に対しても絶対とは言えなくなっていた。

更に、帰国してすぐに脳梗塞にまで見舞われると、さすがの万次郎も立ち止まらざるを得なかった。病という、自己を見つめ直す機会を与えられて、万次郎は初めて立ち止まり振り返った。自分を振り返ることなど、全くしなかった万次郎である。

遭難し、漂流して、一瞬、死を覚悟したことはあったが、その後の苦難の日々、自己を振り返る余裕などなかった。

帰国後も、自分の時間、自分について考える余裕などなかった。全てを乗り越えられるような体力も精神力も備わっていた。結果、奇跡的と思えるようなことを、数々乗り越えてきて今があった。

「諦めるな、決して弱音を吐くな」

自分にかける言葉は常にこの言葉だった。その言葉が自分を支え続けていたようにこれまでは感じていた。ところが、この時、万次郎は急に立ち止まることを考えたのだった。

これまで経験したことのないゆとりある時間が、何の前触れもなく万次郎の前に降って湧いたのである。

当然万次郎は考えた。考えるというより、何度も何度も振り返った。振り返っているのは自分であるという、不思議な感覚の中にあった。自分が経験してきた出来事を、むしろ他人事のように見ている自分とは、いったい何者だろうと、これまで考えたことのないようなことを考え始めていた。

どんな自分も、自分以外の自分では有り得なかった。ということは、自分は、実に大変なことをしてきたのだと思った。この日本という国のために、自分にできることを力いっぱい尽くしてきたのだと確信した。日本での英語の普及、アメリカという国の存在、欧米が日本という国をどう見ているか、客観的に語りつくしてきたつもりである。そのことは、日本の進むべき道を示唆してきたに違いない。それが理解できたから日本は鎖国を解いたのだ。そして新しい日本として歩き始めたのだ。

でも……でもと、万次郎には似合わないためらいの感情が、不意に襲うことがよくあった。自分がもたらした情報によって、多くの人の血が流されることになったのではないか。今も流され続けているのではないか。自分だって暴漢に襲われたことがあったのだ。

万次郎は、自分で思い出せるだけの情報を振り返りながら、これまでの自分を振り返っていた。自分のもたらした情報が、この日本の新しい夜明けに繋がっているに違いない、そう思うことは、これまでの自分には、確かな悦びであった。

本当にそれでよかったのだろうか？

迷わず突き進んできたこれまでのことを、間違ってはいなかったろうかと、反省し始めると、留まるところを知らず、深みへ入り込んでしまいそうになっていた。

が、自分の情報より、もっと確かな情報を求め、明治政府は独自の活動をし始めた。その方向性を読み取ることは難しかったが、自分が思っていた方向とは、どこかが、何かが違うような気がしていた。自分はこれまで、自分の感覚を頼りに突き進んできた。それはそれで正しかったと思った。

維新前の幕閣の人たちにもいろいろな人がいた。攘夷派、開国派、万次郎はどの色にも染まらずに、ただひたすら世界の情報だけを伝え続けた。気持ちの上では当然開国を望んではいたが、自分の立場に固執することは決してしなかった。大きな流れに流されないようにだけは気を使っていた。

幕府の存続を願う人たちと、幕府を倒し、新しい政権を作ろうとしている人たちの中間に立ち、ひたすら、自分の知っている世界の情勢だけを伝え続けた。

新しい時代に入り、その中でも、万次郎の存在は認められ、新時代の教育界で活躍の場を提供され、自分の居場所を得ることが出来た。

新しい息吹の中で見る流れに、万次郎は何かが違うのではないかという違和感を感じながら、流れのままに動いていた。

万次郎が感じた違和感というのは、明治政府が、何処へ進もうとしているのか、その進み始めた方向にあった。何故か危ういように万次郎には見て取れたのだった。

これは様子を見るしか、仕方がないのではないか。

万次郎がたどり着いたところは、静観するということだった。

静観も一つの行動

常に何かを求め、動き続けていた万次郎のたどり着いた境地は、自分も、万次郎を取り巻く人たちも、だれにも理解できない世界だったのかもしれない。

ひたすら静養に努めているように見える、そんな万次郎を心配する者も多かった。

全ての役職を降りた万次郎を心配し、咸臨丸以来親しくなった勝海舟は、万次郎をよく訪れるようになり、万次郎も何かと相談することもあった。

そんな勝が、万次郎を気遣って、新政府の一員として日本のために働いてくれないかと、再三万次郎を誘いに来るようになった。その度に万次郎は新政府内で働く意志のないことを伝え、勝をがっかりさせていた。

新政府にとっても、万次郎の存在は大きく、何かと政府の一員として役職に留め置くように努めていたが、万次郎からの情報だけで満足することのなかった新政府は、独自の情報を得るために模索し始めていた。

その手始めが晋仏戦争の視察旅行だった。その旅行を境目にして万次郎には著しい変化が見え始めた。

視察団から一年後、幕府は欧米列強との間に結んだ不平等条約の改正に努めようと、はやくも岩倉使節団を送ることになった。その規模は、正規団員および留学生団を含めて百人以上もいて、幕末・維新を通じて最大規模の使節団だった。

欧米先進国の、諸制度・文物を視察し、それを近代化に役立てるための派遣であった。が、今回の使節団に万次郎の名前はなかった。

何もしないという発想

欧米のシステムや教育に関心を持つことには納得できても、国力を高めるために、軍事力をつけることだけに関心が向いているのではないのかというその方向性に、万次郎はやや不安を感じ始めていたのだった。

今回の晋仏戦争視察が、日本の軍事力増強のためだけの視察にならないように、先進国の文化面への関心が向くようにと、細心の心遣いをしていた万次郎だった。

しかしその結果は、万次郎に不測の病が生じても、万次郎だけが予定を変更しただけで、一行の目的が見直されるということはなかった。ここが咸臨丸の時とは違っていた。

教育者としての万次郎の存在価値は依然高かったが、情報源としての、万次郎の存在価値は、次第に薄れてきていた。

人は、自己の存在が、社会にそれほど重要視されていないと分かった時、何を感じるか、この時の万次郎の感情は、大いに揺れ始めていた。

明治四年（一八七一年）春、万次郎は一人、ヨーロッパの出張から帰国して、足の潰瘍の治療に専念した。

次第に回復に向かい、この間も土佐藩邸に出勤したり、自宅で英語を教えたりしていた。すると数か月で歩行できるようにはなったが、突然、軽度の脳梗塞をおこし、一時は言語障害や、下肢の麻痺を起こした。

足の痛みより、むしろこの方の病が心配されたが、これも順当に回復し、数か月で歩行できるようになった。

視察旅行以来、体調に異常を感じることが多くなった万次郎は、これまでの自分を振り返りながら、これからの自分の在り方を考えるようになっていた。

これまでと同じであっていいのか？　違う生き方があるのではないか！

万次郎は新しい角度から、自己を見つめようと試みていた。

別の角度とは、これまでとは全く違って、何もしないということだった。

これまでは、常に自分のしていることに確信があった。きっとこうなる、自己を偽らずに生き続ければ、きっと自分の思いは通じると、ただそれだけを信じて行動し続けてきた。

結果、その通り、自分の思う通りに世の中は開けてきたように思えた。が、少しずつ少しずつ、自分の思いとは違う面が見え始めてきたのだった。

思う通りにならない結末が、至る所で見えるようになってきた。すると、自分が関わってきた人たちが、思わぬ方向へと進み、思わぬ結果をもたらすようになってきたのである。

そのことが何を意味しているのか、自分に影響を与え続けてきた人たちが、あまりにも予期しない形で、終焉を迎えていることに、自分自身の考え方の修正をしなければ、どうしても納得できないことが多く発生してくるようになったのである。

人の死について

まず最初に「死」ということについて考えたのは十四歳の時だった。初めての航海で遭難し、漂流している時のことだった。漠然と、死ぬかもしれないと思った最初だった。その後、鳥島で生活をしている時は、死については考えたが、自分の死については考えられなかった。むしろ、死なないことを強く念じていた。

死そのものについて、真剣に考えたのはかなり時間が経ってからだった。

結婚して間もなく、幼い子供を残して亡くなった、妻の鉄が死んだ時だった。

まさか、こんなことで身近な者が死ぬとは全く想像できなかった。それもまだ鉄は、万次郎よりかなり若かった。

突然、死はやってくるものだと意識したこれが最初だった。

子煩悩の万次郎にとって、子育てに欠かせない妻の死は、突然降って湧いた災難であった。若い時に遭難した、あの時の体験に似ていると思った。それだけにショックも大きかった。まさか麻疹で亡くなるとは信じられないことだったが、事実は事実として認めないわけにはいかなかった。

この時、万次郎には病と闘う意識が芽生えていた。何事にもひるまなかった万次郎は、見えない敵に対しても闘う姿勢を見せていた。それが初めての身近な者の死を体験したことから生まれた考えだった。

九歳の時に父親を亡くしたが、その時は、まだ死というものを考えることはできなかった。病と闘うには、医療の知識を備える必要があった。そこで万次郎の意識の中に、長男の東一郎を、医療の道へ進めようという思いが生じ始めたのだった。

医療との出会い・蘭方医三宅艮斎《ごんさい》

安政六年（一八五九年）、万次郎の芝新選座の江川塾（中濱塾とも言った）には、多くの人たちが英語を学びに来た。よくやって来た人の中には細川潤次郎・平野廉蔵・大鳥圭介・箕作麟祥・川路聖謨らの名前がある。万次郎直筆の記録は多くは残されていないが、珍しくこの時期の七月から十月までの肉筆の日記が中浜家に残されている。その中に、蘭方医・三宅艮斎《ごんさい》の名が再三出ている。この三宅艮斎・復一親子と万次郎はかなり親しかったらしい。三宅艮斎という人はかなりマニアックな個性的な蘭方医で、色々なことに挑戦する医者で、万次郎とはかなり親しい間柄であったらしい。万次郎が船長を務めた一番丸に試乗していることからも、その親しさの程度は分かる。

一八一七年生まれの三宅艮斎は万次郎より十歳年長で、肥前生まれの、代々医業の家系であった。八歳の時、熊本で漢学を学び、「種痘」の普及に貢献した楢林栄建・楢林宗建兄弟（シーボルトの弟子）の弟子となり、八年間研鑽を積み、外科手術の大半は習得、薬研堀で蘭方・外科医を開業した。万次郎が敬愛した江川坦庵の主治医で、山内容堂に召されることも多く、艮斎夫妻の写真も万次郎は撮っており、万次郎との交流は深かった。

緒方洪庵の「適塾」と並び称される「順天堂」（後大学）の創始者佐藤泰然とは親戚以上の親交を深めた仲で、艮斎の手術は無麻酔で行われ、泰然と一緒に帝王切開や四肢切断などの大手術もした。

医師としての腕も確かだが、好奇心旺盛なところは万次郎に通じ、当時としては珍しい写真を撮ったり、万次郎が船長を務める一番丸の試運転の日には、長男・復一（のち・東京医科大学学長）を連れて試乗するなど、好奇心旺盛な親子だということも理解できる。それを受け入れている万次郎一家とも、かなり親しかったことが分かる。（2017年度・中浜万次郎会研究報告・第8集・塚本宏・中浜東一郎をめぐる医療人脈より）

塚本氏の資料は、熊本にもゆかりのある三宅艮斎が、当時の医療としては、日本では有数の技術を持った人であることをうかがわせる資料でもある。

加えて、艮斎は万次郎塾にも通い、万次郎一家とは、かなり親しい間柄だったことも窺い知ることが出来る。

丁度そのころ、万次郎の最初の妻・鉄がなくなっており、万次郎はおそらく、三宅艮斎に死因を聞いたり、医療に関する情報を得ていたことは想像される。

そこで、長男の東一郎を医者にすることを考え、その方法を、艮斎に相談したことは当然あるだろう。

更に、鉄が亡くなって一年後には、二番目の妻・琴と再婚している。当然その仲を取り持ったのが、三宅艮斎であろうことは容易に想像される。

というのも、琴の兄・樋口立卓（肥後細川藩の御典医）は、艮斎と親交の深い佐藤泰然の二代目、順天堂主を務めた佐藤尚中を師とする門人の中の一人であることからも、細川藩主に仕え、祐筆まで務めた才媛の女性を知っていたことは考えられる。

才媛であるがために晩婚にならざるを得なかった琴女と、時の人万次郎を結び付けることを考えたであろう自由人三宅艮斎が、その仲人役を買って出たことは、容易に窺い知ることが出来る。

その琴女とは西次郎、慶三郎の二人を設け離婚している。その離婚については謎であるが、万次郎の女性観を探求するには大変興味ある事実である。

長男東一郎への教育

万次郎は長男東一郎には、ことあるごとに、自分の奇跡的体験談を話して聞かせていた。話すことで、息子にも間接的な体験をさせようと目論んでいた。十年間のアメリカ生活の体験は、東一郎にとっては、まさしくおとぎ話の世界であった。それがおとぎ話ではなく、実際の父親の体験から来ている話なので、何よりも生々しく、父親に対する敬愛の念は自然と育っていった。

何より、十年間暮らしたアメリカという国の存在や、言葉についても万次郎は教えていた。万次郎の体験してきたことは、特に英語に関しては、将来必ず必要な時が来るということを見越して、日課のように教え込んだ。

東一郎は、中浜塾に通ってくる大鳥圭介や矢田部良吉らから、英学について学んだりしていたので、十歳ころにはかなりの英語力を身に付けていた。

鉄が亡くなることによって、万次郎は、東一郎を医学の道へ進めようと思い始めていたので、三宅艮斎親子のような医療関係者とは、意識して東一郎を接触させる機会を設けていた。それが当時としては珍しい写真撮影であったり、捕鯨船「一番丸」の試乗であったりと、三宅艮斎一家とは、家族的な付き合いをしていたようである。

さらに、子育てに関しても、艮斎の子供に対する教育には、万次郎の関心は高かった。医療に関しての情報には、特に関心の高かった万次郎は、艮斎の話す一人息子復一の教育については、特に興味を持って聞いていた。それは、長男東一郎の教育に、直ぐに応用できたからでもあった。当然艮斎は息子を医学者として育てようとしていたので、東一郎を医者にしたかった万次郎にとって、艮斎の教育は、実に参考になる子育てだった。

艮斎の教育は、理にかなった、実に系統立った教育だったのである。

彼の教育の特徴は、四段階に分けて、息子に教育を受けさせるという、特徴のある教育であった。それは、ホイットフィールド船長が、万次郎を捕鯨船の乗員として独り立ちできるために施したやり方に似ていた。

先ず船長は、万次郎に言語を習得させるために学校に通わせた。艮斎もまた、息子復一に、一般教養として、漢籍を学ばせている。

船長はさらに、他の学校にも通わせ、測量術を学ばせ、数学を学ばせ、生活に必要な桶屋での修業など、多岐にわたっての教育を行った。艮斎もまた、復一を杉山竹外の学塾に通わせている。ここでは復一と東一郎が机を並べて学んだということも知られている。

次にオランダ医学を学ばせるのに必要なオランダ語の習得に努めたが、これは艮斎自身が指導した。さらに、英語の必要性を感じていたので、遣米使節団の通訳をした立石斧次郎の塾に住み込ませたりしている。万次郎と付き合うことにより、当然英語は堪能になったはずである。

そして締めくくりは、医学を学ばせることである。最初は横浜の宣教師・ヘボンにつかせ、次いでアメリカ海軍の軍医ヴェデルのもとで学ばせた。

この熱心な教育によって、復一は明治政府の医学界の大立物・三宅秀《ひいず》男爵として大成することになる。（前記塚本宏説よりの解読）

東一郎に英語を学ばせるのは、艮斎がオランダ語を指導したのに似ているし、漢籍の学習に関しては、二番目の妻琴女が関わっていたと思われる。細川藩の祐筆を長い間務めていたので、かなりの教養があったことだろうし、東一郎を医者にしようとしていた万次郎の方針は心得ていたであろう。

「中浜万次郎伝」を著した東一郎の文体からは、基本になる素養がなければ表せない表現が随所に見受けられ、琴の指導の痕が随所に感じられる。そして艮斎から学んだ方法を、東一郎にも取り入れ、英語を生かして医学者の門を叩かせた。

東一郎は、明治五年（一八七二年）には、横浜十全病院で、医師セメンズの通訳を兼ねて医学を修め、明治六年には第一大学医学校に入学、ドイツ医学教師ベルツ等に師事した。

以降は後に東京大学医学校となる医学部を明治十四年、森鷗外、小池正直らと共に卒業し、衛生学を究め、艮斎親子以上の、医学界において華々しい活躍を見せることになる。

万次郎の教育の特色は、結果を見越し、基本から植え付けていったことにある。そこまで徹底したきっかけを作ったのは、自分の妻を若くして失ったことであった。

万次郎にとって、不慮の災難は、その都度新しい自己発見の礎になっていったのである。

「英龍・正弘・鉄」の死から学ぶ

江戸へ出て、一番世話になった江川英龍が亡くなったのが、安政二年一月のことだった。ペリー来航前後に最も活躍した英龍が、日米和親条約が締結された後、無理が祟ったのか、突然亡くなった。

住むところまで提供してくれ、妻を娶る世話までしてくれた英龍の突然の訃報に、さすがの万次郎も慌てた。これからという時になって、激務に耐えられなかったのか、急に体調を崩して呆気なく逝ってしまったのだ。

さて、これから住まいはどうなるかと不安に思っていたところ、息子の英敏も英龍同様に、万次郎に好意的で、引き続き同じ屋敷に住むことが出来るようになり、安堵した万次郎だった。英龍はまだ五十三歳だった。

その二年後には、万次郎を旗本にまで取り立ててくれた阿部正弘が、これまた安政四年六月十七日に三十九歳という若さで急逝した。

大胆な人材登用で、ペリー来航時の老中として活躍した辛労が祟ったのか、江川英龍よりも若くしての早逝だった。

それから六年後の文久二年七月、最愛の妻鉄が、二十五歳という若さで亡くなった。

寿々、東一郎、鏡という幼い子供を残したままの、これまた呆気ない死だった。当時関東地方で大流行していた麻疹に感染しての死亡だった。この時五歳になったばかりの東一郎を、きっと医者にしようと、万次郎が決意したばかりの時の、妻の急逝だった。

諦めることをしない万次郎は、死へも挑戦しようとしたのである。身近な人が突然いなくなるという理不尽さが、万次郎には納得できなかった。

江戸に住むようになって、最も頼りになる三人が、次々と呆気なく逝ってしまった。病に侵されていたことは分かるが、その予防は出来なかったのだろうか?

新たな疑問が万次郎を刺激した。

その思いが長男の東一郎に向けられ、自身の体験から、学ぶことの大切さを実感していた万次郎は、東一郎の教育に熱心に取り組んだ。

その一番目が早期教育の必要性だった。

自分は十四歳で漂流し、それから色々なことを、体験を通して学び始めた。特にアメリカで受けた教育の大きさを実感していただけに、日本でも、その教育の必要性を肌で感じていたので、先ずは自分の子供にその情熱を注ぐことにした。鉄が亡くなる前から英語に関しては教えていたが、亡くなったら、さらに熱心に教え込んだ。

丁度そのころ、万次郎に積極的に近づいてきた、平野廉蔵や、三宅艮斎など、個性的な人がいて、何かと万次郎の助けになってくれた。平野廉蔵は、捕鯨活動へ、三宅艮斎は医療方面にと、万次郎の進むべき方向性を促すように現れてくれた。

が、この頃からだった、万次郎の中に、何かにためらう気持ちが生まれ始めたのは。

ネバーギブアップと、諦めずに、ひたすら突き進んできたから、今日の考えられないような生活が維持できていた。そのことには、感謝の気持ちを忘れたことはなかった。

しかし、自分の周囲に起こる不幸な出来事、身近な人の死ばかりでなく、あちこちで命のやり取りが頻繁に起きている激動の時代の中に生きていることを、好むと好まざるとにかかわらず、感じないわけにはいかなかった。

近くにいる人の死に遭遇するのは、この三人だけでは収まらなかった。さらに衝撃的な知らせが届いたのだった。

「聖謨・忠順」の死生観

最も大きな衝撃を与えたのは、一八六八年（慶応四年）に亡くなった川路聖謨の死であった。割腹自殺だけでは死にきれなかったのか、ピストルで首を撃ち抜き、止めを刺したという知らせは、その亡くなり方に対しての衝撃が大きかった。

さらに、その衝撃が収まらないうちに、小栗忠順の斬首が伝えられた。

死に方にもいろいろあるが、斬首としての死は想像さえできなかった。忠順の側近の者は、これまでの忠順の功績に対する処置としてはひどすぎる。もっと、申し開きをして、自分の立場を主張すべきではないかと忠順に助言したが、彼は側近の助言を受け入れなかった。

潔い最期と言えば言えたかもしれないが、何の申し開きもせずに処罰されたという話を聞くに及んで、万次郎の心は揺らぎ始めていた。

万次郎にとって、死とは絶対的なものであった。

何人も自分でコントロールできるものではなかった。

ユニテリアン教会の教えもあった。それ以前に、幼くして育った土佐清水での父母の教えもあった。命は天からの授かりものであり、自分の意志で左右するものではないという意識が、自然と備わっていた万次郎には、自分で自分の命を絶った川路聖謨や、淡々と罪に服した小栗忠順の最期の迎え方が、理解できなかった。

英龍・正弘・鉄の死は病によるものだった。が、聖謨・忠順の死は明らかに不自然な死であった。亡くなった本人が、自分の意志でもって、死に方の選択をしている。このことはキリスト教の洗礼を受けている万次郎にはどうしても理解できない死の選択だった。

武士となった万次郎は、割腹というサムライの死に方について、さて自分にできるかという問いを発してみても、それは明らかに「ノー」という答えで否定されるだけだった。

では、どんな死に方がいいのか、そこまで考えると、当然穏やかな死に方、自然死しか考えられなかった。

ところで、自然死とは、いったいどういう死なのだろう？

新たな疑問が浮かび上がってくる。病で亡くなるのも、自然死ではないのか？

そう思うと、いよいよわからなくなってくる。鳥島で遭難したとき、あのまま飢えてしまって亡くなっていたら、それは自然死と言えるのだろうか？　不可抗力の死は自然死か？　戦争による死は、あれは、どう解したらいいのか？　一度に多くの人が死ぬ、事故や災害によって死ぬことだってある。これらは何と言っていいのだろうか？

あれこれ、死のイメージを考えているうちに、何で自分はこんなことを考えているのだろうかと、現実を振り返ってみる。

そこに見えてきたものは、一人ぼっちになった自分の姿だった。

人と、切磋琢磨して何かをしようとしている時は、明らかに自分は生きていた。苦しくても生きていた。生きることに喜びを感じていた。が、この世には自分だけしか存在していないという意識を持ち始めると、宇宙をさまよっているような、不思議な感覚に捉えられてくる。すると、命とは何だろうと、自分一人の中に閉じ籠ってしまう。いよいよ苦しくなって、周囲を見回して、帰国途中の船の中で、ただむやみやたらに広い海をじっと眺めている自分に気付く。そうか、今は一人で、視察団から外れて、帰国の途中なのだと、自分を意識する万次郎だった。

こんな形で自己を見つめることなどなかった。

ホイットフィールド船長との再会は、これまで経験したことのない、自分も知らない、初めて知るような別の自分との再会だったのかもしれない。

万次郎は、維新前後から、繰り返し繰り返し伝えられる死の情報に、自分でも気づかないうちに、自分の死生観についても、どうするべきか、自然に考えるようになっていたのだった。

穏やかな死に方を考えた時、万次郎は誰にも迷惑をかけないような方法の一つとして、自分の墓を生きているうちに、自分で作っておくことを考えた。

誰の手も借りずに自分の人生を切り開いてきたのなら、死ぬ所、場所は、あらかじめ決めておいてもいいのではないか。

そんな考えが浮かぶと、即実行してみようと思うのだった。

こんなことを思うようになったのは、明らかに晋仏戦争の視察旅行半ばにして、一人帰国してからだった。自分の役目は終わったのではないかと、急に思えてきたからだった。

それは、自分を必要とされていないと感じた最初だった。これまでは、常に誰かのために活動していた。

何とか自分の行為が母の助けにならないか、家族を支えるためにならないか、ホイットフィールド船長のためにならないか、人のため、日本のため、アメリカのためという具合に、次第に膨らんで、自分自身のためにという考えは思い浮かばなかった。異国の地で病んだことは、自分を見つめるにはいい機会だった。

自分とはいったい何者だろう？

これまで思ってもみない考えが、ある日、突然に思い浮かんでくるようになったのである。

自分の行動力は、人のためになっていると思うことで支えられてきた。それが刺激となり、さらに積極的な行動となって、常に前向きに生きてきた。決して諦めない、思ったことは必ず成し遂げようと頑なに思い続けることで、これまでは何とか凌いできた。でも、自分の存在が相手にマイナスのイメージでとらえられた時、これまでと同じ行動を取っていいものかどうか、万次郎の中に迷いが生じるようになってきたのだった。

自分が、他の人の役に立たなくなっていると思っただけで、万次郎の誇りが、ぐらぐらと、音を立てて崩れていくような気がしていた。経験したことのない不安感が、帰国した後もしばらく続いていた。

自分が率先して案内しなければならない外国で、自分が足手まといになったという事実は、直ぐには万次郎の記憶から消えることはなかった。

帰国し治療に専念・快癒・脳梗塞

帰国後は足の治療に専念しながら、これまでに経験したことのないような不安感に囚われることが多くなった。

死の想念に囚われたり、自己の存在理由について考えてみたり、まとまりのない思いに明け暮れているうちに、足の潰瘍は完全に治癒していた。しかし万次郎の頭の中は不安感でいっぱいだった。何かを考えてはいるのだが、その考えがまとまらないうちに、ぐるぐると、頭の中心部が回転するような意識を残したまま、万次郎は倒れてしまったのである。

脳梗塞という病名を貰った。

足の次は脳の病だった。あれこれ考えすぎたのがいけなかったのか、次はその治療に専念することになった。足の回復と同じように、脳梗塞も軽い症状が出ただけで、直ぐに日常が取り戻せるようになった。しかし、これまでのような生活を続けていいものかどうか、万次郎には珍しく、あれこれと考え惑うようになった。

新たな自己の存在価値を見出さなければ、これから生きていく理由を見失ってしまうのではないか。誇り高い万次郎は、内心の迷いを表に表すことはしなかった。新たな自己の存在理由を改めて模索しながら、常に飄々として息子に接し、嫁に接した。そのためには、これまでの生き方をリセットする必要があった。

何もかもをリセットしようと思った時、人は生まれ育った故郷のことを思い出すらしい。万次郎とて同じであった。ふるさとの山や川や海、そしてそこに住んでいる人、母のことが自然と思い出されてきた。

晋仏戦争視察から一年後、政府は岩倉使節団を、最大規模で欧米に送り出すことになった。そのメンバーの中に自分の名前がないことが分かると、むしろ万次郎は、ほっと安堵するような、安らいだ気持ちが、何処からか湧いてくるようであった。その安らいだ心の先に見えてきたのが、故郷の、晴れ渡った空の景色だった。

すると、今までの鬱陶しい景色が一変し、はっきりと見えてきた景色は、自分の生まれ育った景色であり、その景色は万次郎にやさしく語り掛けていた。自分の心の置き所に、不安定感を抱き始めた万次郎には、あるがままの、真っ白な自分の姿しか見えていなかった。

人のため世の中のためというより、自分に素直に生きたいと思った時、彼をやさしく包むように浮かび上がってきたのが、土佐清水の景色であり母の姿だった。

母に会いたい。自分のことだけを考えてくれる母に会いたい。そんな母に会って、先ず何かを考えたい。そう思うと、自然と心は土佐清水に向かっていた。

明治六年（岩倉使節団が日本を離れた翌年）、一人万次郎は土佐清水を訪れていた。

その時の万次郎は、母の顔を見ることで、気分は一新し、すべて癒されて帰ってきたのだった。母にはただ会って、話をしただけで、親孝行をしているという気持ちになることが出来た。年老いた母は、しきりに孫に会いたがっていることが分かり、今度は東一郎を連れて、再び母に会いに帰ることを約束して故郷を離れたのだった。

この時、万次郎の意識の奥深くに見えたのは、自分にとって代わって、逞しく活動し始めていた、息子東一郎の姿であった。

《もう私の役目は終わったのかもしれない。私の代わりに、私が及ばなかったことを、私に代わってやってくれる子供たちがいる。中でも、長男の東一郎には、自分の叶わなかった夢を託してきた。期待通りに彼は育っている。息子は父の気持ちを察し、もうすでに動き出しているではないか。これ以上親が出過ぎると、かえって息子自身が動きにくくなるのではないか。私の教育者としてのものの見方を理解し、自然に身に付けている。私は、親としてよりも、教育者としての視点で息子に接してきた。東一郎の自主性を重んじて、自分はゆっくりと、余生という奴を楽しみながら、息子のやることを、じっと見守ることに努めようではないか。自分は存在しているだけでいいのだ》

万次郎は考えた。考えて、静かにある思いにたどり着いた。

万次郎のゆるぎない決断を、勝海舟をはじめ、万次郎を敬う多くの人が、政府の要職に就くことを勧めたが、万次郎の心は動かなかった。好意に感謝をするだけで、意志を貫いた。

余生とは？　隠居とは？　自問自答の万次郎

万次郎は「余生」という言葉の意味を考えていた。日本の習慣として残っている「隠居」という制度についてあれこれ考えていた。

《余生も隠居も、何もしないでいいということではない、必ず何かをしているのだ。残された人生とは、人が、本当にやりたいことをやりたい時にやるということではないのか。それがやれることが素晴らしいことではないのか。人にはそんなときが必要ではないのか。走りっ放しでは体がもたない。ゆっくり歩きながら見てみたい。それを自分の目でたしかめてみようではないか》

万次郎の頭の中には、大政奉還をした徳川慶喜公のことがあった。大政奉還を知って自らの命を絶った川路聖謨のことがあった。

どう考えても、自分の命を絶って、主君の立場を思いやるという考えは浮かばなかった。自分の生き甲斐であった、アメリカ社会のすばらしさを、日本中に広めるということが、それほど珍しいことではなくなってきたからと言って、そう簡単に自分の居場所はなくなってしまうのだろうか。

聖謨は、自分の居場所がなくなったので、自分を見切って、命を絶ったのだろうか。

自分には、とてもそんな判断はできない。

彼は、生きていたらいけなかったのか。ただ生きているだけでは、人は意味をなさないのか。聖謨は何をどう考えて死を覚悟したのだろう。

母は、母はどうなんだろう。ただ生きているだけの人なんだろうか？　自分にとって、母は、生きていてくれるだけで、それだけでありがたい存在ではないのか。

自分が、寿々や東一郎にとって、生きているだけで喜んでもらえる存在とは言えないだろうか？

生きていれば、生きてきた道のりを語って聞かせることも出来る。アメリカ人の船長から、色々なことを教えてもらって、自分の生きる手立てとしてきたそんな歴史を語って聞かせることも出来るのだ。自分のこれまでの歴史は、伝えるだけで、結構な内容があるのではないか。何かをするということは、政局に関係する仕事をすることだけではないはずである。できるだけ多くの人に、自分の貴重な体験を語り継ぐことも出来る。世の中を動かすようなことだけが、何かをやっているということにはならないはずだ。むしろ、今は何もしない方がいいという選択もあるのではないか。進歩だ改革だと、声高に叫んで、突き進むことだけが生き甲斐なのだろうか？　無理をして動けば、それに対する反動は必ずやって来る。自分が伝えたアメリカの生活は、全く日本人にとっては信じられない事ばかりだったろう。しかし、今はもう自分の情報だけでは物足りなくなった新政府は、独自の方法で情報を得ようと動き出した。そこに自分の名前は、敢えて必要としなくなったらしい。

新政府は、富国強兵と、何か事あるごとに叫び、行動しようとしている。それに呼応するように、多くの人が外へ目を向けている。外へ出て、帰ってきた自分には、古来からある日本のしきたりの良さが、逆に見えるようになってきた。皮肉なものだ。欧米のものは、何でもいいという風潮が見えるようになった。それは違うような気がする。

何もしないという選択はないのだろうか？

万次郎には、今はむしろ、動かない方がいいようにも思えていた。今は、何もしない方がいいように感じていた。

万次郎には何かが見えていた。日本の知識人の多くが、こぞって海洋へ、海外へと向かい始めている。日本に古来からあるものを打ち捨てて、欧米のものまねをしようとしている。自分がアメリカから持ち帰ったもの、伝えたものをきっかけとして、何もかも欧米化しようとしているように思えてきた。それは違うのではないか。

万次郎はこの時、日本の流れに逆らうように、何もしないという選択をすることに強く心をひかれるようになっていたのだった。

考えれば考えるだけ、生きる意味というものが、混沌としてくるのだった。

万次郎が、一人で物思いにふけるとき、そこには、釣りという行為があった。釣りをしていると、色々なことが思い出されて、無心になることが出来た。

今の万次郎の周囲には、自慢できる子供たちがいた。彼等子供たちは、何かと万次郎を気遣ってくれるようになっていた。

三番目の妻志げは、万次郎に気を遣わせることを好まなかった。出過ぎることもなく、引きこもることもなく、ほどほどに万次郎の傍にいた。

万次郎が、気晴らしに子供たちと遊ぶと、万次郎の過去が雄弁に口から飛び出してきて、子供たちを楽しませた。

人はこんなことを幸せというのではないかと思いながら、晩年の日々は消化されるようになっていた。

何もしない日々という人もいるかもしれない。何もしないという意識で、日々過ごせることが、本当の幸せというのではないのだろうかと、これまでとは、全く違う生活を楽しむようになっていた。万次郎の生活の中で、これまでにない、大きな革命が起きていた。それは幸せの縮図というものを、事細かく現実の中で見せてくれるようになっていた。

その現実とは、自分が作り上げた家族の姿だった。家族を守ることが、自分にとっては最高の幸せではないかという思いに達したことだった。

根っこの幸せこそ、本当の幸せというものではないのかと、思うようになっていた。

何千年と生き続ける大樹を支えているのは、紛れもなく根っこである。地下に根を張る根っこがあって、地上の大樹となるのである。それでは人間にとっての根っことはいったい何だろう。

そこまで考えた時、万次郎を支え続けたものは、母であり、妻であり、子供達であり、郷土であったということに思い至った。

それが根っこであるならば、人にとっての根っこは家族ではないのか。父母がいての自分であり、自分がいての子供であるはずだ。自分が築き上げた家族を守ることが、生きるということではないのか。

常にぎりぎりの命を見つめながら生きてきたこれまでの自分は、そうしなければ生きていけなかったからでもあった。強い根っこを張るということは、家族を支えるということに思い至った。

危険に満ちたぎりぎりの世界を、よくぞこれまで永らえてこられたと、薄氷を踏む思いで切り抜けてきたこれまでを振り返っていた。

その危険から少しでも遠ざかる事が、命を長らえることになるのではないか。生きていてこその幸せというものだ。家族の存在があって、真の幸せがあるのだと、ようやく気付いたように、生きている自分を確かめたくなったのである。

東一郎との旅・越後・土佐

明治七年（一八七四年）と八年、万次郎は東一郎を連れて越後と土佐の旅に出かけた。医学生として、成長過程にある息子を紹介するためでもあった。

東京医学校（のち東京大学医学部）へ通っていた東一郎は十七歳、万次郎は四十五歳になっていた。医学生の東一郎の夏休みを利用しての父子旅だった。

北越の新潟には、東一郎が小さい頃からの知り合い、平野廉蔵がいた。彼は越後の豪商だったが、英語を学びに上京、万次郎を師と仰ぎ、彼の出資による一番丸での捕鯨活動をしたりして以来、万次郎とは親戚以上の交流を続けていた。廉蔵は江川塾で知り合った三宅艮斎とも昵懇の中である。最初の妻の鉄が亡くなったころからの知り合いで、万次郎の家族のことは何から何まで心得ている人で、頼りになる人だった。医師への道を確実に歩み始めている息子の成長の過程を、一番最初に引き合わせたい人でもあった。

七月三十日から八月十五日までの二週間の旅で、八月三日には新潟につき、そこからは平野氏の案内で各地の名所を巡り、乗馬の体験などもした。東一郎が馬の上で居眠りをして落馬し、顎を痛めたりした経験も含め、父と子の交流はこの旅でしっかりと固められた。

翌年の明治八年七月には、同じく東一郎を連れて故郷の土佐へ向かった。明治六年に、万次郎が一人で訪れた時、母に強く懇願され、その母との約束を果たす目的もあったが、なにより、東一郎には、自分の故郷を見せておきたかった。医者として、立派に成長しつつある息子を、母に誇ってみたくもあった。

七月九日、汽車で東京を発ち、横浜から海路神戸へ赴き、汽車で大阪に出て海路高知に入った。途中、目ぼしい人には東一郎を紹介したり、洋式の食堂に寄ったりと、東一郎の新しい出発を、多くの人に伝える意味も兼ねていた。

横浜では亡き妻の父団野に会うなどして一泊、明け方には二人であちこち散歩をして、異人のレストランで食事を摂ってから船に乗った。神戸でも楠公社、湊川神社などを見て回り船中泊して、十五日に土佐に着いた。ここからは色々な人に会った。この日は、岡村、富作、横矢に会い、翌十六日には、中ノ浜から来た二人と会い、夕方には細川の使いが来て城を案内してくれた。夜には横矢の妻が訪れた。事前に万次郎は連絡していたので、わざわざタイミングよく訪ねてきてくれた。

十七日には河田小龍が来てくれた。小龍とは、帰国して最も意気投合した仲であったが、彼が留守中に、小龍が記録していた漂巽紀畧を、万次郎が無断で持ち出していたことを知った小龍が怒って、しばらく仲違いしていたが、この時はもう元のように親しくなっていた。お互いに、失敗したことを根に持つような二人ではなかった。

（東一郎日記には、このように、毎日訪れる人まで克明に記録されている。東一郎の几帳面さが窺える。同時に万次郎が多くの人に東一郎を紹介していることが分かる）

この時の高知では、反政府運動の中心人物林有造（板垣退助とともに下野し立志社に参加した）らがいる自由党の本拠地があり、また旧藩士の気性はもともと荒く、まだ両刀を腰に束ねて街を闊歩している人がいた。江戸とは違って、東一郎には異様な光景に見えたようだ。山縣有朋の上申により、廃刀禁止の法令が出たのは明治九年三月で、この時にはまだ刀を腰にぶら下げている人もいたのである。

江戸だけではなく、時代の流れを、万次郎は東一郎にも見せておきたかった。時代が、どんな時代なのか、東一郎には自分の目で確かめて、これからの自分の生き方の参考にさせようとした、万次郎の意図が見える旅であった。

そんな高知の旧城下には一週間ほど滞在し、市内および旧城下町を見物したあと、四万十川河口東岸の港町の下田で小舟に乗り換え、七月二十六日の午後八時ころ、ようやく中ノ浜の海岸に到着した。東京を出て十七日が過ぎていた。

高知には一週間も滞在したが、宇佐浦には寄らなかった。伝蔵や五右衛門のことが頭の中にあったが、万次郎はこの時、敢えて寄ることをしなかった。この時は二人ともに亡くなっており、墓参することはできたが、新しい門出だという意識を持った万次郎には、過去を振り返ることを、意識して、しなかったのだった。

当時の中ノ浜の戸数は二三〇戸、九百人ほどの人口であった。そのころの漁民は鰹漁から変わって、ほとんどは珊瑚取りを本業としている者が多かった。

中ノ浜に上陸した万次郎父子は、直ぐに母の志をがいる家に行った。志をは元気で、息子と孫がやって来たことを喜び、涙ながらに迎えてくれた。予想はしていたことだが、珍客を見ようと、近在の人々が次から次にひっきりなしに訪れた。

万次郎父子が郷里に滞在したのは八月五日までの約十日間だった。この間に万次郎は東一郎にも釣りの醍醐味を教えたくて、客の合間を縫うようにして海岸へ出て、エビを餌にして、一メートルもあるスズキを二本も釣った日もあった。

海に出ない時は、近くの大覚寺を訪れた。

そこには、十四歳の万次郎が突然行方不明になり、とうとう見つからず、泣き泣き建てたという、直径三十センチほどの丸い墓石があった。

「東一郎、これが、私の墓じゃ。母を悲しませた私の墓じゃ」

東一郎は黙って暫く見続けていた。

「これを私だと思って、毎日ここへ来ては、母上は海を見つめていたそうじゃ」

東一郎は何も語らず、ただひたすら、はるか向こうの海の遠くを見つめていた。万次郎も多くを語らず、東一郎に、しっかりと往時を刻ませた時間だった。

八月五日、いよいよ別れの時が来た。志をは涙を流し別れを惜しんだが、万次郎父子は、きっとまた来るからと、他日訪れることを約束し、同じように別れを惜しむ親類縁者や知人にも別れを告げて東京へ向かった。万次郎四十六歳、東一郎十八歳の時だった。

万次郎の今回の帰省が母志をとの最後の別れとなった。

母志をは四年後の明治十二年（一八七九年）、この時日本中で大流行したコレラにかかり、八十六歳で没した。

東一郎は万次郎のひたむきな教えを忠実に守り、その後疫病の大家となった。そして、日本国中を指導して回る医学博士となって、万次郎の期待に見事応えることになる。

万次郎の教育

明治七年と八年の越後・土佐への旅は、万次郎の教育者としての意図が、如実に表れている旅であった。父親としての教育も考えられるが、教育的意図が各所に見える。

万次郎は鉄との間に、寿々、東一郎、鏡という三人の子宝に恵まれた。男児は二番目の東一郎だけで、後は女児である。アメリカで育った万次郎には、それほど男女への差別意識はなかったが、日本へ帰ってきて、武士となって、長男東一郎への期待感は違ってきた。それが決定的に違ってきたのが鉄の突然の死からであった。鉄は東一郎五歳の時に、当時はやり病として広がっていた麻疹に罹り呆気なく逝ってしまったのである。寿々にも、鏡にも、子供としての気持ちは変わらなかったが、あらゆる病気と闘うためには、家族の誰かを医者にする必要があった。そこで何をさせても覚えの早い東一郎を医者にしたいと思い始めた。在りし日の自分と兄の時蔵のように、意思決定の底に幼児期の記憶が蘇っていた。

万次郎の父悦助は、兄の時蔵ではなく、いつも次男の万次郎を連れて漁には出かけていた。万次郎の方が兄よりすばしこくて、要領もよかったからである。時蔵は特にそのことを気にしている風もなかったので、万次郎は兄に遠慮することもなかった。その父も亡くなり、直ぐに力になったのは、長女のセキではなく、万次郎だった。

自分が家庭を持ち、子育てをする立場に立ち、それも若くして母を亡くした子供の行く末を思った時、病に対する知識が少なかったことを反省した万次郎は、何が何でも子供の中の一人を医者にしようと誓ったのだった。そこで目を付けたのが長男の東一郎だった。女児の寿々ではなく、年下でも、長男の東一郎を是非に医者にしようと思い始めたのである。思ったら万次郎の行動は早かった。直ぐにそれに近づけるように動き出したのである。

まず最初に始めたのが、英語を教えることだった。

これは男女の別なく、自然に会話の中に英語を交えて使っていたので、三人共に、学んでいるという意識なくして、自然に覚えていった。英語に関してはそれほどの抵抗はなかった。子供三人共に英語に関心を持ったが、なかでもやはり東一郎が一番呑み込みは早かった。学ぶことをあまり嫌がらず、几帳面に復習しながら学んだので、十歳に満たない頃から、江川塾に通ってくる、大人の生徒に教えることもあったほどである。

鉄が亡くなった時、万次郎と特に懇意にしていた人に、平野廉蔵と三宅艮斎がいる。共に江川塾に通う好奇心旺盛な二人であった。

万次郎が船長を務める捕鯨船「一番丸」を世話してくれたのが平野廉蔵であり、その廉蔵に、医者として歩み始めた東一郎を見せるために、わざわざ越後まで連れて行ったのである。

一方、江川英龍の主治医であった三宅艮斎は、鉄の病にも心血を注いでくれた。そんなことが縁で、艮斎親子が、「一番丸」に試乗したくらいに、親しく付き合うようになっていた。その艮斎の子供の教育は、万次郎にとって、大いに参考になった。

このようにして、医者にしようとした万次郎の期待に、東一郎は実によく応えてくれたのである。

東一郎のその後

東一郎はその後、東京開成学校と合併して東京大学となった東京大学医学部を、明治十四年に卒業した。

同期生には森林太郎（鷗外）や小池正直らがいた。

東一郎は卒業の年の四月には福島県医学校長兼教諭として赴任、翌十五年には岡山県病院一等医兼医学校教授、十七年には石川県金沢病院長兼石川県甲種医学校長一等教諭に就任した。

明治十八年に内務省衛生局に入り、局長、長与専斎の命によりドイツに赴き、陸軍の森林太郎、小池正直と共にミュンヘン大学のペッテンコーフェルの下で衛生学を学んだ。

明治二十二年に帰国し、内務省衛生局任務を命じられ、東京衛生試験所長に就任。以後、国内各地のコレラ、天然痘の流行地の実地踏査、防疫対策の第一線で精力的に活躍した。

明治二十四年、医学博士に、二十九年四月、医術開業試験委員長の職を最後に、官界から引退し、明治生命保険会社診査医長に就任。三十四年には日本保険医学界の前身、日本保険医協会の初代会長に就任し、以後、昭和五年七月まで同学会を主宰した。この間、東京麹町に回生病院を設立し、鎌倉病院顧問を勤め、内閣恩給局常務顧問医、専売局嘱託員、日之出生命保険医務顧問となった。

また多年、中央衛生委員に推挙され、医事衛生の道で貢献するところが多いかたわら、父の生涯を伝える『中浜万次郎伝』の編纂に力を注ぎ、これを完成した。

昭和十二年（一九三七年）四月十七日、食道癌により逝去。七十九歳であった。

（中浜東一郎日記より）

東一郎が順調に医師への道を歩き始めたことを感じ取った万次郎は、四十四歳以降目立った活動はしなくなった。何度か表舞台への誘いもあったが、万次郎はそれらを強固に拒み続けた。よほど彼を動かすものでなければ決して動かなかった。

万次郎が選択した世界は安穏な世界であった。生きるか死ぬかの世界ではなく、毎日が、今日は幸せだったと、思えるような一日でなければならなかった。明日のことは分からないというような、毎日を緊迫した気持ちで過ごす日常ではなかった。命の切迫感を感じない一日でなければならなかったのである。それはこれまでの生活が、命を賭けた生活だったということでもあり、あることをきっかけに、万次郎の日常の過ごし方が変わってきたのである。そのきっかけを作ったのが、視察旅行中の足の潰瘍であり、帰国後の脳梗塞という病に見舞われたことであった。

万次郎は一度こうと決めたことは、よほどのことがない限り変えることはしなかった。

息子の中浜東一郎は、晩年の万次郎のことを「其前半生の波乱重畳たるに比して、彼れの後半生は極めて静寂にして無為なりき」と評している。四十四歳から大往生するまでの二十七年間という歳月の過ごし方を、実に見事に、しかも簡潔な言葉で言い表している。それではその「静寂にして無為」という言葉の持つ深い意味を探ってみたい。

「静寂にして無為」の日々

大成した東一郎が、「静寂にして無為」の日々と、晩年の万次郎のことをそう評したその表現力に、多くの万次郎研究者の方々が感服されている。

確かに、私も見事な表現だと思っている。が、初めてこの言葉に触れた私は、無為という言葉に、どうしても引っかかっていた。静寂は分かる。でも、無為という言葉の響きに含まれている中に、「何もしないでぶらぶらしていること」という意味が含まれていることがどうしても気になった。万次郎の晩年の生活を、「何もしないでぶらぶらしていた」とは、まさか尊敬しているはずの父親のことを言うはずはないと思い、確かめるために「無為」の正確な意味を、辞書で調べてみた。すると確かに、「ぶらぶらしている」の意味もあったが、それは三番目の意味で、一番目の意味として「自然のままで作為のないこと、老子で、道のあり方を言う」とあり、二番目に「仏教用語で、因縁によって生成されたものでないもの、消滅変化を離れた永遠の存在、特に仏の涅槃、また、仏法者の生活、仏門を意味する」とあり、「ぶらぶら」の意味は三番目だった。その意味を知って私は少なからず安心した。この時の万次郎は、正に一番目か二番目の心境であったことは間違いないと思っている。私はそれで納得した。

万次郎は自然のままの自分に戻ったのである。「道のあり方」を求めていた時代だと私は思っている。

自分を偽らない少年時代の自分に戻ったのである。少年時代の自分を貫いたから、過酷なアメリカ生活も、帰国後の武士としての生活にも耐え抜くことが出来たものと思っている。

江戸幕府が崩壊し、新政府が樹立したら自分の立場はどうなるのか。

流れに乗るしか方法はないとはいうものの、自分の存在を殺してまで存在する理由があるのだろうか？

万次郎も明治維新を迎えるにあたっては、様々な思いが去来したに違いない。

万次郎は二十七年間何もしなかったわけではない。何かをしようと思えば、器用な万次郎が、何もできなかったはずはない。

万次郎は、敢えて何もしなかったと思わせる立場を貫いたのではないかと私は思っている。何もしない方が自分の意志は通せる、そんなことを思ったに違いない。

明治維新という新しい時代が始まり、これまでとは違った、新しい流れが来たことは、当初から望んでいたことではあり、ある面期待もしていた。が、万次郎の研ぎ澄まされた感覚に響いてきたのは、維新後の歩みは、自分が恐れていた方向へ進んでいっているのではないかという不安であった。万次郎自身の特別な感覚に、その不安感は響いたのではないかと思っている。これは、夏目漱石が洋行した時、どうしても生活になじめなかったあの感覚に似たものではないかと思っている。

万次郎が生活したアメリカでは、南北戦争が起きていた。その前には、メキシコと戦争をしている。万次郎はその戦争の勝者敗者の明暗を如実に見て、何か心に感じるものがあったに違いない。

南北戦争の最中であったが、その戦争に、ホイットフィールド船長は深い憂いを見せていたことを、万次郎は体で体験している。

でも、アメリカという所は、金銭でけりをつける視点が暗黙の裡に全ての人の中にあることを万次郎は感じていたので、金があれば、何とか帰国する方法があるのではないかと、危険を承知で、金山の採掘に出かけたのである。まさしく西部劇さながらの世界に身を置きながら、自分の身を賭けたのである。

その賭けが成功し帰国して、未来人としてもてはやされ、江戸という時の中心部に立ち、そこで居場所を得られはしたが、未来人の素性が知れると、途端に居場所を失うことになるのである。ただ生きるだけなら、そこで何とか生きる方法はあったはずであるが、万次郎は新政府の進む方向性に疑問を感じていたに違いない。

富国強兵という立場は、日本が歩む道から逸れているのではないか、何かが違うのではないかと素朴に思ったに違いない。

両親の育った土佐清水の故郷、アメリカで接したフェアヘイブンの人たちの生活、ここは居心地がよかった。勿論そこにもいろんな人がいた。好き嫌いはあった。でも、新しい生活が営めるはずの、新政府の方向性は間違っていると思っていたに違いない。

でも私は私流に、違う解釈をすることによって、私自身の晩年の生活に納得が出来るような気がしている。

帰国するため、一か八かの、金山での採掘に人生を賭けたように、万次郎は日本では、東一郎という息子の教育に賭けたのではなかったろうか。

アメリカではまだ万次郎も若かった。若い時は誰でも、一度は自分の未来の選択に賭けをする。賭けに勝つか負けるかはその後の自分のやり方次第で結果は出る。

人はまた、晩年に大勝負をする。しない人もいるかもしれないが、結婚、就職という場面で何らかの賭けをする。そしてやるべきことをやった後、退職後の身の振り方を考える。そこでどんな勝負をするか、人様々であるが、万次郎は、「静寂にして無為」と、息子に言わせるような選択をした。「無為」は「無駄」ではない。無駄な人生などあろうはずがない。自分の持てるものを削って、息子の人生を補助するという選択を万次郎はした。補助は息子の教育である。

教育の最も大きな成果は、本人に学ばせることである。本人に学ぶ姿勢がなければ教育の効果はない。一流の職人は弟子に基本的なことは教えるが、一番大切なことは盗めと言う。教育の最も教育たるところは、徹底的に教え込むことではなく、肝心なことは盗ませることにある。盗ませる環境を作ってやることである。そのためには、教える側は、あくまでも「無為」でなくてはならない。あるがままを見せることに他ならない。自然体を貫き通すことが、最も重要なことである。

「静寂にして無為」とは、教育の大切さ、信念の強さ、それを貫き通す精神とは何かを万次郎の生涯から学んだような気がしている。

まだ万次郎の生涯は終わってはいない。最後の場面を覗きたい。

中浜博氏の「中浜万次郎」の中に「祖母芳子のこと」というエピソードがある。そこで氏は、「万次郎は話好きで、好奇心に富んだ人であった。砂村の自宅の傍に番所があって暇なときにはよく立ち寄っては今日はどんな事件があったかと事件の次第を子細にきいていったという」という一節がある。

これは明らかに、万次郎があらゆる情報に関心を持ち、正確に自分の置かれている立ち位置を知る材料にしていたことの証であろう。

さらにこんな一節もある。

「その番所に畔柳《くろやなぎ》という役人が見回りに来て、しばしば顔を合わせ親しくなっていった。彼の娘に芳子という評判の美人がいて、万次郎はその芳子を自分の長男東一郎の嫁としたということを寿々(東一郎の長女)が言っていたという。私の祖母である」

自分の一切を長男の東一郎に託しながらも、自分が守ろうとしているのがなんであるかを物語るエピソードだと私は思っている。

確実に、自分の想像以上の、確かな歩みを見せている息子の成長を、誰よりも自信と確信を持って見守り続けた者は、万次郎をおいて他にはいないだろう。そこにいかなる外からの誘いがあっても耳を貸さなかったという姿勢を、孫の中浜明氏が語っていられたことが、当初から強い印象として残っている。

「万次郎は普通の人だった、もし彼に他の人に勝っていることがあったとしたら、このとき、どんな誘いにも応じなかったことだろう」と。

「静寂にして無為」の生活に入った万次郎は、ほとんど自分から外へ向かって情報を発信することはなかった。むしろ外から情報は入ってくるようになった。

イギリスの女性流行作家イザベラ・ルーシー・バードがデーモン牧師に出した手紙が残っている。バードは明治十一年五月、東北・北海道各地を旅行し、帰国後「日本奥地旅行」を上梓している。

彼女は来日する前にハワイに寄りデーモン牧師に会った際、牧師より、万次郎の消息を得るように依頼されたらしい。その時の書簡が残されている。

明治六年に、文部省学監として来日していた知人のマレー氏に、万次郎を捜して欲しいとイザベラ女史は頼んだ。そのことを記した書簡である。

『マレー夫妻に万次郎のことを話しました。マレー氏は、彼を探し出すのに苦労しましたが、やっと所在が分かったので、私に引き合わせるために、万次郎を昼食に招きました。万次郎はかなり老けて見え、悲しそうな表情をしておりました。彼の党派（土佐藩？）は力を失い、彼自身も失職し、今では東京から少し離れた所にある僅かな土地に住んでいるということでした。万次郎はあなたのことを耳にすると、顔がとても明るくなりました。とくにあなたの写真を渡し、伝言を伝えますと、顔に喜色を讃えておりました。あなたに手紙を出すよう勧めましたが、英語をほとんど忘れている様でした。意気消沈している彼にとって、あなたからいろいろ気を配ってもらえることは、一条の光でもあったことでしょう。彼を捜して欲しいという伝言を貰ったことを嬉しく思います』

と、万次郎のことを語った手紙が残されている。

確かに明治十一年ごろの万次郎は、病み上がりではあり、定職もなかったので、外見は老けて見えたかもしれない。が、決して彼の内部の灯が燃え尽きていたわけではない。この時彼は、大学生の東一郎を支えるという大きな目的を持って、自由な立場を、むしろ謳歌していたのかも知れなかった。時折東一郎と共に鎌倉の別邸を訪れ、また熱海に湯治に出かけてもいて、活気がなかったように見えただけであろう。

老後の万次郎の生活を、子孫の方々がそれぞれの立場から書かれているが、イザベラ女史のような悲観的な見方をしている人はいない。中浜博氏の本の中から少し抜粋してみる。

・家族そろって外食して、家庭サービスもしていたという。
・温泉にはよく行き、熱海、横浜へもよく行ったという。
・捕鯨航海もしていたことが分かるという。記録も残っている。
・明治二十一年、初代市川左團次主演で上演された「土佐半紙《とさはんし》初荷艦《はつにのおおふね》」という万次郎のことを描いた歌舞伎を、万次郎自身も見ていた。
・東京のうなぎ屋にはよく行った。

などなど、とてもイザベラ女史の心配は外れているような印象を受ける事実が多い。

この手紙をもらい、万次郎が生きていることを知ったデーモン牧師は、明治十七年（一八八四年）の夏、日本を夫妻で訪れ、万次郎と念願の再会を果たすことになった。

長崎に上陸した夫妻は、早速万次郎を探し始めたが、なかなか消息はつかめず、神戸、大阪、京都、横浜と探し続け、万次郎死亡説も耳に挟むなど、諦めかけていたところ、農事新聞の発行者津田仙（津田梅子の父で農学者）の仲介で万次郎の所在を確かめ、再会を果たすことが出来た。

当時岡山医学校とその附属病院に勤務中であった長男東一郎も、夏季休暇を利用して上京、牧師夫妻にも会い、その接待と案内に努めた。この時、東一郎はデーモン氏より、話にだけ聞いていた万次郎の、数々のエピソードを直接に聞いて、伝説になりつつあった父親の業績の凄さを実感したに違いない。後年、東一郎は、デーモン牧師夫妻と会えたことは、望外の幸せだったと語っている。

そのデーモン牧師は、日本訪問の翌年、明治十八年二月七日、ホノルルで病死した。享年七十一。死の一年前に、わざわざ万次郎を訪ねてくるほど、万次郎という人物の存在が、彼の印象には強烈に残っていたということを意味しており、そのデーモン牧師に会えたことを、望外の幸せと言わせるほどに、万次郎の歩んだ軌跡は、多くの人の心に残っているということを示している。

更に、万次郎の恩人ホイットフィールド船長も、フェアヘイブンの自宅で、明治十九年（一八八六年）に亡くなっている。八十二歳であった。

万次郎の疑問・国威発揚

万次郎の晩年を「静寂にして無為」の生活に向かわせた、明治新政府の向かった方向とはどんなものだったのだろうか。

江川塾に通って万次郎から英語を学んだ人のほとんどが、明治期の政府内外で活躍した人ばかりである。その中の一人に、農学者の津田仙がいる。

津田仙よりも娘の津田梅子の方が、津田塾大学の創始者として今日では広く知られている。デーモン牧師が来日し、万次郎を探しあぐねていた時、津田仙に出会って、万次郎の居所が分かったのである。津田仙と万次郎のつながりもまた不思議な出会いと言わざるを得ないかもしれない。

津田仙は農学者である。農学校の経営や「農業雑誌」を発行し、西洋式農業の普及を図るとともに開拓農業にも関心を持っていた。

一八八〇年（明治十三年）には『北海道開拓雑誌』を刊行、磯村貞吉の『小笠原島要覧』の校閲も行っている。

万次郎が漂流した島、鳥島にも深い関心を持っていた人であった。

鳥島にはアホウドリが群生し、数百年間を経て堆積した糞が豊富にあり、これをアメリカでは「グアノ」（鳥糞）と称し、最高の肥料とされていることを政府に指摘していた。このサンプルを採取するため、小笠原行き汽船の鳥島での停泊を願う上申書を東京府に提出していた。

彼はアメリカ農業におけるグアノ（鳥糞）の有効活用を、日本でも実践すべく、自ら無人島である鳥島に乗り出そうとしていた。が、東京府から上申を受けた内務省は、鳥島がどこにあるかも分からず、農商務省も「鳥島の有無が不明」などの理由で不許可とした。政府の無人島（鳥島）への認識は、当時はまだこの程度であった。

ところが商才に長けた、八丈島の大工玉置半右衛門は、この鳥島に群生するアホウドリに早くから目をつけていた。

明治期に入り、閉鎖的な空間から解放され、海へ向かって活性化すると、明治政府は、一八七五年（明治八年）になって、ようやく小笠原諸島の再統治を決め、外務省の田辺良太や内務省の小花作助らを派遣した。

その中に、官舎新築請負人として、八丈島の大工玉置半右衛門がいた。彼は文久年間の小笠原開拓にも従事していた。

この頃の小笠原諸島は、台風などの自然災害も続き、食糧の確保も難しく、開拓は辛苦をきわめたが、人々は天然資源で、辛うじて生計を立てていた。

でも、玉置は、この時から、アホウドリに目を付け、ひそかにこの鳥を捕獲し、大工仕事よりこの方が収入はあると、羽毛や肉を売りさばき、収入を得ていた。

このアホウドリによって、万次郎たちは、この島で五か月間も命を長らえることが出来たのである。そのため、万次郎はアホウドリには他の鳥にない特別な感情を持っていた。

万次郎は小笠原諸島とは縁が深く、咸臨丸でアメリカから帰った翌年には、小笠原開拓団の一行に加わり、小笠原諸島調査の目的も果たしている。この時も、未だにアホウドリがたくさん棲息していることに、命とは何だろうと、ある特別の想いで眺めていた。玉置はそのアホウドリを大量に撲殺し、羽毛を海外へ輸出し、莫大な資産を生み出したのである。

津田仙が出した上申書より、二か月遅れて出された玉置半右衛門の願い出に、東京府は鳥島行きを許可した。

津田仙の上申により、東京府は、慌てて長年放置していた鳥島に職員を派遣し調査、どこの領土でもない島で、事業を興すことは全く問題なしとして、津田への不許可から一転して、玉置には鳥島行きを許可したのである。

玉置の出した許可願には、鳥島の「牧畜開拓」という名目での借地と、鳥島での下船許可が書かれていた。実際には牧畜など一切しないで、ひたすらアホウドリを撲殺し、金もうけに励んでいたのである。津田仙に許可していたら、どういう展開になっていたか、歴史は変わっていたかも知れない。

この時代から、政府は科学的な発展より、即、収入につながるような目先のことには理解を示したがる風潮があったようである。

急激に起こり始めた欧米化の嵐の前に、政府上層部は何とか対応しようと大わらわであったが、一般庶民には、現実に何が起きているのかは全く理解できていなかった。それで、政府主導の路線を、無血革命とはやし立てて、多くの人は、大国日本になるべく、殖産を奨励し、軍事力の強化に努め、欧米と肩を並べることを最優先に突き進んでいった明治政府を支持するようになっていた。

万次郎はアメリカの教育を受け、民主主義のすばらしさを体で感じとり、そのことを日本へ伝えようと体を張って帰国し、何とか、一応の成果を収めることはできた。

しかし、流れは万次郎が意識していた方向へとは進んで行かなかった。何かが違うと、日々感じ始めていた万次郎だったが、旅半ばで帰国した時、政府との違いがはっきり見えてきたのだった。

万次郎が最も伝えたかった民主主義の概念は、ペリーの強硬な姿勢に屈し、形の上で、仕方なしに鎖国を解き、日米修好条約という形で、貿易も出来るようになりはしたが、とにかく外国の属国にならないようにするのが精いっぱいで、庶民の生活はこれまでとほとんど変わってはいない。

その後も、入れ代わり立ち代わり、万次郎のもとへ、英語を学びに、数学を学びに、測量学を得ようと、訪れる人はたくさんいた。

抜群の記憶力で、万次郎はそれらの人々のことを覚えている。その後どうなったか、どんな仕事をしているか、興味関心は深かった。が、一切の記録を万次郎はしていない。

万次郎が、特に筆不精だったとも思えない。敢えて、記録しないようにしていたのではないかと思える節も多く見受けられる。

あるとき、息子の東一郎が、父に言ったことがある。

「これだけの貴重な経験を、是非、父の言葉で、後世に残していて欲しい」と。

東一郎は筆まめな人で、東一郎日記でも分かるように、記録の大切さが分かっていた人であった。だから、父に直接、何でも記録しておくことを望んだが、万次郎はその息子の要望にも応えなかった。万次郎は、これほどまでに息子が成長してくれたことを喜び、全ての記録を、東一郎に任せたという意識もあったのかもしれない。

そんなさまざまな思惑を抱えていた万次郎の中で、記録はされていないが、事実として残っていることに、榎本武揚がいる。江川塾で英語を学び、長女の寿々の子守をしたこともある、五稜郭の戦いで新政府に敗れた榎本武揚のことがある。

榎本は、各大臣を経て外務大臣などの要職を歴任しながら、殖産、移民構想の実現に賭け、玉置の鳥島進出を、側面から支援した人物として知られている。

万次郎は、個性の強い榎本には興味を持ち、その後どうなっていくか見守っていた。塾生たちは皆、意欲もあり、気になる存在の者ばかりだった。その後ほとんどの者が、それぞれ国の要職を占め、どんな采配を振るうか常に見守っていた。万次郎の長女の寿々は、榎本さんの背中はごつごつして痛かったと、後年孫に語って聞かせたというエピソードもあるくらい、印象に残っている生徒であった。

その榎本武揚は、国力を高めるために海洋開発を進め、南進論の象徴的な存在となっていった。同時にアホウドリで当時の長者番付のトップになる玉置半右衛門らを支援し、南洋への世論の関心は一層高まっていったのである。

万次郎にとってアホウドリは自分の命を支えた重要な鳥だった。榎本武揚にとっては国威発揚の一資源であった。玉置半右衛門にとっては金もうけの材料であった。

万次郎はユニテリアンのクリスチャンで、自然崇拝の心が根っこにあり、人に上下の差別は存在しないということが、自然に備わっていた。が、榎本は常に何かに向かって戦う意識が強い人で、仮定より結果、日本国の進むべき道は、南へ南へ、南の島々に進出する南進論の推奨者で、小笠原諸島進出をもくろんでいる玉置半右衛門とは、利害が一致していた。

経済的に潤えば、内容はどうであれ、榎本にはそれは関係なかった。民主主義の思想が身についている万次郎にはそんな考えはなじまなかった。

鳥羽伏見の戦いがどんな戦いか、万次郎には見えなかった。西南戦争が何を意味する戦争なのか、万次郎には見えづらかったが、明らかに民衆の不満から起こった、革命に近い戦争でないことは分かっていた。そのことは理解できた。それは明らかにアメリカで起きていた南北戦争と同じように万次郎には見えていたので、ここで声を発しても、万次郎の声が届かないことも分かっていたのだ。届かない声を届かせるには、無言しかなかった。無言は最大の抵抗であることを万次郎は実践したのであった。

最後の視察旅行となったアメリカで、万次郎は再会したホイットフィールド船長に、ただならぬ憂いを感じたことがあった。その時は、ただ老いだけの翳ではないことを感じていたが、フェアヘイブンから戻り、視察団の一団と合流した後、足の潰瘍に苦しめられていた万次郎には、ようやく、船長を覆っていた翳が何であったのか、しみじみと実感できるようになっていた。

捕鯨をしなくなった船長。石油が発掘されるようになり、捕鯨の必要がなくなってきた現実。ひたひたと迫りくる不安の背景には、南北戦争という無意味な戦が尾を引いている翳だったのだと、四十四歳の万次郎は感じていたのだった。

捕鯨をしなくなった船長と、新政府に必要とされなくなりつつある自分との共通点をかみしめながらの帰国であったのだった。その後の病、脳梗塞に見舞われた時、万次郎の心は固く閉ざされてしまったのである。

万次郎はこの時、心を閉ざすことに関して、不思議な安らぎを感じていた。むしろ解放感と言ってもよかった。

広く世界へ向けていた視野を、家族という、限定された狭い空間だけでの将来に、目を注いでいこうと決意していたのである。

全体へ足並みがそろわない時、先ず足元の足並みをそろえる事、その足並みに揺らぎがあってはならない。その基本は、やはり万次郎にとって、土佐清水の自然から培われたことを、この時はっきりと意識できたのである。

危なっかしい自分を支え続けてきたのは、母であり、父であり、その母を育んでいた土壌であったのだ。だったら、自分が築いてきたものをさらにしっかりした土台となるように築きなおすこと、礎がいかに大事なことであるか、万次郎にとっての礎をしっかりしたものへすることに何をためらう必要があるか、と、万次郎の心はこの時ゆるぎないものに育っていったのである。そう決意した万次郎が、社会に対して口を噤んでも不思議はなかった。

万次郎の末裔の方々が描かれている、尾崎行雄と徳富蘇峰の話についても同じことが言える。

尾崎行雄が新聞記者をしている時の話で、明治二十一年頃の話である。万次郎が「静寂にして無言」の時代に入っていた時の話である。品川沖で釣りをしている人を見た尾崎は、近づいて見たら万次郎であったので、最近の明治の新政府をどう見るかと質問をしたという。万次郎は何も言わずにじっと釣り糸をたれていた。「無言が雄弁に全てを言い尽くしている」と、中浜明氏も中浜博氏も書いておられる。

徳富蘇峰が熱海に行った明治二十六年の三月、同じ旅館に万次郎がいたのを知って、一緒に小舟に乗って遊んだ時、蘇峰は歴史中の人物に、何か活きた話を聞こうとして、色々尋ねてみたが、何の手ごたえもなかったと言っている。これは蘇峰三十一歳、万次郎六十五歳の時の話で、この時は「静寂にして無為」の世界に入ってかなり経っているので、当然何の返答がなくても不思議はなかった。

万次郎晩年の日々

中浜万次郎晩年の日々ほど、謎に満ちたものはない。何事も明確にしておくことが万次郎の生き方のようにも思えるのだが、彼は敢えてその晩年の足跡を自分で消しているようにさえ思えることが、これまで、足跡を辿りながら感じている。「静寂にして無為」と、息子に言わしめた万次郎の晩年を、分かっていることから辿ってみると、それほど悲惨な生活ではなく、むしろ、彼は自分でその生活を好んで送ったような印象がある。

晩年の日々の一部分を分かっていることだけでも列挙してみよう。

・家でもよくパンを焼いていた。
・家族を連れて、料理屋によく行っていた。
・明治十二年母がコレラで亡くなった後、戒名を書いた手帳をいつも持ち歩いていた。
・一八八八年（六月）、万次郎は「ロトの妻」と言われる孀婦岩《そうふがん》西南付近の捕鯨をしたらしい記録が残されている。
・万次郎は家族で「浜煮《はまに》」と言っている、トロと葱のぶつ切りと砂糖をたくさん入れた煮つけが好きだった。
・好物の鰻をよく食べに行っていた。鎌倉では長谷の「浅羽屋」へよく行った。
・東京では浅草の「やっこ」という店によく行った。勝（海舟）とも行った。
・明治の始め、高橋由一を後援し、救助金を募ったりして、絵画へも関心を持った。
・時々、家族を連れて芝神明前の料理屋に行ったが、毎回食事の残り物を、必ず折にいれさせ、帰宅途中で出会う物乞いに与えるのを常としていた。
・江川邸内で暮らしている時、毎晩のように門前に物貰いがやって来た。その都度家の者におむすびを作らせそれを与え、病や疲労から行き倒れている者を見ると、薬を与え、厳冬の時など、家に入れ、焚火で暖をとらせるなど親切にした。等々。

この種の善意は枚挙にいとまはないが、少年だった長男東一郎は、父のこのような慈悲深い行為をよく記憶していたということでもある。

万次郎は晩年慈悲と善行の人であったようだ。

箇条書き風に拾い出してみたものは、ほとんどが四十四歳以後の話が多い。これらのことから推察してみても、万次郎が、日々生活に困窮していたとか、人から同情されるような生活を送っていたとは思われないのである。むしろ、今という時間を満喫しているように感じられるのはどうしてだろうか。その生活は自ら選んだ生活に違いない。そしてその生き方こそが万次郎が究極の生き方だと思っていた生活だと想像することはできないだろうか。

そしてその究極は、万次郎本人が、歌舞伎になった自分をモデルにした芝居を、直接見ていることからも窺い知ることが出来る。

歌舞伎になった万次郎

明治二十一年に市川左團次主演の歌舞伎「土《と》佐《さ》半《はん》紙《し》初荷《はつにの》艦《おおふね》」という演目で上演された歌舞伎のテーマは万次郎がどのような方法で帰国したか、帰国して何をしたかだった。演劇改良運動の一つとして、万次郎の生涯は、結構な評判になったらしい。この歌舞伎は、帰国した万次郎が鎖国思想と戦い、開国を説くという内容ではあるが、芝居では、新橋の芸者を妾にしている設定になっている。勿論フィクションであるが、この芝居を、直接万次郎自身見ているのである。

主役の左團次は、まる一日万次郎の家に来て、万次郎を観察していたという。それは、万次郎の仕種を見て、演技に生かしたというから、役者魂のすさまじさを見る思いがするが、一日中観察された万次郎の心境はどんなものだったのだろう。喜んで、はいどうぞと応じたのか、いやいやながら応じたのか定かではない。上演は一か月の予定だったが、政府からの横やりが入り、急に中止となった。

この一つを見ても、万次郎がその時の生活をそれほど嫌がっているようには見えない。むしろ面白がっている面さえみえる。自分が歩んだ過程を、既に一つの歴史として客観的に俯瞰してみている節が見える。

これは自分の歴史を、やるべきことをしたので、あとは息子たち次世代に全てを任せたからという姿勢とも見て取れる。ということは、万次郎は晩年も含めて、自分の人生に満足して往生したと受け止めた方がいいような気がする。とすると、晩年の万次郎の生き方は、納得の選択肢だったと理解した方がよさそうである。という観点から、万次郎の最晩年の過ごし方をもう少し理解してみようと思う。

晩年の日々

脳梗塞から回復した万次郎が最初に心がけたことは、規則正しい生活だった。その第一歩として取り入れたのが、散歩することだった。

琴と離縁して、日常生活には困ることも多かった。でも、この頃になると、長女の寿々が十五歳になっており、母親代わりのことを十分にやってくれるようになっていた。寿々は生涯結婚することもなく、万次郎と寄り添って暮らすようになっていた。

明治十五年（一八八二年）に東一郎に嫁いできた芳子は、明治三十一年（一八九八年）まで、舅《しゅうと》万次郎の世話をした。そこでも万次郎の生活習慣は貫かれた。

朝一番に起きてすることは、お茶を入れ、そのお茶に砂糖を入れて飲むことだった。紅茶のような感覚でお茶に砂糖を入れるのが定番であった。砂糖が好きで、散歩に行く時でも、砂糖を持って行くことは忘れなかった。外出するときはズボンが多く、靴を愛用していた。和服の時は尻をひっからげて歩いた。

東一郎は万次郎が外出するときは、いつも書生をつけたが、万次郎はそれを嫌うので、見え隠れについて行かせた。お昼の号砲を、散歩の途中で聞くと、一番近い食堂に入ったが、家では芋粥を好んで食べた。

脳梗塞から回復して間もなくの頃、万次郎は、三度目の結婚をしている。相手は、周囲の勧めで、仙台家老の沼田家の養女「志げ」である。（重の説もある）

二番目の琴とは次男の西次郎、三男の慶三郎を儲けた。西次郎は東大建築学科を卒業後、東京帝国ホテル・日本赤十字病院の共同設計者として参加、細川家の別邸、鎌倉病院の設計、上野の日比谷公園内にある図書館の設計などをした。

更に志げとの間には信好、秀俊のふたりを儲けたが、四男の信好は外国航路の航海士を目指したので、万次郎は知人の「長明丸」の船長に信好の育成を依頼していた。信好は、その「長明丸」に乗船し、遠洋航海に出たが、マニラで赤痢に罹り、亡くなった。明治二十八年七月のことだった。

静寂の日々を送っていた万次郎であったが、ただ静寂に生きる事さえも試練が付きまとうのかと、この時の万次郎はかなり気持ちを落としていたという。

五男の秀俊は、長男の東一郎が建設した医療施設で、貿易医療に取り組み、東一郎を中心に据えた万次郎一家の連携は、万次郎が想像していた以上に固い信頼関係と絆で繋がれていた。それだけ東一郎の中浜家の一族郎党を統べる力は並々ならぬものがあった。

万次郎の晩年近くになると、万次郎には一切の不安材料はなかった。東一郎がこれまで万次郎がしていたようなことを、万次郎以上の気配りを持ってやってくれたので、ただその日一日を、生き続けることだけが、無上の喜びであった。あとは息子たちが勝手に、自分の城を築いてくれるだけで良かったので、万次郎が特別に何かをする必要はなくなっていた。

漂流して以来、万次郎が母親を思い続けていたあの思い、母が、ただ生きていてくれさえすればいい、帰国後再会した後も、母は生きてさえいてくれればよかった。

ただそれだけが、子供にとって喜びであったことを思えば、近くに住み、健康であることを目の前で示していれば、子供たちはそれを無上の喜びとしてくれることを知っていたので、万次郎は、その晩年の日々を、さらに自分の景色を消して、静かに生き続けていた。

明治二十六年の暮れ、海軍省主計局に勤務していた慶三郎に、長男の東一郎から、父親と、自分たちの家族が「夏を過ごす借家」と「結核療養所」の新設用地を探して欲しいという依頼があった。そこで慶三郎は鎌倉・逗子・葉山周辺に海軍将官の別荘が多くあったので、この地方の不動産売買に詳しい人物を探した。そして探し当てたのが、「長谷観音の借家」だった。東一郎一家と万次郎一家がひと夏を過ごすには格好の場所だった。

一方、新しい病院を鎌倉に建てようと思っていた東一郎は、大仏前の土地を選び、その土地の東側に万次郎の隠居所も併せて建てた。

五十坪ほどの敷地に建てられた、純和風の万次郎にはふさわしい隠居所であった。設計は次男の西次郎がして、万次郎は息子たちに任せっきりであった。温泉が好きで、海が好きな万次郎のために、三人の男の子たちが、父親のために、協力し合って作った隠居所だった。

こうやって、静かに、誰にも疎まれず、誰にも恐れられず、空気のごとく果てて行ければ、それで万次郎の生は完結できる。そんな終焉のシナリオを、実に完璧に演じていた時、三男の慶三郎が、親父殿に話があるからと言って訪ねてきた。

最初の妻、鉄が若くして亡くなったことにより、万次郎は長男の東一郎を医者にしようと思うようになった。その思いは強かったが、子供たちには、自由に好きなことをさせようと思っていた。

五人の男たちに恵まれた万次郎は、一人ぐらいは、自分と同じ海の仕事を継ぐ者はいないかと期待する面もあったが、幼いころから海が好きで、自分とよく似た性格をしていた慶三郎には、航海士養成の名門校へ入れ、かつてホイットフィールド船長が、自分にしてくれたことと同じような、高等数学、航海術、測量術などを学ばせていた。

期待に応え、慶三郎は、一学年わずか十数名という難関の海軍主計学校へ進み、海軍省入りを果たした。

万次郎のような、捕鯨や漁業ではなく、海軍省というのが気にはなっていたが、そこは自分の選択であり、そこまで束縛することはしなかった。その慶三郎が訪ねてきたのである。

慶三郎の話は、近くアメリカに出張するという話だった。

七月十六日、横浜港から、アメリカ客船「ドーリエ号」で、発注してあった巡洋艦「笠置」の回航委員としてサンフランシスコへ行くという。

この時日本は、日清戦争に勝利し、景気もよかったが、ロシアの南下政策によって、一触即発の状態が続いていた。日本は戦争回避の交渉を続けている最中だった。

「そうか、行くのか。十分気を付けるのだぞ」

「はい、分かっています。おやじさんの時代とは違いますので、船は安心です」

万次郎の心配は、慶三郎が戦争への道へ、引きずり込まれないかという心配だったが、慶三郎は航海の心配だと思っていたらしい。

万次郎は敢えてその違いを否定はしなかった。万次郎の「静寂無為」の習慣は、万次郎の生き方そのものになっていたようだ。

万次郎はこの時、亡くなって十数年経っていたホイットフィールド船長のことを思い出していた。マーセラスはどうしているだろうか。アルバティィーナは、シビル（娘）はどうしているだろうか。

忘れかけていた、アメリカ時代のことが急に思い出されて、慶三郎に言った。

「出発するまでに、船長の家族、マーセラス君に手紙を書くので、届けて欲しい」

「任せてください。必ず届けます」

慶三郎は、父に頼まれて途端に嬉しくなった。自分も父に頼みごとをされるように成長したということを感じ取って、固く誓った。

この万次郎と慶三郎の約束は、お互いに完全に守ることはできなかった。先ず、慶三郎が帰国する前に、万次郎が永眠したからでもあったが、慶三郎はマーセラスに会うために、彼を「笠置」の祝賀会に招待して、手紙を届けようとして手違いが生じ、その時マーセラスは参加しなかったからでもあった。

そこで慶三郎は、万次郎の手紙を手渡しできずに、送って事態収拾した。

しかし、マーセラスに手紙が届いた時は、一日遅れで祝賀会は終わっていた。それでもアメリカ海軍の知人の世話で、マーセラスとは、フィラデルフィアで何とか、帰国前に会うことはできたのだった。

こうして、マーセラスと慶三郎は何とか会うことはでき、万次郎の手紙は届けられたが、万次郎はマーセラスの手紙を読むことはなかったのである。

「静寂にして無為」・万次郎の終焉

明治三十一年（一八九八年）七月十六日、アメリカに発つ慶三郎を見送りに、万次郎も孫の綾子の手を引いて新橋駅に行った。世界最大級の巡洋艦となる「笠置」と「千歳」の回航委員、百八十九名の見送りに向かう人で駅は溢れていた。アメリカの客船「ドーリエ号」は横浜港から約四時間後に出港する予定だった。見送りには東一郎も西次郎も来ていた。みんなで横浜まで見送りに行く予定だったが、切符を二枚しか購入できず、誰かが残らなければならなかった。

「お前たち二人で見送ってこい」

万次郎は慶三郎に手紙を託すだけで充分であった。東一郎も西次郎も、しきりに万次郎に見送りに行って欲しいと列車の切符を渡そうとしたが、万次郎は二人の息子に全てを託し、孫の手を引き、また元来た道を引き返していった。一度言いだしたら、決して譲らない万次郎のことを知っている息子たちの方が、万次郎を三人で見送ることになった。慶三郎にとって、そのときが万次郎を見た最後となった。

万次郎は船長の息子マーセラスに手紙を書きながら、今は亡きホイットフィールド船長との出会いの時からのことを思い出していた。

船長と出会わなければ、今のこの現実はないということが、夢物語のように、断片的に脳裏に浮かんできた。

　ペンを走らせようとすると、過去の場面が、次から次に浮かんでくるので、一通の手紙を書くのに、かなりの時間がかかったのだった。

　何度もペンを置きながら、浮かんでくる映像を楽しみながら書いていたので、それだけで、まる一日費やしたほどだった。

　この心情をマーセラスにも伝えようと思いながら、なかなか伝えられないもどかしさも同時に感じていた。自分の記憶があいまいになりかけているということもあったが、かなり英語を忘れていることも大きかった。気持ちと文面が一致しないことも多く、なるべく内容は簡潔に済ませることにした。

　映像は自分の頭の中にあるのだ。それを伝えるのは難しいと思いながらも、慶三郎が出国するまでには書き上げなければならなかったので、万次郎は、時間の流れにそって、何度も何度も繰り返し思い出に浸っていたようなものだった。手紙を書き終えた後も、同様の回想が繰り返されることが多くなっていた。万次郎には、その回想が実に楽しい時間となっていたのだった。

　慶三郎を見送った後、万次郎には、そんな夢見心地の時間が多くなっていた。その時間は、全ての心配事から解放された者だけが味わうことのできる、特別の時間だと思っていた。唯一心配なことは、孫たちの健康と、慶三郎が無事に帰ってくることだけだった。

　毎朝新聞に目を通し、コーヒー代わりのお茶を飲み、ゆっくりくつろいでいると、孫の綾子が、新聞を読んでいる万次郎を覗きに来る。万次郎は気配で綾子が来たことが分かる。気付かない振りをしていると、綾子が静かに近づいてくる。万次郎は読んでいる新聞を顔に当て、「わっ！」と言って振り向く。驚いた綾子は「きゃあ！」と言って駆け出していく。今日は、どんな手で脅かそうかと、忍び寄る綾子の気配を感じながら、万次郎の朝のひとときが始まる。こんなのどかな毎日を繰り返す日常とは裏腹に、新聞の一面には、毎日ただならぬ記事が載っている。ここ数日だけでも、このまま、同じ状態で過ごすことが出来るのだろうかと思えるような記事が、日を変えて連なっている。目の前の現実と、世相にかかわらなくなった自分の日常との、あまりにも違いすぎる落差を心にとめながら、万次郎は孫の綾子とのわずかな時間の触れ合いに、言葉では言い表せない幸せを感じながら、朝のひとときを楽しんでいた。

静かに息絶えていった万次郎の終焉の場面を、東一郎は鮮やかに記録していた。命日になった、十一月十二日に至るまでの万次郎の日常を、断片的にだが、逐一辿ってみた。すると、私たちが過ごしている、今という日常と、大変よく似ているということに驚かされたので、あえて、記録させていただいた。


「九月二十五日・昨日清国より電報あり。清帝暗殺せられたりと」

「九月二十九日・清国今回政変に由り急進党の主領康有為氏英船に逃れたりと云ひ或は既に捕縛せられたりと云ふ未だ詳かならず、又曰く氏に対し死刑の宣告を為したりと」

「九月三十日・清国崩御したりとの悲報あり。又一報あり曰く、玉体無事なりと」

「十月二日・大山巌氏を訪ふ。清帝自殺せりとの確報達せりと云ふ或は信ならん、康有為は英船にありて無事なりと云ふ」
「十月十二日・永井長義氏は山根正次と共に板垣内務大臣を訪問するとの事を聞く」
「十月二十八日・数日来文部大臣尾崎行雄御思召あるにより辞表提出、同人の後継者に関し自由派大臣は星亭を進歩派は犬養毅を挙んとして〜首相大隈は閣議の纏らざるを見て其儘上奏し二十七日朝を以て遂に犬養を文部大臣となせり」
「十月二十九日・自由派大臣は西郷、桂両大臣の御思召による調停に服せず〜」
「十一月二日・農商務省より嘱託を解く、金百円下賜すとの辞令来れり、是れ官制改革の結果ならん」
「十一月三日・天長節なるに外出する者少なく国旗を翻へす家屋も稀なり」
「十一月六日・山縣有朋内閣総理大臣たるべしとの説力あり、府下は昨夜より号外発行頻に行はる」
「十一月七日・去る五日我公使矢野文雄は清国皇帝幷に西太后に謁したり〜」
（東一郎日記より抜粋）

朝のくつろぎの時間に舞い込んでくる、日常の出来事に毎日目を通しながら、万次郎は遠い過去の話を聞くような思いで記事に目を通していた。

日々刻々進み行く時の流れというものは、いかなる大事に携わっていても、ささやかな日常に接していても、変わりなく平等に確実に過ぎて行く。

万次郎は病を発してみて、時間の不思議さを感じていた。生涯に費やす熱量というものは、生まれながらにして、人には均等に配分されているのではないか。時の流れがまさしくそうではないか。身分を問わず、時を選ばず、ある時、あるところで、突然訪れる。これまでがそうだった、と振り返り見る。

十四歳での初めての漁で、いきなり遭難するなど考えられないことだった。それからの十年間はまさに、知らない土地で、知らないことを、一生懸命に費やした熱量の消費期間であった。一時も自分のことを考えることはできなかった。というより、考える余裕がなかった。さらにそれからの十年間は、違った場所での違った熱量の消費期間だったような気がしていた。そこは自分の生まれ故郷であったはずだったが、全く違った熱量の消費期間でもあった。そしてその二十年間に消費した熱量を、次の十年で一気に使い果たしてしまったような印象を持った。すると、完全にこれまでとは違った世界が見え始めてきたのだった。後は、緩やかな川の流れのように、穏やかに生きていけばいいのではないか。

四十四歳からの万次郎は完全に少年時代の万次郎に戻っていたのであった。自然と共に生きていた少年が、再び自然に戻ってきた感じだった。

そう思い始めると、何の不思議もなかった。母を愛し、父を愛し、家族を愛し、故郷を愛し、自然を愛し、自分を生み育ててくれた祖先を愛することに、何の不思議も感じなかった。そう思っただけで、心の負担が一気に落ちた。諦めなければ、およその願いは叶う。生きたければ生きていけるし、死にたくなれば死ぬことも出来る。でも、万次郎は死の選択はしなかった。船長に出会うことで、自ずから死を選ぶことは許されなかった。天命を全うすることだけが許された選択だと悟った時、万次郎の緊張の糸が解けた。人に分け与えるものがないと悟った時の失望は大きかったが、何かをしようとすることではなく、何かをしてきた自分自身を大切にすればよかった。自分の歩んだ道は決して消えることはない。そう悟った万次郎は、語り部になった。歩んだ道を説いた。その時に感じたことを大切に人に伝えた。

こんなこともあった。

万次郎が乞食とも親しくしているということは、万次郎に関心のある人ならだれでも知っていた。万次郎は好きな鰻を食べによく鰻屋に行った。食事をすると、残った物があると、必ず折に入れて持ち帰った。それを、両国橋の下にたむろする乞食に与えていた。そんな乞食の親分が深川の万次郎の自宅に盆暮れにあいさつに来た。万次郎はそんな乞食にも、普段から、同じ人間じゃないかと、平気な顔をして付き合っていた。

ホイットフィールド船長が、万次郎を教会に連れて行ったとき、何度も教会から入信を断られ、それに毅然と立ち向かい、別の、全く違う教会に万次郎を連れて行ったことが、万次郎の頭の中に、きっちりと織り込まれていた。

人に上下関係を付けないということが、万次郎の思想の根底に育っていたのは、船長の人徳に心打たれ、人にはこのように接すべきだと思うようになった初めだった。以来、日本でも、大名とも乞食とも対等に話すようになっていた。これが万次郎の根っこに育っていた事であった。

明治三年、ヨーロッパに出張することが決まった時に、政府の役人が来て、政府の代表として行く者が、乞食と付き合っていては体裁が悪いのではないか、慎むべきだと注意しに来たことがあった。万次郎はその役人に、人間は皆同じではないのか、今は運悪く乞食をしているかもしれないが、あなたが今役人でいられるのも、同じことではないのか、何で、違う人間だと区別したがるのかと、逆に説得して帰したということもあった。万次郎の信念は、厳しい日本の社会でも、貫かれ通したのであった。

こんなこともあった。

釣りが好きな万次郎のもとへ、万次郎と知って近づいてくる人もいた。そんな人は、万次郎に色々問いかけてくる人もいたが、釣りの仕方とか、何が釣れるかという問いには、笑顔で答えていたが、尾崎行雄や徳富蘇峰のような、社会情勢に関してどう思うかなどの問いかけには一切答えなかった。

万次郎には、明治政府の行き着く先が何となく見えていた。江戸幕府が崩壊したときには、アメリカとも貿易が出来るようになったし、その気になれば欧米へも行くことができると、衝撃もあったが、半ば喜ぶ気持ちもあった。

万次郎も新政府の流れに乗って、アメリカに行き、ホイットフィールド船長に再会することも出来た。そこで帰国できたことへの感謝とお礼を、言葉として直接伝えることも出来た。もう何のこだわりもなく、その日その日の出来事に一喜一憂しているだけで、勝手に時は過ぎて行くことも分かっていた。この何の変哲もない日常こそ、人にとっては大切なことなんだと、いろいろ経験してきた万次郎だから感じることのできる世界でもあった。何もしない事、昨日と今日が同じだったと思えるそんな日常を、幸せというのではないのかと、実感できるようになっていたのだった。人はこんな時、一瞬死を感じるものらしい。

万次郎は、決して死を恐ろしいとか、怖いものだと意識したことはなかった。若い頃は、自分の死を考えたこともなかったが、自分の礎を築き上げたという意識のある万次郎は、さて、次は何を目指せばいいかと思うこともあった。

自分の影響を消すこと、このことを意識してから、その万次郎の思いを全て理解したように、息子たちは、それぞれの世界を切り開いていってくれていると思うだけで、万次郎の心は満たされてくるようであった。満たされたと思った時が最高の幸せともいえた。そんな時、またも突然に今なら死んでもいいと思える瞬間がある。そんな時に、何の憂いもなく死ぬことが出来れば、最高の幸せというべきではないのか。そんなことを、慶三郎を見送った後、時々感じるようになっていた。

温泉が大好きで、熱海や草津の湯に一人で出掛け、そこで十日前後逗留し、往時を思い起こしながら釣りをしている時に、今だったら、船長の所へ行ってもいいなどと、死を何となく意識することが時々訪れるようになっていた。

明治三十一年十一月十一日（万次郎終焉の前日）

万次郎は慶三郎の写真を持って、深川の西次郎の家に行った。その帰り、いつものように温泉へ入り、髭を剃り、さっぱりした気分で家に帰った。夕方になっていた。あちこちの家から灯が灯り始めていた。人はここに住んでいるのだ。一つ、また一つ、明かりが灯り始める人家を見ながら、当たり前のことを当たり前のように思いながら帰宅した。そこには長男夫婦とその子供たちがいた。

「おじいちゃん、お帰り！」

友達感覚で孫の綾子が勢いよく声をかける。

「おう、帰ったぞ！」

「おじいちゃん、髭剃ったね、お顔、つるつるしている！」

「あはは、分かるか、あや！」

和やかな会話を、芳子は微笑みながら見つめ、静かにおかえりなさいという。静かな会話が呼吸のように続き、もう夕食ですよというので、食卓を囲んだ。

一日の終わりを、無上の幸せ感で迎えていることをしみじみ実感しながら一日の眠りについた。

明治三十一年十一月十二日

外は晴れている。早起きの万次郎は、誰よりも早く起きて、いつものように、お茶にたっぷりの砂糖を入れて、自分で焼いたパンをゆっくりと嚙みしめながら食べていた。するとどこからかホイットフィールド船長が現れて、「マン、旨そうだなそのお茶、私にも淹れてくれないか」という。「やあ、船長、何処から来たのですか？　これは、私だけのお茶なんです。こちらにはコーヒーがないんですよ。味わってみますか？」そう万次郎が言うと、「ぜひ味わってみたい。日本のお茶というものを、聞いてはいたが、これがそうなのか」「いやこれは私だけのお茶で、日本では、お茶に砂糖は、入れないのですよ」「そうかマン、コーヒーが懐かしいんだな」「そうなんですよ船長」「それだったら来いよここへ」「ここってどこですか？」「もちろんアメリカだよ。コーヒー飲みに来いよ」「いやー、行きたいですね」

久しぶりの元気そうな船長と会えて、万次郎はいつまでも話していたくて、声が懐かしくて話し続けていると、いきなり、糸子が部屋に入ってきて言った。

「おじいちゃん、誰と話していたの？」

「だれって、船長に決まっているだろう」

「まあこわい、またおじいちゃんは私を騙そうとして！」

「新聞持ってきたんだろう？　渡しなさい」

「いや、また脅かすんでしょう？　糸子、怖くないから」

「そうか、それっ！」

そう言って万次郎は糸子から新聞を取り上げた。

「おじいちゃん！　新聞返して！」と、万次郎に絡んでくる糸子。

「糸子、おじいちゃんに新聞、見せてあげなさい」と、芳子が糸子をたしなめに来た。

「おじいちゃんが、新聞を取り上げたんだよ」と糸子は食い下がる。万次郎は隣の部屋でお茶を飲みながら新聞を読んでいる東一郎に声をかけた。

「清の皇帝は死んではいないようだな」

万次郎は、このところの世情を騒がせている、清の皇帝の安否が気になっていた。

「そのようですね、皇帝は虚弱ですが、死んだというのはあれは間違いのようです」

「そうか、ちょっと読ませてくれ」

万次郎は新聞をもって部屋に戻る。東一郎は二階に上がり論文を書き始める。いつものような時間がいつものように始まる。が、この日の万次郎の頭は訳もなく、くるくる回るような意識がしていた。やや気分も悪くなった。ふらっと眩暈がして思わず新聞の上に倒れた。すると、丁度そこへ女中が来た、万次郎が倒れたのを見て、激しく叫んでいる。いや、叫んでいるように見えた。「そんなに騒ぐ必要はない」と相手に言っているつもりだったが、万次郎の口からは言葉は出なかった。物音を聞いて東一郎もやって来た。

「父上、どうしました？　気分悪いんですか？」

「吐きたい。むかむかする」

「洗面器、吐きたいそうだ。洗面器を持ってきてくれ」

東一郎が下女に言っているのを万次郎は聞いていた。もしかして、自分はこのまま逝ってしまうかもしれない。そう思いながら、それならそれでいい。そんなことを瞬時に頭に浮かべながら、洗面器に、さっき飲んだばかりのお茶をほんの少し吐き出した。すると気分は少し良くなったが、東一郎は、しきりに、少し休んだがいいと言いながら、万次郎を床に誘導しようとした。

「床、床をしいてくれ」下女に命じている。

「いや、いい、敷かなくていい。もう大丈夫だ」万次郎はそれを制した。

「そうですか、糸子、ブランデーと薄荷を持ってこい」

東一郎が勧めるブランデーを口に含み、薄荷を口に入れると、体がホカホカしてきて、口の中が爽やかになってきた。ここは医者の東一郎の言うことを聞いていたがよいだろうと、素直に従い、言われるままに横になった。横になると気分も落ち着き、さっきの船長は何処へ行ったのだろうと捜した。

「父上、何かお探しですか?」

東一郎は万次郎の様子を逐一見ている。東一郎に見守られていると思うだけで、万次郎の気分は自然に治まってくる。

「船長が来たんだ。やがて鉄も来るという。琴も来るそうだ。どこに来たか、来たら知らせてくれ。会いたい者ばかりだからな」

「父上は、少しうなされていなさるようだ。私は出かけなくてはならない。もう少し仕事をしてから出掛けるから、父の様子を見守っていてくれ」

下女にそう言って、東一郎は二階の自分の部屋に入った。するとその時、グラグラと突然家が揺れ始めた。

「地震だ！　地震だ！」

家中の者がそう言いながら、それぞれの部屋から飛び出し、自然とみんな、万次郎の部屋に集まってきた。

その時、万次郎は捕鯨船に乗っていた。かなり船が揺れている。このくらいの揺れで酔うようじゃ、一人前の船乗りにはなれないぞ。そう言っている相手は慶三郎だった。

「父上も地震を感じておられるようだ。気分は大丈夫ですか？」

東一郎の声がする。

「なんか、慶三郎とおっしゃっているように聞こえたんですが」

下女が万次郎の口元に耳を傾けながら言う。

「夢を見ておられる。今の様子から、すぐにどうかなることはないと思う。何か、食べたいとおっしゃれば、粥を差し上げてくれ。でも、ずっと父の傍にいて、様子を見ているように」

東一郎は下女に注意を与えて、また部屋に入った。

『東一郎も忙しい奴だな。今は明治生命保険会社を動かしているのだから、忙しいのは分かっているが、こんな時の東一郎は頼もしいな。それにしても、船長は、少し顔を見せただけで、どこかへ行ってしまったのだ。鉄、鉄も来ると言ったろう。うん、そこにいるのか、鉄。東一郎を見てみろよ。立派になったろう。私はもう何も言うことがないんだ。寿々は妹や弟の面倒をよく見てくれるんだ。孫はかわいいぞ。清はまだ小さいが、糸子も綾子も、この私とよく遊んでくれるんだ。遊びはこんなに楽しいってことを、鉄、私は今頃になってよく分かるようになったのだ。鉄、私は今、お前の淹れてくれるコーヒーが飲みたいのだ。すぐそばに来てくれよ。ああ、琴もいるんだな。琴よ、私はお前に謝らなければならないことがある。それをまだしていないんだ。琴よ、許してくれよ。鉄が亡くなって、西次郎を生んで、慶三郎を生んで、一時に、五人の子供を見なければならなかった時に、私は、殆ど家にいなかったのだ。どうしても、行かなければならない所へ行ったので、お前は大変だったろう。でも、帰ってきたときに、お前がいなかったのには、さすがに驚いたよ。いないと分かれば、直ぐにでも迎えに行きたかったが、それができるほど、私には余裕はなかったのだ。だから、世話してくれる人に頼んで、志げを貰ったんだ。志げはやさしいんだ。お前の分まで働いてくれるんで助かっているんだ。見てくれ。西次郎も、慶三郎も立派になっただろう。西次郎は建築家だよ。立派な建物をいっぱい建てているよ。慶三郎は、今アメリカに行っているんだ。海軍の主計局長だよ。志げにも子供ができてね、男の子だよ。でも、信好は死んでしまったよ。秀俊は東一郎、西次郎とも仲が良くってね、私の温泉行にも時々連れて行くんだ、とにかくみんな仲が良くて、私ほど子宝に恵まれている者はないと思うよ。慶三郎が元気で戻ってきてくれることを今は願っているよ。琴よ、お前も隠れていないで、出てきて、慶三郎が無事に帰ってくることを、一緒に祈ろうよ』

万次郎の意識は混濁していた。現実と虚構が入り交り、時々うわ言を言っている。周囲の者にはそう見えている。でも、万次郎の意識の中には、過去と現在がランダムに行き交っている。万次郎の見ている世界は、実に平和であった。今まで経験したことのない、実にさわやかな世界だった。これまで不安に思っていたことも、今見ている世界は実に静かで平和だった。勿論戦争もない、差別もない、みんな笑っている世界が、遠くまで広がって見えていた。私は今からそこへ旅に出るんだな。今からは好きなことだけしていいいんだ。これまでも好きに生きてきたように思っていたが、まだこれ以上に楽しい世界を覗ける旅に出られるなんて、何と私は幸せ者なんだろう。

万次郎の穏やかな様子を窺っていた東一郎は、洗面器に万次郎が吐いたものを確認し、これだと、直ぐに急を要する事態はないと判断し、下女に、もし何事か異変があったら明治生命の方へ火急の連絡をするようにと言って、出かけた。

ところが、会社に出かけて、事務を執っていると、直ぐに電話が鳴った。御隠居様が大変です。至急お帰り下さいとの報が東一郎にあった。東一郎は出かけたことを後悔し、父上、まだ待っていてください。念じながら東一郎は家に急ぎ戻った。

家では、岡本武次氏が、無言で注射器を取り出しているところだった。東一郎の顔を見た岡本氏は一言「既に御絶脈です」といった。東一郎は無駄だとは思いながらも、人工呼吸を施したり、竜脳数筒を注入したり、あらゆる手立てを講じてみたが、どれも効果はなかった。

「東一郎、慌てるな。私は十分生きた。こんなに、みんなに見守られているのだぞ。お前はこれ以上、私に何をしようというのだ。私は船長にコーヒーを淹れてやらなければならないんだ。鉄もいるし、琴もいるし、私はお前たちを誇りに思っているぞ。私にとって一番大切なものは、お前たちだ。もう、何もしなくていい」

「穏やかな顔ですね」

武田医師は東一郎の顔を見てお互いうなずき合った。

「御臨終です！」

岡本武次医師は中浜東一郎医師に頭を下げながら、そこにいる全員に静かに言った。東一郎も、岡本に呼応するように頭を下げた。

「おじいちゃん！　おじいちゃん、どうして、どうして行っちゃうの！　わたし、……」

言葉に詰まって、わあーっと綾子が泣き出した。糸子がそれに続いて大声で泣き始めた。東一郎は綾子を抱きかかえ、芳子は糸子の肩を抱きながら、静かにすすり泣いた。つられるように、みんなすすり泣き始めた。

ここに、中浜万次郎七十一歳の全生涯は終わった。

明治三十一年十一月十二日のことだった。


（完）

あとがき

　永い間万次郎と付き合って感じたことは、いつの間にか、自分が万次郎になってしまっていたということでした。万次郎のような体験は誰にでもできることではありません。特殊な体験にもかかわらず、今でも現実にありうることだと思うことが、随所にありました。時代を越えて共感できることがたくさんあったということでもあります。

　奇しくも、これを書き終えた時、ロシアがウクライナに侵攻したというニュースが飛び込んできました。万次郎が亡くなる前には清の皇帝が暗殺されたとか、まだ生きているとかのニュースが飛び交っていました。今の時代とどこが違うのでしょうか。改めてそう感じました。人は時を隔てて同じようなことを繰り返しているのでしょうか。

　彼のことを書いた書物はたくさんあります。身内の方々も結構書いていらっしゃいます。それなのに何で縁もゆかりもない私が、こうも深く入り込んでしまったのか、未だに不思議に思っています。

　共鳴する何かがあったからに違いありませんが、今ではやはり、アホウドリとの出会いからではないかと思っています。比較的体の大きかった私は、その昔、アホウドリと言ってからかわれた記憶がありります。アホウドリってどんな鳥か知らないまま時は移っていきました。それがつい最近の話になります。健康観察に病院へ行きました。調べてもらったところ、色々障害がありました。先ず運動不足で、色々機能回復をするため、毎日リハビリに通った方がいいということになりました。そこで、アホウドリに出会ったのでした。その病院にアホウドリの本が置いてあったのでした。私はその本を借りてきて読んだら、アホウドリは、鳥類では最も大きい鳥で、動作が緩慢で、どんな人でも簡単に捕まえることが出来る鳥だということが書いてありました。あまり人を恐れない鳥のようです。その鳥を捕まえて、億万長者になった人がいるということも知りました。病院で借りた本には、絶滅しかかったアホウドリを、また復活させた人もいるということも載っていました。でも、そのアホウドリがいたために、漂流した人の命が救われたという話に繋がり、その不思議なつながりが、私の好奇心を動かしました。アホウドリを絶滅寸前まで捕り尽くし、日本の長者番付に載るような人もいれば、絶滅寸前の鳥を救い、育て、ついに蘇らせた人もいたのです。それが共に日本人であったということが、私の好奇心をますますそそりました。その鳥によって、万次郎のように、生き延びることが出来た人もいるのです。これら皆すべて日本人だということに注目したのです。日本人を単一民族という人もいます。そんなはずはないというのが定説ですが、両極端の人がいるということには、いったいどんな秘密が隠されているのでしょうか。私はそこに注目したのです。これは日本人に限ったことではないのではないか。人種に限って考える事だろうか。そんな疑問が、万次郎の国際人としての芽がどのように育っていったのかという点にたどり着いたのでした。私は何処にでもいる人間が、ある環境に閉じ込められた時、どんな反応をするのか、そこを見つめてみたかったようです。一般的でない万次郎になり切ってみたら、視点が変わって見えるかもしれないという発想を持って書き始めました。するといつの間にか、これだけの長い作品になってしまいました。

ようやくたどり着いた時、今まさに戦争が始まろうとしていました。ロシアがウクライナに侵攻を始めました。戦争はこうやって起きるのだな、ということが、手に取るように見えてきました。どんな理由があっても、戦争を仕掛けてはいけません。万次郎は、宇宙からそれを見ていたのです。宇宙からは何でも見える様です。万次郎の生きた時代も今の時代も変わらないということでしょうか。

万次郎は今宇宙からそんな私たちの生き様を見ています。そのうち、私達もまた、宇宙から、私たちが引き継いだ世界を、どう生きているか、見ることになります。そうやって、循環しながら生き続けるはずですが、どうも最近、あまり良い見通しが立ちません。明治維新以降ずっと続いているような気がしてなりません。人は何かしたがるのでしょうか。何もしないで、そのままを、後世に繋いでいったらいけないのでしょうか。何か新しいことを始めるのが文化人というイメージが、明治維新以後、ずっと続いているようですが、果たして進み続けていいのでしょうか。万次郎には、それが見えていたのではないでしょうか。自然と共に、ありのままに生きる方法を採ったのではないでしょうか。そのことに気付いていた万次郎であったという発想のもとに締めくくってみました。こんな万次郎がいてもいいような気がしています。

ここまで付き合って頂いて本当に有難うございました。これまで、色々な方々から、お叱りと励ましの言葉を頂きました。ありがとうございました。

コロナにも、万次郎以上に、上手に付き合っていきたいものです。

《これまでに使わせていただいた資料は次の通りです。》

『中濱万次郎』—中濱博（冨山房インターナショナル）
『ジョンマンと呼ばれた男』—宮永孝（集英社）
『中浜万次郎集成』増補改訂版（小学館）
『私のジョン万次郎』—中浜明（小学館）
『ジョン万次郎とその時代』—川澄哲夫（廣済堂出版）
『ファースト・ジャパニーズ　ジョン万次郎』—中濱武彦（講談社）
『中浜東一郎日記』—中浜東一郎（冨山房インターナショナル）
『ジョン万次郎の羅針盤』—中濱武彦（冨山房インターナショナル）
『ペリー提督と会えなかった男の本懐』—土橋治重（経済界）
『ジョン万次郎のすべて』—永国淳哉編（新人物往来社）
『漂巽紀略』大津本（高知県立坂本龍馬記念館）
『池道之助日記』—鈴木典子著・完全復刻盤（リーブル出版）
『若き日の万次郎』—一八一五年の琉球（たけうちおさむ著）
『漂客談奇に学ぶ漁人万次郎』—遠近菊男（自費出版）
『豊見城市史だより』—ジョン万次郎関係資料（一〇）豊見城市教育委員会文化課

『土佐史談』二五七号―中浜万次郎特集号（土佐史談会）高知県立図書館内
『中浜万次郎の会』研究報告　第七集―２０１６（平成28年）中浜万次郎国際協会
『中浜万次郎の会』研究報告　第八集―２０１７（平成29年）中浜万次郎国際協会
『中浜万次郎国際協会』研究報告　第九集―２０１８（平成30年）中浜万次郎国際協会
『中濱万次郎国際協会』研究報告　第十集―２０１９（令和元年）中浜万次郎国際協会
『記念誌』ＮＰＯ法人ジョン万次郎上陸之記念碑建立期成会（記念誌編集委員会）中浜万次郎国際協会
『中浜万次郎家系図』―和田・ジョンたつお編　２０１５年編
『アホウドリを追った日本人』―平岡昭利（岩崎新書）
『ジョン万次郎の生涯』―内田泰史ＮＰＯ法人高知龍馬の会
ウィキペディアほか・その他多数

著者プロフィール

吉岡　七郎（よしおか しちろう）

1941 年　熊本県に生まれる
1965 年　法政大学文学部日本文学科卒業
2001 年　阿蘇山中に「文化創造館」を建設。文化活動
2002 年　「風流（かざる）俳句会」主宰
2011 年　「文藝風流」主宰　2018 年秋終刊　21 号まで
NPO 法人　中浜万次郎国際協会会員　沖縄ジョン万次郎会会員
著書「追いかけっこ」「闇の声」（1990 年　武蔵野書房）
　　「息子の帰省」「蟻塚」（2002 年　武蔵野書房）他多数

それからの万次郎　―中浜万次郎の生涯―

2023年12月15日　初版第１刷発行

著　者　吉岡 七郎
発行者　瓜谷 綱延
発行所　株式会社文芸社
〒160-0022　東京都新宿区新宿1－10－1
電話　03-5369-3060（代表）
03-5369-2299（販売）

印刷所　株式会社フクイン

ISBN978-4-286-24659-8